SECRET IN DEATH
by J.D.Robb
translation by Haruna Nakatani

邪悪な死者の誤算
イヴ&ローク 46

J・D・ロブ

中谷ハルナ［訳］

ヴィレッジブックス

三人の秘密は守られるだろう
そのうちふたりが死んでいれば
——ベンジャミン・フランクリン

噂話は虚偽なら悪い、とはかぎらない——
広めるべきではない真実は山ほどある
——フランク・A・クラーク

邪悪な死者の誤算

Eve&Roarke
イヴ&ローク
46

おもな登場人物

- **イヴ・ダラス**
  ニューヨーク市警（NYPSD）殺人課の警部補
- **ローク**
  イヴの夫。実業家
- **ディリア・ピーボディ**
  イヴのパートナー捜査官
- **イアン・マクナブ**
  電子捜査課（EDD）の捜査官。ピーボディの恋人
- **シャーロット・マイラ**
  NYPSDの精神分析医
- **ガーネット・ドゥインター**
  法人類学者
- **リー・モリス**
  NYPSDの主任検死官
- **ナディーン・ファースト**
  〈チャンネル75〉のキャスター
- **ラリンダ・マーズ**
  〈チャンネル75〉のゴシップレポーター
- **ファビオ・ベラミ**
  実業家
- **ミッチ・L・デイ**
  〈チャンネル75〉の番組司会者
- **アニー・ナイト**
  トーク番組の司会者
- **テランス・ビックフォード**
  ナイトのパートナー
- **ビル・ハイヤット**
  ナイトの専属秘書
- **ワイリー・スタンフォード**
  プロ野球選手
- **ミッシー・リー・デュランテ**
  女優

1

死にはしない。

たぶん、死なないだろう。

雪の結晶模様のスキー帽をかぶったイヴ・ダラス警部補は眉をひそめ、混み合った歩道の人波を縫って、足早に歩いていた。胸に渦巻く思いは重く、二月の風に劣らず冷え切っている。

自分の車に戻り、渋滞した車列をすり抜けて家に帰りたかった。もっと言ってしまえば、ダウンタウンの裏通りで、ゼウスで錯乱したジャンキー相手に死闘を繰り広げるほうがまだましだ。洒落《しゃれ》た高級バーへ向かうくらいなら。

それでも、約束は約束だし、言い訳——じゃなくて理由、と自分で訂正する——も尽きていた。これまでは、約束を先延ばしにするちゃんとした理由があった。

殺人事件とか。

殺人課の警官は、殺人とそれにともなうすべてのことに対処する。洒落た飲み物に口をつけながら世間話をするのではなく。

仕方がないとあきらめ、両手をポケットに突っ込む——また手袋を忘れてきた。革のロングコートの裾が長い脚のまわりでうねり、はためく。二ブロックを歩く間も、いかにも警官らしい慎重な茶色の目は、抜け目なくあたりをうかがっている。きっとひったくりを目撃するだろう。奪ってちょうだいと言わんばかりにぶら下げた財布を奪われる旅行者は、いくらでもいる。

ひったくりを逮捕して、このささやかな約束がまた延期されても、わたしのせいじゃない。

けれども、ひったくりもスリも、今夜はもう仕事を終えてしまったらしい。

最新ファッションに身を包んだ法人類学者で、ちょっとムカつくドクター・ガーネット・ドゥインターと何か飲んだところで、実際に死んでしまうほど苛立《いらだ》ったり退屈したりするわけじゃない、と自分に言い聞かせる。

退屈が危険人物と同じくらい危険なら、二〇六一年までに治療法が見出されているに違いない。

三十分、と心に決める。どんなに長くても四十分だ。それでおしまい。約束は果たされる。

彼女はバーの前で立ち止まった。すらりと背が高く、踵《かかと》の低い頑丈そうなブーツを履いて黒革のロングコートを着ている。いかにも不釣り合いな雪の結晶模様のスキー帽が、くしゃっとした茶色の髪と、しかめた眉の上で揺れている。

〈デュ・ヴァン〉

間抜けな店名。彼女はそう思い、口を曲げて嘲笑《あざわら》った。バーに気取ったフランス語の名前なんかつけて。

ありとあらゆる店を所有している夫、ロークの店だろうか？　どうせならロークと飲みたいと思う。それも家で。

でも、そうはいかないのだ。

ドアに手を伸ばしかけ、雪の結晶を思い出した。スキー帽をむしるようにして脱いでポケットに突っ込み、かろうじて体面を保つ。

ニューヨークの喧騒《けんそう》と混雑から逃れ、洒落たざわめきのなかへ入っていく。花々とシダで飾られ、バカ高い飲み物を出す店だ。

正面の壁に沿ってS字型にカーブするバーカウンターは、艶消しの上品な銀色だ。その背後の鏡張りの棚に並べられたボトルが輝いている。棚の最上段には白黒の市松模様の植木鉢が並び、エキゾチックな赤い花があふれている。

カウンターの手前に並んでいるスツールのシートも白黒の市松模様だ。スツールはすべて客で埋まり、ほかにも次々と客がやってくるので、三人いるバーテンダーは休む暇もない。

店内の広々としたスペースは、ねじって花の形にしたシルバーの吊りランプで美しく照らされ、ほかより高いフロアと低いフロア、ボックス席に分かれ、その間を漆黒の渋い制服を着たホールスタッフが動きまわっている。

単調な話し声に混じって、グラスが触れ合う音や、磨かれた床を打つ靴音、フランス語で軽やかに歌う女性のハスキーボイスが聞こえてくる。

そんな何もかもが……出来すぎでうんざりする、とイヴは思った。

本能的にさっと店内を見渡した視線が、金髪の女性をとらえた。豊かな髪を波打たせ、凹凸のはっきりした体を鮮やかなピンクのスーツに包み、目の色と同じグリーンのヒールの高いブーツを履いた姿は、いかにも目を引く。

一瞬の間のあと、ゴシップ専門のレポーター――本人に言わせると、社交情報レポーター――のラリンダ・マーズだとわかった。訳のわからないフランス語の飲み物もいらないが、〈チャンネル75〉のネタになるのはもっといやだ。

いまのところ、マーズはテーブルで向き合っている相手に集中していて、イヴが店に入ったのも気づいていないようだ。相手の男性は三十代半ばで、混合人種、スタイルがよく、洗練されている。ウェーブのかかった髪は茶色で、いまのイヴに劣らずいらついているような目はブルーだ。

ビジネススーツ――既製品ではない――を着て、高級腕時計《リスト・ユニット》をはめている。

顔に見おぼえはなかったが、ラリンダ・マーズの気を引きつけてくれているかぎりは恩人だ、とイヴは思った。

鮮やかな赤毛をきれいにまとめて、頭痛を引き起こしそうなくらいきつく結いあげたレセプション係が、職業的な笑みを浮かべて近づいてきた。

「いらっしゃいませ、ご予約はなさっていますか？」

「知らないわ。待ち合わせよ。取りやめになったかも」お願い、そうなって。

「お相手の方はご予約されているでしょうか？」

「知らない。ドゥインターよ」

「はい、ドクター・ドゥインターでいらっしゃいますね。もうお見えです。階下《した》のお化粧室に行かれたのだと思います。お席にご案内いたします」

「ええ」

いずれにしても、ふたりはマーズがいる席とは反対側の店の奥へ向かった。

「コートをお預かりしましょうか?」

「持ってるからいいわ」イヴはボックス席に入って、市松模様のシートに座った。ほかのボックス席との仕切りになっている壁は、座るとちょうど頭の高さで、その上にさらに植木鉢が並んでいる。

警官としてのイヴは、店内や客がすべて見わたせる席のほうが好ましかった。

しかし、ほんの三十分で終わることだ。

泡立つピンクの飲み物のグラスがひとつ、テーブルの向こう側に置いてある。

「今夜、こちらの担当はチェスカです」レセプション係が告げた。「すぐに参りますので」

「ええ、ありがとう」

三十分よ。イヴは自分に誓い、マフラー——手先の器用なパートナーが編んでくれた——をほどいてコートのポケットに突っ込んだ。そういう定めなのだと受け入れ、肩をすくめるようにしてコートを脱ぐと、紫色のショートボブのホールスタッフがボックス席に近づいてきた。

「いらっしゃいませ。わたくし、チェスカが担当させていただきます。ご注文はお決まりですか?」

安い国産ビールを頼もうかと思ったが、気が変わった。「ワインを、赤がいいわ」

「グラスでしょうか？　ハーフボトル、フルボトルもありますが」

「グラスで」

チェスカがベルトのリモコンに何か打ち込んだ。すると、ボックス席を仕切っている壁のスクリーンに赤のグラスワインのリスト――長いリストだ――が表示された。

「お決まりの頃、また参りましょうか？」

「その必要はないわ……」ワインのことなら少しは知っている。ロークと暮らしていて、ワインの基礎知識を吸収せずにいられる女性はいないだろう。イヴは自宅で飲んだおぼえのあるカベルネをタップした。ロークのブドウ園のひとつで作られたワインだ。

「ああ、とてもおいしいワインですよね。すぐにお持ちします。ご一緒に、前菜やオードブル、おつまみなどはいかがでしょう？」

「いらない。けっこうよ」

引き締まった体つきの若いホールスタッフは一瞬も笑顔を崩さなかった。「飛びきりのメニューがたくさんございますので、お気持ちが変わられましたら、どうぞ、スクリーンからご注文ください。では、ワインをお持ちします」

ホールスタッフがボックス席から離れるのと同時に、店の奥の出入り口からドゥインターが入ってくるのが見えた。

ホールスタッフの髪とほとんど同じ紫色の、体にぴったりしたワンピースを着て、しなやかなシルバーグレーのロングブーツ——ヒールは恐ろしいほど細くて針金のようだ——を履いている。

ドゥインターはイヴの姿に気づいたとたん、赤紫色の口紅《リップダイ》を塗った唇を曲げて、愉快そうにきらりと目を輝かせた。なめらかな肌はキャラメル色で、目は涼しげなクリスタルブルーだ。

光沢のある黒っぽい髪を揺らして、艶のあるフロアーを自信たっぷりに歩いてやってくると、優雅な身のこなしでボックス席に滑り込んだ。

ドゥインターが言った。「やっとふたりきりになれたわ」

「おかしなことを言うわね」

「行けなくなったって、メールが入ると思っていた」

「今夜は対処しなければならない遺体《DB》がないから」

「おめでたいわね」

「続くわけないけど」

「そうだけれど、続いたら、わたしやあなたはどうすればいい？　あなたも飲み物を」

「もう頼んだ」

ドゥインターは自分のグラスを取り、椅子の背に体をあずけて少し飲んだ。「ここの飲み物は大好きよ。いちばん気に入っているのがこれ、ニュアージ・ローズ。あなたは?」

「この店は初めてよ。外ではたいてい赤ワインを飲むから」

「ロークの店だから、来たことがあると思ったのよ」

やっぱり、とイヴは思った。「この街だけでもロークの店にすべて足を運んでたら、時間がなくなってほかに何もできなくなってしまう」

「たしかにね。この店はどこよりも気に入っているの」見るからにリラックスした様子で、ドゥインターは飲み物を口にしながらあたりを見た。「職場に近いし、内装が美しくて、お客たちもすてきで、見ていて楽しいし、サービスも最高」

最後の一言を証明するように、チェスカがイヴのワインをテーブルに置いた。

「ほかにご注文はされていませんが……」チェスカは金色の細いスティックが盛られた黒い皿を差し出した。

「オリーブストロー。チェスカ、わたしのお気に入りを知っているのね。ありがとう」

「どういたしまして」チェスカはオリーブストローの皿と、小皿二枚と、洒落たナプキンをテーブルに置いた。「ほかに何かありましたら、お呼びください」

「とてもおいしいのよ」ドゥインターは言い、イヴの皿に何本かオリーブストローを置いた。

親切を無駄にしても意味はない、とイヴは思った。しかも、とてもおいしそうだ。一本食べてみると、ほんとうにおいしかった。

「本題に入りましょう」ドゥインターは言い、オリーブストローをつまんで食べた。「わたしは別に、すべての人に好かれなくてもかまわない。ましてや、わたしを好きじゃない人が、どうして好きじゃないのかを知りたいとも思わない。役所や警察の仕事をしていると好かれないことがあるのは、あなたもよく知っているはず。二十一世紀も後半だというのに、女性でそういう立場にいればなおのこと嫌われるわ」

ドゥインターは言葉を切り、また飲み物を口にした。

「わたしとあなたはいつも一緒に働くわけじゃないし、これからもいつも一緒ということは、まあないでしょうね。でも、一緒に仕事をしたことはこれまでも何度かあったし、これからもあるはずよ」

ドゥインターはグラスを手にしたまま肩をすくめた。「わたしはそれを避けられるし、あなたが避けることもできる。わたしたちはおたがいにプロで、仕事もできるわ。でも、個人的なつながりというものもあるわよね」

イヴは初めてワインに口をつけながら――とてもおいしかった――ドゥインターの美しい顔を見つめた。「そんなふうに言おうって練習してきたの？」

完璧に整えられた眉の一方がぴくりと上がったが、ドゥインターは単調な口調のまま続けた。「いいえ、でも、時間をかけてじっくり考えたわ。それで……わたしはあなたの友人の何人かとも親しくしている。たとえば、ナディーンやメイヴィスね。娘と一緒にベラのバースデーパーティーに招かれるくらい、メイヴィスとレオナルドとは親しくさせてもらっているわ。事件とも言うべき、いいパーティーだったわよね？」

「メイヴィスにとっては、なんでもない火曜日の朝だって事件よ」

「そういうところも彼女の魅力よ。メイヴィスのことは大好きよ。彼女があなたの身内なのはわかっている――」

「メイヴィスはわたしのものじゃない」イヴはさえぎるように言った。

「あなたのサークルの――重要な――一部よ。とても絆《きずな》の強いサークルの。そのサークルに誰が加わるか、あなたはとても気にかけているし、それは尊重するわ。あなたとわたしがニコイチになるとは思ってもいないけれど――」

「何に？」

「失礼、娘のが移っちゃって」見るからに楽しそうに、ドゥインターはぱっと顔を輝かせた。「親友という意味。あなたと仕事上のつながりは続けられるわ。だけど、わたしの何があなたをいらつかせるのか、知りたいのよ」

「そういうことは考えないの」

ドゥインターは唇を曲げ、泡立つ飲み物にまた口をつけた。「こうして会っているのはそのためだと思えば、考えられるはず」

それがどうして大事なのか、イヴにはまるでわからず、肩をすくめた。「あなたのことはよく知らない。ただ、あなたは仕事ができる。すごくね。わたしに必要なのはそれだけよ」

「わたしは強情で、それはあなたも同じ」

「オーケイ」

「事件にたいして必ずしも同じ取り組み方はしなくても、目指すのは同じゴールよ」

「たしかに」

「あなたは、わたしが友人になりたいようなタイプじゃないわ。失礼なことばかりするし、集中するとほかが見えなくなるし、石頭で、しかも融通がきかない」

融通がきかないと言われてむっとしたものの、イヴは聞き流した。「それで、わたしたちはここで何をしてるわけ？」

ドゥインターはちょっと座り直すようにしてから、わずかに身を乗り出した。「そのいっぽうであなたは、仕事上の部下だけじゃなくて、私生活で付き合う人たちも、心からあなたの役に立ちたいという気持ちにさせるのよ。そして、わたしがとても尊敬し、崇拝している男性にどうしようもなく愛されているのよ」

イヴはオリーブストローをもう一本、ぽりぽりと食べた。「たぶん、失礼な石頭が好みなのよ」

「違いないわ。でも、彼が人の本質を見抜く達人で、物事の全体像を見てじっくり観察する人だということも、わたしは知っている。そして、ひとりひとりが個性的で、絆の強い友人サークルを見ていると、わたしは細かいことが気になってしまう人間だから、知りたいのよ」

ドゥインターはさりげなくまたオリーブストローをつまんだ。「モリスなの？」一瞬待って、うなずく。「いちばんの理由はリーなのね。彼もあなたのものだから」

そのとたん、イヴの背筋をぞくりと不快感が駆け上った。「モリスは彼自身のものよ」

「そうだけど、サークルの一員だし、彼らとあなたの双方向的な忠誠心は揺るぎないわ。リーとわたしは友人で、ふたりで過ごすことも多い。でも、ベッドはともにしないわ」

「わたしの知った――」

「知ったことじゃない？　それは嘘《うそ》よ、石頭」ドゥインターは声をあげて笑い、目をぎらつかせたイヴにさらに言った。「面と向かってそう呼ばれることはあまりないみたいね」

「顔を血まみれにされたい人はめったにいないから」

「あなたの自制心に感謝するわ。わたしはリーを大事に思っているの、友人として。彼は外側も中身も、標本にしたくなるほど完璧で最高——しかも、わたしだってめちゃくちゃイケてる——だけれど、わたしたちはそういう感じでは惹《ひ》かれ合っていないのよ」

ドゥインターは一瞬、そっぽをむいて小さくため息をついた。「認めるわ。そんな感じになったらいいかもって、なんとなく思ったことも二、三度あるけれど、でも、そういうんじゃないのよ。おたがいに。アマリリスのことは知らないわ。でも、リーが彼女を愛していたこと、たとえようもなく愛していたことはよく知っている。彼が彼女を深く愛していて、彼女を失ってどんなに打ちひしがれたか、あなたは知っている。そのとき彼の支えになったから。そして、いまも彼のそばにいる」

イヴは嘘も真実も聞けばわかる。いま耳にしているのは真実だった。こわばっていた背骨がゆるんでいく。

「彼はいまも悲しんでる」イヴは言った。「前ほどひどくはないけど、いまも悲しんでるわ」

「ええ、そうね。心のどこかでこれからもずっと悲しみ続けるのかもしれない。わたしと彼は、たがいに友人が必要で、セックスの面倒ごとにわずらわされないで一緒にいられる相手を求めているときに出会った。たがいに共通点が多いし、彼は娘にとってかけがえのない友達になったわ。あの子はわたしの人生最愛の存在よ。リーに空虚感みたいなものを満たしてほしいとは思っていないわ。実際、そんなことは誰にも求めていないし、虚しさだって感じていない。そんなレベルのことで誰かを引き入れて、わたしの娘の人生をややこしくさせたくないの」

ドゥインターは一瞬黙りこみ、またため息をついた。「たしかにセックスは恋しいけれど。それでも、あの子はわたしの人生の最初で最後の子。わたしのすべてよ。リーはあの子といるとうれしそうだし、あの子と一緒にいればもっと明るく、幸せになれると思う。あの子、あなたに会いたがっていたわ」

「わたしに？　どうして？」

「名前は耳に入ってくるし、あなたの映画も観たから——賢くて好奇心旺盛《おうせい》な女の子に、ネットやクライムチャンネルを見せずにいるのはむずかしいわ。それに、あなたとロークはパーティーで、ベラにドールハウスを贈ったでしょう。あれは大ヒットね。でも、あの子を紹介しようと思っている間に、あなたたちはいなくなってしまった」

「事件があったから」

「知っているわ。話は聞いている。怪我をした警官は？」

「治療のためにまだ休んでる。でも大丈夫、回復するわ」

「安心した」

「わたしたち、戻ったのよ」イヴはさらに言った。「パーティー会場に」

「ええ、リーがそう言っていたけれど、わたしと娘が帰ったあとだった。あの子に言わせると、いくつか微調整が必要な宿題が残っていたから。わたしはリーにたいして下心はないし、彼もわたしに友情以上のものは感じていないわ。だから、わたしにどれだけ反感を持っているとしても、その部分は省いてほしい」

「オーケイ」イヴはワインを少し飲み、考えながら言った。「あなたのことは知らないし、かろうじて知ってることも、よくわからない。スノッブで、肩書が自慢でお高くとまってる石頭、っていう印象」

ドゥインターはいきなり背筋をぴんと伸ばした。「わたしはスノッブじゃないわ!」

「あなたが飲んでるそれは何? きざなフランス風アクセントで名前を言った、それは?」

「わたしはこの飲み物が好きで、フランス語をしゃべる。だからって、スノッブということにはならないわよ」

だんだん面白くなって——スノッブと呼びさえすればドゥインターが怒ると、誰が知っているだろう?——イヴはさらに言った。「しかも、うまくコーディネートした服を着て、それに――なんて言うの？――ちゃらちゃら歩きまわってるし」

「あなただって六千ドルのブーツを履いているじゃない」

「履いてないわ」イヴはぎくりとして一方の足を突きだして、見つめた。「クソッ」たぶん履いている。「違うのは、あなたの履いてるブーツがいくらするのか、わたしには想像もつかなくて、わかってるのは、これから何時間も立ち続けるときに、そんなのを履くのはまともな人間のやることじゃないってこと」

ドゥインターの表情にも声にもありありと驚きが表れていた。「あなたが気にくわないのは、わたしの服装？」

「全体的なことよ」イヴはすかさず言った。

「全体的が聞いてあきれるわ」ドゥインターはオリーブストローをイヴに向けて振ってから、ぽりぽりと食べた。「上っ面だけ見て評価するなんて、ろくな警官じゃないわね」

「あなたはカメラの前に立ったとたん、しゃなりと気取る」

「わたしは気取らないし、キャスターの親友がいて、しょっちゅうスクリーンに顔を出しているあなたに言われたくないわ」

「出るのは、捜査に有利に働くときよ」

「彼女はあなたを題材にして本を書いたわ。それを脚色した映画はアカデミー賞候補になった」

「そうじゃなくて、アイコーヴ親子について本を書いたの」イヴは片手を上げた。「あなたは犬を盗んだ」

「まあ、何を言いだすのかと思ったら」

「犬を盗んだ」イヴはさらに言った。「その子が世話をされず、虐待されてるのに、なんとかしようとする人がいなかったから。あなたは犬を引き取った。わたしは、助けて守ることは何より大事だと思ってる。誰かが――たとえ犬でも――虐待されてたら、誰かがそれを止めなければならない。あなたはそうした。それはあなたのいいところよ」

「うちの犬がわたしのいいところ？」

「そう、モリスの気持ちが動いたのも、きっとそういうことだと思うし、わたしは嘘をつかれてたらわかるけど、あなたは嘘をついてない。それに、見たところ、あなたは彼にとって好ましい存在よ。彼を見れば、そうじゃないとは言えない。彼が前より落ち着いたのは、あなたと一緒に過ごすようになったせいもあると思う」

「彼を大事に思っているわ」

「了解。それでもやっぱりあなたはスノッブでメディア好きだけど、承知したわ」

ドゥインターは苛立たしげに、また背もたれに体をあずけた。「まったくもう、なんだって半分はあなたを好きなのか、その理由がわからないわ」

「お互い様。半分なら充分だと思うから、もうこれでいいわよね。帰らせて」

「まだワインが残っているし――」ドゥインターが言いかけた。

グラスが床に落ちて砕ける音がして、ふたりともそちらを見た。ドゥインターは視線を戻して、また飲み物を手にした。

「時間を無駄にしても――」

イヴは勢いよく立ち上がった。

ラリンダ・マーズはもうボックス席に座っていなかった。連れの姿もない。マーズは磨かれた床を酔っぱらいのようによたよたと歩いていた。ホールスタッフにぶつかったときにトレーから落ちて砕けたグラスのかけらを踏みつけている。

うつろな目でまっすぐ前を見つめて、よろめきながらジグザグに進む。体にぴったりしたピンクのスーツの右袖から血が染み出してしたたり、細い筋になって床を流れている。

イヴは人をかき分け、彼女に向かって走りだした。誰かが悲鳴をあげはじめた。

マーズが白目をむき、前のめりに倒れかける。

イヴは床に激突する寸前のマーズをつかんで、一緒に倒れ込んだ。

「ドゥインター！」イヴは鋭い声で呼び、ぴったりした袖をまくって出血している場所を探した。

「ここよ、ここにいる。圧迫して」

「どこを?」

ドゥインターはしゃがみ、マーズの右の上腕二頭筋を両手で押さえた。「袖を切り取らないと。何か止血帯に使えるものがほしい。出血がひどいわ」

イヴははじかれたように立ち上がり、ポケットに手を突っ込んでペンナイフを探した。「これを使って。あなた!」ホールスタッフのひとりをつかむ。「誰も店から出さないで」

「私には無理——」

「扉を閉めて鍵をかけて」そう言いながらベルトをはずして引き抜いた。「そこのあなた!」客たちが右往左往しているなか、イヴはバーテンダーのひとりを指さした。「九一一に連絡して。いますぐ。医療員《ＭＴ》が必要よ」

「医者です、私は医者です」おおぜいの客をかけ分けて、男性が前に出てきた。

「わたしもよ」マーズの袖を切り離しながら、ドゥインターが言った。「脈が取れない」

「上腕動脈だ」男性はマーズにまたがり、心臓マッサージを始めた。「止血帯を巻いて。これで蘇生《そせい》できたら……ＭＴに血液が必要だと伝えてくれ。Ｏ型Ｒｈマイナス。輸血が必要だ」

イヴはマーズを医者たちにまかせてその場を離れ、客たちの相手をした。

「全員、そこから動かないでください！」警察バッジを素早く取りだし、高く掲げた。「わたしは警官です。椅子に座って、ドクターたちに場所を空けてください」カシミアのコートを着た男性がドアの前にいるホールスタッフを押しのけようとしているのを見て、イヴは一歩前に出た。「座るように言ったはずよ」

「あんたにそんな命令をする権限はないし――」

イヴは上着の前を開けて、武器をあらわにした。「ほんとうにそう思う？」

男性は嫌悪感をむき出しにしてイヴを見たが、大股で歩いていってバーカウンターのそばに立った。

「誰も店から出ないように」イヴは繰り返した。「警官と医療関係者以外は、なかに入れないで」

「MTは必要ないわ」両手を血で濡らしたドゥインターが言い、しゃがんだまま踵に重心を移した。「亡くなったから」

今夜はDBがない？　本署《セントラル》に連絡しようとリンクを取りだしながらイヴは思った。

そう、そんなことが続くわけがないのだ。

　店にはおおぜいの客がいて、そのうちのひとりが殺人犯かもしれない。しかし、マーズに切りつけた犯人はとっくにこの場を離れている、というのがイヴの考えだった。それでも、いま目の前にいる人たちにやることをやらなければならない。

「静かに！」イヴが命じると、店内をざわつかせていた音のほとんどが消えた。「全員が自分の席につくか、いまいる場所から離れないでください」

「家に帰りたいわ」誰かが泣きながら叫ぶと、イヴはあっさりとうなずいた。

「わかります、全員ができるだけ早くここから出て帰れるようにしますから。とりあえず、このテーブルとそのテーブルを店のあちらにきっちり寄せて」

「すごい血の海」誰かが小声で言った。

「そう、だから、皆さんに移動してもらわなければなりません。荷物を持って、店の北側へ。移動してください」

「なんであんたが仕切ってるんだ？」誰かが叫んだ。「俺たちを閉じ込める権利はないはずだろう」

　イヴはバッジを掲げた。「これは警察バッジ。わたしはニューヨーク市警察治案本部《NYPSD》のダラス警部補で、いまやってるのは警察の捜査よ」

「あの、お客様？」出入り口の扉の近くにいたホールスタッフが手を上げた。

「警部補よ」

「あの、医療員が来ました――もうすぐ車が止まります」

「なかに入れて。皆さんは、店の北側に移動してください」

ひとりの女性が立ち上がり、震える手でハンドバッグをつかんだ。そして、そのまま気を失った。そのとたん、客たちはまた自制心を失って叫びはじめたが、イヴはそれにはかまわず、店内に駆け込んできた医療員のほうを向いた。

「気絶した女性を処置して」イヴは言い、身振りで示した。「出血してるほうはもう手遅れだから。さあ、聞いてください！　ここで名前を言って聴取を受けたら、そのまま帰宅していただけます。それができない人は、これから呼ぶ護送車で、全員セントラルへ移送し、あちらで対処します。どちらにするか、自分で決めてください。ここから出たいなら、静かにして。ことそこのテーブルの人は、テーブルを移動させてください」

「彼女を置いていけないよ」

イヴは、気絶して倒れかけた女性を支えた男性をじっと見た。「大丈夫。彼女が歩けるようになるまで医療員に処置してもらって。彼女が血を見ないように注意して店の北側に移動させて。それから、そっちで座ってる誰かに椅子を譲ってもらってください。彼女の名前は？」

「マーリー」

「誰か、マーリーに席を譲ってあげてください」イヴはバーテンダーのほうを向いた。「彼女に水をあげてくれない？」

「あの。警察が来ました」

助かった、とイヴは思った。「店に入れて。さあ、いますぐ北側に移動してください。ご協力に感謝します」

ドロイド巡査だ。店に入ってきたふたりを見て、イヴは思った。もちろん、誰もいないよりはるかにましだ。「現場を保存しなければならないわ。このテーブルの人たちを店の北側に移動させて。足りなければ椅子を持ってきて」

「了解しました」

「何かで彼女を覆えないんですか？」

医者に訊かれ、イヴとドゥインターは声を揃えて「だめよ」と言った。イヴはドゥインターを見て、両方の眉を上げた。

「ごめんなさい」ドゥインターが続けた。「お名前をうかがっていなかったわ」

「スターリングです。ブライス・スターリング」

「ドクター・スターリング、この場でのあなたの行動に感謝します。法医学的証拠として使えなくなる可能性があるので、遺体を覆うことはできないんです」

「シールドを手配しました」イヴは言った。それと捜査キットも。キットは二ブロック先に停めてある車のトランクのなかだ。「店の責任者は誰？」

「わたしです」女性バーテンダーが手を上げた。「いまはわたしが責任者です」

「名前は？」

「エミリー。エミリー・フランシスです」

「ミズ・フランシス、店内に防犯カメラは見当たらないわね」

「ええ、店内にカメラはありません。あるのは屋外だけです」

「出口はほかにも？」

「裏通りに出られるのがあります。あっちの……」フランシスは背後を指さした。「厨房に」

「奥の厨房に誰かいる？」

「僕は奥に――奥にいました」男性――見た目はほとんど少年だ――が手を上げた。「貯蔵室にいて、そうしたら、悲鳴が聞こえたので走ってきました」

「自分たちは厨房にいました」

バーカウンターの奥のスイングドアのそばで、胸当てのついた白いエプロン姿の男性三人が同時に立ち上がった。

「いま、奥に誰かいる?」

「いいえ。でも、スイッチがすべて切られているか確かめたいんです。いいですか?」

「名前は?」

「カート——あ、カーティス・リーボウィッツです」

「その前に、この一時間以内に、厨房を抜けて裏口から出ていった人はいた?」

「ええと。いません。いたら必ず気づくはずです」

「行っていいわ、カート、すぐに戻ってくるのよ。オーケイ」イヴは正面に向きなおった。

「今後のことを話します。ここにいる巡査たちが皆さんの名前と連絡先を記録して、話を聞きます。彼らと、いまこの現場に向かっている巡査たちも話を聞きますが、その結果、問題がなければ、帰っていただいてかまいません」

イヴは離れたところにいたドロイド巡査のひとりを、手招きして呼び寄せた。

「被害者の席の前後のボックス席と、いちばん近い横のボックス席に誰が座ってたのか知りたい——まだ現場にいればの話だけど。その人たちには待っててもらって」

「わかりました」

「さあ、始めて。エミリー、ちょっといい?」

「はい」

イヴ少し身を乗り出して声をひそめた。「この店のオーナーを知ってる?」

「はい。はい、知っています」

「わたしが誰か知ってる?」

「はい。名前をおっしゃるまではわかりませんでした。でも――」

「いいわ。スタッフを落ち着かせて指示を与えたいから、力を貸して。いちばん信頼してるホールスタッフに手伝わせて、店内の客に水かソフトドリンクを配ってほしいの。できる?」

「はい。警部補? わたし、あの……彼女を知っています。ミズ・マーズを。ラリンダ・マーズを」

「個人的に?」

「いえ、そういうわけじゃなくて。ここの常連さんなんです。スクリーンにも出ているし。ゴシップチャンネルです」

落ち着いた娘だ、とイヴは思った。さすが、ロークが関わっているビジネスの責任者を務めるだけのことはある。「彼女が一緒だった男性は、もう店にはいないようだけど」

「彼女が……化粧室から戻る前に店を出られたと思います。彼女はあの扉から出ていって、あそこは階下《した》に続いているので、化粧室へ行ったと思うんです」

「彼女が誰と一緒だったかわかる?」

「いいえ、でも調べられます。飲み物代はその男性がお支払いされました。現金《キャッシュ》ではなく。リンクのアプリで支払われたと思うので、調べられます」

「調べてもらえると助かる。あとは、しっかりしたホールスタッフに飲み物を配らせて。アルコール類以外よ、いい？」

「わかりました」

「ふたりに給仕したのは誰？」

「あのボックス席の担当はカイルです」エミリーはあたりを見回し、あごをしゃくって示した。「あそこで、チェスカとマロリーと一緒にいる彼です」

「オーケイ、じゃ、支払いの件を調べてきて」

イヴは遺体のそばに戻り、しゃがんだ。「捜査キットはもうすぐ届くけど、とりあえず身元の確認はしたわ――目視検分と、店の責任者の証言からラリンダ・マーズと確認された」

「見おぼえがあるような気がしたの」ドゥインターがつぶやいた。「中継しているのを見たことがあるわ」

「死亡時刻《TOD》については、あなたとドクター・スターリングの証言が記録されてる」

「レコーダーのスイッチを入れていたの？」ドゥインターが強い調子で訊いた。

「落ち着いて。まったくもう。彼女がそこらじゅうに血をたらして、よろめきながら店内に戻ってきたのを見て、スイッチを入れたのよ。ドクター・スターリング、医学的に見て、彼女くらいの身長、体重の人が——上腕動脈って言いました?——それを切られたら、どのくらいで失血死すると考えられますか?」

「一概には言えません。ほんの二、三分、ということもあるでしょう。もっと長く、八分から十二分かかるとも考えられます。実際、彼女はわれわれが診る前にもう亡くなっていました。大量に出血していましたから、何をしても命は救えなかったでしょう」

「オーケイ。誰かがその動脈を切ったとする。まずどうなりますか?」

「それも一概には言えませんが、心臓が打つたびに血液が噴出します。動脈が傷ついたり、部分的に切れたりしただけなら、もっとゆっくり流れだします。治療しなければ、精神的混乱、錯乱、ショック状態といった症状が表れ、出血量が増えるにつれ症状は深刻になり、やがて意識を失い、死に至ります」

「わかりました。あなたの連絡先を聞いて、供述を取らせてもらいます。そのあとは、よかったら厨房へ行って手を洗ってください。許可を得ておきます。そのあとは、ご自由に帰っていただいてけっこうです。ご協力に感謝します」

「妻も一緒なんです。彼女は……」

「一緒に帰れるように、奥さんがいますぐ聴取を受けられるように手配します」

　イヴが立ち上がると、ドロイド巡査のひとりが店の扉を開け、イヴのパートナーとその恋人をなかに入れた。

　ピーボディ捜査官は、裾がはねている黒っぽい髪の上にポンポンのついた帽子をかぶっていた。電子捜査課《EDD》の洒落男、マクナブ捜査官の赤いコートと格子縞《こうしじま》のエアブーツが、花火のように店内を照らした。

　イヴは足早にふたりに近づき、人差し指を立てて質問をさえぎった。「ピーボディ、遺体の隣にいる男性から聴取をして、連絡先を聞いて。彼は医者よ。奥さんも客のなかにいるから、ふたりで帰れるように、彼の次に聴取をして。それが済んだら、ホールスタッフから話を聞いて。彼らは他の客たちよりいろいろ見てると思う。マクナブ、ここの責任者はエミリー・フランシス――バーカウンターの向こうにいる黒髪の女性よ。彼女に訊いて、防犯カメラのディスクを取りだして。カメラは、店の外にしかないらしいわ」

　イヴはマクナブから捜査キットを受け取った。「シールドを持ってくるように伝えたから、彼らが来たら店に入れて、できるだけ早くDBを隠して。わたしは階下へ行く。被害者が襲われた可能性がもっとも高いところよ」

「ひとつだけ質問していいですか？」ピーボディが人差し指を立てた。「いったい何があったんです？」

「誰かが世間の情報ネットワークを切断する気になったらしいわ。客たちに列を崩させないで」イヴは言い添えると、大股でその場を離れ、すでに踏まれた血の跡をそれ以上荒らさないように、よけて進んでいった。

2

イヴは血の跡をたどって短い廊下を渡った。急な階段を一続き降りると、さらに何段か幅の広い階段があって、化粧室の出入り口に通じていた。一方のドアには図案化された女性のシルエットの上に〝女性《ファム》〟、もう一方には男性のシルエットの上に〝男性《オム》〟と記されている。

血痕は女性用化粧室に続いていた。イヴは立ち止まり、捜査キットから〈シール・イット〉を取りだして、両手とブーツをコーティングした。そっとドアを開ける。

動脈からほとばしった血だ、と思った。淡いゴールドに塗られた壁から、縁の付いた幅の広い鏡と曲線が美しい銀色の蛇口が並んでいるシンクまで、血が飛び散っている。

床にたまった血は、すでに固まりかけていた。

イヴは血だまりをまたぎ、シンク脇のフックにかけられていた大きなピンクのハンドバッグを開けた。なかを探る。

「被害者はハンドバッグを置いていった。なかに入っていた身分証《ID》で持ち主を確認。あとは、唐辛子スプレー、非常用ブザー、そしてなんと、違法スタナーも。被害者は被害妄想の傾向があったか、護身ツールを持ち歩く理由があったか、いずれかと思われる。

鏡の下の棚にある口紅《リップダイ》は被害者のものだろう」

マーカーを立ち上げて、口紅のケースに残された指紋を照合すると、これも被害者のものと確認された。口紅を証拠品袋におさめ、封をして印をつける。

「被害者は化粧室に入って用を足した。そのあと、ここに立って口紅を塗り直し、ふわっと髪を持ち上げて整えた。犯人は彼女についてきて化粧室に入った。隠れて待っていた。急に衝動にかられて襲ったのかもしれないが、凶器を持っていたのは間違いない。凶器を取りだし、腕を切った。現場でざっと見たかぎりでは、傷は一カ所。犯人はどこを切るべきか知っていたか、とんでもなく運がよかったかどちらか。狙う場所を知っていたのはほぼ間違いない。

彼女は叫んだ?」

イヴは、鏡の前に立っているマーズの姿を思い描いた。

ドアが開く。マーズが鏡越しに犯人を見る。

振り返る。壁に残った血しぶきの跡から見て、振り返ったに違いない。

「彼女が叫んだとしても、階上《うえ》にいたわたしたちに聞こえるほどの大声ではなかった。犯人が返り血を浴びていなかったとしたら、それも運に恵まれた結果ではない。どこに立てば返り血を浴びないか知っていた。あるいは、血で汚れないように上着を着ていたか。手に血がついたら、ここのシンクで洗い流したに違いない。手袋をしていて、あとで脱いだとも考えられる」

イヴは一瞬目を閉じ、自分がのんきにワインを飲んでいる間、席をはずして戻ってきた者がいなかったか、思い出そうとした。

首を振って、また化粧室のなかをじっと見回す。

「個室は四つ。どれも異常なく、きれい。もみ合ったり、激しい口論をした形跡はなし。何もかもきちんと整い、汚れていない――血痕をのぞいて」

言い争い程度はあったかもしれない。彼女が一緒に飲んでいた人物か、ほかの誰か。店で飲んでいた誰か。彼女のあとをつけて店に入ってきた誰か。

可能性はいくらでもある。

自分の捜査キットで調べようと、血液のサンプルを取った。あとは遺留物採取班にまかせる。

そして、後回しにしていたことをやった。ロークへの連絡だ。

ロークの顔がリンクのディスプレイに現れた。ありえないほど青い目。美しく彫りつけたような口がカーブを描き、イヴだけにゆっくりとほほえみかける。

「警部補。ガーネットとはどう？」

「ドゥインターは階上のあなたの店にいるわ。〈デュ・ヴァン〉」

「ああ、では、フランス風の雰囲気を味わったんだね」ロークの口調にはアイルランドの詩的な響きがある。「気に入ったかい？」

「いい感じだったけど、それも事件に出くわすまで」

「そうだったのか。亡くなった人は気の毒だし、僕も残念だ。まだしばらくきみは帰ってこられないだろうから」

「そうね、しばらくは無理。なんて言うのか、ほんとうに、まさに事件に出くわしたのよ。倒れかけたところを支えたんだけど、彼女、あなたのフランス風のバーのすっごく素敵な床の上で亡くなったわ」

ロークの笑みが消え、くっきりとした青い目が冷たい光を放った。「僕の店で殺人が？」

「いま、階下の女性用化粧室にいるの。壁を塗り直さないとだめみたい」

「すぐに行く」

「とりあえず、あなたがここに来る必要はないって言うわ。でも、必要あるに決まっているだろう、ってあなたが言う必要はない。あなたは来るから。そのときに会いましょう。残念ね」

「僕も残念だ」

ロークはリンクを切った。

イヴがリンクをポケットに戻すと、ピーボディがドアを開けた。

茶色の目が化粧室のなかをじろじろと見ている。「あの、一目瞭然ですね」

「そういうこと」

「シールドが運ばれてきて、設置されました。お客はいくらか静まりましたが、まだぴりぴりしています。遺体《DB》の見張りをするか、お客の聴取をするか、わたしはどっちをやりましょうか？」

「とりあえず、聞き取りをして。彼女のボックス席のいちばん近くに座ってた客を探すようにドロイド巡査に指示したわ。彼らから聴取を始めて。被害者は誰かと飲んでた。男性、混合人種で、三十代後半、髪は茶色でウェーブがかかっていて、目はブルー。高級そうな濃いグレーのスーツで、ええと……ブルーのシャツ、ブルーとグレーと、ちょっと赤も混じった柄のネクタイ。高そうなリスト・ユニットをはめていた。シルバーかホワイトゴールドよ」

「どれだけ近くにいたんですか？」

「さほど近くはなかったけど、ある程度は見えたから。男性の表情から見て、楽しい会話をしてる感じじゃなかった」

「DBが誰か、知っているんですね?」

「ええ。ラリンダ・マーズ、ゴシップの女王。それを公に立証することになるわ。一緒にいた男性の名前は、ここの責任者がそろそろ突き止めてる頃。客の聴取をして。それを参考にして調べを進めるから」

「遺留物採取班は?」

「そう、彼らが来たらなかに入れて。検死チームもよ」

イヴは最後にもう一度、化粧室のなかを見わたし、ハンドバッグに近づいて証拠品として納めようとした。「大きすぎて証拠品袋に入らない。ジャンボサイズの袋でも無理」そこで、中身をばらばらと証拠品袋に空け、印をつけて封をした。別の証拠品袋にハンドバッグを詰め込む。

イヴは証拠品袋をすべて階上に運び、まっすぐエミリーのところへ行った。「なんでもいいから、箱がある?　蓋があるのがいい」

「わたしのオフィスにあります。あとで持ってきます。警部補、ミズ・マーズと一緒に飲んでいた男性は、ファビオ・ベラミです。連絡先もわかりました。プリントアウトしてコピーを取っておきました」

イヴは紙を受け取った。「ありがとう、すごく助かるわ」

「箱を取ってきます」

イヴは紙をポケットにしまった。次は被害者の様子を見なければ。

待っていたドゥインターがするりとスツールから降りた。

「わたしにできることがある？」

イヴはちらりとシールドの白いカーテンを見た。「法人類学者がやるような仕事じゃないと思うけど」

「わたしはここにいたのよ。彼女の血で両手が染まったわ。力になれる？」

イヴは店の北側にまだ固まっている客のほうを見た。「ドクター・スターリングがまだいるわ」

「奥さんと一緒に帰ってかまわないと言われたのにとどまって、深刻なパニック発作を起こした人を――それともうひとり、気を失った人も――介抱していたわ。彼はとてもいいドクターに違いない。わたしたちがあともう五分早く、被害者のもとに行っていたら命を救えたかもしれないわ。もちろん、たんなる推測だけど」

「推測だって役に立つこともある」イヴは〈シール・イット〉の缶を差し出した。「コーティングして」

「ごめんなさい、何て？」

「力になりたかったらコーティングして。もうブーツに血がついてるけど」

ドゥインターは視線を下げた。「最悪」それでも言われたとおりにした。

そして、イヴと一緒にシールドの裏にまわった。

イヴはしゃがみ、捜査キットから照合パッドを取りだして、遺体の親指に押しつけた。

「被害者はマーズ、ラリンダと確認された。年齢は三十七――」

「違うと思う」ドゥインターは口をはさみ、イヴにじろりとにらまれた。「わたしの考えでは、被害者は四十歳から四十五歳の間で、もちろん、証明もできるわ」

「という意見ね。被害者の公式ID記録には三十七歳と記されている。現住所は、パーク・アベニュー二六五のペントハウス。独身――結婚、同棲《どうせい》の記録はなし。子どももなし。測定器をちょうだい。死亡時刻《TOD》を確認しないと」

ドゥインターがキットのなかの測定器を探している間、イヴは遺体にほかの傷がないか確認した。「傷は腕だけみたい。検死官《ME》が確認してくれるけど」ドゥインターが差し出した計測器を受け取る。「TODは十八時四十三分で、わたしの現場での記録と一致する。被害者は右の上腕動脈に傷を負った。傷の状態から、鋭い刃物で袖の生地ごとざっくり肉を切られたと思われる」

イヴはしゃがんだまま少し背中を伸ばした。「彼女は化粧室からなんとかここにたどり着いた。襲撃者は化粧室で彼女に切りつけた。彼女は化粧室を出て、階段を上り、さらに廊下を歩いて、また何段か階段を上って店に戻り、倒れた」

「わたしの考えを聞きたい？」

「ここまで来させたのは、そのためだけど」

「最初は意識が遠のくようなことはなかったはず。最初の数秒間から、上腕動脈の損傷程度によってリー――ドクター・モリス――がどう判断するかによるけど、長ければ三十秒くらいは。化粧室を出て、階段にたどり着いてから、本格的に混乱したりふらついた可能性があるわ」

「階段の下のほうが血痕が多くて、壁に――たぶん、彼女の手で――血をなすりつけたような跡もある」

「体を支えたのよ。気持ちを奮い立たせたのかもしれないし、不安になって――あるいは混乱して――立ち止まったのかも。そして、さらに階段を上っていったのは、本能的行為のようなものだと思う。心臓と同様に、脳にも血液がまわらなくなっていたはずよ」

「あなたたちや、医療関係者、おそらくは軍人、ひょっとしたら警官以外に、その部分を狙おうと考える——さらには計画する——人はどのくらいいるか。つまり、動脈ということ。鋭い刃物を持ってたら、喉や心臓を一突きして、その場で倒すはず。それなら、逃げる時間ももっと確保できるし」

「訊いているの？　それとも考えてることをそのまま口にしている？」

「両方」

「喉を切るのは効果的よ」ドゥインターは認めた。「だけど、大騒ぎになるわ。とくに公共の場では。心臓は狙いの正確さが必要になる。上腕の動脈は長いから、狙いはさほど正確じゃなくてもいい。一センチ低かったり高かったりしたら？　結果は同じだったでしょう。心臓ではそうはいかないわ」

「なるほどね。よくわかったし、そのとおりだと思う」

「誰にそういう知識があるか、ということだけど、興味深いツールがあるわ。インターネットと呼ばれているもの」

「そうよ、そう、誰でもなんだって調べられる。でも、実際に相手を調べることも必要よね」

「犯人は調べて狙っていたと、あなたは考えている」ドゥインターはふたたびマーズを見下ろした。「彼女を」

「ほぼ間違いなく。現場には彼女のハンドバッグが残されてた――なかの財布の現金《キャッシュ》も、クレジットカードも、リンクも残ってた。彼女が身につけてた宝石類は盗む価値がありそうに見える。でも、手をつけられてない。そうなると、盗みが目的という線は消える」

イヴはすっくと立ち上がった。「DBがモリスに何を語るか確かめないと。ピーボディにあなたの供述を取らせるから」

「わたしの？」

「あなたはこの事件の証人よ、ドゥインター、だから聴取をするの。さっさと終わらせて。そうしたら、うちに帰ったほうがいい。どこへ行っちゃったんだろうって、娘が心配してるでしょ」

「遅くなるってメールしたから。大丈夫、理由は伝えてないわ」

「いいわね。さあ、行って、ピーボディにしっかり話して、終わったら帰って。あなたは彼女のためにできることはやったし、そのあともできるだけのことをやった。彼女の血痕を追って見てきたけど、スターリングは正しい。彼女は倒れる前に死亡してたわ。脳がまだその情報を得てなかっただけ」

「人が死ぬところは見たことがなかったの」ドゥインターは小声で言った。「違うものね。現場へ行ってDBを調べたり、ラボのテーブルで骨を見たりするのとは。そうね、家に帰るわ。娘を抱きしめたい。捜査に展開があれば、そのつど知らせてくれる？」

「それは可能よ」

ドゥインターがシールドのカーテンの外に出ていくと、イヴはもう一度、遺体に目をこらした。

もう何年もラリンダ・マーズについて考えたことはなく、前回、考えたときに感じたのは軽い嫌悪と軽蔑《けいべつ》だった。

それよりはるかに激しい憎悪を感じた者がいたのは間違いない。

「誰を怒らせたの、マーズ？」

イヴはまだシールドの内側にとどまり、手のひらサイズ《パーム》のPCを取りだして、ファビオ・ベラミについて調べはじめた。

外に出ると、シールドのカーテンをかき分けようと手を伸ばしたロークにあやうくぶつかるところだった。

「早かったわね。ちょっと待ってもらうことになるけど」

イヴはカーテンの内側で採取した証拠品袋を、エミリーがバーカウンターに置いた箱にしまった。捜査キットから粘着テープを出して箱に封をして、印をつける。

「ラリンダ・マーズ」ロークが言った。

「そう」視線を動かしたイヴは、目撃者の数が半分以下に減っていることに気づいた。ピーボディはドゥインターの隣に座っている。「あとで説明するけど、とりあえず、あの人たちの話を聞いて帰したいの。あなたの店は、しばらく休業してもらうことになる」

「了解」

「マクナブが店外の防犯カメラのディスクを手に入れているはずだから、調べさせてもらう。店内にカメラがあればすごく役に立ったんだけど」

「高級バーの常連客は、カメラに映ることを嫌うからね。それに、うちで人が殺されるのはめったにあることじゃない」

ロークはそっけなく早口で言った。無理もない、とイヴは思った。

「それも了解。目撃者の聴取を終えないと。検死チームがこちらへ向かってるわ。遺留物採取班も。あなたにはまだしばらく待ってもらうことになる」

イヴは検死チームと遺留物採取班を迎え、店内に入れた。そして、両方に指示を与えた。それぞれが作業を始める頃、まだ椅子席やボックス席に座っているのは数人だけで、全員が店のスタッフだった。

イヴはチェスカと同じテーブルについた。

「さっきは、どなたなのか気づかないですみません」チェスカが謝りはじめた。

「気づかなくて当然でしょ？　あなたはミズ・マーズのテーブルの担当じゃなかったけど、彼女を知ってるの？」

「週に二、三度は店に見えるので。もっと見えることもあります。あのボックス席がお好きなんです――カイルを気に入っていて。いつも彼が給仕するんです」

「彼女が階下へ行くのを見た？」

「いいえ。カイルがボックス席を片付けている――グラスをまとめている――のに気づいたんです。あのときはすごく忙しくて。五時半から七時半の間はいつもそうなんです――会社帰りの人がどっと来るので。あなたとドクター・ドゥインターはそうでもありませんでしたが、ほかの担当テーブルのお客様は次々と注文されたので、なんというか、てんてこ舞いで」

「気づいていたわ。ミズ・マーズが階下から戻ってくるのを見た？　倒れる前に」

「ガチャンと音がして――彼女が……ぶつかってグラスが割れたんです。あなたと同じように、わたしもそちらを見たら、彼女が見えました。誰かが悲鳴をあげて、あなたは彼女に駆け寄りました。ちゃんとは見ていないんです……たぶん、受けつけなかったんだと思います。血が見えて、彼女が倒れて、あなたが彼女をつかんで。わたし、ちょっと気分が悪くなって。あんなに血を見るのは初めてだったし。そのうち、おおぜいの人が悲鳴をあげたり怒鳴ったりしはじめて、頭がこんな感じになってしまって……」チェスカは紫色のショートボブの横で、くるくると指を回した。「それから、ドアの横に立つようにとか、いろいろあなたに言われて。あれで救われました。やるべきことができたから」

「あなたはよくやったわ。ミズ・マーズが、今夜一緒にいた男性と店にいるのを、前にも見たことがある？」

「ないと思います。彼には見おぼえがなかったです。すごくすてきな人だから、見たらおぼえていたと思うので。でも、忙しくて、担当のテーブルじゃなかったし……」

「オーケイ。あなたの連絡先はこの店の記録にあるわね？」

「もちろんです。そういう情報は給料の支払いに必要だし、店としては、何かあって休みの日に呼び出すときも必要だから」

「じゃあ、もう帰っていいわよ。仕事の再開のめどがついたら、誰かから連絡があるはずだから」

「シェリーが帰れるようになるまで待っていてもいいですか？　彼女はコックです。わたしたち、ルームメイトなんです。ひとりで帰りたくないので。なんだかちょっと、ほんと、疲れてしまって」

「もちろん、かまわないわ。家まで誰かに送らせる？」

「ここからほんの四ブロックですから。でも、彼女のことは待っています」

「かまわないわ。水を飲む？　ソーダとか？」

チェスカの目がうるんだ。「わたしが給仕するほうなのに」

「頑張ったわね、チェスカ。よくやったわ」

「コークが飲みたいです」チェスカは両目をぬぐった。

「オーケイ」

イヴはその場を離れ、ロークに合図をした。「紫の髪の女の子がいるでしょ？　チェスカといって、あなたの店のホールスタッフ。しっかりしてるわ。コークが飲みたいそうよ」

「手配しよう」

イヴは次にカイルのところへ行った。マーズのボックス席に近づくのを見ていたから、顔は知っていた。親指の爪を噛《か》んでいるカイルの隣に座る。

「ダラス警部補よ」

「ああ、そう言っていたね。わかってる。僕はカイル。カイル・スピンダー」

検死チームが黒い遺体袋を積んだ車輪付き担架を押して出てくると、カイルは見るからに不安そうな目をそらして、閉じた。

「ああ、まいったな、ああ」

「ゆっくり息をして、吸って、吐いて」

「死体は見たことがなかったんだ。一度も。映画とか、ビデオとか、ゲームとか、そういうの以外はね、クソッ。あ、失礼」

「オーケイ。今夜、ミズ・マーズとミスター・ベラミの給仕をしたわね」

「キール・ロワイヤル——彼女の注文だよ。男性はずっとライムを絞ったミネラルウォーターだった。彼女はキャビアも——薄いトーストと一緒に。彼は飲み物以外は注文しなかった」

「ふたりは、前にも一緒に店に来たことがある？」

「あの男性に給仕したことはないよ。顔も初めて見た。彼女はしょっちゅう店に来て、人に会うんだ。いつも僕にはやさしくて、こっそりキャッシュを渡してくれることもある。彼女は絶対にしないんだ——支払いのことだよ。支払いは彼女が会ってる人がするんだけど、たまに僕にこっそりキャッシュをくれた」

「ふたりはどんな話をしてた？」

カイルが苦しそうに表情を歪《ゆが》めた。「お客さんの話の内容をしゃべっちゃだめなんだ」

「今回は別よ。これは殺人事件の捜査だから」

不安そうな目が見開かれた。「ほんとうに？　彼女のことはきっと事故だよ、きっと」

「それをはっきりさせるのがわたしの仕事よ。さあ、ふたりはどんな話をしてたの？」

「彼の芝居のことだと思う。あまり聞かないようにしてたんだ。ほんとうに、耳にしたことを話しちゃいけないことになってるから。でも、彼がプロデュースしてる——たぶん——芝居のことを話してたみたいだった。それから、どこかの女の子たちのこと、あとたぶん、違法ドラッグのこと。そして、彼の奥さんのこと、かな？　僕がテーブルに近づくと話をやめてたから、ちゃんとは聞いてないんだ。声もずっと小さかったし——彼女はいつも小声なんだ。彼の声も小さかった——彼女が会う人で、たまに声が大きくなる人もいるけど、彼は小さいままだった」

「ふたりの様子はどうだった？　親しげだった？」

カイルは首を振った。「そんなに親しげじゃなかったと思う。彼女はよくほほえんでたけど……彼は、はっきり言ってぜんぜん楽しそうじゃなかった。ムカついてるみたいだったし、ちょっとカッとした感じもあった。少し口論してたかもしれないけど、声は小さいままだった」

「先に席を離れたのはどっち？」

「彼女のほう——お代わりを頼まれるかもしれないから、あのボックス席には絶えず気を配ってた。忙しかったけど注意してたから、彼女が立ち上がって階下へ向かうのがわかった。

たいてい、店を出る前に行くんだ——化粧室へ下りていく、っていう意味だよ。それからまたいろいろ忙しくて、次に気づいたら彼はいなくなってた。メーターを確認したら、彼は会計を済ませてて、だからテーブルを片付けたんだ」

「その間は時間的にどのくらい？　彼がいなくなったのに気づいて、テーブルを片付けるまでは？」

「はっきりはわからない。そんなに長くないよ。五分か十分だと思う。たぶん五分くらいかな。担当してる別のテーブルで支払いがあって、そこを片付けてからトレーを持っていって、それから、ベントに——あ、バーカウンターのなかにいるベントレーに何か言おうとして振り返ったら、彼女が……彼女がぶつかって、倒れかかってきた。僕はなんとかバランスを保ったけど、彼女を見たら血が流れてて、それでトレーを落としてしまったんだ。そのあと、すべてがめちゃくちゃになった」

「その前に、誰かが階下に下りたり、上がってきたりしたのを見なかった？」

「見てないと思う。持ち場のテーブルにはずっと気を配ってたつもりだけど、ミズ・マーズのほかに離れた人はいなかった。彼女の——彼女の——彼女の血がついたんだ。ほらね？彼女がぶつかってきたとき、血がついたんだ」

「そう、そうね。きれいなシャツを持ってきて、あなたのシャツは預からせてもらう」

「僕は彼女を殺してない」真っ赤な両頬だけをのぞいて、カイルの顔色が紙のように真っ白になった。「誓うよ！」

「殺したなんて思ってないわ。あなたは自分の仕事をしてたと思う。シャツを持ってきてあげるから、着替えて帰りなさい」

「彼女が好きだった。いつもよくしてくれたんだ」

「とにかく、ここで待ってて」

イヴはまたロークのところへ行った。「あの子にきれいなシャツと着替える場所を提供してあげて。いま、彼が着てるのは証拠としてセントラルに持っていかないと。よろめいてぶつかってきた被害者に血をつけられたのよ。ちょっと動揺してるわ」

「対処しよう」

「もうひとついい？　ここの責任者に、十八時半から十八時四十一分の間に支払いをした客をすべて特定させてくれる？」

「わかった」

スタッフを全員帰宅させると、店には警官と遺留物採取班だけが残った。

うれしいことに、ロークが特大サイズの白いカップに入れたコーヒーをソーサーにのせて運んできてくれて、イヴはそれを受け取った。「ありがとう」

コーヒーを手に椅子に腰かけ、考えを整理する。

ロークはイヴの向かいの席に座って、待った。

「あなたは車で来たの？」

「ああ」

「ピーボディとマクナブが乗っていってもいい？」

「もちろん」

「ピーボディ！」

「はい！」洒落たラテを飲みながら報告書を書いていたピーボディは、ごくごくとグラスの中身を飲み干した。

「あなたとマクナブはあの箱をセントラルに持っていって、証拠として提出して。マクナブには、すでに押収されてる彼女のリンクとほかの電子機器を調べてほしい。それに関する完全な報告書をできるだけ早くほしいの。あなたは、彼女のアドレスブックとか、そういうたぐいのものに記録されてる名前を調べはじめて。コピーを送ってね。ふたりでロークの車を使って。どこに停めてあるの？」イヴはロークに訊いた。

「この建物の裏の路地だ」ロークは早口でコードを伝えた。

「車はわたしの駐車スペースに停めておいて。ロークが誰かに取りに行かせるから。マクナブ、関連しそうなものは防犯カメラに映ってた？」

「裏口からは誰も出入りしてませんね」マクナブは耳たぶと、そこにじゃらじゃらとぶら下がっている輪っかにさりげなく触れた。「可能性のある時間にかぎっても、正面の扉からはおおぜいの人が出入りしてます。でも、彼女が一緒に座ってた男に――説明を聞いたかぎりでは――ほぼ間違いない人物を見つけました。後姿しか映ってないけど、十八時四十分に店を出たと思われます。これも後姿だけだけど、ほかに五人が十八時三十八分に店を出ました。男性三人、女性ふたりのグループみたいです。それから、女性のふたり連れが十八時四十一分に」

「その映像のコピーと目撃者全員の供述書をわたしに送って」

「ダラスもセントラルへ？」ピーボディが訊いた。

「いいえ、わたしはマーズが一緒に飲んでいた人物を訪ねて、何もなければ自宅で仕事をする。変更の知らせがなければ、ピーボディ、明日、朝いちばんに死体安置所《モルグ》へ来て」

「さあ、朝食です。料理はすべて銀のスプーンで供されます」

「何？」

「えっと、キャッチフレーズです――被害者の番組〈ラリンダ・マーズの誰が何をしているでショー〉の。料理はすべて銀のスプーンで供されるんです。わたしはそういうのは観ないですけど」ピーボディは言い添えたが、ちょっとわざとらしかった。「タイトルくらいは聞いたことがあるでしょう」

「そうね。行きなさい。待って、あなたとマクナブはどうしてあんなに早くここへ来られたの？　わたしが呼び出したとき、勤務時間が終わって一時間近くたってたはず」

「まだセントラルにいて、書類を書きながらマクナブの仕事が終わるのを待っていたんです。ひとつ、長引いているのがあって。ふたりで歩いてセントラルを出ると同時に呼び出しが入ったんです」

「ちょうどよかった。手伝ってくれてありがとう、マクナブ」

「ナイスボディ《シー・ボディ》が行くなら、どこでも行くんで。俺が運転するよ」

「だめだめ」ピーボディははじかれたように立ち上がり、マクナブのあとを追って出ていった。

「窓の鍵を下ろして、扉もしっかり鍵をかけないと」イヴはロークに言った。「ここはいい店ね——わたしにはおしゃれすぎるけど、すてきだし、スタッフも優秀よ。またいいお店になるわ」

ロークは血だまりを見下ろし、さらに階段に流れ落ちる血の筋を見た。

「ラリンダ・マーズのことはほとんど考えたことがないが、考えたとしても、せいぜい嘲《あざけ》り、冷笑しながらのことだ。しかし、誰かが彼女の血で僕の店の床を汚した。きみが彼女のために正義を見いだすと信じているよ。そして、僕の店のために、ここで働いている者たちのために、僕も正義を見いだす」

ロークはふたたび店内を見回し、イヴのコートを手にした。「さあ、戸締りをしたら、まだ僕の知らないことをすべて説明してもらおう」

イヴはロークの腕に手を置き、ふたりきりなので、その手を頬へ移動させた。「あなたが怒ってるのはわかってる」

「めちゃくちゃ腹立たしいよ」

「事件はあなたの店で起こった」イヴは言い、ロークの顔を両手でしっかり挟んだ。「しかも、こんちくしょう、わたしのごく間近で起こった。あなたに負けないくらい腹立たしいわ、ほんとうに。正義、そうね、それがいちばん大切。被害者の正義は踏みにじられたのよ。でも、わたしにとってはすごく個人的な問題でもある。だって、クソッ、わたしのほぼ目の前で起こったんだから」

こんどはロークがイヴの顔を両手で挟み、かすかにほほえんだ。「さてと、めちゃくちゃ腹を立てたふたりがいて、亡くなったある女性のために、彼女が人生で受ける価値がある以上の骨折りをしそうだね」

「殺人はそれに値するわ」

「たしかに」ロークは軽くキスをしてから、イヴの額に額をつけた。「そう、値《アイ》するね。だから、ふたりとも、解決するまでやるべきことをやり続けるんだ」

3

うなりをあげていた風がますますきつく、冷たくなった。平手打ちのように吹きつけてくると同時に、茹《ゆ》でた大豆《ソイ》ドッグと、焼き栗と、冷え切った人間性の匂いを運んでくる。

イヴはロークに事件の説明をしたが、車まではわずか二ブロックだったから、ほんの上っ面しか伝えられなかった。

「化粧室から出ていけただけでも驚きよ。あそこで半リットルかそれ以上、出血してたから」

ロークはまだ腹を立てている、とイヴは思った。当然だ。「手を貸してくれたドクターもドゥインターも同意見で、よろめきながら店に入ってきた時点で、マーズはほぼ死亡してたって。階段でも大量に出血して、血が流れ落ちてたし。襲われてから死亡するまで長くて十二分、というのがふたりの考えだけど、実際、ふたりは血痕を見てないわ。わたしは、その半分かそれ以下だと信じてる。傷は……」

車まで来ると、イヴは早口で住所を伝え、ロークに運転をまかせた。

「そんなにひどくないのよ。見た感じでは。切り傷」そう言って、人差し指で上腕二頭筋を切る真似をする。「とくに深くもない。すっごく効率的な殺し方。お金もかからないし。一カ所をすぱっとかき切って、立ち去り、そして――わたしの考えだけど――あとは彼女の心臓にまかせておけば、鼓動するたびに血液が噴き出すというわけ」

イヴはPPCを取りだし、ちらりとロークを見た。「ファビオ・ベラミについて何か知ってる?」

「少しだけ。会ったのは数えるほどだ。三代――四代かもしれない――続く大金持ちだよ。世界的な一流銀行を経営するかたわら、放送業やエンターテインメント事業にも手を広げている。ベラミはエンターテインメント事業の現場に関わっていると思う。おもに舞台興行だ。若い頃は浪費家という評判だったが、結婚してからは落ち着いたようだ」

「浪費家?」

ロークは一方の肩を上げた。「まさにね。信託財産を無駄遣いして、地球ではもちろん、地球外まで飛んでいってクラブや金持ち仲間のたまり場で遊びほうけ、トラブルを起こしては罰金や賠償金を支払うはめになった。女好きで――同時に二、三人と付き合うのは当たり前——酒や違法ドラッグにも目がなかった」

「マーズがゴシップ番組で扱うネタみたい」

「かもしれないが、さっきも言ったとおり、そういう生き方はやめたんだ。評判のいい芝居もいくつかプロデュースして、慈善活動にも関わり、僕が耳にしているとおりなら、結婚生活も順調だそうだ」

「じゃ、更生したの？」

ロークは心からの笑顔でイヴを見つめた。「最低の悪党にもありうることだ」

イヴが更生を否定できないのは、結婚相手がかつてダブリンの裏通りの不良少年で、とてつもない成功をおさめた元泥棒だからだ。それでも、身についた習慣を変えるのがむずかしいことも知っている。

「ベラミがヘマをして、彼女はその気配を察知したのかも。あるいは、彼女がゴシップを得ようと圧力をかけてたのかもしれない。どちらにしても、彼は気に入らなかったはず。そう見えたと、ホールスタッフのひとりが証言してるわ。それに、わたしも何度かふたりのほうを見たけど、ベラミはそこにいるのが苦痛みたいだった」

イヴは背もたれに体をあずけた。「でも、彼はそこにいた。金持ちで、仕事もうまくいってる更生した元悪ガキが、洒落たフレンチバーでゴシップレポーターと会うのは、なぜ？

そのゴシップレポーターがそのバー――ダウンタウンのバー――にしょっちゅう来る理由は？　彼女が住んでるのはアップタウンのパーク・アベニューなのに」

「うちのワインリストはとびきりだからね」

「彼女のお気に入りはキール・ロワイヤルよ。自宅や〈チャンネル75〉のもっと近くにも、洒落た高級バーは間違いなくある。あなたの店かもしれないけど」

「一、二軒はそうだろう。彼女はそのあたりの店にもよく行っていたかもしれない。あちこち行っていたんだ」

「そうかも」ロークが駐車場所を探している間、イヴはじっと考えていた。駐車スペースに車がおさまると、イヴは車から出て歩道に立ち、ロークが来るまであたりの家をながめていた。「いいところね」

「僕たちの邸《やしき》からさほど遠くない」ロークはイヴの手を取った。「予備の手袋がダッシュボードに入っているのに」

「忘れてた。どうしてわたしは、六千ドルのブーツを履いてるの？」

ロークは眉を上げ、イヴのブーツをじっと見下ろした。「頑丈でファッション性もそなえつつ、きみの足を保護するためだ」

「二、三百ドルのブーツでも保護できるけど」

「それはどうだろう。六千ドルのブーツだって、どうしてわかった？」

「ドゥインターがそう言ったから」一緒に歩きながら、イヴはロークの腕を指で突っついた。「ねちねち嫌味を言われたけど、うまく言い返せなかった。片方でも三千ドルなんて、信じられない」

「計算は合ってるよ。履き心地はいいだろう」

「ええ、履き心地はいいけど――」

「しかも、きみ好みの頑丈さもある」ロークはよどみなく続けた。「それを履いて、必要なら――たいていそうなるけど――容疑者を数ブロックでも追いかけられる」ロークは握っていたイヴの手を唇に押しつけた。「僕のおまわりさんは一日の大半は立っていて、通りを歩き回ったり、悪いやつを追いかけたりしている。僕はそんなきみの足が大好きで、日々の追跡に質のいいブーツは武器に劣らず必要不可欠だと思っている」

「六千ドルなら金メッキされてるべきよ」イヴはぼそっと言った。

「とんでもなく重くなるよ」ロークはさらりと言った。「そのうち靴擦れができるのは間違いない。さあ、着いたよ」

イヴは勝ち目のない議論を――とりあえず――切り上げ、曲線が美しいコンクリート製の装飾をほどこした石造りの建物をじっと見た。三階建てで、窓は縦長で細く、古びた木製の黒っぽい両開きの扉は、鋲《びょう》で美しく飾られている。

「どのくらい前の建物だと思う?」

「建てられたのは十九世紀後半。もともとは住居で、その後、銀行になった。都市戦争《アーバン・ウォーズ》の被害はまぬがれ、改装されてオートクチュールの高級ブティックだった時期もあるが、オーナーが管理しきれなくなった」

「あなたのなの?」

「以前ね。数年前に売却した」

「ベラミに売ったの?」

「正確に言うと、僕の代理人がベラミの代理人に売って、いまはまた住居として使われている。きちんと手入れされているようだ。僕としてもうれしい」

「しかも、がっぽり儲《もう》けたし」

ロークはイヴを見てずる賢そうにほほえんだ。「ダーリン、ほかにどうやって妻に六千ドルのブーツを履かせられると思う?」

「ほんとうに面白い人」

「きみを笑わせるために生きているんだ」ロークは握っていたイヴの手を引っ張って階段を三段上り、両開きの扉の前に立った。

最新鋭の防犯設備だ、とイヴは思った。全方位カメラも設置されている。

ブザーを押すと、コンピュータ音声が応じた。

〝こんばんは。ご用件をおうかがいします〟

「NYPSDのダラス警部補」イヴは警察バッジを掲げた。「こちらは、一般人で、民間コンサルタントのローク。ファビオ・ベラミと話をさせて」

〝身元の照合をさせていただきますので、しばらくお待ちください……。あなたの身元は確認されました。そちら様のIDをお見せください。一般人で、民間コンサルタントの、ローク様〟

「そうよ」イヴは言い、ロークがIDを取りだすと、含み笑いを漏らした。

〝ありがとうございます。ミスター・ベラミに取り次ぎますので、お待ちください〟

「最後にベラミと話をしたのはいつ?」イヴが訊いた。

「一年か、一年ちょっと前だ。彼は知り合いというわけではなく、人から聞いて知っていることのほうが多い」

扉の右側が開いた。応じた女性は、黒いスリムなパンツに黒いセーターを着ていた。淡いブロンドの髪をつややかなポニーテールにまとめ、おとなしそうな美しい顔をあらわにしている。

「どうぞ、お入りください」かすかに訛《なま》りがある。たぶん北欧の人だろう、とイヴは思った。「ベラミ夫妻はリビングルームにおります。コートをお預かりしましょうか?」

「いいえ、ありがとう」イヴは玄関ホールをざっと見わたした。高い天井に、むき出しの洒落た梁《はり》が渡され、クリスタルを錆色《さびいろ》の金属で幾重にもつなげたシャンデリアが光り輝いている。絵画――夢で見るような風景画――が飾られ、大胆な赤で塗られた古風な椅子が二脚あり、クリーム色のテーブルには高さの違う花瓶が三つ置かれて、それぞれから華やかな色合いの花々があふれている。

豊かさと贅沢《ぜいたく》と安穏を絵に描いたようだ。

ゴールドがかった木目の床を歩き、幅の広いレンガのアーチを抜けていく。

背もたれの高い、淡いブルーの二人掛けソファに座っていたベラミが立ち上がった。スーツもネクタイも〈デュ・ヴァン〉で着ていたものと同じだ。

「ローク。うれしいね。そして、驚いたよ」

驚いている。部屋を横切ってロークと握手をするベラミを見て、イヴは思った。しかし、不安げな目はうれしそうには見えない。「警部補。お会いできて光栄です。ディアナ、こちらはロークとイヴ・ダラス。妻のディアナです」

ディアナがソファの縁へ腰をずらそうとすると——イヴの見たところ、ディアナは信じられないほどお腹の大きい妊婦で、立ち上がるには滑車装置が必要に思えた——ベラミは妻に人差し指を突きつけた。

「きみは座ったままだよ」

ディアナは声をあげて笑い、いたずらっぽい濃い茶色の目を輝かせた。顔がふっくらしているのも、腹がちょっとした小山のようにせり出しているのと同じ理由からだろう。

「そうさせてもらうわ。ひとりで立ち上がろうとしたら、たぶん十分はかかってしまうから。どうぞ、お掛けください。ファビオ、お客様に飲み物を」

「おかまいなく」イヴは断りかけたが、ベラミの目に浮かぶ何かに気づいた。懇願だったかもしれない。「でも、コーヒーをいただけたらうれしいです」

「ご用意します」

ディアナは金髪の女性にほほえみかけた。「ありがとう、ラニー。わたしはこうして座ったまま薄い紅茶をいただいて、コーヒーをうらやましがるわ」

「予定日はいつですか?」ロークが打ち解けた様子で尋ね、イヴをそっと肘で押して座らせた。

「三月二十一日です」

イヴの表情――ぎょっとしたに違いない――を見て、ディアナはまた笑い声をあげた。響きわたるような大声だが歌っているようにも聞こえる。「でも、あと二、三週間だから準備するようにと言われているのよ。三つ子で、予定より早く産まれそうなの。ありがたいことに」

「そこに三人入ってるの?」イヴは自分でも気づかないまま言い、すぐに謝った。「ごめんなさい」

「いいのよ。わかったとき、ファビオもわたしも同じ反応をしたわ。しかも、三人とも女の子。かわいそうなファビオ。取り囲まれちゃうわ」

「待ちきれないよ」

本気で言っているようだ、とイヴは思った。

「わたしたち、共通の知り合いがいるのよ」ディアナがイヴに言った。「ええと、あなたにとっては知人以上ね。だって、あなたの親友だから。メイヴィス・フリーストーンよ」

「メイヴィスを知ってるの？」

「知っているわ。こう……なる前は」ディアナは巨大な腹の上で、両手をくるくる回した。

「寄付金集めのパーティーで一緒にパフォーマンスをしたのよ。彼女は素晴らしいわ。独特で、素晴らしい」

「まさにそうよ」

ディアナの腹のなかで何か――何かたち――が動くのがわかった――そう見えた。イヴは落ち着かなくなり、ディアナの顔に神経を集中させた。疲れているのか、黒っぽい目の下にはクマが目立ち、オリーブ色の肌もくすんでいる。

金髪の女性がコーヒーのカップとポットを運んできた。ベラミは立ち上がってそれを受け取り、何かささやいた。女性がうなずく。

「ドクターの指示を守らなければ」ベラミは言い、トレーをテーブルに置いた。

「あら、ここに座っているだけよ」

「さあ、行きましょう、奥様」ラニーはディアナに近づいて体に腕を回し、立ち上がるのを手伝った。「ベッドで安静ですから、ベッドで横にならなければいけません。赤ちゃんたちがお疲れです」

「この子たちは疲れなんか感じないわ」ディアナは片手を腹にのせた。「ごめんなさいね」と、ロークとイヴに謝る。「もう、食べて寝てよちよち歩くことしかできない段階なの。わたしがベッドに追い払われないときに、またいらしてね」

「お会いできてうれしかったです」ロークは立ち上がり、ディアナの手を取った。「お大事に」

「こうして最善の努力をしてるわ。さようなら」

ほんとうによちよち歩いている、とイヴは思った。体の前にあれだけの荷物を抱えていれば、それも当然だろう。

「愛想がないと思われたら、申し訳ありません。厄介な問題があって、妻はもうだいぶ前から自宅のベッドで安静にしているんです。ドクターから、驚かせたりストレスをかけたりしてはいけないとはっきり言われています」

ベラミはふたたび妻の後姿をちょっと見てから、カップにコーヒーを注《つ》ぎはじめた。「あなたがここへ来たからには――あなたがどんな仕事をしているかは知っています、警部補――何かとても悪いことがあったんですね。私の家族か、ディアナの家族に何かあったんですか？」

「いいえ、そうではありません。ブラックでけっこうです」イヴはカップを手に取り、ベラミがロークのカップにコーヒーを注いで座るのを待った。「今夜、あなたはラリンダ・マーズと一緒にバーにいた」

「ええと……はい」

「何時に〈デュ・ヴァン〉を出たか、教えてもらえますか？」

「六時半か四十五分頃、だいたいその間ぐらいです。七時前後には帰宅したと思います。なぜです？」

「ミズ・マーズとはどんな関係ですか？」

ベラミの顔のすべてがこわばった。「関係はありません」

「でも、飲み物を飲みながら、一時間近く一緒にいた」

ベラミはふたりが来たときに脇に置いたブランデーのグラスを手にした。「用事があって話し合っていた、というところです」

「用事というと？」

「私の用事です。マーズが面倒を起こすというなら、弁護士に対処させます。妻を動揺させたくないんです。何か訴えたり、非難したりしているなら、私としては――」

「彼女は亡くなりました」

「どうでもいいんです、彼女が……なんだって？」腹を殴られたかのように、ベラミの顔面がゆるんだ。「なんて言った？」

「ラリンダ・マーズは亡くなった、と言いました」

ベラミはただイヴを見つめた。混乱しているようだ。「でも、ふたりでついさっきまで……」混乱が一瞬のうちにショックに変わった。「ああ、なんてことだ。私は店を出た。彼女はまだ店にいました。私が出ていくのを誰かが見たはずです――防犯カメラがあるに違いない。家には七時頃、遅くとも七時十五分には戻りました。うちの防犯カメラに写っているはずだ。ラニーも証言してくれる。頼むから、ディアナには何も訊かないでください。彼女を動揺させないでください」

ベラミはソファから立ち上がり、両手の指先でこめかみをもみながらうろうろ歩きはじめた。「彼女はテーブルを離れました――話が終わり、彼女は席を立った――バーから出たわけじゃなく。階下へ行ったんです。化粧室だろう、と私は思いました。それから一、二分後、支払いをすませてバーを出ました。支払いをして、コートを受け取り、店を出た。彼女はまだ戻っていませんでした。私はまっすぐ家に帰りました。タクシーで。調べれば確認できるはずです。

彼女はいつ殺されたんです？」

「殺されたと思うんですか？」

「彼女は亡くなったとあなたは言った。あなたは殺人課だ。ああ、殺されたと思うとも」噛みつくように言ってから、素早くアーチ形の廊下に目をやった。大きく息を吸って、吐き出す。「私がバーを出たとき、彼女は生きていました」

「彼女はバーで襲われました。階下で」

「襲われた？」ベラミはまた腰を下ろした。「驚きませんよ。彼女は強欲で、人を食い物にする吸血鬼だった。私ひとりのわけがない」

「ひとり？」

「彼女を毛嫌いしていた者です。私は彼女のことはほとんど知らないが、大嫌いだ。彼女が襲われたなら、誰かが何か聞いているか見ているでしょう。彼女が席を立ってから、私がテーブルにいたのはせいぜい二、三分です。彼女が階下に向かい、私がバーを出るまでは五分もなかったでしょう。五分間で、彼女を階下まで追っていって、殴り殺したり――絞殺したりして戻り、店を出られるわけがないでしょう？」

イヴは冷ややかにベラミを見た。「そうしたかったんですか？　彼女を殴り殺したり、首を絞めたりしたかった？」

「そんな思いも頭をかすめた」ベラミは低い声で言い、目を閉じた。「弁護士を呼ぶべきですね。そのくらいの分別はあります。しかし――」再び目を開け、アーチ形の廊下のほうを見る。「何もかも話します――包み隠さず。お願いしたいのは、妻を巻き込まないようにと、それだけです。あと二、三週間だと言われているんです。後になればなるほどいいんだが、二、三週間だと。陣痛が始まりさえすれば、危険は脱します。時間が必要なんです」

「この件について奥様に話をする理由はありません。あなたがラリンダ・マーズを殺してないかぎり」

「誰だろうと人を殺したことはありません。これまでの人生で、愚かなことも、軽率なことも、向こう見ずなこともやってきましたが、人を殺したことはない。私は彼女に脅されていたんです」

「どんなふうに？」

「ディアナと出会う前は、そういう愚かで、軽率で、向こう見ずなことを毎日のようにやっていました。そうやって、人を――とりわけ家族を――動揺させて楽しんでいました。甘やかされ、そうする資格があると思い込んでいた」ベラミは首を振った。「酒を飲むのは酔っぱらうため。ドラッグをやるのは、できるだけハイになるため。いつもそうだった。でも、アルコールや薬物の依存症ではなかった。金を使い、人を利用するのは、それが可能だったから。先の見えない無意味な毎日の繰り返しだったが、私が求めていたのはそういう日々だったんです。

そして、私はディアナに出会った。人生が変わったり、救われたりする瞬間というものがあり、そのきっかけになる人がいます。ディアナは私の人生を変えました。そして、救ってくれた」

「あなたが出会った頃、彼女はブロードウェイの輝ける星だったそうだね」ロークが思い出しながら言った。「才能にあふれ、将来を約束されたスターだった」

「そう。華やかで才能があり、小箱に収められた宝石のようだった。あれを手に入れる、と私は思った」

自己嫌悪にかられたらしく、ベラミは唇をきゅっと結んだ。

「ほんとうにそうなると思っていたんだ。でも実際、そうはならなかった。ディアナは違った。彼女はありのままの私を見ていた。無神経で浮ついた男だと見抜き、無視した。私はがぜんやる気になり、しつこく追いかけた。しかし、彼女はまるで意に介さなかった」ベラミはかすかにほほえみながら言った。「そのうち、私にとって彼女は小箱のなかの宝石ではなく、謎になった。そして、ひとりの人間になった。私は自分に何かができることを、彼女に、そして、自分自身にも示したかった。そして、芝居を見つけたんです。

私の古い友人が脚本を手掛けたものの、誰にも見てもらえずにいた」ベラミは説明しはじめた。「それで、私が読んでみた。ディアナにも読むように頼みました。彼女は脚本を読み、私の友人に連絡して、私と一緒に彼に会った。そして、私たちは一緒に仕事をしたんです。私は、ほんとうに生まれて初めて仕事をしました。そして、気づいたんです。この方面の手の仕事が得意だ、と。ほんとうにうまくいったし、そうできることが楽しかった。地に足のついた毎日が始まりました。ほんとうの意味で人生を歩みだしたんです。その芝居をプロデュースして、まずまずの評判を得ました。演劇界を揺るがすようなヒットにはなりませんでしたが、悪くはなかった。別の芝居もプロデュースして、またそこそこの評価を得ました。友人はまた脚本を手掛け、これがたいした傑作で、作業を進めるうちにディアナに出演してほしいと言いだした。私と彼女は顔を合わせるうちに惹かれ合うようになっていた。彼女は私に恋をしました。私はすでに彼女を愛していました。やがて、ふたりで人生を歩みはじめ、いまは家族になろうとしています。彼女のおかげで、私は両親や、祖父母や、姉の信頼と尊敬を取り戻しました。自分を大切に思えるようになったのも、彼女のおかげです」

「いまのはすべて過去の話ですね」イヴは言った。「奥さんやあなたの家族や、意識して見ようとする人なら誰だって知ってるようなことで、マーズはあなたを脅したんですか？」

「二か月ほど前——十二月上旬——の週末、ディアナは大学時代の友人たちと旅行に行きました。彼女は疲れ切っていたので、その旅行——車ですぐに行けるニューヨーク郊外のヘルススパで静かに過ごすというものです——は願ってもないチャンスでした。ドクターの許可も得られました。それどころか、彼女にとてもいい影響があるだろうというのがドクターの考えでした。彼女が出かけた夜、新しい芝居に起用しようかと考えている歌手を見にダウンタウンへ行きました。われわれ――友人と私――は、彼女が観客の前でどんなパフォーマンスをするのか確かめたかったのです。クラブで待ち合わせ、一緒に観ていたところ、最初のステージの途中で、友人に連絡が入りました。クリントン記念病院の看護師を名乗る者から、友人の母親の具合が悪くなったとのことでした。緊急事態ではないが投薬を受けた。あなたに連絡して迎えにきてほしいと言われた、という話でした。ひどい偏頭痛があり、これが原因で深刻な事態になる危険もあるということだったので、友人は病院へ向かいました。私はクラブに残ってステージを最後まで観ることにして、何かあったら知らせてくれと友人に伝えました。

彼女の歌を聞き、その姿を――役柄を演じている彼女を想像しながら――じっくり見ていた記憶があります。そのうち、なんだか……気分が悪くなったのもおぼえています。座っていても軽いめまいがして、少し吐き気もありました。テーブルに現金《キャッシュ》を置いて、席を立ったのもおぼえています。店を出て、外の空気が吸いたかったんです。

そのあと、目を覚ましたらこの階上にある自分のベッドにいました。割れるように頭が痛み、大酒を飲んだあとの汗の臭いがして、口のなかに嫌な味が残っていた。そういう朝の記憶はいくらでもありましたから」

ベラミは言葉を切り、両手を見下ろした。「クラブではブランデーを一杯飲みました——一杯ですよ。ステージの出来を見きわめるため、頭をはっきりさせておきたかったからです。いままでは三杯以上飲むことはめったにありません。クラブを出たのも、家に戻ったのも、ベッドに入ったのも、いっさい記憶がないんです。体に悪いドラッグを手あたり次第やっていたときさえ、記憶をなくしたことはないのに。だから、ブランデーか、その前に軽くつまんだもののせいで具合が悪くなったのだと自分を納得させました。しかし……自分の体に香水の匂い——胸が悪くなるような安っぽいもので、妻のものではありません——が残っていたんです。私はもう考えないことにしてそのことは忘れ、シャワーですべて洗い流し、それで……」

「薬を飲まされたと思ってるんですね？」

「わかっているんだ」ベラミは険しい目をしてぐいと顔を上げた。「間違いないと、いまではわかっています。しかし、そのときはわかっていなかった。その日のあとになって連絡をしたら、友人はかんかんに怒っていました。病院へ行ったが、母親の姿はどこにもなかった。連絡をしてきたという看護師もいなかった、と。母親のアパートメントへ行くと、元気にしていたそうです。何者か——誰かが私をひとりにさせたくてやったんです。そのときは、私も友人も悪い冗談だと思いました。以前付き合っていた悪い仲間の仕業かもしれないとさえ考えました。あとで笑おうとしているのだろう、と」

「それで、いまは？」イヴはすかさず訊いた。

「マーズが何度も連絡してきたので――しかも、世間にばれる前にあなたが知りたがるかもしれないことを知っていると、ほのめかすようになったので――会うことにしました。彼女のような人間と――ある程度は――付き合わなければならない、というのがわれわれの業界の現実です。彼女とバーで会いました。すると、極端な反応をしたり、騒いだりしないようにと釘を刺されました。店は混み合っているでしょう、と彼女は言いました。おおぜいの人がいるし、噂話をばらまく人はおおぜいいる、と。そして、私にビデオを見せました。私と女性ふたりが、私が妻と寝ているベッドで一緒にいるビデオです。三人で……私と妻のベッドに」

いつのまにか真っ青になったベラミは目を閉じ、なんとか冷静さを保とうとしていた。

「私は決してそんなことは――妻を愛しているんだ。裏切るわけがない。もう以前のような人間ではないんだ。だから、そんなことは絶対になかったと彼女に――マーズに――言いました。でっち上げだと。彼女は、事実だとちゃんと証明できるし、証明しよう、しかも、私が女性ふたりとクラブを出るところを見ていた証人もいる――名前も、日付も、時刻もわかっている——と言いました。酔っぱらって彼女たちを撫《な》でまわし、タクシーに乗ったそうです」

「この家の防犯カメラは?」

「クラブへ行った翌朝、起きてすぐ確認しました。家に戻ったときの自分がどんな状態だったか確かめたかったので。カメラはリモコンで切られていました。J・C——友人です——が呼び出されてから一時間足らずで、私のコードを使って操作されていました。今夜、マーズに言われました。ディアナがとても慎重を要する状態で、体調もよくないのを知っている、こんなひどいゴシップを耳にしたり、不貞の揺るぎない証拠を目の当りにしたらどんなに動揺するか。あなたもやっと信用を取り戻したのに、水の泡。いまも飲んだくれのペテン師だと、奥さんも含めてみんなにばれてしまうわね、と。

そして、彼女はそっぽを向き、ホールスタッフにほほえみかけました。ふたりが何を話しているのか、私にはまるで聞こえなかった。頭のなかがワンワンしていた。テーブルに身を乗り出して、彼女の首をへし折ってやりたかった。小枝のようにポキッと。彼女はほほえんだまま私のほうへ身を乗り出し、誰にも知られない方法もある、と言いました。わたしは口が堅いのよ、相手が友達なら、と」

ベラミは指先で両目を押さえた。「すみませんが、水を飲ませてください」

「持ってこようか？」ロークが立ち上がった。「キッチンはあちらかな？」家の奥を身振りで示すと、ベラミがうなずいた。

「彼女はいくらほしいと？」

ベラミは目を閉じたまま椅子の背に体をあずけた。「友達は助け合うものだ、と彼女は言いました。誰にも知らせないから、わたしにお金を払って、と。私は大きな声は出さなかった。心のなかでは叫んでいたが、声を荒らげはしなかった。そして、私は何もやっていない、きみにはめられたんだ、と言った。彼女は座ったまま、ほほえみながら酒を飲んでいた。ビデオを見ればあなたがやったのだと証明されるし、わたしがあなたみたいなやりたい放題をしていた人をはめたなんて、誰が信じる？　今月は八千ドルでいい、と彼女は言いました。私はその少なさに驚いたが、話はさらに続きました。来月は六千で、次が七千と、金額は変わる。メモしなくていいのかと。私はただ座っていた。すると、彼女は……」

水を注いだ背の高いグラスを手にロークが戻ってくると、ベラミの声がだんだん小さくなって、途切れた。「ありがとう。ありがとう。ああ」水を飲んで一息つき、また飲んだ。「誰かの秘密を、何かいい情報をくれたら、その月の支払いは安くなる、と言うんだ。キャッシュか情報かは、あなたが決めればいい。そうすれば、誰もビデオを見ることはないし、誰にも知られない。奥さんはあなたの裏切りを知ることなく幸せでいられるし、かわいい赤ちゃんが生まれてからも、これまでどおりに暮らしていける。あなたがお金を払っているかぎりは、と。

それだけで済むわけがない、とわかっていました。声をひそめて慎重に、反論もしました。何を言ったか、すべては思い出せません。芝居に出ていて、台詞《せりふ》を忘れてしまったような感覚です。金ならくれてやるが、何があろうと情報はやらない、誰も私のような目に遭わせるわけにはいかない、とは言ってやりました。すると、いまはそう言っていても、そのうち気が変わって自分でも驚くだろう、と彼女は言った。二日後、同じ時間に同じ場所で金を渡す、と言うと、彼女は立ち上がり、化粧室に行ってから帰るので支払いをしておいてと言った。そして、去っていったんです。

私は彼女を殺していません。痛い目に遭わせたいとは思いましたが……殺したりしたらディアナはどうなります？　すべてが人の目にさらされ、私たちはスキャンダルの波に飲み込まれてしまう。彼女は幸せに、心穏やかに過ごさなければならないんです。赤ん坊が、三つ子が生まれるんです。私の娘たちが妻のお腹にいるんです。彼女たちを危険にさらすわけにはいかない。あの性悪女を痛い目に合わせれば満足だろうが、そうはいかないんだ」

「あなたの上腕動脈はどこですか？」イヴはいきなり訊いた。

ベラミは眉をひそめた。「意味がわかりません」

「人体について詳しいですか?」

「どこにどんな内臓があるか、という程度なら。正直言って、いまは女性の妊娠、出産に関する人体のシステムに必要以上に詳しくなりましたが。動脈? 心臓に近いところとか?」

「ちょっと違います。奥さんとは話をしませんし、あなたの件がマスコミに漏れないようにできるかぎりのことはします」

ベラミの目に涙が浮かんだ。「ありがとうございます。私も、必要なことはなんでもやらせてもらいます」

「ご友人――あなたと一緒にクラブに行った友人――の名前と連絡先を教えてください。それから、マーズとのやりとりはどんなことでもすべて聞かせてもらう必要があります。またお話をうかがうことになると思いますが、そのときはご協力をお願いします」

「わかりました」

「嘘をついてたら、すぐにわかりますよ」

「嘘はついていません。妻や娘たちを危険にさらすようなことはしません」

「あなたのその言葉は信じられるわ」

一緒に外に出ると、ロークはそっとイヴの体に腕をまわした。「きみは彼に同情していて、それは僕も同じだった」

「ベラミが奥さんを愛しているのは間違いないと思うし、マーズは彼――金持ちの元女たらしで、失いたくないものが山ほどある――に狙いをつけ、誰かを使って彼の飲み物に何か混ぜさせたんだと思う。つまり、マーズはこっそり彼につきまとい、行動を観察して、計画実行の日を決めた。妻が小旅行に出かける――その妻と寝てるベッドで3Pなら、世間の反応はいっそう悪くなる、と」

「きみは彼が殺したとは思っていない」

「ベラミはうまく弱点を突かれたんじゃないかという気がしてる。彼はまだ心のどこかで自分は取るに足らない人間じゃないかと思ってて、その思いは記憶を失って目を覚ましてからはさらに強くなり、マーズはそこを狙い撃ちした。ベラミは彼女を殺すつもりでバーに入ったわけじゃないけど、犯人はそうだったと――かなり強く――思ってるわ。それから、彼女から金を搾り取られ続け、妻や家族や人生を脅かされ続けたら、彼はいつか彼女を傷つけたかもしれない、とも思ってる。

でも、今夜は傷つけてない」

「しかし、金を搾り取られていたほかの誰か――彼女の金儲けの手段なのは間違いない――は、今夜、彼女に危害を加えた」

イヴはうなずいた。「こういうことよ。生き血を吸うように金を搾り取ったおまえの血を、たっぷり流してやる。まるで詩みたい。どうして警察に相談に来ないわけ？」

「ああ、その理由ならいくらでもある」ロークは、腕から逃れようとしたイヴを引き戻した。「きみの立場もわかるが、警部補、一般市民が警官のところへ行って、横領したとか、浮気したとか、罪や失敗をもみ消したとか打ち明けるのは、相当の勇気と思いきりがいることだよ。きみがわかりすぎるほどわかっているとおり、脅迫者はその心理と行動につけこむんだ。とにかく金さえ払えば秘密を守ってあげる、と」

「そして、決してやめない。とにかく金を搾り取り続ける」

「そのとおりだが、脅されている本人は、いつか終わるような何かが起こるんじゃないかと希望を持ってしまう。払える人たちだろう？　失うかもしれないものに比べたら、たかが金じゃないか、ということだ」

「あるいは情報」イヴは言い添えた。「それもたっぷりむしり取ってるに違いないわ。情報提供者には毎月の支払額を減らして、情報の提供を続けやすくさせる。たんなる噂話だっていうのに」

イヴはどさりと車のシートに座り、ヘッドセットに頭をのせて首をのけぞらした。「そうじゃなければ、何かやらせたのよ」イヴは考えながら言った。「クラブで、誰かの飲み物にこっそり何かを入れさせるとか。マーズが自分でそんな危ないことをするはずがない。公認《L》コンパニオン《C》を雇ったかもしれないけど、それじゃ安易すぎる。ベラミの友人、という線は考えにくい」イヴはさらに考えた。「そのあたりは調べるし、その友人のことも確認するけど、仕事がうまくいくきっかけをくれた男とその妻の人生をめちゃくちゃにするとはちょっと思えない」

「彼女は、その友人の秘密も握っていたかもしれない」

「そうね、そっちの尻尾もしっかりつかんでたかも。でも、その彼がとんでもない最低野郎ならともかく、彼女を手伝ったとは考えにくいわ。それにしても、三つ子だって」

イヴはぶるっと身震いをした。

「マーズの自宅を見に行かないと。パーク・アベニューよ」

「きみは何か食べないと。僕もだ」

「ああ。そうね。たぶん」

「ちょっとピザでも——悲しいなあ——つまんでから、パーク・アベニューへ向かおう」

「それならよさそう」

4

　ピザを二、三切れと、ペプシ一本——勤務中なのでワインはなし——なら完璧な食事だと思っているイヴは、まず食事をするように思い出させてくれたロークに感謝した。

　そして、食事をしている約四十分の間に、これまでに得た情報を頭のなかで検討し直した。

「あなたが女性用の化粧室にいたとする」ふたたび助手席に腰を下ろしながら、イヴは始めた。

「だったら、そこにいる女性たちはみんなセクシーで、わずかな布しか身につけていないといいな」

「変態」イヴは人差し指を立てて、振った。「やり直し。わたしが女性用の化粧室にいたとする。別の女性が化粧室に入ってきても、わたしはとくに反応しない。ほとんど気づきもしないで、自分がやってることを続ける」

「男としては、わずかな布しか身につけていないセクシーな女性たちがおめかししているところを想像してしまうね。そのうち、古典的枕投げ《ピロー・ファイト》のトイレ版が始まる」

「変態、をもう一度」

「だったら言うが、きみは間違っている——変態、と繰り返したことではなくて、きみのその反応だ。化粧室にいたとして、ほかの女性が入ってきたら、警部補、きみは気づくのはもちろん、その警官の目で一目見ただけで、その姿を記憶し、事細かく描写できる」

「オーケイ、じゃ、一般の女性が女性用の化粧室にいて、ほかの女性が入ってくるとする。彼女はまったく気にも留めない。男性が入ってくれば、反応する。化粧室にほかにも女性がいてひとりじゃなかったり、その男性が恥ずかしそうに後ずさりして出ていったりしたら、面白がるかもしれない。男が威圧的なそぶりを見せたら、勝気な女性なら腹を立てるだろうし、そうじゃなければ不安になったり恐れたりするはず。いずれにしても、反応して、観察し、身を守ろうとする」

「では、犯人は女性だと思うのかい?」

「かならずしもそうじゃない。これは一般論だから。具体的に言うと、マーズは女性用の化粧室にいて、そこへ誰かが入ってきた。女性だったら、彼女は反応しないかもしれない——

その女性が知り合いなら話は別。入ってきたのが男性なら、なんらかの反応をする。知り合いの男性だったら、面白がったり興味を引かれたりするかもしれない。その男性は、ただふらりと化粧室に入ってきて女性の腕を切りつけた通り魔じゃなく、マーズが脅迫してた相手だと考えるほうがはるかに理にかなってるわ――しかも、聴取によると、彼女はあのバーの常連客だった。彼女の反応は、脅迫している男性をどう思ってるかによって、面白がったり、苛立ったり、好奇心をそそられたりしたと思う。でも、怖がりはしなかった」

「どうしてわかる？」

「鏡の前の棚に、彼女の口紅《リップダイ》が置いてあった。彼女は手元のフックに掛けたハンドバッグから口紅を取りだして、使った。バーで倒れたときの唇はきれいに塗り直されてたから、間違いない。つまり、犯人が化粧室に入ってきたとき、彼女は口紅を塗る手を止めなかったにしても、すぐケースにおさめたにしても、とにかく棚に置いた。ハンドバッグは口を開けたまますぐ手の届くところにあって、なかには唐辛子スプレーや、非常用ブザーや、違法スタナーがあったのに、何も取ろうとしなかった――ハンドバッグのなかはきれいに整ってて、武器や護身用グッズをつかみ取ろうとしたように乱れてはいなかった。彼女は口紅を棚に置いた」

イヴは頭のなかにはっきりと思い描いた。波打つブロンド、細身のピンクのスーツ、同じピンク色の唇。

「モリスに立証してもらう必要があるけど、理論的にも、わたしが現場で確認した状況からも、切られたとき、彼女は犯人と向き合ってたと考えられる。つまり、口紅を置いて振り向いた。こんな感じだったと思う。あら、わたしの金づるさん、曲がるところを間違えた？賢い犯人なら、ただ彼女に近づいて腕をかき切り、最初に血が噴き出る前に後ずさって離れる。数秒間その場にとどまり、彼女の顔がショックに歪んだり、切られた腕を慌てて押さえたり、血が噴き出したりする喜ばしい記憶を頭に焼き付けるかもしれない。それから逃げる。素早く。店は混んでるから、ほかに誰か入ってくる可能性がある」

ロークがパーク・アベニューの住宅地区へと車を進めている横で、イヴは眉をひそめた。

「彼――あるいは彼女――は、あまり賢くないわね。ほんとうに賢ければ、ドアが開かなくなるような棒切れでもなんでも持ってきて、化粧室で彼女を失血死させたほうが時間を稼げたはず。たぶんね。いずれにしても、犯人は化粧室から急いで出る――階段を上りきったら、平然と何もなかったような顔をして、ゆっくり店から出ていく。少しでも返り血を浴びてたら、コートを着てボタンをしっかり留める――いくら気をつけてても二、三滴は浴びてしまうから。でも、ベラミは一滴も浴びてなかった。スーツもシャツもネクタイも、バーにいたときとすべて同じだった」

「とにかく、きみは彼を疑ってはいない」

「そう、でも、理由はそれだけじゃない。時間について言えば、ほんの二、三分の出来事よ。マーズの腕をかき切って、後ずさり、化粧室を出て、階段を上り、店を出る。そのすぐあとに、彼女がよろよろと出てくる。最初は軽いパニック状態で、そのうち混乱して、弱っていく。さらに二、三分後、彼女はよろめきながらバーに戻ってくる。そして、一分後には死亡した。

犯人が女性なら、彼女の知らない人かもしれない。犯人が男性なら、顔を知ってる人。あとで確率を出すけど、いまはそう見てるわ」

ロークが正面に車を停めた建物は槍《やり》のような高層ビルで、街頭に照らされた姿はいかにも金の匂いがする。正面玄関のガラスが深くカーブした内側には、濃い緑色に金色のラインの入った制服を着たドアマンが立っていた。

ドアマン――ウーマンだ、とイヴは訂正した――は、ふたりが車を降りると同時に大股で近づいてきた。高性能だが、理由があって安っぽく見せているイヴの専用車《DLE》に、静かに嘲るような一瞥《いちべつ》を投げる。

「今晩は。こちらの住人の方をお訪ねでしょうか？」

イヴは警察バッジを掲げた。ドアマンの大きなブルーの目がゆっくりまばたきをした。

「何かお役に立てることはありますか、警部補？」

「ラリンダ・マーズの部屋に入らせて」

「ミズ・マーズは外出中だと思います」

「そう、彼女はもうモルグの住人だから、帰ってこないわ」

ほとんど肌と同じ控えめで落ち着いた色に塗られた口が、ぽかんと開いた。「失礼ですが、ミズ・マーズは亡くなったとおっしゃっているんでしょうか？」

「モルグで働いてるわけでも、立ち寄ったわけでもなくて、横たわってるから、そうね、死んだということになるわね。彼女の部屋に入らせて」

「あの……」ドアマンは大きく息を吐き、また大きく吸いこんだ。ふたたびＤＬＥに困ったような目を向けたが何も言わず、カーブしたガラスのドアのほうへ歩いていった。

建物のなかは暖かく、さまざまな金色がまぶしいくらい輝いていた。棘《とげ》だらけの植物と、血で染めたようなつややかな赤い花が金色の壺《つぼ》からあふれている。テーブルも金色。中央に吊られたシャンデリアもメタリックゴールドで、ヘビのようにくねり、ねじれている。血のように赤いセキュリティカウンターも、上部が金色の大理石だ。

カウンターの女性は上品な営業スマイルを浮かべたが、ロークに気づいたとたん、口をＯ《オー》の形に開けた。

「少しお待ちください」ドアマンは言い、フロント係に相談に行った。

フロント係はほとんど悲鳴に近い声を漏らしてあえぎ、声をひそめて矢継ぎ早に質問をした。ドアマンはただ首を横に振り、こちらへ来るようにとイヴに身振りで示した。

「身分証をスキャンして照合させていただきます、警部補」

イヴはバッジを取りだし、ミニ・スキャナーに当てた。

「結構です。ええと」フロント係は目を見開き、じっとイヴを見つめた。

「部屋に通してくれない？」イヴが促した。

「あ、ええ、もちろんです。でも……ミズ・マーズはほんとうに、間違いなく亡くなったんですか？」

「ほんとうに、間違いなく亡くなったわ」

「なんてこと」

「彼女のところにはよく人が訪ねてきた？」

「ええと、居住者やそのお客様について他言するのは禁じられています」

「警察の捜査よ」イヴはフロント係の大きな目の前でバッジを振った。

「多かったと思います。というか、たまに人が訪ねてきて、パーティーなどをされていました。デリバリーも。料理のデリバリーは多かったわね、ベッカ？」

「多かったです」ドアマンが同意した。

「しょっちゅう訪ねてくる人はいた？」

「あの……ミッチ・L・デイとデートしていたと思います。彼はチャンネル75でやっている〈セカンド・カップ〉のホストです。まあまあすてきな人です。でも、訪ねてくるのはほとんど、パーティーのお客様かデリバリーのスタッフでした」

「彼女、ここでもめごとを起こしたことはある？　言い争いとか？」

フロント係が下唇を嚙みしめた。「ええと……ウィルバー夫妻とはあまり仲が良くなかったと思います。彼女の向かいのペントハウスに住んでらっしゃるご夫婦です。ミズ・ウィルバーとは口もきかず、ロビーで顔を合わせても同じエレベーターに乗ろうとさえしませんでした。彼女は――あ、ミズ・マーズは、ウィルバー夫妻の子どもたちが騒いで困ると、管理会社に二度、苦情を申し立てました。子どもたちはぜんぜんうるさくないし、ここの部屋はすべて防音装置が施されているのに」

「あの子たちはいい子です」ドアマンが横から言った。「彼女のほうが、そこそこの性悪女なんです」

「ベッカ！」

ベッカは肩をすくめた。「そういう女だって――だったって――あなたも知ってるはずよ、ロクシー」

イヴはベッカのほうを見た。「ほんとうにそこそこ？」

「亡くなった人のことを悪く言うのは良くないってわかっているけれど、でも、警察の捜査だから。そうですよね？」

「そのとおりよ」

ベッカは帽子をかぶりなおした。「彼女はしょっちゅうカマスみたいな油断のならない笑顔をふりまいていたけれど、上っ面だけです。わたしから、この建物の住人やお客様のゴシップを聞きだそうとしていました。お金で情報を買うって言ったんです」

「いくらで？」

ベッカは口を歪めてせせら笑った。「番組で使えたら、どんなものでも一件につき百ドル。スペシャル番組を作れるようなネタならその倍です。わたしが断ると、彼女は不機嫌になりました――わたしは、この建物にお住いの方々のプライバシーを損なうようなことはしません。彼女のプライバシーだって損ないません。ただし……」

「警察の捜査のときは別」

「ええ、そうです。申し出を断ると――昼間勤務のドアマンのルークとジオも断りました――彼女はチップをくれなくなりました。ふたりにも同じだったそうです。それ以降は一セントも。あなたも断ったのよね、ロクシー」

「そうせざるをえなかったわ」フロント係はまた下唇を噛みしめた。「ここにお住いの方々の要望にはできるだけ応えることになっていますが、やはり、ルールに反することはまずいです。仕事を失ってしまうかもしれません。それに、そう、とにかくいいことではないですから」

「あなたたちは、彼女に脅されたことはないの？」

「わたしは苦情を申し立てられました」ベッカは歯を食いしばった。「でも、彼女の思いどおりにはなりませんでした。そのことで支配人から呼び出されたけれど、わたしへの苦情は彼女からの一件だけでした。住人の皆さんからお褒めをいただいたことは二、三十回はあります。支配人に賄賂のことも話しました。ルークとジオも証言してくれたし。ロクシーもです」

ベッカはほほえんだ——彼女の笑みもどことなくカマスに似ていた。「その後、支配人はミズ・マーズと少し話をしてくれたんだと思います。彼女は二度と厄介なことは言ってこなかったから。彼女が亡くなったのは気の毒だと思います——そこそこ性悪女だからって死ななければならないことはないですから。でも、彼女がもうここの住人じゃなくなっても、残念とは思いません」

「オーケイ。ご協力に感謝するわ。部屋に通してくれたら」

「もちろん、いますぐに。ログインして、彼女のカードキーのコピーを作らなければならないんです。すぐにできます」

「マスターを持ってるわ」イヴが言った。必要なら不法侵入の達人もいる。

「そう、わかりました。三番のエレベーターで彼女の家の正面玄関まで上がれます。五十二階。ペントハウスです」

「わかったわ」

ロークと一緒に、金色の——もちろんだ——エレベーターに近づいて、乗り込んだ。

「興味深いね」

「そうでしょうね。ここはあなたの建物じゃないから」

「どうしてそう思う？」

「ドアマンはあなたが誰なのかわからなかったわ。フロント係はあなただってわかったけれど、それはたんにあなたがお金持ちで超すてきだから。それに、ロビーがすごく醜いから。あなたの建物のロビーが醜いなんて、ありえない」

「そう信じてもらえて、うれしいね。僕は醜いとは言わないよ。極端にあか抜けないけれどね」

「どっちでもいいわ。ミッチェル・デイについて調べて、軽く話をしないと」

「ミッチェルじゃなくて、ミッチ・L・デイだ。イニシャルのLと、デイ」

「冗談じゃなくて？」

ロークがうなずき、エレベーターのドアが開いた。「昼前にやっているトークショーのホストだ」

イヴは当惑して首を振った。「どうして他人がくつろいでしゃべってる番組なんて観るの？」

「実際、他人の会話を聞いて楽しむ人はいるんだよ。きみにはショックなことだろうが」

「会話もしないで画面を見てるだけなんて。それって盗み聞き《イーヴスドロッピング》でしょ」イヴはマスターを取りだし、眉をひそめて考えこんだ。「軒《イーヴス》は屋根の下についてるものでしょ？　それがどうして落ちて《ドロッピング》、人の話を盗み聞きすることになるの？」

ロークもわからず、興味をそそられている自分に気づいた。「あとでかならず調べてみよう」

「言葉——会話を作ってるもの——って、半分はまるで意味がわからない」

イヴはマスターで鍵を開け、ドアを開けた。

なかは真っ暗だ。

「照明を、フルで」イヴは命じた。

一気に明るくなり、淡いローズ色の絨毯《じゅうたん》が敷かれた広いリビングエリアが見えた。金属とガラスを多用した家具は、トレンディ感を絵に描いたような最先端の洒落たものだ。派手なモダンアートが飾られ、ソファの代わりに長くて低いジェル・ベンチがふたつ、置いてある。

壁の一面は大型のエンターテインメント・スクリーンで占められ、別の壁には浮かんでいるように見える棚が、床から天井まで並んでいる。棚の上に飾られた何十という写真のなかから、マーズがこちらを見ている。どの写真も、誰かと一緒にポーズを取っている――イヴでも知っている顔が何人かいたから、ほとんど、あるいは全員が有名人か、何かの権威者なのだろう。

パーク・アベニューが望めるはずの窓には分厚いカーテンが引かれていた。カーテンは絨毯と同じ色調で、羽のような派手な縁飾りは、さらに濃いピンクだ。

「こういった建物の窓にはプライバシー・スクリーンが設置されてるはず。彼女はこんなカーテンをつけたうえに、閉め切ってる。人のプライバシーを侵して生計を立ててたのに、自分のプライバシーはしっかり守ってたのね」

「プライバシーの壁がどんなに簡単に破られるか、彼女ももうすぐ知ることになる」ロークが言った。「ここは楽しむための場所だ」部屋のなかをうろつきながら、ロークはさらに言った。「しかし、リラックスする場所じゃない。最先端の高級家具のショールームのように趣味がいいが、温かみも個性もない。それでも、不正に手に入れたかそうじゃないかはともかく、彼女が稼ぎの運用法を心得ていたのはたしかだ」

イヴは部屋のなかを見わたした。「どういう点が？」

「そうだな、たとえばあの絵だ。作者はスカーボロ――オリジナルだ。二百はする」

「二百ドル？」

「それの千倍」

「あれが？」イヴは驚きの声をあげて絵に近づき、紫と青のジグザグの上やまわりに深紅とオレンジの斑点が散っているような絵をまじまじと見た。「冗談でしょ？　ベラだってもっと上手よ」

「アートの評価は人それぞれだからね」ロークはさらりと言った。「僕の趣味でもない」イヴに近づいて並んで立ち、さらに言う。「でも、あの頃はもちろん……」ロークはしだいに声を小さくして口を閉ざし、一瞬、イヴの襟のレコーダー――録音中――を忘れた自分を面白がった。「えーと、過ぎ去りし日々の話だ」

イヴはちらりとロークを見た。過ぎ去りし日々、ロークが自分の取り分以上に絵画――斑点が散っているのも、そうじゃないのも――を盗んでいたのは間違いなかった。

「電子機器を見つけたら、すべて押収して。わたしは寝室を調べる」

寝室は二部屋あったが、一部屋はいまではオフィスとして使われ、大きな白いワークステーションと、持ち主が死亡したときに着ていた細身のスーツとほとんど同じピンク色の大きなデスクチェアーがあった。ここにも大量の写真と、金ぴかのトロフィー、すぐに埃《ほこり》がたまりそうなこまごましたものが飾られている。

ボウル、ボトル、小さな台にのったつややかなガラスの卵のコレクション、美しい小箱。とりあえず、こちらはロークに調べてもらおうと思い、イヴはオフィスを離れた。寝室は安全で邪魔をされず、制限のない自由なスペースとみなされる。秘密が隠されていることも少なくない。

彼女はベッドに金を惜しまなかった、とイヴは思った。詰め物の入った白いヘッドボードは天井に届くほど高く、両脇が内側に湾曲している。ベッドカバーはキャンディーピンクで、派手な装りのついた枕が小山のように積まれている。

ここにも目障りな絵画が飾られ――彼女はよく寝られたものだ――ベッドの足元にジェル・ベンチがあり、鏡の張られたチェストの上には色とりどりのボトルが並べてある。続きになったバスルームに目をやると、大人が三人入れそうなくらい大きなバスタブと、マルチジェット式の広いガラス張りのシャワールームがあった。長いカウンターのダブルシンクは満開のバラの形で、蛇口は幅広の滝のように水が流れるウォーターフォール・タイプだ。体を乾かす乾燥チューブもある。トイレとビデは別で、白い引き戸の向こうにあった。

カウンターの上の壁一面を覆う鏡は、リモコンや音声コマンドでビュースクリーンに切り替わる。バスタブの三方の縁には透明なガラスのボウルに入ったキャンドルと、豪華な装飾の細身のピッチャーが三つ、置いてある。

カウンターの下は抽斗《ひきだし》になっていて、化粧品と美容ツールがぎっしり収められていた。

ここはあとにしよう、とイヴは思った。

ひとまず寝室に戻って、ベッド脇のテーブルの抽斗を開ける。タブレットが二台、フルサイズとミニサイズがあったので取りだす。スワイプして立ち上げると、両方ともパスワードでロックされていた。

ロックはロークに解除してもらうことにして、タブレットは二台とも証拠品袋には入れずにベッドの上に置き、反対側のテーブルに近づいた。

「さあ、お楽しみの時間よ」抽斗を開けて、小声で言う。

性具、増強剤、ローション、潤滑剤がぎっしり収めてある。

二股のバイブレーターを手に取ると、温かくなったり冷たくなったりするのだとわかった。自動で潤滑剤が出てくる仕組みで、〝エクスタシー〟と記されたコントロール装置もある。

興味がわいてスイッチを入れると、回転しながら小さな突起が飛び出してきて、イヴは思わず眉を上げた。バイブレーターそのものもさまざまな向きやスピードで回転している。

寝室に入りかけたロークは、そのままドア枠に寄りかかって、にやりとした。「いい眺めだ」

うなりをあげて回転しているバイブレーターを手にしたまま、イヴはそちらを見た。「ここに接続可能なポートがあるわ。たぶんVR用で、プログラムに没頭しながら自慰行為をするのだと思う。いろんなものが圧縮された小さなパッケージに入ってる」

イヴはバイブレーターのスイッチを切って、横に置いた。

「さまざまな種類のコンドーム――セーフセックスは大事よ――と、乳首締め具《クランプ》、コックリング、カップル用ジェル・バイブレーター、潤滑剤、手錠、昔ながらの口枷《ボールギャグ》、縄、まだまだある。勃起《ぼっき》促進剤、ストラップ付ペニス、あとは、〈ラビット〉を含む違法ドラッグが少々」

「セックスライフはお盛んだった」

「見たところ、ひとりでも、お友達とも。そこにタブレットがあるけど、パスワードで保護されてるわ」

「見てみよう。彼女はドロイドも持っていた――人間型のと、小型ロボットがふたつ。人間型は正午からスリープモードになっていた――それが基本プログラムのようだ。彼女ならまったく驚くにはあたらないが、セックス用にもプログラムされている。名はアンリで、衣装はいろいろあるが、いまは腰布一枚だ」

「え？　ジャングルの人みたいに？」

「そう、ジャングルの人みたいに」

「人の好みはさまざまね」イヴは首を傾け、じっくりロークを観察した。

「腰布一枚の僕を想像しているね。きまりが悪い」

「あなたには、きまり悪く思うところなんかひとつもないわ、相棒。この部屋の向かいがオフィスになってる。データのやりとりをしたり、通信したりするところ」

「そう、さっき見た。あとで調べよう。キッチンにもタブレットがあった。いろんな付き合いのスケジュール管理用みたいだ。パーティー、開会式、プレミアショー、ランチや夕食の予定も。アンリによると、彼が最新データに更新するようにプログラミングされているそうだ。キッチンにあるリンクも彼が使っているらしい。スクロールしてざっと見たところ、連絡先は、ケータリングサービス、予約係、日用品の配達業者といったところだ」

「オーケイ。いずれにしても証拠品袋に入れて、あとはＥＤＤに調べてもらうわ」

「じゃ、僕はオフィスのほうを見てみよう」

イヴは体を起こし、クローゼットを調べはじめた。化粧台と靴専用クローゼットが付属した並はずれて大きなクローゼットは、ぎっしり衣類が並んでいたが、完璧に整頓された様子から、ここもアンリが管理していると思われた。

造り付けのタンスには大量のランジェリーとセクシーな下着がしまってあった——ベルトだけが並べられた抽斗もある。

ベルトだけ——イヴはびっくりした。スカーフだけ、冬の帽子と手袋だけをしまった抽斗もある。

イブニングドレス、撮影用の衣装、カクテルドレス、昼間用の洒落た服。すべてがクローゼット内のコンピュータにリスト化してまとめられ、どこで何を着たかすぐにわかるようになっている。

イヴはクローゼットのなかを丹念に見てまわり、金庫を見つけた。

「さあ、きっとすごいものが入ってるわよ」

しゃがんでまじまじと見ながら、自分に破れるだろうかと思った。ロークに習いはじめてから、ずいぶん腕を上げているのだ。ロークなら一瞬のうちに開けてしまうのはわかりきっている。でも——

なおも金庫に目をこらしながら、着信音が鳴りはじめたリンクを取りだした。

「ダラス」

「ピーボディです。彼女のハンドバッグにあった電子機器ですが、マクナブがやっとセキュリティを破りました。いま、何か食べようと思って店に入ったところですが、ほんとうに手間取りました。すごく厳重に、二重の保護さえしてありました」

「何を見つけたの？」

「外部からの通信をすべてブロックするように、リンクに電波遮断器をつけていたので、まずそれをはずす必要がありました。ＰＰＣのデータはすべて暗号化されていましたが、それは解読できました。鍵をつかんだかもしれません。ダラス、彼女は恐喝していたようです」

「続けて」

「はい、あの……」スクリーン上のピーボディの表情が曇り、ふくれっ面になった。「もう知っていたんですね？」

「ええ――ベラミがそう証言したから。でも、彼の名前は容疑者リストの最下位近くに入れるか、削除してもいいくらい。彼が強請《ゆす》りの最初の餌食《カモ》じゃなくて、唯一のカモでもないのはたしかだけど。だから、ほかのカモをもっと探さないと」

「それを探しているところですが、これまでに解読したのがどんなだと思います？　コードネームかペットの名前みたいになっているんです。実名じゃありません。日付や金額もいくつか見つけました。はっきり記されていませんが、そうだと推測されます」

「可能なかぎり解読して、何でもいいからすべてわたしに送って。今夜できるだけのことをしたと思ったら、さっさと終わりにして帰るのよ」

「まだ本質的なところが見えていません」

「わたしたちはいま、彼女の家にいる。金庫を見つけたわ。何を隠し持ってるのか、たしかめるところ」

「ロークが開けているんですか?」

イヴはむっとして言った。「彼は忙しいから。わたしがやってる」

「でも……オーケイ」

さらにカチンときて、イヴはリンクを切った。金庫をにらみつける。

「それをやるなら道具が必要だな」ロークが言った。

イヴはじろりと彼をにらんだ。「そうやって人にこっそり忍び寄ってばかりいたら、そのうちスタナーで撃たれるわよ」

ロークはイヴの横にしゃがみ、頬にキスをした。「武器を使うかも、ときみに脅されると、ぞくぞくしてたまらないんだ」

イヴはロークの反応を無視して、金庫に気持ちを集中させた。「どうして道具が必要？あなたがリンクに入れてくれたアプリがあるのに」

「このグレードは――メカニズムがもっと洗練されていて、あれでは対処できない」

「彼女の指紋認証が必要だから？」

「それもある。僕なら、必要な指紋がなくても開くように細工できる。この認証システムは三段階になっている。最初はパスコードで、これは数字でもアルファベットでもフレーズでもいい。すべての組み合わせでもよくて、そっちが推奨されている。そのあと、指紋認証があり、そしてさらに別のパスコードが必要だ。専門家やプロ向きのグレードで、家庭で使われることはめったにない」

イヴはまた金庫を見つめた。「あなたのは？」

「そう、このグレードだ。だから、僕は開けられるんだ。それでも、わかっていたら適切な装置を持ってきたのに。この場で工夫しなければならないから、少し時間がかかりそうだ」

ロークはイヴの体をそっと押した。「さあ、ちょっと場所を開けてくれ」

自尊心を発揮して邪魔をしても意味はないと思い、イヴは立ち上がってクローゼットの探索を再開した。

「数えきれないくらい服を持ってて、コンピュータによると、一度しか着てないのがほとんどよ。普段着は二、三回は着てるみたい。イヴニングドレスはどれも一度しか着てない。一度だけ着て、三年も保管してる仮装用の衣装もある。どうして持ち続けてるの？」

ロークは何も答えず、イヴも返事を期待していなかった。彼が何かぶつぶつ言ったり、使っている装置がブーンとうなっている間は無理だ。

「一度も履いてない靴が山ほど。一度しか履いてないのもある。下着は二、三か月分。六十組の下着を持ってる人がいる？　あなただって六十は持ってないわ」

「ああ、その調子だ、かわいい子ちゃん」

「何？」

「きみじゃなくて、いや、きみはかわいいけど」ロークはクローゼットの床にあぐらをかいたまま、少し後退した。「もう開けられるよ」

「時間がかかるって言ったのに」

「少しかかると言い、少しかかった」

イヴはロークの隣に座り、扉を開けた。

「わあ」

なかはいくつかの棚に分かれていて、そのひとつに札束がぎっしり詰まっている。イヴはひとつ取りだした。「千ドルの札束がこんなにたくさん。これって……」

イヴが数えようとすると、ロークは自分の手のひらの大きさで札束の数の見当をつけた。

「すべて同じ金額の束なら、百万ドルくらいだろう」

「クローゼットの金庫に、なんと百万ドルもしまってるの？」

「最高グレードの金庫だ」

「そう言ってる人が十秒足らずで開けてしまった」イヴは別の棚に重ねられていた革のジュエリーケースをひとつ、引き出した。蓋を開けるとダイヤモンドが輝いている。「本物？」と、ロークに訊く。

ロークはケースを受け取り、照明の下で目をこらした。「今日はルーペを持ってこなかったが、そう、間違いなく本物だ。カットも色もすばらしい。そうだな……十五カラットぐらいか。どこで買うかで違ってくるが、五十万ドルはするだろう」

イヴが別の革のケースを取りだして開けると、ドロップ形のダイヤモンドのイヤリングがおさめられていた。

「これもとてもいい」ロークが言った。「きみに似合いそうだ。僕でもおおよその価値はわかるが、イヴ、これだけ数があるなら、ちゃんとした宝石商に見てもらったほうがいい」

それでも好奇心を抑えきれず、ロークはまた別の棚から大きめのケースを引っ張り出した。蓋を開けて、エメラルドとダイヤモンドのカフスをうっとり見つめる。「この職人技はたいしたものだ。この金庫に収められている宝石がすべて、これまでに見たものと同じ品質なら、全体の価値は保管されている現金《キャッシュ》をはるかに上回るだろう。繰り返すが、彼女は投資の才能がある」

イヴが手を差し出した。ロークはケースの蓋を閉めて、イヴの頰にまたキスをしてからケースを渡した。

イヴは念のために蓋を開けて、にっこりした。

「すべて金庫に戻すわ。これを全部わたしの車で運ぶ気はないから。金庫にしまってロックする」

そして、ネックレスのケースとイヤリングのケースをしまった。

ロークはイヴの肩をぽんと叩いて、握っていた手を開けた。手のひらでイヤリングがきらめいている。

イヴは笑いたかったが、目玉を回すだけにした。

ロークはにやりとして、イヴが差し出した手のひらにイヤリングを落とした。「まだ腕《タッチ》は鈍っていない」

「タッチなら、あとで」イヴは小声で言いながら、イヤリングをしまった。

「期待してるよ。金庫をリブートするから、ちょっと待って」

「リブートする?」

「きみのパスコードと指紋で認証されるようにプログラムし直す。ちょっと時間をくれたら、金庫を押収したあとも、いらぬ手間をかけずにまた開けられるようにできる」

ロークが作業をしている間に、イヴはクローゼットの探索を終えた。

「最初のコードは?」

イヴは警察バッジの番号を入力してから、ロークの指示どおりに親指をパッドに押しつけた。

「第二のコードは?」

「盗み癖(Sticky fingers)」

ロークは笑い声をあげ、コードをプログラムした。金庫の扉を閉める。

「これでよし」

「オフィスはどうだった?」

「すべてビジネス関係——合法的なビジネスのほう——に使われていたようだ。仕事と仕事関係の通信、仕事と仕事関係のデータ——放送済みの番組のプロット、放送中の番組のプロット、リサーチの結果——これは何かの手がかりになるかもしれない。それから、彼女の財政関連」ロークは続けた。「これには百万ドルのキャッシュや、さっき見たような宝石類の購入は含まれない。本職のレポーターで売れていても、ここにあるような芸術作品や、宝石類や、家具を手に入れるのは無理だ。ここの家賃だって分不相応と言えなくない」

同じように考えていたイヴはゆっくりうなずいた。「つまり、副業の儲けのほうがはるかに大きかった」

「間違いないだろう」

「オーケイ、ほかにも隠し場所や重要なものがないかどうか、残りを見てまわる。それで、金庫と電子機器が押収されたら、ここはおしまい」

ふたりは立ち上がった。

「それから、僕は二か月分の下着は持っていない」

「それを聞いて安心したわ」

「彼女の服は見られたり写真を撮られたりするもので、一度イベントで着た服と同じ服を着ているのを写真に撮られたくないんだと思う」

「聞いてたのね」

「いつだって聞いているよ。一度着たあと、二年も三年も着ないものを持ち続けるのは、彼女にはやや、ため込み屋《ホーダー》の傾向があるのかもしれない」

「服と宝石とキャッシュはため込んでるけど、えーと、物はためてない。ため込み屋は普通、物をため込むわ」

「選択能力のあるため込み屋とか？」

イヴは肩をすくめた。「そう、たぶん」

しかし、なぜか釈然としないのは、純粋に自分の感覚からなのか、警官としての本能がそう感じさせるのか、わからなかった。

5

自宅に戻る車のなかで、イヴはPPCで作業をしながらピーボディと連絡を取り合った。ロークの運転する車がゲートを抜け、イヴはふと視線を上げた。木々や冬枯れの庭や、どこまでも広がる薄暗い空をバックに、わが家となった邸の石造りの土台が黒々と盛り上がっている。小塔が槍のように天を突き、テラスが張りだしているのを見て、うっとりする。

どこか別世界の城の白黒写真のようだ。

「アイルランド風なの？」イヴは訊いた。

「何が？」

「邸。ええと、様式が。どんなふうに生活してたんだろう、って観光客が見に行く保護建築物とか、あちこちの遺跡にも様式っていうものがあるんでしょ」

くねくねと続く私道に車を走らせながら、ロークも近づいてくる邸をじっと見た。「勉強していた時期に――もっぱらサマーセットに教えてもらった――好むと好まざるにかかわらず、かなり詳しく歴史を学んだよ。彼は自分の素性、つまり、どんな背景で誰から生まれたかが重要だと信じている。それが、こうなろうと自分が決めたものとまったく違っていてもね」

ロークは車を停めてからもしばらく動かなかった。「彼に引き取られた頃にはもう、僕は本が好きだった。ダブリンの路地で拾ったイェーツの本は、父に見つかって売られないように隠していた。ただの嫌がらせで焼き捨てられる心配もあった。僕には言葉――舌や頭のなかで発したときの音――がとにかく魔法のように心地よかった。それで、どちらかというと抜け目のないサマーセットは、本を利用して僕を教育した」

「どうやって？」イヴが尋ね、ふたりはそれぞれドアを開けて車を降りた。

「彼も本のコレクションを持っていて、僕は自由に読んでいいことになっていた――読んだ本について議論できるなら、という条件付きで。常に勉強、というわけだが、僕はそうは思わず、ただの会話だと考えていた」

冬の風に髪をなびかせながら、ロークはイヴに近づいた。「それも僕にとって新たな経験だ。普段、大人と会話をすることなどほとんどなかったから。世の中には図書館というものがあって、そこで本を借りられることも教えられた。本を盗むことは許されず、たまに褒美のような形で本を買ってもらった」

ふたりが邸に入っていくと、そのサマーセットが広いホワイエに立っていた。ひょろ長い体を黒服で包み、足元にずんぐりむっくりした猫を従えている。「じゃ、車やお金を盗んだりスリをしたりするのはいいけど、本を戦利品のリストに加えるのは許されてなかったということ？」

「人には人の規範というものがあります」サマーセットが言った。「おふたりとも、何か召し上がってきたようですね」

「もう済ませた、ありがとう」ロークが脱いだコートをサマーセットに渡すと同時に、イヴは自分のコートを放って階段の親柱に引っかけた。ギャラハッドが勢いよく前に出てきて、三組の脚の間をくねくねと縫いはじめる。

「規範？　たいていの人は、結局は棚に並べることになる本より、財布の中身のほうがほしいに決まってるわ」

サマーセットはいつものように、尖った鼻越しにイヴを見下ろした。「本は知性を高め心を豊かにします。そして――」

「飢えた者からパンを取り上げてはならない」ロークが後を引き継いで言った。

そのとおりとばかりに、サマーセットはロークを見てうなずいた。「あなた様はよく学ばれました。それでも足りず、心も頭も常に知識に飢えていました。まだお腹に余裕があれば、パイがあります。少しばかり手を動かす時間と、ニュージーランド産のおいしいリンゴがひと籠あったので」

イヴはパイに目がなく、サマーセットに投げかけたい皮肉があったとしても、ぐっと我慢して飲み込んだ。

しかも、あと二、三日したら、サマーセットは冬の休暇で出かけてしまうのだ。

「パイならいつだって食べたいよ」ロークは言い、イヴと一緒に階段を上りはじめた。「おやすみ」

「どうしてニュージーランド産なのよ？」イヴは強い調子で訊いた。ふたりを追って、猫も階段を駆け上ってくる。「ニューヨークでもリンゴは採れるのに。ここはビッグアップルよ」

「二月だし、サマーセットはドーム農法や人工食品《シムズ》より有機農法で自然に育てられた作物のほうが好きだから」

「いまは、ニュージーランドだって二月でしょ？」

「そうだが、あそこは南半球だから、いまは夏だよ」

「なんで夏なの？」イヴはもどかしさを全身にみなぎらせた。「二月なのに」

そんな反応がとにかく楽しくて、ロークは寄りかかるようにしてイヴの肩に腕をまわし、そのまま彼女のオフィスへ向かった。「きみが頭を悩ませていらつく時差と同じように、これもすべて地球が関わっているんだ、ダーリン、地球の自転と軌道の問題だよ。北半球で二月といえば冬だ。南半球では夏。科学の基本法則を変えて、きみのかわいらしい理屈を通すわけにはいかないよ」

「そんなのバカげてる。二月みたいに揺るぎないものにも頼れないなんて、人が年がら年中おかしくなるのも無理ないわ。二月って最初からどうかしてる。ほかの月より日数が少なくて、みんな、二月なんてさっさと終わらせて先に進みたいのに、四年に一度、ささやかな褒美みたいに一日増やしたりして」

かわいらしい、とロークはふたたび思った。しかも、申し分ない理屈だ。「まさにきみの言うとおりだよ」

「いずれにしても――」イヴの声が小さくなって途切れた。

いまでもイヴは自分のオフィスに足を踏み入れて、すべてが変わっているのを見るたび、どきりとする。いい方向に変わっている。以前よりずっとよくなっているのに、どきりとする。

「たいしたことじゃないわ」とイヴは締めくくった。「話がずいぶんそれてしまったみたい。邸の建築様式と本がどう関係するのか、わからないんだけど」

「ああ、そうだった、説明しよう。その前に、きみが事件ボードをセットしたいのはわかるが、僕たちには少しばかりワインを味わう資格があると思う」

ロークは歩いていって、壁の後ろにある保管庫《セラー》からワインを選び、イヴは事件ボードを引き出した。

「サマーセットの本のなかには、アイルランドの歴史書もあった。邸宅や、砦《とりで》や、城、廃墟、ほかにもいろいろな図版や、解説、写真が見られた。そして僕は、いつかこういうのを手に入れる、自分の好きなように建ててやる、と思うようになった。塔や、収集した財宝の保管室があって、ありとあらゆる快適さを得られるような大邸宅を大都市に建てる、とね」

ロークはほほえみながらグラスにワインを注いだ。「たまに想像力が膨らんで、堀や跳ね橋まで作ろうと思ったこともある」

ロークはイヴにワインを注いだグラスを渡して、自分のグラスをカチンと合わせた。「でも、きみが訊いたのは、この邸はアイルランドの様式か、ということだ。ここを建てはじめたとき――というか、建てようと思ったとき、僕はもうアイルランドをあとにしていた。あっちでの日々はほぼめちゃくちゃで、血を見ることもめずらしくなかった。あそこにつながりは感じていなかった――そう信じていた。それでも、僕が建てたこの邸は、あのさまざまな本や、あの頃の夢や、欲求や野望から生まれている。アイルランドから生まれたものであり、それは僕も同じだ。

サマーセットは正しかった。僕たちが誰から、何から生まれたかは大事だ」

ロークはイヴが体をこわばらせるのを感じ、その目から感情が消えるのを見た。

「重要なんだ、イヴ、きみが獣《けだもの》たちから生まれたことは。つまり」ロークはイヴのあごを手のひらで包んだまま続けた。「彼らから生まれたきみが、獣たちを追い詰める女性になろうと自分で決めたから重要なんだ。僕なら間違いなく復讐《ふくしゅう》のためにそうしただろうが、きみはそうじゃない、正義のためだ。僕は邸を建てた。きみはヒーローを築きあげた」

「警官になったのよ」イヴは訂正したが、こわばらせていた体からすっと力を抜いた。「助けてくれた人がいたのは、あなたと同じ。それに、あなたは何時間も自分の時間を裂いて、復讐のために調査をしたりしない。わたしたちは常に正義を目指してるとは言えなくても、真実は求めてる。あなたはわたしと一緒に真実を求めて働いてるのよ」

ロークは穏やかな目でイヴの目を見つめながら、彼女のあごの浅いくぼみをそっと親指でたどった。「以前の僕ならそんな選択はあり得なかったが、きみと出会い、きみを愛するようになって、変わってしまった。二月の夏のように」

それも真実だとわかって心が動いたが、イヴはロークの腹を指でつついた。「ロマンチックな詩みたいに言ったって、二月がどうかしちゃってることに変わりはないから」

「それでも」ロークはイヴにキスをした。「僕たちにはパイがある」

「ラッキー。でも、いろいろ準備をするまでは、どんなパイでも食べるわけにはいかないわ」

「急に仕事を離れたから、僕もいくつか確認しなければならないことがある。それが済んで、きみも準備を終えたら、僕の一番の——アップルパイの次だ——望みどおり、被害者の財政状況に指を突っ込んで探る」

「そういう望みをかなえてあげられるのは、いつだってうれしいわ」

「自分の仕事を終えたらこっちへ来て、きみの付添人として働くよ」

続き部屋になっている自分のオフィスへ向かいながら、ロークは中レベルで暖炉の火が保たれるように命じた。

イヴはまたどきりとした。自分のオフィスに暖炉があるのだ。

心のなかで両手をこすり合わせながら、超超いかしたコマンドセンターへ向かう。

高度な技術にはまだ手こずるが、メモや記録や公式データから必要なものをなんとか引き出して、慎重に事件ボードと事件ブックを仕上げていく。

そして、車のなかでまとめはじめた報告書を仕上げた。

そのコピーをパートナーと部長に送り、少し考えてからマイラにも送った。今回の事件は単純に思えたが、NYPSDの精神分析医でトッププロファイラーの彼女に情報を提供しても問題はないだろう。

ロークが戻ってくると、イヴはブーツの両足を上げて座り、まだ一杯目のワインにちびちび口をつけながら、マーズの人生の最後の数秒が壁のスクリーンに再現されるのを見ていた。猫が最大限に体を伸ばして、コマンドセンターのカーブに沿って横たわっている。

ロークは立ち止まって両手をポケットに突っ込み、イヴが見ているスクリーンを見つめた。

「もう一度見て」イヴはロークに言った。「犯人が近くにいるんじゃないかと思って必死で探してるのよ。狙った相手が倒れるところを見て得られる満足感は並大抵じゃない。現場を見たかぎりでは、武器は捨てられてなかったけど、遺留物採取班からの報告書はまだ届いてないわ。だから、わたしが見落とした可能性もある」

「それはなさそうだ」

「なさそう、ということはありえなくはないということ。コンピュータ、半分の速度で再生して」

ロークがスクリーンを見ていると、数個のグラスが床に落ちて砕け散り、イヴが聴取をしたホールスタッフがトレーのバランスを取ろうとしてふらつき、さらにいくつかグラスが床に落ちた。

映像が大きく振れた――イヴが勢いよく立ち上がった、とロークは思った。

笑い声が途切れ、最初の悲鳴があがった。テーブルについていた男性がいきなり立ち上がり、座っていた椅子が倒れた。バーカウンターで立っていた女性が視線を動かし、持っていたグラスを落として、よろよろと後ずさりをした。

右の袖を血で真っ赤に染めたラリンダ・マーズが、夢遊病者のようにぎくしゃくと歩きながらバーに入ってくる。瞳孔が開き切って、目はほとんど黒く見える。映像が上下し続けるのは、イヴが瀕死《ひんし》のマーズめがけて突進しているからだ。

周囲の人たちが凍りつく。その場にしゃがみ込む人、手助けをしようと飛びだす人、後ずさりをする人。

イヴが突き進むにつれて、スクリーン上のマーズの姿がどんどん大きくなる。派手なピンクの上着から真っ赤な血が流れ続け、口――そう、口紅《リップダイ》を塗り直したばかりだ――が半開きになる。その目はすでに何も見えていない。

さまざまな――パニックと、恐怖と、混乱の――物音は途切れず、スクリーンに現れたイヴの両手と両腕が、倒れ込むマーズをつかんだ。

「目を引く人はいない」イヴは言った。

「まさに目を引いているのはきみだ。グラスが床に落ちて砕ける音がまだ響くうちに、きみはレコーダーのスイッチを入れた」ロークは指摘した。「そして、五秒もしないうちに彼女の体を支えていた。警官だとしても、反応するまでの素早さはすば抜けているし、あえて言うなら、彼女を殺した犯人はバーに警官がいて、これほど早くレコーダーをオンにするとは思っていなかっただろう」

ロークはふたたび再生を命じ、イヴがやっていたように傍観者たちをじっくり見た。

「たしかに、レコーダーの撮影範囲に目を引く者はいない。それでも、犯人がバーに戻って飲み物をもう一杯注文し、誰かが彼女の遺体を発見したり、実際そうなったように、彼女がなんとかまた階上に戻ってきたのを見て楽しんでいた可能性はある。しかし、そうだとしたら、犯人はほんとうの反応はいっさい見せず、人はこう反応するだろうという演技をしていただろう。あるいは、レコーダーには映っていなかったか」

「そうだと思う。コンピュータ、〈デュ・ヴァン〉の外の防犯カメラの映像を、先に指示した時間から再生して」

〝了解しました〟

「気になるのはここ」イヴは言い、五人グループが店から出てくるのを見つめた。「これは、マーズがバーに戻ってきてウェイターにぶつかる二分ちょっと前の映像。このあと、死亡時刻《TOD》まで三分弱。明日、モリスに訊けばもっとはっきりした時間がわかるけど、手を貸してくれたドクターもドゥインターも、あれだけの傷を負って手当てを受けなければ、四分から十二分で死亡すると言ってたわ。階段を上ってる間に失った血液の量から考えて、死亡するまでの時間は短かったと思う。だから、犯人はTODの三分弱前に店を出た。犯人はそれまでの三分でマーズを切りつけて、何らかの反応をしたあと、化粧室から出て、階段を上り、店を出たと思う」

「きみは自分で動いて時間を計ったようだね」

「動くスピードも変えてみたわ」イヴは認めた。「時間はたっぷりあった。充分すぎるほど。このグループがとくに気になるのは、男女の数が違うから。男性が三人で、女性がふたりよ。店を出る映像をこんなふうに調べられたとき、関心を引かない最善の方法は？　グループで出ることよ」

ロークはふたたび映像に目をこらした。「そうかもしれないが、男女の数を合わせずに会うのはめずらしいことではないし、犯人――きみは三人目の男だとにらんでいるようだ――が何かしらの隠れ蓑《みの》を求めたとき、グループが店を出ようとしていたのは幸運としか言いようがない」

「必ず真相を突き止めるわ。これも気になってるの。ちょっと早すぎるかもしれないけど。わたしがレコーダーのスイッチを入れる十八秒前。男性がひとりで店を出てる。同じく七十三秒前にも、女性がふたり店を出てるわ。モリスと話がしたいし、この映像の気になる人たちは全員、支払い記録から身元を割り出して、間違いなく話をするけど、もう一度このグループを見て。五人組よ」

ロークはコマンドセンターに腰で寄りかかり、ふたたび映像を見つめた。

「いちばん右の女性」イヴは言った。「右から二番目にいる男性のほうにちょっと首を傾けてて、男性も少しだけ彼女のほうに首を傾けてる。その左の女性といちばん左の男性は肩を寄せ合ってる。手もつないでる。左の女性が少し前のめりになり、若干右に体をねじって、右手の男女の話に耳を傾けてるように見える。左手の男性は……ほら！　頭をのけぞらして、少し肩を揺らしてる。声をあげて笑ってるみたい」

「そうだね、たしかにそう見える。そして、三人目の男は四人の一歩後ろにいて、少なくともこの後ろからの映像では、四人が話していることを聞いている様子はない」

「彼はたんなるグループのはみ出し者で、ひとりだけもう帰ろうとしていて、別のことを考えてるのかも。かもしれない、かもしれないはいくらでもあるけど、男性たちで帽子をかぶってるのは彼だけよ――スキー帽ですっぽり髪を覆ってる。背中を丸めて、手袋をはめてる。そう、たしかに寒いけど、これじゃ髪の色も肌の色もわからない。ずっと四人の二歩くらい後を歩いて、一緒に左に曲がって画面から消えていった。四人が振り返って彼を見ることはない」

イヴはまた再生を命じ、一旦停止させた。「女性という可能性もある」イヴは考えながら言った。「このカメラアングルで見るかぎり、体格やコートのデザインから男性に思えるけど、女性かもしれない」

「黒っぽい薄手のコートに、黒っぽいスキー帽、たぶんスーツのズボン――これも黒っぽくて、洒落た紐靴《ひもぐつ》かハーフブーツを履いている――は男性っぽいスタイルだが」

「女性かもしれない」とイヴは繰り返した。「男性に見えるけど、そう見せてるのかも。バーの支払い記録を調べてみる。あなたは、被害者の財政状況を探っていいわ」

「望みがかなった。パイでお祝いをしよう。邪魔だよ」ロークが声をかけると、猫は彼に顔を向けて、左右の色が違う目を細くした。動きたくないらしい。

ロークは仕方がないと言いたげに猫を持ち上げ、昼寝用の椅子まで運んだ。ギャラハッドは寝返りを打ち、伸びをしてから体を丸めて寝る体勢に入った。

ロークがネクタイをはずしてスーツのジャケットを脱ぐまでに、イヴはバニラアイスをのせた温かいアップルパイをふた切れ、カウンターに並べた。

「これが大好きなの」イヴはブラックコーヒーが注がれたマグをふたつ、コマンドセンターのミニオートシェフから取り出した。「めちゃくちゃ愛してる。コンピュータ、〈デュ・ヴァン〉が一八〇〇時から一八四三時までに出したレシートをリストにして。被害者を襲うずっと前に支払いをすませるわけはないし、彼女が血まみれで戻ってから支払うはずもないけど、範囲は少し長めにしておく。

ああ、たまらない！」

ロークが素早く目をやると、イヴが恍惚《こうこつ》として目を閉じ、さらにフォークでパイを突き刺そうとしていた。「これこそパイよ。冗談じゃなく、彼がバケーションに出かける前にもうひとつ、パイを焼かせないと。何がなんでも予備が必要になる。あと三日でしょ――いいえ、違う、二日ね。今日はもう終わったも同然だから」

イヴはもうひと切れのパイを口に運び、ゆっくりと意識して味わった。「あと二日でしょ？」

「そう、ふたりは三日後に出かけるから、残りは二日だ」

「ふたり？　ふたりって？」

「サマーセットとイヴァンナだ」

「何？　何？　彼女も行くの？　ふたり一緒にバケーション？」

「少なくともオーストラリアで過ごす間は」パイの味見をしたロークは同意せざるをえなかった。これはもっと必要だ。

「でも……ふたりはセックスするわ」イヴは実際に頭から血の気が引くのがわかった。「セックスするってことでしょ。あのふたりは。どうしてわたしに言うのよ？　パイを食べてるときに、なんでそんな考えを頭に入れてくるのよ？」

「出かけるのは何日後かと訊かれたから、答えただけだ。セックスのことは何も言っていない」

「彼が前に付き合ってた女性を連れていくって聞いて、セックスしないと思ったの？」

イヴはぴくぴく痙攣《けいれん》しはじめた目を指先で押さえた。

ロークは一瞬言葉に詰まり、それから、ため息をついた。「頭の片隅でなんとなく可能性は感じていたが、いまのいままでありありと思い描いたりしていなかったぞ、まったく、余計なことをありがとう」

ロークは眉をひそめて皿を見下ろした。「パイを食べる気が失せてきた」

「わたしには、サマーセットのセックスだろうとなんだろうと、このパイを食べたくなくなる理由にはなりえない。でも、ああ」

「もうその話はやめてくれ。大真面目で言っているんだぞ」ロークはポケットから革の紐を取りだして、髪を後ろで小さなしっぽのようにまとめた。

イヴはパイとコーヒーのおいしさで不気味な考えとイメージをまぎらわせ、バーの支払い記録を調べはじめた。

イヴが指定した時間内に現金《キャッシュ》で支払いがあったのは一件だけで、内訳を含むレシート管理システムで注文一覧も見られた。

炭酸抜きの水を二本。タイムスタンプによると、マーズが飲み物を注文した四分後に一本目を注文している。

たんなる水、とイヴは思った。頭をしゃきっとさせるカフェインではなく、反応を鈍くさせるアルコールでもない。水を二本と、スパイスド・アーモンドを一盛り。この注文なら、テーブルにひとりでいる客が注目を集めることはまずない。

さらに調べると、四人グループの注文らしきものを見つけた。飲み物が八品と、洒落たアペタイザーが二種――どちらもグループサイズだ。支払いに使われたクレジットカードの名義を調べる。

ヨナ・R・オンガー。

名前を検索して、椅子の背に体をあずけ、カウンターを指先で軽く叩きながら待つ。ＩＤ画像をプリントアウトして立ち上がり、ボードまで歩いていって留めた。

「何かわかったのかい？」ロークが訊いた。

「四人――あの四人グループ――のうちふたりについて。彼らは四種類の飲み物を二度注文している。全員の分をカードでまとめて払った人物から、話を聞けるわ。オンガーは三十二歳、独身、記録では結婚歴はなく、現在、同棲中のシャイアン・ケース――同じテーブルにいた四人のひとりに違いないと思う――は三十一歳で、人種は不明。彼女は市役所の調達課で働いてる。オンガーはニューヨーク・タイムズ紙の弁護士チームの一員。ふたりとも大きな犯罪歴はなし。シャイアンは抗議行動中に二度逮捕されてて、オンガーは酔っぱらって騒いで逮捕されてるけど、これは十年前――たまただけど、捕まったのは彼の二十一歳の誕生日よ。ふたりはダウンタウンに住んでる。あのバーから六ブロックほどのところよ」

イヴは椅子に座り、ボードに留めたばかりの顔をじっと見た。「明日、ふたりと話をするわ。それから、この男」別の画像のプリントアウトを命じる。「クレジットカードのレシートによると、ひとりで店を出てる。この男と一緒に飲んでた男性の証言があるわ。ふたりは仕事仲間で、共通のプロジェクトについて飲みながら話をしてたそうよ。ふたりがそろそろ帰ろうとしてたとき、証言者のリンクが鳴った。一緒に話をしてた男は――証言者によると――別に会う人がいるからと、ひとりで店を出ていった。証言者がリンクに出ると、妹からの個人的な連絡だったそうよ。これは簡単に確認が取れる。ふたりともシロだと思うけど、確認はするわ」

念のため、イヴはふたりの写真をボードに加えた。

「一緒に店を出た女性ふたりは？」

「支払いをしたのはマリー・バクスター。それぞれ飲み物を一杯と、ドゥインターが気に入ってるなんとかストローを注文してる。人種は不明で、二十六歳、元同棲者がひとりいて、結婚歴はなし。ダウンタウンにあるブティックのアシスタントマネージャーよ。犯罪歴はなし。彼女もシロだと思うけど、ふたりで手を組んだのかもしれない。ひとりがバーで見張ってて、ひとりが彼女を追って階段を下りていき、仕事をしたとか」

「あのグループの第三の男は？」

「キャッシュで支払いをしてる――指定した時間内では彼だけよ。ミネラルウォーターを二本とナッツを注文した。一本目を注文したのは、マーズが飲み物を注文した数分後。キャッシュ払いのタイムスタンプを確認したら、わたしがレコーダーのスイッチを入れる六分十二秒前だった。彼に飲み物を運んだスタッフを調べて、人相を聞きたい」

「レシートを見せてくれ」

イヴはスクリーンにレシートを呼び出した。

「注文と支払いの選択にメニューアプリを使っている――賢いやり方だ」ロークは言った。

「ホールスタッフとの接触が最小限で済む」

「アプリを使ってるって、どうしてわかるの?」

「レシートにそのコードがある。店内のセクションコードもある。ちょっと待って」

ロークはコンピュータを操作して、一瞬待った。「男が座っていたのはこのセクションで、今夜のスケジュールを見ると、担当していたのはチェスカ・ガーリーニだ」

「彼女はわたしたちにも給仕してた。この男は同じセクションにいたのよ」

「スクリーンに」ロークが命じ、バーのテーブル配置図がスクリーンに現れた。「きみはどの席だった?」

イヴはレーザーポインターをひったくった。「このボックス席。ドゥインターはもう座ってて、飲み物もテーブルにあったから、わたしは出入り口を背中にして座った。席を代わってもらおうかとも思ったけど――とにかく落ち着かないから――彼女が過剰反応するだけだと思ってやめたの。ええと、マーズはここ、わたしに背中を向けて座ってた。というか、横向きに座ってた感じ。第三の男はどの席にいたの?」

「ここだ。テーブルを挟んで、ふたり掛けの――高い椅子の――席。きみの背後だ」

イヴは目を閉じ、記憶を手繰り寄せた。店に入り、習慣で無意識にじろじろとあたりを見回した。「花やシダみたいな植物がたくさんあった。変わったボトルもいろいろ。ボックス席の横の仕切り壁の上には、植木鉢が並んでた。それに邪魔されて、その向こうの店内の様子は見えなかった。漠然と……誰かがいた感じだけ残ってる。男は植木鉢の向こうの席だから、姿は見えない」

イヴは苛立たしげに髪をかき上げた。

わたしはあそこにいたのに。

「男は前にも店に来たことがある」イヴは続けた。「人目を引かず、姿も見られずにマーズを観察する最適の場所を探しに、以前も店に足を運んだに違いない。あそこは彼女のお気に入りの席よ。店に来たときは必ずあのボックス席に座ってた。犯人はそれを知ってたはず。あまり好まれないテーブルを選んでると思わない？」

「静かな席だ」ロークは指摘した。「ひとりで過ごすにはいい」

「バーに来る人はたいてい、なんらかの関わり合いや音を求めてる――ふたりの世界を楽しむ場合は別だけど。つまり、ふたりだけで話をしたかったら、普通はふたり用のテーブルを選ぶ。でも、ひとりだったら……よくわからない。あのくらいの時間に確保しやすいテーブル、とは言えるわね。仕事を終えて、客たちは緊張をほぐしてる。店は混み合い、楽しげな雰囲気に満ちてる。でも、犯人が求めるのは静かで人目につかない席――しかも、テーブルも椅子も高い席。見晴らしがきくほうがいいから」

イヴは立ち上がり、うろうろと歩きだした。「でも、いい傾向よ。いろいろ絞り込めてきた。このろくでなし野郎がわたしの背後一メートルを歩いて階段へ向かうのは見てないけど、きっと犯人はこいつよ。そして、この男に飲み物を運んだスタッフはわかってる」

イヴがリンクをつかもうとすると、ロークはため息をついた。

「イヴ、夜中の十二時過ぎだぞ。いま彼女に連絡するようなかわいそうなことをしてはだめだ」

「彼女はまだ若いわ。きっとまだ起きてる」しかし、ロークに無言で見つめられ、イヴは小声で毒づいてポケットにリンクをしまった。「朝にする」

「心遣いのご褒美として、財政状況で——これまでに——わかったことを伝えよう」

「いい話でしょうね」

「気に入ってもらえると思うよ。彼女は実名で健全な資産を所有している。堅実な企業の株式、債権、きわめて安定した会社で慎重に運用されている年金。当然だ。流動資産も充分あって、収入とほぼ同額の支出を補っている。特定の支出については、やや使い過ぎだと思う人もいるかもしれない。美容やファッションやエンターテインメントにかかわる支出だ。しかし、旅行費用や、多額の衣装代やサロンでの施術代、エンターテインメント代などは、抜け目なくチャンネル75に出させている。これらはすべて、税金の計算用に細かく帳簿に記載されている」

「おいしいところを早く聞かせて」

「まだ時間が足りないが、とりあえず、彼女のものと思われる口座をふたつ見つけた。かなり巧妙に隠されていて、通常のチェックなら見落とされるだろうし、実際、見落とされていた。ひとつ目の名義はロリリー・サターン《土星》」

「うまくやったわりにはばかみたいな名前」

「そうかもしれないが、彼女にとってはこの名前でうまくいったんだ。アルゼンチン——アメリカの税務署に報告されたくない口座を持つにはいい租税回避地だ——の口座だ。現在の預金高は三百万ドルちょっと。ここの口座を通じて、もっぱら美術品や宝石を購入している——これもリストに記載がある。この三年間に、一千万ドル以上が入り、また出ていっている」

「はした金じゃないわね」

「まあね、一般的にはね。ふたつ目の口座の名義はリンダ・ヴィーナス《金星》で、しっかりテーマに沿っている」

「太陽系」イヴはあきれたようにつぶやいた。

「これは地球外の、別の租税回避地に作られた口座で、厳密にキャッシュの出し入れだけに使われている。入金と出金のみだ。ＡＴＭがあれば、ニューヨークのどこでも出し入れできるし、それ以外の場所でも同じようにできる。出し入れするのが一万ドル以下なら報告もされない」

「そうね、そう、ベラミから脅し取ってた金額がそう。いつも一万ドル以下よ」

「そのとおり。たとえば八千ドル預けて、それを別の隠し口座に送ったり、預けたままにしたり。五、六千ドルをキャッシュで引き出して、口笛を吹きながらスキップでどこかへ向かったり。この口座は金の出入りがかなり頻繁だ。毎日のように預け入れがあり、引き出したり、送金したり。現在の預金高は六百万ドルちょっとだ。

本名で作った口座からは、家賃やさまざまな料金や税金、正当な収入でまかなえるだけの生活に必要な日々の経費を払っている。しかし、それ以外に毎月ヴィーナスの口座から金を引き出している——月末に決まった金額、五千二百ドルだ」

「ほかにも家があるのかも。そこの家賃かローンの支払いよ」

「僕もそんな気がしている。しかし、キャッシュで引き出されているし、いまのところ、それがどこの口座に振り込まれているのか——そんな口座があるのかどうか——もまだわからないから、断言はできない。金の流れも追えない」

「彼女はどうしてほかにも家が必要なの？　どうしてほかにも家を？」イヴはぶつぶつ言い

ながら部屋のなかを行ったり来たりした。「ため込み屋《ホーダー》。あなたはそう言った。ため込み屋の傾向がちょっとある、って。もうひとつの家に物をため込んでるのよ。人を呼ぶアパートメントには置いてないものを」

イヴは行ったり来たりするのをやめ、両手を握って腰に当て、マーズのＩＤ写真をまじまじと見た。

「そうね、ありうるわ。彼女はクローゼットに所せましと服を並べ、金庫にキャッシュと宝石をぎっしり詰め込んでた。それは誰の目にも触れない――誰かが見たところで、あら、山ほど服を持ってるのね、で終わる。でも、家具や美術品やほかにもガラクタで足の踏み場もない家を見れば、気づく。噂をして、怪しむ」

イヴはまた部屋のなかをぐるぐる歩きはじめた。「彼女は、脅迫してる相手とそこでは会わない。そんなばかなことはしない。自分とつながりのある場所では会おうとしない。豪華なアパートメントはすでに持ってるから、ほかに豪華なアパートメントは必要ない。必要なのは秘密を隠す場所。彼女の秘密の隠し場所。客を招くアパートメントから離れたところに、自分の秘密を隠す場所が必要なのよ」

「見つけるわ」イヴは事件ボードに顔を向けて、ラリンダの華やかで完璧なＩＤ写真を見つめた。「必ず見つける」

「彼女を殺した犯人は別の家については知らないだろう」ロークはブランデーを飲むことにした。「知っていたら、どうして彼女がそこにいる間に殺そうとしなかった？　そこなら、彼女の遺体が発見されるまでに数日かそれ以上かかったはずだ」

「犯人が別の家のことを知ってて、ちょっとでも脳みそがあれば、そこになんとか忍び込んで、逆に彼女を脅すネタになるものを探すはず」イヴは目をこすった。「でも、まだ早過ぎる。可能性はかなり高いとしても、それが家賃やローンの支払いだと決めつけるわけにはいかない」

「これまでにわかったことをすべて自動《オート》でまとめさせれば、僕たちは休める。朝にはもっとデータが手に入るだろう。これで切り上げて、少しは眠らないと」

とりあえず切り上げなければオート作業にもまかせられない、とイヴは思った。

6

コンピュータのオート作業が始まり、順調に解析が進みだすと、ふたりは寝室へ向かった。

「彼女はゴシップで生計を立てていただけじゃないわよね？　それをきっかけにして有名人のサークルに入り込んだ。それで本人が一種の有名人になったのも間違いない。でも、わたしがごく短い関わりを通じて感じたのは、彼女は輝かしくて華やかなものを取材するだけじゃなくて、好ましくないものを暴露するのもかなり好き――仕事としてだけではなく――なんじゃないか、ということよ。秘密を探るのを楽しんでた」

「しかも金にもなった」ロークは指摘した。「こっそりやりとりしても、おおっぴらにやりとりしても」

「そうね」

寝室――改装して、模様替えをした寝室――に入っていくと、イヴはまた少しどきりとした。部屋には、大きくて凝った造りのベッドが置いてある。

普段は凝ったものは好まないイヴだが、四隅にがっしりした柱があって、ヘッドボードにもフットボードにもケルトのシンボルが彫られた重厚感のある大きなベッドにどうしてこんなに惹かれるのか、自分でもわからなかった。

でも、とにかく惹かれるのだ。

脱いだジャケットを放り投げて椅子に掛け、またマーズのことを考える。

「仕事でも個人の付き合いでも、こっそりと、あるいはあからさまに、彼女は秘密を握るのが得意だった。それには、さまざまな形の接触が必要になる。ある種のネットワークね」

「それは間違いない」ロークは椅子に座って靴を脱ぎ、イヴは武器のハーネスをはずした。

「ばらされたくなかったら金を払うか、わたしの願いを聞いて――両方でもいいわ。そうやってたんまり金をため込んでいた――でも、百万ドルは多すぎる」

「彼女は強請《ゆす》る相手も利用した。何か秘密を見つけてきたら、あなたの秘密は突っ伏してあげる」

「伏せる。伏せてあげる、だ」ロークはほほえみながら訂正した。「まあ、なんとなく意味は通じるが」

「まわりは敵だらけなのに、彼女は基本的な用心もしないような間抜けだったの？」イヴは固定していた掌銃をゆるめ、最初にはずした武器と一緒にしまった。「古いやり方だと、自分に何かあったら、安全な場所に保管してるあなたに関するファイルが公開される、って伝えたりする。でも、相手がプレッシャーに耐えられなくなったり、金が払えなくなったり、罪悪感に押しつぶされたりして壊れてしまっては意味がなくなる。脅していた相手が壊れてしまった、というのは確率が高いけど、可能性はそれだけじゃない」イヴが言い、ロークは暖炉のスイッチを入れた。

小さな炎がゆらぎ、金色の温かな波が寄せてくる。

「彼女に秘密を握られた誰か。仕事か、評判か、人間関係を台無しにされたんだろう」

「そうね。そのあたりはナディーンに調べてもらおうと思ってる。その方面は強いかもしれないし、強い誰かを知ってるかも。そして、あのふたりがたがいを気に入ってたとは思えない」

「われらがナディーンは」ロークは言い、シャツを脱いだ。「節度と倫理観を兼ね備えたキャスターだ。野心と物語の追求は重要な要素だが、節度と倫理観も大事だ。マーズは、これまでに明るみになったことがなくても、ナディーンとは正反対だったと言えるだろう」

「ふたりが同じ局で働いてたのも役に立つ。ナディーンなら誰と話をすればいいかわかるし、わたしが話をするべき人もわかる。話をするべき人とは、明日会う予定よ。でも、局の関係者以外にも犯人候補者はいるわ」

「すでに山ほど」

イヴは皮肉をこめて笑い声を漏らした。「そう簡単には見つからないわよ、相棒。彼女が脅迫しようとしたけど、相手にされなかった人もいたはず。彼女だって狙いをはずしたことはあったに違いない。そんなに腕のいい者はいないし、そんなに運のいい人だっていない。やろうとしたうちの何パーセントかはうまくいかなかったはず――うまくいかなくても、敵は増えただろうし。脅迫してうまくいかなかったのにさらに秘密を探り続け、そのうち相手から、もううんざりなんだよ、あんた、ということになった」

「なるほど」ロークはイヴが寝巻用のシャツをつかむのを見て、すらりとした体を覆ってしまうのは残念だと思った。「それで思い出したが、彼女が僕を狙ってミスをした話はきみにするべきだね」

ロークは、イヴのシャツがすとんと体を覆うのを見ていた。次の瞬間、イヴがシャツを下に引っ張って襟ぐりから頭を突きだした。

「何？　何て？　彼女があなたを脅そうとした？　いつ？　あきれた」

「三年ほど前、僕たちの結婚式の直前だった」

イヴはただあんぐりと口を開けてロークを見た。「で、それをいま、わたしに伝えてるの？」

「ダーリン、イヴ。いろいろな方法で僕を悩ませたり、金を巻き上げよう、食いものにしようと狙ったり、怪しいコネを利用して近づいて——こっそりと、あるいはおおっぴらに——脅そうとする者の話を残らずきみにしたら、ほかの話ができなくなってしまう」

ロークはイヴを見てにっこりほほえんだ。「きみは自分の仕事をしているだけなのに、どうにかして借りを返してやると脅す連中の話を、すべて僕にしているかい？」

イヴはそれとこれでは話が違うと反論しかけたが、じつは同じだと気づいた。

それでも。

「彼女は死んだ。殺された。わたしはその主任捜査官よ。あなたには捜査の初めから助言をもらってる。それをいまになって、彼女に脅されかけたって、わたしに言うの？」

「でも、彼女の狙いはへたくそで、僕にかすりもしなかったし、何年も前の話だ。正直言って、きみが犯人候補の可能性を広げるまで、そのことは考えもしなかった」

「詳しく話してもらわないと」イヴはベッドの端にどすんと座った。「それで何か支障がないかどうか確認するから」

「支障などあるわけがないが……」ロークはイヴと並んで座った。「彼女はインタビューさせてくれとしつこく言ってきた。その前にも何度か強く要求していたようだが、そのたびにカーロに阻まれていた。実際、カーロがその手のことはしっかりシャットアウトしてくれるから、彼女がしつこくしていたことはまったく知らなかった」

イヴはロークの聡明《そうめい》で有能な業務管理役を思い浮かべた。「そう、カーロがあなたをわずらわせるはずがない。それでも万全を期すために、それを証明しなければならないかも」

「カーロがその件について作ったファイルがどこかにあると思う。いずれにしても、マーズはやがてカーロの裏をかいて、彼女も僕も参加していた……ええと、忘れてしまったが、何かのイベントのようなものだったと思う。きみは一緒じゃなかったが、僕はどうしても顔を出さなければならなかった。そうだ、図書館だ」ロークは思い出した。「ニューヨーク市立図書館の寄付集めのイベントだった」

「オーケイ、いつ、どこではわかった。何、何があったのか話して」

「いま、記憶をたどっている——とにかく、あのとき以来、考えたことがなかったから。そうだ、彼女が近づいてきて、とても愛想よく、ちょっと話をしてもいいかと訊いてきた。それで、僕たちの結婚式を独占取材したいと言い、今年最大のイベントだとかなんとか持ち上げて、自分は視聴者の期待に応えて輝かしい式の様子を見せる責任があるとか言っていた。それから、彼女のプランを延々と聞かされた。ふたりのインタビューをしたあと、個別のインタビューもして、きみのドレスも紹介するとか言っていたな——ほんとうに、イヴ、全部はおぼえていないんだ。彼女が求めるものを与える気はなかったからね。そして、はっきりそう言った」

「オーケイ、わかったわ。でも、おぼえてるかぎりのことを話して」

「ええと、はっきり断ると、彼女は急に真顔になって戦術を変えてきた。それで、これははっきりとおぼえている。彼女は、結婚式をうっとりするほど輝かしい今年最大のイベントにもできるし、気づまりな出来事にもできると言ったんだ」

ロークはイヴの手を取り、結婚指輪のまわりをぐるりと親指でたどった。「それがどうした、と思ったが、とにかく最後まで話を聞いた。僕のような人間は番組の視聴者にとって謎めいた部分が多く、花嫁の評判やニューヨーク警察での立場も、表現する言葉の選択によっては悪いイメージで伝わるかもしれないと、彼女は言った。わたしには市民の考え方を左右する力があることを理解しなさい、というわけだ」

「具体的なことは何も?」イヴはすかさず訊いた。

「何もなかった。彼女は何も考えていなかったし、こけおどしは聞けばそれとわかる。それに、僕はゴシップ屋ごときが追えるような痕跡も足跡も残さないからね。彼女のことは心配でもなんでもなかった。たまらなくむかついただけで、彼女はきみの評判も台無しにするようなことをほのめかしていたが、それも心配はしなかった。きみはクズの扱いには慣れているからね」

イヴは肩の力を抜いた。「じゃ、彼女にたいして恐怖のロークになったのね」

ロークはイヴの眉間を軽くつついた。「たまらなくいい気分だった」

「恐怖のローク」イヴは繰り返した。

「仕事は楽しいかと尋ねると、彼女は――ちょっと気取って――もちろんだと答え、自分はとても有能なのだと言った。そこで、仮の話をかいつまんで伝えてやった。僕が気まぐれでチャンネル75を買収することになったら、きみのキャリアはどうなると思う？　とね」

イヴは笑い混じりに息を吐きだした。「完璧」

「買収したら面白いことになっていただろう。僕が興味を持てば買収するのは簡単だし、彼女のいまの契約を破棄して、クソど田舎の三流局で使い走りの仕事でも得られたら運がいい、となるような種をまくのも朝飯前だ」

「クソど田舎って言ったの？」

「記憶するかぎりではね。そして、信頼できる人から――僕にはそういう人がおおぜいいる――きみが僕のビジネスや未来の花嫁についてこそこそ調べていると耳元でささやかれたら、僕は間違いなく買収に興味を持つ、と彼女に説明した」

ロークが凶器のようにさっと繰り出す、恐ろしいほど冷ややかだが愉快そうな口調が、イヴは聞こえるような気がした。

「マーズはチビッた?」

「それはわからないが、あっという間にいなくなった。そして、しばらく気をつけていたが、彼女はこそこそ調べる気が失せたようだった。だから、その件はそれで終わった。たった一度、短い会話をしたのは、三年近く前のことだ」

「オーケイ、いいわね。いまの話を要約してホイットニーに伝える必要はあるけど、なんの問題も利害の衝突もないと思う。彼女は具体的にあなたを脅したり、金を要求したりはしなかったのよね?」

「しなかった」

「だったら、容疑者候補の条件をどんなにゆるくしても、あなたはかすりもしない」そう言いながらも、イヴはロークの胸に軽くパンチを当てた。「話してくれるべきだったわ——そのときじゃなくても、いま」

「いま話したよ」ロークは指摘した。「強請りが動機とわかっても、あのときのことが思い浮かばなかったのは、強請られたとは思いもよらなかったからだ。それより、失礼な女だ、威嚇しようとしてみじめな結果に終わったな、と思っていた」

「恐怖のロークは誰にも威嚇されないわ」イヴは一方の脚で弧を描き、ロークにまたがった。

　イヴの目が輝いているのがうれしくて、ロークは彼女の両脚をさすり上げ、薄いシャツの下に両手を入れた。「試してみるかい？」

「あなたは恐怖のローク。わたしはあばずれおまわり《ビッチコップ》になる」

「ふたりとも、いつものふたりだ」ロークは言い、イヴの後頭部をつかんで引き寄せ、自分のものだと言いたげに長々とキスをした。

「恐怖なんか感じないわ」イヴはつぶやいた。そして、唇に歯を立てる。

「まだ僕の権利を読んでくれていないね」

　ロークはすでに服を脱いでボクサーショーツ一枚だったので、イヴはなんの苦労もなくその部分をつかんで引きだし、いったん腰を浮かせてから沈めて、自分のなかに彼を収めた。

　ずっと奥まで。

「あなたに権利はないわ、超一流《エース》さん」イヴの腰がゆっくりとじらすように動き、ロークは指先をイヴの肩に食い込ませた。「あるのは重労働だけ」

「きみを身震いさせたら？」

　イヴはなおも腰を動かし、揺すりながら挑発した。「やってみて」

視線を絡めたまま、ロークは片手を滑り下ろしてふたりがつながっている部分を指先で押してもてあそび、イヴを快感のピークへと一気に押し上げ、あえがせた。

イヴはなすすべもなく背中を弓なりにそらし、まだ身震いはしないものの小刻みに体を揺らしながら前のめりになり、ロークの肩に顔を埋めた。

「ずるい」かろうじて言う。

「僕のおまわりさんの扱い方は知っている」

イヴはロークの喉元に押しつけていた唇をカーブさせた。「わたしだって、わたしの犯罪者の扱い方は知ってる」

「有罪になったことはないよ」

イヴは笑い声をあげ、唇でロークの喉から顎へとたどり、さらに上がっていって、美しく完璧な形の唇をくすぐった。その間も腰を動かし続ける。ゆっくりと物憂げに誘い、痛いほどかき立てる。

ロークの両手がイヴの両脇――引き締まって力強い――をすり上がり、胸――張りがあって柔らかい――を包み込む。手のひらに鼓動を感じながら親指でかすめると、乳首が硬くとがった。

イヴがまた弓なりにのけぞり、ロークは張りがあって柔らかいものを口でとらえ、体の内側に鼓動を感じた。なおもひたすら味わう。その間もイヴは、ロークの皮膚の下で血流という血流が波打つまで、動いて動いて動き続ける。

やがて、ロークの世界は、イヴの味と、感触と、熱さだけになる。すべてが彼女になる。イヴは水のようになめらかに体を起こしてロークにしなだれかかり、両手で顔をはさんだ。そして、強烈なキスでロークを崩壊寸前にしてから顔を離し、目をのぞき込んだ。

「一緒にいって」

腰の動きが徐々に速まる。さらに速く。

「一緒だよ、愛する人《アグロー》」

イヴの目が金色の深い泉のように輝く。優雅な腰の動きは一瞬たりとも止まらない。

「先にいって」ため息のように告げる。その目は揺るがない。「先にいくのよ」

すでに危うくなっていた自制心が失われた。ついにロープは擦り切れ、ロークは崖から真っ逆さまに落ちていった。

落ちながら、解き放たれたイヴがとぎれとぎれに低く叫ぶのが聞こえた。自分のあとに落ちてきた彼女を受け止めて、引き寄せる。

溶けた蠟《ろう》のように柔らかく、ぐったりしたイヴが、長々と満足げにため息をついた。

「勝ったわ」自分を胸に抱きとめたままロークが仰向けに倒れこむと、イヴはふたたびため息をついた。「ビッチコップの勝利よ」

「今回は認める。でも、再戦を強く要求する」

「望むところよ」

ロークは目を閉じ、イヴの背中を撫でながらほほえんだ。イヴの呂律《ろれつ》が怪しくなっているのは半分眠っているからだ。

ロークはイヴを抱えたままベッドの上で体の向きを変え、彼女が体を丸めて自分に寄り添うように体勢を整えた。イヴが意味不明なことをつぶやくと、また背中を撫でる。

「もう心配いらない」ロークはささやいた。「照明オフ」

部屋は真っ暗でも、猫がベッドに飛び乗って歩いてきて、その場でくるりくるりと二度回ってから太めの体を丸め、イヴの腰のくびれに寄り添うのがわかった。

もう心配いらない。ロークは心のなかで繰り返し、そうであってほしいと誰よりも強く願った。

そして、猫を撫で、妻の体に腕を回して眠りについた。

イヴが目を覚ますと、猫は守る相手を変えたのか、ロークの膝の上で丸まっていた。今日も世界征服を目指す服に着替えたロークがリビングエリアの新しいソファに座り、コーヒーを飲みながら――うーん、コーヒー――PPCを操作している。壁のスクリーンでは前場の株式市況と、謎の金融情報が下へ下へと静かに移動している。

イヴは上半身を起こした。まだ頭がぼんやりしていたが、ベッドの足のほうに寝巻き用のシャツが放ってあるのが見えた。這《は》っていってシャツをつかむ。

「おやおや、朝一番の挨拶代わりに男の目に飛び込んでくる光景としては、なかなかいい」

イヴはうーっとうなり、頭からシャツをかぶって引き下ろした。

「それもいいね」

ふらふらと歩いて、ロークが開けたままにしてくれていたバーカウンターへ行き、コーヒーをプログラムする。最初のひと口をごくりと飲んでようやく、なんとか働けそうだと思った。

「今朝の時点で、予定されてるリンク会議はいくつ？」

「二件だけだ」ロークは両方の眉を上げ、イヴを見た。「続けて二件だから、一件みたいなものだよ」

イヴはまたうーっとうなり、シャワーを浴びに行った。熱いジェットシャワーに打たれて意欲をかきたてながら、一日の始まりにやることをざっと思い返す。

まず、自宅のオフィスでおこなった検索の結果を確認する。捜査においては、まずモルグのモリスを訪ね、そのあとバーのホールスタッフに会う――似顔絵作成係の協力を得てスケッチを書いてもらうかもしれない。ピーボディとマクナブとミーティング。ホイットニー部長に報告。ナディーンに連絡。

それから、マスコミ対応の準備もしなければ。自分たちの仲間が死んだのだ――しつこく尋ねてくるだろう。

イヴはシャワーを終え、感謝しながらチョコレート色のカシミアのローブを羽織って、テーブルの上のドーム型カバーで覆われた皿を見た。

オートミールか。最悪。

それでも、ロークはテーブルにコーヒーポットを用意してくれていた。ちょうど二杯目が飲みたかったのだ。

コーヒーを注いで、テーブルにつく。「出かける前に検索結果を確認したいわ」

「もうやったよ。ほかに口座はなかった。これまでにわかっているものと結びつく不動産もなかった。もう一階層下の検索を始めたよ」

「オーケイ」

ロークがドーム型のカバーを持ち上げると、予想していたオートミールではなく――

「ワッフル！　どうして？」

「きみが勝ったから」

「やった！」すかさずシロップをたっぷりかける。

ソファから姿を消していたギャラハッドが、イヴには匍匐《ほふく》前進に思える体勢でワッフルに近づきはじめた。

「だめ」イヴはロークが猫をにらむ前に言った。「あなたはなんにも勝ってないんだから」

ギャラハッドはごろりと横になり、面倒くさそうに尻尾を右へ左へと振りながら、天井を見つめた。

「運に恵まれてるのはこっちよ」イヴはワッフルを食べ、これも運に恵まれていることのひとつだと思った。

「なぜ？」

「まず、マーズはなんとか階上にたどり着いた――いずれにしても、バーのほかの客が用をたしに行って彼女を見つけただろうけど。とにかくマーズは階上にたどり着いた。そして、そこには警官がいた。この二点は捜査にとってラッキーで、犯人にとってはアンラッキー。それをうまく利用しないと」

イヴはさらにワッフルを食べた。「しかも、あそこはあなたの店で、さらに運のいいことに、責任者は賢くて有能――そして、協力的。スタッフもみんな落ち着いてる。これからホールスタッフと会うから、そこでも運に恵まれたらいいけど。犯人のスケッチができたら、捜査は一気に進むわ」

イヴはもうひと口食べてから、まじまじとワッフルを見た。「どうしてワッフルアイロンっていうの？」

ロークは次のひと口分のワッフルを切った。「それを生地に押しつけるからだろう？」

「でも、そうなの？　ほんとうにそうしてる？　ぺちゃんこじゃないし、押しつけて熱《アイロン》くして、それで終わりなの？　くぼみがあってふわふわしてるのに。パンケーキでいいと思うけど。生地をフライパンに流し込んで焼けば、パンケーキの出来上がりでしょ。ワッフルっておかしな名前よね――どういうものかよくわからないから、ほら、言葉を濁《ワッフル》したんじゃない？　それとも、ほかの意味があるとか？」

「そう言われると、気になってしかたなくなる」

「ハハ」イヴはまた一口食べ、名前がなんだろうとおいしいと思った。「ナディーンと打ち合わせしないといけないし、チャンネル75に寄ってスタッフとも話をしないと。あそこはたまにトリーナがいるのよね。ぬるぬるしたのやべたべたしたのや絵具みたいなのを持って、身を潜めてる」

ロークは元気づけるようにイヴの膝をさすった。「びくびくしないで、警部補」

イヴは眉間にしわを寄せたまま朝食をたいらげた。「身を潜めてるのよ」と、繰り返す。「いますぐ五十ドル賭けてもいい。待ち伏せして、わたしの髪に何かつけたがって、つけたらほかにもいろいろやるに決まってる。ベラのバースデーパーティーでも、わたしをじっとにらんでた――あの目で見られると、すぐに感じるの。出かける前に、なんでもいいからクリームを塗りたくっていかないと。やってないとすぐにばれる。なぜだかわかっちゃうのよ。不気味」

イヴは立ち上がり、クローゼットに向かった。

ここはいつまでたっても入るたびにどきりとしそうだ、とイヴは心配だった。改装後、クローゼットは広くなって収納量が増し、備品――たとえば、コンピュータ――も増えた。

イヴはクローゼットのコンピュータをじろりと見た。

服を着るだけなのに大げさな。コンピュータなんか使うわけないじゃない。

茶色にしよう、と決める。チョコレート色のバスローブが気持ちよかったから、茶色がいい。

上着をつかみ、ズボンのコーナーのほうを向く。茶色いのをつかもうとして、ふと手を止めた。茶色でもいくつか選択肢がある。これは茶色いだけじゃない。バスローブに似たチョコレート色で、ズボンの脇のポケットに沿ってさらに濃い茶色の革のラインが入っている。

イヴは革に目がない。

茶色には何色が合うか考えたくなかったから、造り付けの戸棚を探って白いセーターを引っ張り出した。雪のような白じゃない。そう思いながら頭からかぶる。今朝、食べずにすんだオートミールみたいな色だ。

茶色っぽいと言えなくもない。すごく薄くて、いい感じの茶色だ。

ベルト、ブーツ、終了。

クローゼットから出て、武器用ハーネスと、掌銃と、拘束具、それ以外の身につけるものをすべてベルトに取り付け、ポケットにしまう。

掌銃をおさめたストラップをつけていると、ロークの視線に気づいた。

「何？」思わず哀れっぽい声をあげそうになる。「やめて。着替えないわよ」

「とんでもない。エッジが効いていて、すごくプロっぽく見えると思っただけだ」

イヴは鏡に映る自分を見て、普通だと思った。「いいってこと？」

「まさにきみだよ、警部補」

「じゃ、うまくいってるのね。もう出かけるから――」

ロークはコーヒーを手にしたまま身振りで示した。「顔に塗りたくるのを忘れてるよ」

「塗りたくる……ああ、クソッ」

イヴはバスルームに駆け込み、なんとかフェイスクリームを探しだして顔に塗りたくった。

ほんの一、二秒、鏡に映った自分に目をこらす。鍛えられた観察者で、誰よりも自分の顔を知り尽くしているイヴだが、何かが変わったとはこれっぽっちも思えない。

でも、トリーナにはわかる。そう、ほんとうに不気味だ。

イヴはバスルームから飛び出した。

「十分くらいオフィスに寄って用事を済ませてから、捜査に向かうわ」

「僕はひとつふたつ、ここで片付けることがある。事件の最新情報と、捜査に進展があればそれも伝えてもらえるとうれしい。僕の店だからね」

「そうするわ」

イヴはロークのそばまで歩いていって、身を乗り出してキスをした。「どんなことでもあなたの知りたいことがわかったら、メールするわ」

ロークもイヴを引き寄せてもう一度キスをした。「僕のおまわりさんをよろしく」

「ビッチコップでしょ」

「僕にとってはそうじゃない――僕の得になる場合は別だけど」

「いつだって勝つのはわたしよ」

7

白茶けた冬の空をぱたぱた行き交う広告飛行船が、真冬のセールの派手な宣伝文句をがなりたてている。誰もがみんな、買い物をするよりましなことがないみたいに。イヴはそう思い、混み合った車の流れのなかを強引に進んでいった。

冬のコートを二月に「大幅値下げ！　六十パーセントオフ！」にできるなら、たとえば十月にもっと安くして売り尽くさないのはなぜ？

一足のブーツに四桁の金をぽんと払う人が必ずいるという、それだけの理由？　最近の言い方をするなら、それはどうかしてる《ワック》。

そして、いま履いているブーツを見下ろし、そんなことは考えないでいいと自分に言い聞かせた。さんざん歩いてくたびれかけたら、このブーツはクローゼットの妖精たちに片付けられるだろう、と思い出す。

それに、わたしにはつかまえるべき殺人犯がいる。

イヴはなかなか進まない車列を縫うようにしてダウンタウンに向かいながら、同時に仕事もやってしまおうとナディーンに連絡を入れた。

粘り強く犯罪を追うキャスターで、犯罪小説のベストセラー作家でもあり、多才で賢いナディーン・ファーストがすぐに画面に現れてもイヴは驚かなかった。

めずらしく撮影用の身支度は整えていない、と気づく。ハイライトの入った金髪が濡れて光っている。

「シャワーから引きずりだしちゃった？」

「ほぼね。セントラルに向かっているなら、わたしは三十分後に着くわよ」

「向かってない。捜査中」

「じゃ、モルグね」素顔の目に力を込め、ナディーンはうなずいた。「ラリンダに会いに行くところでしょ」

「もう聞いてるみたいね」

「もちろん、聞いたわ」ナディーンがしゃべりながら動くと、彼女の新しい豪華なアパートメントの新しい豪華な寝室がぼやけて見えた。「事件があったとき、あなたが現場――ロークのバーよ――にいたことも聞いているわ。一対一のインタビューがしたい。今日の午前中に」

「わたしはあなたの聴取をしたい——正式に」イヴは逆襲した。「今日の午前中に」

ナディーンの動きが止まった。「わたしの? なぜ?」

クローゼットに入ったようだ、とイヴは気づいた。彼女のクローゼットはイヴのものに劣らず大きくて、さらに徹底的に整えられている。

「理由は聴取中に話すわ。いずれにしても局には行かないといけないの。話はあとで。約二時間後に、あっちで」

「わたしは一対一のインタビューがしたいのよ、ダラス。ラリンダは——おおざっぱに言えば——同僚で、仕事仲間だった。局はもうその話で持ち切りで、わたしは一流のキャスターなのよ——スクリーンでも仕事現場でも」

「話はあと」イヴは繰り返した。「二時間後」

そして、リンクを切った。

彼女は食ってかかるだろう、と思った。一対一のインタビューを強く求めてくる。イヴはすでに受け入れるつもりでいた——ナディーンも受け入れられるとわかっている。

しかし、まずは捜査の段階を踏まなければ。

音の反響するモルグの白いトンネルを大股で歩きながら、もうひとつ、同時に仕事を片付ける。

画面に映ったホールスタッフのチェスカは眠そうな目をして、紫色の髪はくしゃくしゃだった。「うーん」と声を出す。

「朝早く連絡して悪かったわ」イヴは話を始めた。「追加捜査が必要になって。セントラルへ来てほしいの」

「セントラル……」眠そうな目が見開かれた。「何か問題でも？　わたし、あの、容疑者とか？」

「どちらでもないわ。捜査に協力してもらえるかもしれないと思って。必要なら、車を迎えにやるわ」

「いいえ。いえ、大丈夫です……いますぐですか？」

「一時間後ではどう？　正面玄関から入ったら、すぐにセキュリティの窓口があるからそこへ行って。わたしのところへ通されるように手配しておくわ」

「オーケイ。オーケイです。でも……友達に付き添ってもらっていいですか？　ひとりでは行きたくないです。それでもいいですか？　ああ」チェスカはショートボブの髪に触れて、押し上げた。「わたし、すごくどきどきしてて」

「誰と一緒に来てもいいし、どきどきすることはないわ。あなたのところへ行ってもいいんだけど、来てもらえると時間の節約になるの。感謝するわ」

「オーケイ。大丈夫です」また紫のくしゃくしゃの髪を押さえたチェスカは、大丈夫そうには見えなかった。「まだ犯人をつかまえていないんですか？」

「つかまえようとしてるところよ。じゃ、一時間後に」イヴはそう言ってリンクを切り、モリスの劇場へ続くドアに手を伸ばした。

今日の音楽は激しいロックだ――低い音量で響いている。メタリックレッドの細いストライプの入った濃紺のスーツに透明のケープを羽織ったモリスが、ラリンダ・マーズのそばに立って見下ろしていた。

味のある顔をすっきりと出して髪を後ろに垂らし、同じメタリックレッドの紐と合わせて三つ編みにしたのを、輪にして後頭部でまとめている。その赤――ネクタイも赤だ――から、今日の服を選んだときの彼は悲しみにつきまとわれていなかったとわかる。

その一部は、ドゥインターがただドゥインターでいたおかげなのだろう、とイヴは思った。

胸部を切開されたラリンダ・マーズは、全裸でステンレス板の上に横たわっていた。

亡くなったのが慎み深さを気にかける人でも、いま、そばに立っているふたりには配慮できない。

「昨日だけでは彼女の作業を終えられなかった」モリスはコンピュータの数値に目をこらした。「心中者の検死が入ってね――男女とも合法的にビールも飲めない年齢だった。バクスターとトゥルーハートの担当だ」そう言って、背後の壁をぎっしり埋めている大きな抽斗のほうをちらりと見た。「すべての証拠によって、ふたりが――違法ドラッグの影響で――自分たちをロミオとジュリエットだと思い込み、死ぬことでしか幸せを見いだせなかったんだろうと裏付けられた。悲しいことに、決心のきっかけになった物語がロマンスではなく悲劇だったのをふたりは理解できなかったんだ」

「まったくわからない。まだほんの子どものふたりが出会って、どうしようもなく愛し合ってしまったけど、自分たちの家はコイ家とマクハット家のようだと思い込むなんて」

「南北戦争時代に敵対していたのは、ハットフィールド家とマッコイ家だ」モリスは訂正し、悲しげだったエキゾチックな黒っぽい目を愉快そうに輝かせた。「このケースでは、モンタギュー家とキャプレット家だけれどね」

「なんでもいいけど、バカげてる。それで、ふたりとも死んでしまった――一緒にいられないなら死んだほうがまし、という昔ながらの心中」

イヴは両手をポケットに突っ込み、また壁の抽斗を見つめた。「思うんだけど、身近で死に接したことのない者は、死んでしまえば命ばかりかあらゆる可能性もすべてなくなってしまうと理解できないのよ。人生が最悪のときさえ、もっとよくなる可能性はあるのに。いずれにしても、マーズは自殺じゃないわ」

「そう、まったく違う。上腕動脈を一ヵ所、鋭くて滑りのいい刃で切られている。メスだな。ほかに、攻撃や防御でできる傷はない」

「角度は？　犯人と向き合ってた？」

「向き合っていた、というのが私の結論だ。ほんの一秒で済むだろう」モリスはトレーにあったメスを手に取り、ひょいと手首を曲げた。「これでおしまいだ」

「彼女が処置を受けないまま失血死するまでの時間を、現場にいた医療関係者が推測したの。あなたはどのくらいだと思う？」

「それについては、ゆうべ、ガーネットと話し合った」

「ああ……オーケイ」

モリスはメスを置いた。「彼女から連絡があった。きみもよく知っているように、彼女は自分が現場にいて、手助けをしてくれるドクターときみもいたのに被害者を救えず、もどかしさと罪の意識を感じていた」

「マーズは倒れてから十秒以内に死んでた」しかし、イヴは彼女が倒れると同時に駆けつけていた。

「ガーネットにも説明したが、きみたちがもっと早く駆けつけていても、結果は同じだっただろう。ガーネットともうひとりのドクターは、それほどの大量出血とは思っていなかったし、もちろん、そうでないことを願っていた」

「ふたりは化粧室の血痕を見てないから。ドアを開けて出ていくまでに、一パイント――それ以上――は出血してたわ」

「かき切られると同時に噴出し、飛び散ったものだろう」モリスはうなずいた。「その場で、一、二分後に死んでいてもおかしくなかった。しかし、襲われたり、事故に遭ったりして腕を切断していたとしたら、死んでいなかったはずだ」

「それも勘弁してほしいけど」

「当然だね」モリスはさらりと言った。「腕が切断されると、上腕動脈から鼓動と同時に血液が噴出する。鼓動して噴出、だ。なぜ死なないか？　手足を切断した人の多くは助かる。というより、ほとんど助かるし、切断された手足はつなぎ合わされ、ほぼ完全に機能するようになる」

「だとしても、手足はいまのままくっついててほしい」

「誰もがそう望むだろうね。手足が切断されるような傷を負うと血管が収縮して、処置が――受けられれば――間に合うように出血が抑えられる。今回のケースでは、どこかを圧迫したと思われる。それで死ぬことなく、助けを求めにあそこまで歩いてこられたのだろう」

「どのくらい?」

「四分か、おそらく五分は命があったと思う。しかし、切られて九十秒たった時点で、助かる見込みはなくなっていた。きみの現場の検分記録にあるように、出血量が尋常ではなかった。九十秒以降、すぐに処置を受けなければ、彼女はまさに歩く屍《ウオーキング・デッド》だっただろう」

モリスはほほえんだ。「すばらしい名作テレビシリーズだ」

「何?」

「『ウォーキング・デッド』だ。観たことがあるかい?」

「いいえ」

「世界の終末後のゾンビの物語で、一度観たらやめられない。きみも気に入るだろう。しかし、ここにいるラリンダには、より軽く見える傷より、片手を切断されたほうが命が救われる可能性は高かった」

「犯人は――女ではなく、男なのはほぼ確実――ドアを開けて外に出て、三十秒、ドアを押さえてたかもしれない。実際、わざわざそんなことをする必要はなくて」イヴは頭に浮かぶことをそのまま口にしながら、ステンレス板のまわりを歩きはじめた。「たとえ、マーズがなんとか、そう、一分でドアの外に出て階段を上ったとしても、パニック状態の客をかきわけて彼女に近づく者はいない。近づいたとして、何？　何ができるの？」

「止血器で出血を――鼓動するたびにあふれ出てくるのを――止める。きみとドクターたちがやろうとしたようにね。あるいは、出血面を焼く。輸血をする」

「三十秒以内にできるわけがない。九十秒でも無理」

イヴはリスト・ユニットを見てから、自分の腕を切るふりをした。

「わたしならどうする？　最初に血が噴出する。わたしは驚き、腹を立てる。このスーツを見てよ。ひどいじゃないの！　たぶん、よろめいて後ずさりをして、切られたところをつかむ。こんちくしょうめ。でも、犯人は化粧室から出て、ドアを閉める」

「きみはすでにぼんやりしている」モリスが言った。「ほんの数秒で、反応が鈍くなる」

「そう、だから、よろめきながらドアに近づく間も頭がくらくらしてる。すごく腹を立ててるから、恐ろしさはあまり感じてないかも。さらに、階段まで――たっぷり一・五メートルは離れてる――よたよた進む。ここまででもう、切られてから六十秒は過ぎてる。助けを求めようとしたかもしれない。階上は騒々しくて、わたしはもうかなり弱ってる。手すりをつかんで体を引き上げ、めまいがするから壁に手をついて支えたかもしれない。また傷を手で押さえて血を止めようとするけど、出血は止まらない。十八段の階段を上りきる頃には、二分は過ぎてる。まだ店に続く扉まで行かなければならない」

「もう脳に血液は回っていない」

「もう何も考えられない」イヴはつぶやいた。「無意識のまま、ただ動物としての本能だけで前に進んでる。実際、階段の途中でもう死んでるから。ゾンビ状態よ」イヴは言い、またモリスをほほえませた。

「そんなところだな」

「彼女がバーに戻るまでに、最短で三分というところ」イヴはリスト・ユニットをあごで示した。「わたしが犯人だとにらんでいる人物はＴＯＤの前、三分以内にバーから出てるから、彼女を襲ってから五分足らず、というか、四分半前後ということね。階段を上り、バーを横切って、店を出る。あらかじめ計画して、時間も計ってたと思う。店を出るとき、ちょうど二組のカップルが店を出ようとしてたのは運がよかったけど、これはほんとうに思いがけない贈り物みたいなもの」

イヴはもう一度バーに行って、実際に歩きながら時間を計るつもりだった。ニューヨーカーのペースで足早に化粧室から店の出入り口まで歩く。とにかく時間の経過をはっきりさせたかった。

しかし、いまはマーズを見下ろした。「ほかに彼女について、わたしが使えそうなことがわかった？」

「使えるかどうかはきみに判断してもらうが、わかったことはいろいろある。まず、公式データによると彼女は三十六歳だが、実際のところ、たっぷり十歳は上だ」

イヴは眉をひそめ、両手をポケットに突っ込んだ。「ドゥインターも同じことを言ってた。でも、実際より若く見せようとする人はいくらでもいるわ。ましてや、彼女はエンターテインメントの世界にいるんだから」

「そうだね。だが……」ピーボディが飛び込んできたので、モリスは言葉を途切れさせた。

「いま、ちょうど八時です！」

「早く始めたのよ」イヴは言い、パートナーの視線が、ステンレス板の上で切り開かれた胸部の上数センチのところから動かないことに気づいた。「彼女は襲われてから四分くらいで死に至った、というのがモリスの考え」

「ずいぶん早いですね」

「それと、公式データにあるより十歳くらい年上だろう、って」

ピーボディは視線を下げてマーズの顔を見た。「じゃ、四十代半ばですね。どう見ても三十代半ばですけど」

「そうだろうね」モリスは認めた。「かなり手を入れているから。体もだ。そう、たしかに多くの人がやっている」イヴに口を挟む隙を与えず、モリスはさらに言った。「しかし、顔面をすっかり再形成する人は多くない」

「再形成」イヴは好奇心をあらわにした。「どうしてわかるの?」

「どんなに技術が優れていても、小さな痕跡はかならず残る。私は触診中に気づくこともある。それをコンピュータのスクリーニングで裏付ける。彼女の場合、あご、鼻、額、頬骨、眼球孔まで——すべて再形成されている」

「ピーボディ、彼女が大きな事故に遭ったことがあるかどうか調べて」

「体は」と、モリスは続けた。「豊胸手術と、豊尻、腹部のリフティング——このふたつは定期的な調整が必要だ——を含む全身形成を受けている。それから、ふくらはぎのインプラントと、腕の形成」

「インプラント。ふくらはぎに?」

「しっかり筋肉がついているように見せるためだ。ビキニラインは永久脱毛している」

「あれは痛いんですよ」PPCで調べものをしながらピーボディがつぶやいた。

「脚、腋《わき》の下も永久脱毛している。唇をふっくらさせる処置も——これはごく最近だ。これも定期的に続けなければならない肌のピーリングは、顔だけではなく全身におこなっていた。不妊手術を受け、出産の経験はない。ええと、それから髪だ。毛根系のカラーリングを受けている。生まれつきのブロンドではなく、二年ごとに施術を受けて毛髪の色を保っていた」

「聞いたことがあります」ピーボディはＰＰＣを持っていた手を下げた。「別料金で麻酔しないとたまらなく痛くて、費用は一万ドルくらいかかり、二日間入院する必要があるそうですよ。大きな事故には遭っていませんし、ダラス。子ども時代までさかのぼりましたが、大きな怪我もありません」

「つまり、彼女は新しい顔になることを選んだ」興味をかき立てられ、イヴはまた遺体のまわりを歩きだした。「再形成したのはどのくらい前かわかる？」

「さらに詳しく調べる必要がある」

「詳しく調べたら、以前の彼女がどんな顔をしてたか、その画像も作れる？」

モリスは眉をひそめた。「ある程度の想定はできるかもしれない。数値の差やもっとも確率の高いものから推理する。しかし、それは――」

「待って。もっといいことがある」イヴは自分のＰＰＣを引っ張り出した。「彼女の再形成や実際の年齢が違うことをドゥインターに話した？」

「もちろん、話していない」モリスは少し不満そうな顔をした。「主任捜査官はきみだ。結果も意見もきみに伝える」

「詮索するつもりはなかったわ。法人類学が役に立つかもしれないと思っただけ。この件は、彼女と一緒に調べられるんじゃない？」

「それは……もちろんだ」モリスはマーズを見下ろした。かすかな苛立ちは消え、好奇心にかられた表情を浮かべてうなずく。「そう、ふたりで調べられる。私が思いつくべきだった」

「彼女に連絡して、わたしたちが何を知ろうとしてて、それはなぜなのかを伝えてもらえる？」

「そうするが、なぜなのかは私も知りたい。彼女が以前どんな顔をしていたかがなぜ重要なんだ？」

「顔を別人に変えたなら、名前や、データも変えてるかもしれない。すべては偽りかもしれない。人は理由がなければ別人になりはしない。その理由がわかれば、彼女を殺した犯人につながる可能性がある」

「きみが殺人課の警官で、私が死者の医者でいる理由がよくわかるよ。ガーネットに頼んで、捜査チームに加わってもらおう」モリスはまたマーズを見下ろした。「彼女は捜査対象の骨まで調べることになると思う」

ピーボディが小さく声をあげた。「うー」

「それはわたしが対処する。彼女のデータには近親者の記載がなかった。だから、許可を得る必要はないわ。さあ、ほんとうの彼女は何者か、突き止めるわよ。ありがとう、モリス。あなたのネクタイ、気に入ったわ」イヴはドアに向かいながら言った。

イヴがどんなものであれファッションについて意見を言うのを聞き、驚いたというよりびっくり仰天して、モリスは声をあげて笑った。「ありがとう」

「これからセントラルへ向かうから、もうすぐジェンキンソンが首に結んでるものを見て目を焼かれることになる。だから、あなたのは気に入ったたって伝えるべきだと思ったの」

ピーボディは速足でイヴに追いついた。「マクナブは電子機器の分析がうまくいって、今朝ももう作業を始めています。脳みそを休めるべきなのに――わたしがハンマーでぶん殴って休ませればよかった。電子機器絡みの事件を担当していて、この四日間ずっと、ほとんど寝ないで働いていたんです。わたしは彼が限界に達すればわかるし、実際、限界は軽く超えていたと思います。いくらか眠って、しっかり疲れを取るべきだったんです」

「そうしてもらって問題ないわ」

「マーズは電子機器のセキュリティにものすごいお金を使っていたって、マクナブは言っていました。半端じゃないお金です。彼はそういうのに挑戦するのが好きだし、少しずつブロックを解除して何層か下まで到達しています。今日、残りをすべて解除するでしょう」

ピーボディは勢いよく助手席に座った。「コーヒーを飲んでいいですか?」

イヴは指を二本立てた。ピーボディはダッシュボードに備え付けの装置を使い、ブラックコーヒーとクリーム入りのコーヒーをプログラムした。ブラックのほうをイヴに渡す。

「彼、ちょっとへばってると思います」

イヴはちらりと横を見た。「何？」

「マクナブはちょっとへばっていると思います。もう一か月近く、何かしらの形で仕事に関わりっぱなしです。捜査中のカレンダーに自分から進んで協力しながら、いまはわたしたちの捜査にも協力してくれています。サンチャゴからも何か電子機器を見てほしいと頼まれていました。彼はノーって言わないんです――電子機器と仕事が大好きだから。でも、あの痩せっぽちのお尻はそのうち地面についちゃいそう。じゃなくて、もう引きずってるかも」

ピーボディは顔をしかめ、心配そうに眉間にしわを寄せた。「彼には二、三日、休みを取らせたいんです。それで、ミニ・バケーションに連れていって驚かせたりして。この事件が解決したら、しばらく休んでも問題ないですか？　三日とか？」

「いいわよ。問題ない」

「決まりです」ピーボディはこっくりとうなずき、コーヒーを飲んだ。「休みを申請して、フィーニーと話をします。どこか暖かいところへ三日間のパック旅行に行くくらいのお金はたまっているし」

イヴはふと気づいた。マクナブがへばっているとか疲れているとか、ピーボディはこれまで一度も言ったことがないし、彼にたいする心配もいっさい口にしたことがない。だから、ほんとうに心配しているのは間違いない。

「休みは五日取りなさい。重大事件の捜査中でなければ日曜日は休みでしょう。それに、土曜日の勤務は交代制よ。だから調整して、金曜日の勤務時間が終わったらすぐに出発すればいい。彼がへばってても、五日あればゆっくりできて元気になるわ。ふたりとも、休みを取るのは三日で済むし」

「それは可能ですね。週末は家でゆっくり寝て、荷造りをします。五日間のパック旅行だと高すぎるけど、そうやって――」

「メキシコは暖かいわよ」

ピーボディは笑い声をあげた。「ええ、そうですね――太陽がさんさんと輝いてるし、ビーチもあります。でも、大陸を横断するような旅行は高すぎます。ちゃんと見るべきところを見ていたら、バハマ諸島で楽しく過ごせる掘り出し物のパック旅行が見つかります。わたし、ずっとチェックしてるんです」

イヴは指先でとんとんとハンドルを叩いた。「メキシコの東海岸にある別荘を使っていいわ。行き帰りはロークがシャトルを出してくれるはず」

「なんですって?」思いがけない展開に驚き、ピーボディは危うくコーヒーをこぼしそうになった。「ほんとうですか?　でも、だめです、わたしはそんな――」

「大したことじゃないわ」

「本気で言ってるんですか？　すごいことですよ」ピーボディは驚きのあまり止めていた息をふーっと吐きだし、吸いこんだ。「めちゃくちゃすごいことです。大、大、大感謝ですけど、ただで何かしてもらおうとか、おねだりしたわけじゃありません。ふたりで少しは貯金もしてますから」

「あなたがおねだりしなかったのはわかってる。おねだり顔はしてなかったから」

「わたし、おねだり顔なんかしませんよ」

「おねだり顔、するわよ」イヴはなんとか真似をしようと頑張って、子犬のような無垢《むく》な目をして、愛嬌《あいきょう》たっぷりにはにかんだ。

「絶対にそんな顔はしません」

「おねだりするときにするわよ。さっきはしなかったから、おねだりしてなかったということ。心配そうな顔をしてたわ。マクナブがへばってるなら、わたしの捜査を手伝ってくれてるせいもあると思う。別荘とシャトルと五日間の休みを取りなさい」

イヴが車をセントラルの自分の駐車位置におさめても、ピーボディは座ったままだった。

「ハグはわずらわしいんですよね」

「触らないでよ」イヴは警告した。

「感謝の気持ちでいっぱいだからいやな思いはさせたくないんですけど、頭のなかではあなたにしがみついて力いっぱい抱きしめています。マクナブには休みが必要なんです、ダラス。本人は絶対に認めないでしょうけど、間違いなく必要です。心の底から思いっきり感謝します」

「ロークの別荘だから」イヴがそう言って車から出ようとすると、ピーボディはその腕に手を置いた。

「ありがとうございます」

「いいのよ」

ふたりは車を降りてエレベーターに向かった。「恐縮して感謝するのが終わったら、わたし、踊りだします。五日間、メキシコの豪華な別荘で過ごせるんですから」

「頭のなかで踊りなさい」

「そうですよね。実際に踊ったら、あなたがいやがる。でも、感謝の気持ちが抑えきれません」エレベーターに乗り込むと、ピーボディは輝くような笑みを浮かべた。「オーケー、始めますよ。心のなかでブギを踊っています。そして、心のなかでまたあなたをハグしています」

「今度はお尻にも触った？」

「ちょっとだけです。愛情をこめて」

「わたしは、心のなかであなたのおケツを蹴っ飛ばしてるわ」

「いまですか？　それさえ気持ちがいいです」抑えきれず、ピーボディは激しく腰を揺すった。「たまんないです、オーレ！」

エレベーターが停まり、なかが警官でいっぱいになり、また停まり、さらに警官でぎゅうぎゅう詰めになると、イヴはまわりをかき分けて外に出てグライドに乗り換えた。

「心のなかで踊ったり蹴っ飛ばしたりするのが終わったら、殺人事件の捜査について話を始めるわよ」

「ボスはあなたです」楽しくてどうしようもないように言う。「最高のボスのなかでも超超最高のボスです」

「そうよ。で、その最高のボスのところへホールスタッフ――チェスカよ――が来ることになってる。ヤンシーに連絡して彼女と話をするように伝えて。タイミングから考えて、グループ客の第三の男が犯人に違いないのよ。わたしのすぐ後ろに座ってた」イヴは声を殺して言った。「こんちくしょう、その侮辱罪だけでも逮捕してやりたい。ホールスタッフとの面接が終わったら、チャンネル75へ行く。あそこの人たちと話をして、マーズの職場の電子機器を押収させる。それから、ナディーンとミーティングをするわ。彼女がマーズの裏の顔を知らなくても、きっと明るみにするはず。この件はマスコミが叩いてくるだろうから、ホイットニーにも報告する必要があるし、キョンともいろいろ打ち合わせしないと」

メディア担当のキョン――間抜けじゃない――は、何でも解決してくれるだろう。

「どこかで鑑識課のラボに寄って、顔の再形成についてドゥインターにはっぱをかけないと」

体の向きを変えて、殺人課に入っていく。

ジェンキンソンのネクタイを見て目を焼かれるという予想は正しかったが、だからといって、猛毒を思わせる紫色をバックに小便色の精子がのたくっているような模様のどぎつさは和らがない。

ジェンキンソンはリンクをかけながらコンピュータを操作していたので、イヴは感想を口にしないで胸に収めた。そして、バクスターのデスクまで行った。

バクスターのネクタイは精子模様ではなく、グレーの地に紫色のストライプで、ぱりっとしたグレーのスーツによく合っている。

「遺体《DB》を二体発見して、もう解決したって聞いたわ」

「そう。まだほんの子どもだ、警部補《LT》。子どもがふたり、もう決して成長することはないってことだ」

「心中で間違いないと思ってる?」

「ああ」バクスターはふーっと息をついた。「少女が少年をこっそり自宅の部屋に招き入れ、ふたりで安定剤を致死量まではいかないが大量に飲んで朦朧《もうろう》となった。そして、意識を失う前にたがいの頭にビニール袋をかぶせて口をしっかり閉じ、そのまま横になって永遠の眠りについたというわけだ」

「ふたりは遺書を残していました」新米捜査官のトゥルーハートが自分のデスクから声をあげた。「すべて自分たちの意思でやったことだと、はっきり記されていました。今世で一緒になることは誰にも望まれていないから、死んで永遠に結ばれる、と」

「少女の母親がふたりを見つけた」バクスターは続けた。「娘が夜中に部屋を抜け出したり、少年をこっそり招き入れたりするようになったので、母親はたいてい一晩に一度、娘の様子を見に行っていたそうだ。どちらもまともな家族だった。だが、子どもたちが方向を誤り、たがいの家にとって最悪の事態を引き起こしたわけだ」

「報告書を提出したら、忘れることね」

「そうしようとしているところだ」

そうするしかない、と思い、イヴは自分のオフィスへ歩いていった。

事件ボードを設置しはじめるとすぐに、ピーボディが入ってきた。

「ホールスタッフの女性が来ました。友達も一緒です」

「そう、連れてきていいって言ったのよ」

「ラリンダのテーブルを担当していたホールスタッフです」

「スピンダー？　カイルね。ちょうどいいわ。ふたりを取調室に通して。どこが開いてるか確認してからね」

イヴは事件ボードのほうへ戻り、ふたりのホールスタッフの写真を留めた。コーヒーが飲みたかったが、ピーボディの確認メールに従ってオフィスを出て、取調室Cへ向かった。

チェスカとカイルは手を握り合い、背中を丸めてデスクに向かっていた。

「ここは尋問をするところですよね」暴風のなか、枝にしがみついている木の葉のようにチェスカの声は震えていた。「面倒なことにはなっていないって、あなたは言ってたのに」

「なってないわよ」イヴはきっぱり言った。「ここを使うのは、静かだし邪魔が入らないから。それだけ」

「僕たち、弁護士を呼ぶべきかも」

イヴは声をあげたカイルを見た。「呼んでもいいわよ。ここでは落ち着かないなら、別の場所で話を聞いてもいい。あなたたちを疑う理由は何もないわ——疑っていたら、ふたり一緒に話を聞かないわよ。捜査の結果、犯人ではないかと疑われる人物にチェスカが給仕をしたみたいなの」

チェスカがヒーッと声をあげ、自分の喉をつかんだ。「わたし、殺人犯に給仕を？」

「これは捜査の一環で、あなたに力を貸してほしいのよ」

「何か飲み物を持ってきましょうか？」イヴが〝その場を収める声〟と理解している声でピーボディが申し出た。

「フィジーをお願いします。何の味でもかまいません。どれも好きなので」チェスカがあたりを見回した。「この部屋に殺人犯がいたんですか？」

「ええ、でもいまはいないわ。カイル、飲み物は？」

「フィジーでいいです。チェリー味ならうれしいけど」

「買ってきます」

ピーボディが部屋を出ていくと、イヴは椅子に座った。自分のタブレットをテーブルに置いて、〈デュ・ヴァン〉の見取り図を呼び出した。「このテーブル。十五番テーブルよ」

「十五番。ええと、あのときはすごく忙しかったから。ちょっと思い出していいですか？」

「ゆっくり思い出して」

チェスカは目を閉じ、人差し指を立てて宙を叩くように動かした。「あそこにあなたとドクター・ドゥインター。あっちに、イースト・ワシントンから友達同士で旅行に来ていた女性三人組——みんな感じがよくて、とても楽しんでいました。ずっとおしゃべりをしていて。あそこはミスター・ハーディとミスター・フランクス——おふたりとも常連の方で、すぐ近くの会社にお勤めなんです。それで、あそこは……わかった」

チェスカは目を開けた。「ひとり客で、男性でしたけれど、よくは見なかったです」

「あなたの担当テーブルよ」イヴは改めて言った。

「ええ、でもアプリで注文をして、支払いは現金《キャッシュ》だったので。ええと……帽子を、いわゆるニット帽をかぶっていて、ずっとPPCを操作していました。ミネラルウォーター——二本です——と、ナッツを注文していました。ナッツには手をつけていませんでした」

「何歳くらい?」

チェスカは首を振った。「よくわかりません。忙しかったし、彼はサービスを求めていなかったので。ほかに何かお持ちしましょうか、と訊いたら手で追い払うようなしぐさをされました」

「肌の色は?」

「ええと……」チェスカはぎゅっと目を閉じた。「白人だったかもしれないし、そうじゃなかったかもしれません。たぶん。すみません。こんなふうに座っていたんです」

チェスカは椅子に座りなおして前かがみになり、さらに頭を低くした。「コートを着たままだったと思います。たぶん。あの、わたしたちはお客様が放っておかれることを望んだら、そっとしておくように教育されています。飲み物を飲みながら少し仕事をされるお客様もいます。彼もそういうお客様だと思いました」

ピーボディが飲み物を入れたボックスを持ってきて、フィジーを二本、テーブルに置いて、ペプシをイヴに渡した。

「声はおぼえてる？」

「ええと、一言も発しなかったと思います。そう、何も言わなかったのは間違いありません。ええ、声は出さなかったと思います。邪魔されるのをいやがっていたので、何のやりとりもしませんでした。わかりますか？　つまり、ドクター・ドゥインターやミスター・ハーディやミスター・フランクスのようなお客様とは少し会話をしたり、冗談を言い合ったりします。愛想よくします。でも、彼のようなお客様の場合、呼ばれるまでそっとしておきます。彼には一度も呼ばれませんでした」

イヴはペプシのふたを開けながら、ちらりとピーボディを見た。

「彼がテーブルを離れるところを見ましたか？」ピーボディが訊いた。

「いいえ。彼が店にいたのは、三十分くらいです。いえ、四十分くらいかもしれません。彼がいなくなったのでテーブルに行くと、キャッシュが置いてありました。支払い伝票を求めなかったんです。求めるべきなのに。でも、金額は足りていたし、残りがチップだとするとかなり気前のいい額でした。そういうわけで清算を済ませました」

チェスカは両手をもみ合わせるようにして、目を見開いてイヴを見た。「わたし、役に立っていませんね。すみません、でも……。そうだ！　彼はマフラーを巻いていました。それはおぼえています。グレーのマフラーを巻いていたのをおぼえているのは、どうしてはずさないんだろう、暑くないのかしら、と思ったからです」

「僕がそのお客様を見てたらよかったんだけど」カイルが横から言った。「というか、見てたかもしれないけど、わからないよね。見かけがどんな人か知らないし。ほかにも帽子やコートやスカーフを身につけたままのお客様はたくさんいたし。あの日はすごく寒かったから」

カイルは自分のフィジーをじっと見つめた。「彼女は僕に親切でした。ミズ・マーズは」

イヴは見方を変えて違う質問をしてみたが、結局行き詰まってしまった。にっちもさっちもいかなくなり、ヤンシーに協力してもらっても意味はないと思った。

そこで、ふたりを帰して時間を確認した。「部長に最新情報を伝えて、そのあと、ナディーンと話をするわ。われらが容疑者がまぎれ込んだ四人組の支払いをした男性を探して、連絡を取るわよ」

「彼らはもっとはっきり見ていたかもしれないですね」

イヴは頭のなかで防犯カメラのディスクを再生して、男がグループの二、三歩後ろを歩き続け、四人がたがいのことで大いに盛り上がっていた様子を思い出した。

「期待できそうにないけど」

8

連絡をして、すぐに会ってもらえることになると、イヴはまっすぐホイットニー部長のオフィスへ上がっていった。大男の部長は大きなデスクに向かい、背後の大きな窓の向こうには彼が守り、尽くしている街がどこまでも広がっている。

彼はよく尽くしている、とイヴは思う。同様に、たがいの結びつきも強くなっていると感じている。

「部長」

「警部補。最初の報告書に付け加えることはあるかね?」

「いま、目撃者の聴取を終えたところです。容疑者と思われる人物が座っていたテーブルを担当していたホールスタッフです。しかし、証言は途中で行き詰まってしまいました、部長。彼女は意欲的で進んで協力してくれましたが、とにかく容疑者の姿をはっきり見ていませんでした。彼はメニューアプリを使ってホールスタッフとの接触を避け、外見を隠すような服装で、伝票も求めず、現金《キャッシュ》をテーブルに置いて支払いを済ませました。まだ二、三、手がかりにつながりそうな情報があって、そちらは今日のうちに当たります。この身元未確定容疑者《アンサブ》の動きは、検死官《ME》に立証された犯行時間と辻褄《つじつま》が合います」

イヴはこれらの情報を正式な報告書にまとめるつもりでいたが、口頭で部長だけに伝えたいことがほかにあった。

「部長、三年前のC・J・モースによる連続殺人事件の捜査中、わたしはラリンダ・マーズに会って話をしました。彼女はモースに関する見識と情報を提供する代わりに、見返りを強く求めてきたので、その頃ロークが催したパーティーに出席することを許しました——カメラもマイクも持ち込まないという条件付きです」

ホイットニーは両手で三角形を作るようにして、指先をとんとんと軽く打ち合わせた。

「その会話の内容が、現在の捜査に関係したり影響を与えたりするのかね?」

「いいえ。彼女は明らかにモースを嫌っていて、彼にとって不利な情報を嬉々としてわたしに伝えました。彼女はわたしに——ロークにも——インタビューをしたがっていました。それまで、そんな彼女のリクエストは無視していましたし、それ以降も無視し続けました。ロークも同じでしたが、わたしが彼女と話をしたあと、春に寄付金集めのイベントがあって、そこで彼女にしつこく追いかけられて話をするはめになったそうです」

ホイットニーは両手をデスクから下ろし、まっすぐイヴの目を見つめたまま訊いた。「それがいまの捜査に関係するのかね?」

「ロークによると、彼女が遠回しにいわゆるマスコミ型の脅しをかけてきたということで、関係するとすればそこだけです。協力しなければ、彼やわたしの評判を落とすような情報を探さざるをえないと言ったそうです。これは、彼女がさまざまな形で脅迫をしていた証拠になり、同時に、彼女が殺された大きな動機となりえます」

ホイットニーは椅子に深く座りなおし、また両手で三角形をつくると、大きくて浅黒い顔の顎を指先で軽く叩いた。「彼女にそうほのめかされ、ロークはどう答えたんだ?」

「チャンネル75を買収して彼女をクビにすればいい投資になるかもしれない、と。彼女に他の放送局の雑用係として雇われるのもむずかしくなるだろう、ともほのめかしたそうです。どんな僻地でも」

ホイットニーはかすかに口元をほころばせたが、その目は冷静で揺るぎなかった。「マーズとローク、あるいはきみとマーズにそれ以上の接触、または親交はなかったと考えていいだろうね?」

「そう考えていただいてけっこうです。でも、彼女は脅迫していた相手、あるいはその可能性のある人物のファイルを作っていると思うので、そこにロークやわたしの名前があるかもしれません」

「私や、本部長、われらが市長の名前だってあるかもしれない」

部長にそう言われ、イヴの肩から力が抜けた。「ナディーン・ファーストに連絡を取り、これから話をします――チャンネル75のほかのスタッフとも話します。マーズが仕事をしていた人物や、まわりの人物でも、彼女のデータの保管場所について何か知っているかもしれません。マクナブ捜査官が、現場で彼女のハンドバッグから押収した電子機器を分析中で、彼女のアパートメントの電子機器も押収するように手続きをしました。局内でも同じことをするつもりですが、報道の自由を主張して令状を要求してくる気がします」

ホイットニーはうなずいた。「令状は私が手配する。もちろん、きみも予想しているだろうが、マスコミは早く情報を得ようと躍起になっている。被害者が同業者で、いわゆる二流セレブであるだけではなく、彼女が襲われ、亡くなったときに、きみが現場に居合わせたからだ。ネットの閲覧者数もスクリーンの視聴率もおおいに期待できる状況であり、きみも事件について声明を発表せざるをえない。いますぐにでもキョンがやってくるはずだ」

「声明を発表すべきなのはわかりますが、部長、これまでにインタビューの要請は受けていませんし、情報も求められていません。連絡をしたとき、ナディーンに求められただけです」

「それはキョンが素早く、そういった要請や申し込みを自分のオフィスへ回すように指示したからだ」

彼は間抜けじゃないばかりかプラスになる、とイヴは思った。

「これまでに得た手がかりをできるだけ早く追って、捜査方針を検討したいので、データがもっと手に入るまでマスコミに話をするのは避けたいです。仮に――」

キョンがオフィスに入ってきて、イヴは言葉を切った。

「警部補。部長」

「キョン。警部補は立っているほうがいいらしいが、きみは座ってもらってかまわない」

「警部補にも部長にもできるだけお時間を取らせないようにします」

彼は見るからにメディア担当係だ、とイヴは思った。洗練されていて愛嬌があり、長身で、青みがかった淡いグレーのスーツ姿でも人目を引く。それでいて、実際の警官の仕事は、常に情報に飢えているメディアに情報を与えることより優先されるとわかっていて――少なくともいまのところは――それを行動で証明している。

「ラリンダ・マーズは」いつものようによどみなくキョンは続けた。「彼女のいた社会、情報の世界では、名前も顔も知られていました」イヴが唇を曲げたのに気づき、言葉を切る。

「あなたにとってはゴシップかもしれないし、彼女の同僚や仲間や、視聴者さえそう呼ぶかもしれませんが、私はもっと分別があったような気がしています。彼女を雇っていた放送局はたっぷり時間をかけ、放送時間を割いて、スクリーンやブログで彼女の人生や、死や、いま行われている捜査について報道するでしょう。ほかのマスコミや放送局も同じです。あなたも警察関係では名前も顔も知られていますから、熱狂的な報道は最初だけではなくかなり長引くと思われます。必要なデータを好ましい形で広めるには、あなたの名前と顔と存在が必要なのです」

そんなの知ったことじゃない、とイヴは思った。キョンが話しているのは事実だとわかっていても、苛立ちは抑えられない。「わたしが情報を広めるのに時間をかければかけるほど、彼女を殺した者を探しだして騒ぎを終わらせるための時間が減るのよ」

「彼女を殺害した犯人を見つければ、騒ぎが別の方向へ向かうのは間違いありません」いつも変わらず理論的なキョンが両手を広げた。「しばらくの辛抱です。これから私が声明文を書いて――あなたの了承を得て――関係者に配布します。しかし、あなたにはできるだけ早く記者会見を開いてもらわなければなりません。遅くてもこの午後には」

「わたしはできるだけ早くチャンネル75に行かなければならないのよ。マーズの同僚や上司やスタッフと話をする必要がある。彼女は、脅迫していた相手に関するファイルをどこかに保管してて、その保管場所は局内かもしれない」

「とりあえず、彼女が恐迫していたかもしれないことは伏せておくのがいちばんだと思われます」キョンがちらりと見ると、ホイットニーがうなずいて同意を示した。

「現時点での捜査の詳細について、いまここで話し合うつもりは毛頭ないわ」

キョンはただこくりとうなずいた。「おっしゃるとおりです」

「ナディーン・ファーストに連絡をして、局で彼女に会うことになってる。彼女は報道担当で腕も確かよ——そして、わたしが口留めしたことは絶対に口外しない」

キョンは両方の眉を上げた。「インタビューをすると答えたのですか?」

「彼女のルートを使ってマーズについて調べてもらい、わたしは一対一のインタビューを受ける」

「今日の午前中に?」イヴの返事をさえぎるように、キョンは人差し指を立てた。「それですべてが、とてもうまくいくかもしれません。あなたはナディーン——チャンネル75の代表です——から最初の独占インタビューを受ける。いずれにしても、75はラリンダ・マーズの家族の代理のようなものです。同時に、ナディーンには代表取材の記者のような形で、インタビューの内容をほかのメディアと共有することに同意してもらうんです」

「彼女が同意するかどうかはわからないわ」

「あなたが説得してください」キョンが穏やかに言った。「彼女はそれがどう影響するかわかっています。最初の独占インタビューをおこない、その内容を他の報道陣に報告すれば、彼女は影響力を得ますが、何を報告するかを決めるのは私です。とりあえず、午前中、メディアに餌を与える。そのうえ、午後に記者会見をして満足させれば、しばらくは餌を与えなくて大丈夫でしょう」

キョンはほほえんだ。「ウィン・ウィンです」

ちょっとずるい、とイヴは思った。しかし、称賛せざるをえない。

しかも、現場で捜査する時間が少し増えた。

「そうなるようにするわ」

「もちろん、そうしていただけるでしょう。警部補、マーズが人を脅して情報を集め、その情報で高視聴率を得て、彼女自身も有名になったと明るみになった場合ですが？　同僚も同業者も彼女を責めるでしょう。すると、それまでとはまた違う騒ぎになります」

「理由がなんであれ、マーズが殺されたことに違いはないわ。彼女を殺した犯人が刑務所に閉じ込められて当然なのは変わらない。同僚たちが彼女をどう思おうと、どうでもいい。それどころか、わたしが彼女をどう思おうと関係ない。彼女を殺す権利は誰にもないのよ」

いかにも満足したように、キョンはイヴにほほえみかけた。「あなたがそれをその口調のまま、カメラとマイクでいっぱいの部屋に向かって言うとわかっているから、私はこの仕事が面白くてしかたないんです」

「力になれてよかったわ」

キョンは声をあげて笑った。「声明文の草稿をメールします。ナディーンと話がついたら、すぐに私に連絡するように伝えてください」

「わかったわ」イヴは振り返ってホイットニーを見た。「部長?」

「もう下がってかまわない、警部補。私はきみに必要な令状を手に入れて、キョンとともにメディアに対処する。新たな展開があれば、必ず連絡するように」

全体として、もっとずっと悪い状況になる可能性はあったと、オフィスを出ながらイヴは思った。ガレージで合流するようにピーボディに伝えようと、コミュニケーターを引き出しかけたが、その前にもう一カ所寄っておこうと考えなおした。

EDDからあふれる色と動きは、カフェインで興奮したティーンエイジャーが制作したブロードウェイミュージカルを思わせる。

誰もが飛び跳ね、上下左右に揺れ、腰をぶつけ合い、くるくる回転し——すべて、同時におこなわれていることが多い——着ているものはどれも奇抜で、ジェンキンソンの偏ったネクタイの好みが無難に思えるほどだ。

ネオンサインのような縞模様、光り輝く水玉、柄が動いているシャツ、エアブーツのデザインはどれも自由奔放だ。

あらゆる感覚が極度に刺激されるのを避けようと、イヴは足早にフィーニーのオフィスへ向かった。

この狂気じみた船の警部《キャプテン》でイヴの元パートナーは、自分のデスクの端に座り、眉をひそめて壁のスクリーンを見ていた。

たぶん爪先で床を打っているつもりだが、実際にトントンと打っているのは古い茶色の靴の内側だ。靴と同じように、皺くちゃのスーツも、地味でどこかほっとさせられる不格好なネクタイもすべて茶色。唯一の色彩は、爆発しているような強《こわ》い赤毛と、ところどころにある銀色の筋だが、その下にあるのはありきたりの顔だ。

警官の顔。

バセッドハウンド犬に似たまぶたの下がった目が、イヴのほうを向いた。「目と鼻の先で殺しがあったと聞いたぞ」

「そうよ」

「かみさんが悲しむだろうな。ゴシップ番組が大好きなものでね。まあ、しょうがない」フィーニーは肩をすくめた。「捜査は証拠に基づいておこなわれ、証拠は手がかりから得られ、手がかりの多くはゴシップによってもたらされる」

イヴはそんなふうに考えたことはなかったが、反論できなかった。こうしてフィーニーのところに顔を出せば、必ず何か得るものがある。

「マーズはゴシップを利用して、人からさらにゴシップや金を巻き上げてたの。どちらも寄こさないなら秘密をばらすと脅してた」

「ああ、マクナブが彼女の電子機器を分析していて、それらしき証拠が出ていたな」

「じつは、そのことで話があるの」

「ここの件が終わったら、あいつの作業を手伝うつもりだ。彼女のアパートメントにあった電子機器もこっちへ運ばれるように手配している。局にあるのも押収しに行くのか？」

「ええ、このあと向かうつもり。でも、話というのはマクナブのことなの」

フィーニーはぐらぐらするボウル——ミセス・フィーニーの手作りだ——に手を入れて、砂糖がけのアーモンドをひとつかみ取った。きみも食べろとボウルのほうを身振りで示したが、イヴは首を振った。

「そっちのチームで使っていいぞ」フィーニーが言った。「とくに何もないはずだ」

「ピーボディが」ゴシップが気になって——フィーニーの妻と同じで、警官もゴシップに目がない——イヴはオフィスのドアを閉めた。「マクナブがへばってるってピーボディが言うの――本気で心配してた」

フィーニーは眉を寄せながら顎をなでた。「ピーボディは間違っていないな。あいつは込み入った大事件の捜査に関わって、解決したばかりだ。ほかのボーイたち（染色体の組み合わせにかかわらず、フィーニーにとってはみんなボーイだ）ふたりには休暇をやった。あいつにも、事件を解決した褒美を申請しようと思っている」

フィーニーは砂糖がけのアーモンドのように気軽に褒美を与えない、と知っているイヴは少しほほえんだ。「よかったわ」

フィーニーはイヴに人差し指を突きつけた。「昨日、あいつが解決を決定的なものにしたあと、言ったんだ。家に帰って寝て、四十八時間のオフを取れ、と」

「取らなかったのはわたしのせい。ピーボディを呼び出したら、ちょうどマクナブと帰ろうとしてるところだったの」

「それで、ひと眠りするんじゃなく、ピーボディと一緒にそっちへ向かった、と。バカップルめ」フィーニーは言い、気の毒そうに首を振った。「僕が出かけていってあいつの首根っこをひっつかみ、四十八時間休めと命じてもいい」

「マクナブは帰って眠る？」

「文句や不平を言い、こっちが蹴りでも入れたら、ふくれっ面になる」

その通りだと思い、イヴはうなずいた。「ピーボディからマクナブが疲れてると聞いてある提案をしたんだけど、まずあなたの了解を得るべきだった」

フィーニーはまたもうひとつ、アーモンドを口に放り込んだ。「どんな提案だ?」

「この事件が解決するまでは、ピーボディも蹴っ飛ばしたってマクナブ以上に受け入れないし、とにかく解決してから五日間の休暇――交代勤務の土曜日と公休日の日曜日と、次の三日間――を取るように言ったわ。そして、マクナブと一緒にロークのシャトルでメキシコの別荘へ行ってのんびりしなさい、って。彼はあなたの部下でわたしの部下じゃないし、五日間も職場を離れたら、あなたは困るかもしれない」

フィーニーは鎖骨の上をぽりぽりと掻いた。「五日間の休暇をやって、あいつがさらにへとへとにへばって、結局、二倍の休暇を与えることになるほうがいいかもな。あるいは、イカレた頭のネジを巻くはめになるとか。いずれにしてもいいことだ。あいつに休暇をやっても、なんの問題もないよ」

「よかった、ほんとうに。ピーボディが大喜びするわ。マクナブをしばらく仕事から引き離せるかもしれないって、目をきらきらさせてたから」

「バカップルめ」フィーニーはふたたび言い、またアーモンドを食べた。「そっちの事件に進展があったらすぐに知らせてくれ。あいつのスケジュールを調整する。いい子だよ、あいつは。バカップルなのはともかく、ピーボディと付き合うようになってから、よりいい警官になったし、地に足がついてきた」

「ほんとうに？」

「落ち着いたな。しっかりした芯ができてきた」

イヴはマクナブの服装や、いくつも輪っかをぶら下げた耳たぶや、ぴょんぴょん飛び跳ねている様子を思い浮かべた。落ち着いたというのはちょっと違うかもしれない、と思う。しかし、それ以外はすべて同意見で、彼はしっかりした警官だ。

「オーケイ。わたしはもう行かないと」

「どっちにしても、やつには手を貸すつもりだ」フィーニーはむっつり顔で壁のスクリーンに視線を戻した。「この厄介なやつが終わったらな」

車でチャンネル75へ向かいながら、イヴはやらなければならないことをチェックした。

「ピーボディ、このミッチ・L・デイという人物について調べて。やってみたけどヒットしなかったから」

「調べているところです」

ピーボディが歌うように答えたので、イヴは訝《いぶか》しげに彼女を見た。「どうしたの？」

「超いい気分なだけです。ズボンがゆるくて――さらにゆるくなったわけじゃないですけど、まだゆるいんです――あなたからめちゃうれしいメキシコへのお誘いを受けたから、今夜、帰りに寄り道して、前から目をつけていた服を買うつもりです。ふわっとしてて、くるくるっとしてるんです。完璧にメキシコ向きです」

「あら。これまでで最高のニュースねえ！」

イヴのおおげさな嫌味をピーボディはどこ吹く風と受け流した。「肩紐に激かわいい小さなリボンがついていて、マクナブがそれを引っ張ると、ヒェーーー、裸になっちゃうんです、わたし」

イヴの目が糸のように細くなった。「で、それがわたしの親切へのお返し？」

「ハグはしませんでしたよ。ミッチ・L・デイ――正式にはミッチェル・エドウィン・ダイトン――は、三十八歳、現住所はマリーヒル。一度離婚しています――子どもはいません。現在はサシェイ・デュプリス、三十二歳と結婚しています」

「じゃ、既婚者で、マーズと浮気してたってこと」

「最新のデータによると、デュプリス――モデルです――ああ、見たことあります――の現住所はアッパー・イーストサイドですね。別居中という正式の記載はないです。彼女はオートクチュールのファッションショーにも出ている一流モデルです。ミッチの話に戻って、二度目の結婚でも子どもはいません。二〇五五年から番組パーソナリティーとしてチャンネル75に勤務。犯罪歴はなし。交通違反は多数。出身はミネソタ州。へー、田舎育ちですね。両親――結婚して四十五年になります――は農場を所有し、経営しています。ミッチのほかにもうひとり、子どもがいます。

もっと聞きたいですか？　番組パーソナリティーのゴシップならいくらでも見つけられます」

「いまのところ、それで充分」イヴは言い、チャンネル75のパーキングビルのなかを縫うように車を進めていった。

車を降りて――駐車場とビルの入り口で――セキュリティにバッジを見せて先に進む。目に入る人はすべて、腕に喪章をつけている。訪問者専用ロビーにあるスクリーンすべてに、さまざまな華やかなイベントで、さまざまな華やかなドレスやスーツを着ているマーズの姿が映っている。

次のセキュリティ・ステーションに近づいて、オペレーターに警察バッジを見せる。

「ナディーン・ファーストに面会を。連絡はしてあるわ」

「はい、警部補、お通しするように指示されています。案内が必要でしょうか？　それとも、場所をおぼえていらっしゃいますか？」

「おぼえてるわ」

初めてマーズに会ったニュース編集局への行き方もおぼえていた。

イヴはまずそちらへ向かった。ニュース編集局のスクリーンでは、世界のさまざまなイベントが中継されていて、マーズが映っているスクリーンはひとつだけだった。

イヴはマーズのデスクをおぼえていたが――絶対の自信があった――そこには見知らぬ人物が座っていた。

ワイシャツ姿のその男性はスーツの上着を椅子の背にかけていた。引き締まった黒い肌を突き抜けそうなほど頬骨が高く、頭に張り付いているような短髪は漆黒だ。

「NYPSD」イヴは警察バッジを掲げた。「ラリンダ・マーズのデスクを探しています」

「それなら彼女のオフィスのなかです」男性は立ち上がり、片手を差し出した。「バリー・ヒューイット、政治担当です。こんな状況ですが、お会いできて光栄です、警部補。ミズ・マーズには専用オフィスがあります。喜んでご案内しますが、べべがあなたとお話をしたがっています」

「べべって?」

イヴが知らないことにとにかく驚いたらしく、ヒューイットはゆっくり瞬きをした。「べべ・ヒューイットですが? 局の実質上のオーナーで、社長です。私の伯母でもあります」

そう言い添えて、少しほほえんだ。「彼女はいま、とてつもなく忙しくしていると思いますが、あなたとは話をしたがるでしょう。彼女のオフィスへお連れできますが」

「お願いするわ」イヴはまわりからの熱い視線とつぶやきを無視して、ピーボディと一緒にヒューイットについていった。

「ここのレポーターたちは全員、人を殺してでもあなたに独占インタビューがしたいでしょうね」

「やったらわたしが逮捕する」

「ハハ！」

「マーズはいつ専用オフィスを持つようになったの？」

「二年ほど前です。私はここへ異動してきたばかりでした——何でも屋として。本格的に政治の取材をする前に経験を積みなさい、というのが伯母の考えだったので。いまも市議会と小規模な抗議行動の取材ばかりですが、かならずちゃんとした政治担当になります」

「マーズのことは知ってた？」

「いいえ、あまり。個人的な付き合いをしたり、しゃべったりすることはなかった、ということです。私はまだ下っ端だし、担当も違います。同じ局にいても、立場もジャンルも目指すところも違いますから」

ヒューイットはふたりをエレベーターに導き、タブレットを取りだした。「私は特別に許可されているんです。だから、直接、べべのフロアーへ行けます。私があなたにティブル本部長との面会を求めても、案内してもらえないでしょうが」

「悪いけど、それはわたしの仕事じゃないから」

「やってみてくださいよ」ヒューイットが降りた先は、何もかもぴかぴかの豪華な受付エリアだった。低いジェル・ソファと、一人掛けの椅子がいくつも並び、壁にはさらにいくつかスクリーンがあって、曲線を描くカウンターには非の打ち所のない美しい人が三人、座っていた。

「やあ、ヴァイ、ダラス警部補とピーボディ捜査官がお見えだって、ミズ・ヒューイットに伝えてもらえる？　あの映画、大好きでしたよ」ヒューイットはピーボディにささやいた。

「わたしもです」

「ラリンダを殺した犯人をつかまえてください。彼女はこの局になくてはならない人でした」

完璧に美しいヴァイが立ち上がった。「ミズ・ヒューイットのところまでご案内いたします」

「健闘を祈ります」ヒューイットは言い、エレベーターのほうへのんびりと戻っていった。

ヴァイに導かれ、こぢんまりしているが立派なオフィスをいくつか通り過ぎた先にあったのは、広くて立派なオフィスではなく、とてつもなく広くてとてつもなく立派な会議室だった。

その女性――驚くほど突き出た頬骨は、一族の特徴らしい――は、磨き上げられた赤い長テーブルの主席に座っていた。黒ずくめの服を着て、同じように黒い髪をつややかな渦巻きにまとめ、長くて細い首のうしろで留めている。

テーブルの上には、バスケットに入れたマフィンと、フルーツの盛り合わせと、香りからかなりちゃんとしていると思われるコーヒーのポットがふたつ置いてあった。テーブルを囲んでいる五人がタブレットを操作して、女性に厳しい口調で指示されながら黙々と作業をしている。

「さあ、始めなさい。質問があったらキットに訊いて。マイケル、その回顧展は昼までに観たいわ。さあ、この部屋は空けてちょうだい」

五人は揃って立ち上がり、まだタブレットをタップしたりスワイプしたりしている者も含めて、急いで会議室から出ていった。

「ベベ・ヒューイットです」立ち上がった女性は、ヒールを履いて百八十センチはありそうな長身だった。体つきは細くしなやかで、鋭く値踏みするようにこちらを見る目は冷ややややかなブルーだ。「いらっしゃらなければ、わたしからうかがっていたわ。どうぞ、おかけください。コーヒーもありますが」

「その前に、わたしのパートナーをミズ・マーズのオフィスに通していただかなければなりません。彼女の電子機器をセントラルに運びたいので」

「令状がなければ応じるわけにはいきません」

「令状はまもなく発行されます」

「結構ね。発行されて法的な確証を得たら、必要なものを提供します。ほんとうに、どんな形であれ、あなたがたの捜査を邪魔するつもりはないけれど、ラリンダの権利や、報道の自由を侵害されるわけにはいかない。わたしはもう一杯コーヒーをいただくわ」

ベベはポットを持ち上げて、自分のカップに注いだ。「わたしたちの責任は似ているところがあるわね」

「そうですか?」

ベベは冷ややかなブルーの目でイヴをじっと見た。「たがいに市民の役に立とうとしているわ。わたしは、われわれがここでやっていることは正しいし、大事だと信じている。あなたたちがやることも尊重するわ。それから、わたしはあなたの——あなたもよ、捜査官——映画がすばらしくよかったと評価しないような愚か者ではないのよ」

べべは一瞬目を閉じ、コーヒーを飲んだ。「ラリンダのアシスタントはロス・バーコフよ。彼は役に立つはず。彼女の仕事だけではなく、私生活のあれこれも把握して対処していたのは間違いないから」

「話をしてみます。ミッチ・L・デイとも話さなければなりません」

べべは小さく声をあげてから、にやりと笑った。「時間はかからないわ。彼のオフィスはラリンダのオフィスのすぐ目の前だから」

イヴは作り笑いの意味がわかった。「ふたりの関係をご存じなんですね」

べべはさらにわざとらしい笑顔を作ったが、どことなく不快感も伝わってきた。「ここはレポーターだらけよ――わたし自身、長い間レポーターをやっていたわ。ふたりの関係なら、数週間前にミッチが奥さんに放り出される前でも、ほとんどの者が知ってたわ」

「奥さんはかんかんだったんですか？」

「サシェイ？　彼女は怒らないのよ――顔のしわが増えるから。捨てて、先に進むだけ。ラリンダのことも、ほんのしばらく太陽が雲に隠れたくらいにしか思っていなかった。通り過ぎるまで待つだけ。それで、ミッチは？　欠けたワイングラスみたいなものよ」べべは肩をすくめた。「欠けちゃったらもう使わないでしょう？　捨てて、別のを買うだけよ」

「マーズはほかに誰と親しかったですか？」

「とくに親しい人はいなかったと思うわ」

「あなたは彼女が好きではなかった」

ベベはコーヒーを飲み、イヴの考えを否定も肯定もせず、まず、自分の思いを口にした。

「彼女は抜群に仕事ができて、知人やコネのすばらしいネットワークを持ち、熱狂的な支持者がいたわ――そして、どうしたら彼らが喜び、チャンネルを合わせ続けるかを知っていた。スクリーンに映る彼女は存在感があって魅力的で、いつも視聴率はすばらしかった――伸び続けていたのよ。彼女がいなくなってみんなが寂しがるでしょうし、彼女の代わりになる人はまずいないわね。そして、そう、わたしは彼女が好きではなかったわ」

ベベは肩をすくめた。「好きでいる必要はなかった。あなただって、個人的に好きじゃない人と一緒に仕事をして、働きぶりに敬意を払うことはいくらでもあると思うわ」

「なぜ好きではなかったんですか?」

「スクリーンに映っていないとき、カメラが回っていないとき、視聴者に見られていないときの彼女はピラニアそのものだった。ぞんざいな態度で、人の感情にはまるで無頓着。自分のことしか考えず、要求するばかり――わたしがそのほとんどに応じたのは、彼女がお金を生み出したから。彼女は実力でレギュラー番組やスペシャル番組を手に入れ、豪華な住まいを得て、世界中を飛び回っていたわ。才能ある人たちを番組に招いて、視聴者が求めるものを提供していた。

ずば抜けた花形キャスターであると同時に、わたしの悩みの種だった。けれども、彼女の抜けた穴を埋めるには長い時間がかかるはず」

「ゆうべ、十八時四十分にどこにいたか、教えていただけますか？」

「本気なの？」驚いて素早くまばたきをしてから――甥《おい》っ子にそっくりだ――べべは心底愉快そうに笑った。「わたしは金の卵を産むガチョウを殺すほど愚か者じゃないけれど、ちょっと待って……普通に言うと何時？　二十四時制って頭のなかで換算できないのよ」

「すみません。六時四十分です」

「だったら簡単。食事をしていたわ――芝居を観る前にね。夫と、わたしの弟夫婦と、セントトーマスから遊びに来ていた両親と一緒に。〈アンドレ〉に六時に予約を入れていたわ。芝居は八時に開演だった。その直前に、ラリンダのことでメールを受け取ったのよ。わたしのアリバイを証言してくれる人の名前と連絡先が必要？」

「いいえ、確認しただけです。メールは誰からでしたか？」

べべは開きかけた口を閉じ、何か考えているようだった。「うちのレポーターのひとりよ――警察担当の。事件があったときにバーにいた誰かから情報を得たそうよ。彼に訊いても情報提供者の名前は言わないでしょうし、警部補、バーから連絡を受けたのは彼だけじゃなかったわ。劇場のロビーに着く前だったから、リンクのマナーモードを解除したら、次々とほかのレポーターたちからも連絡が入ってきた。それで、ライバル局にも連絡が入りはじめただろうとわかったわ」

「オーケイ」イヴは着信音が鳴りはじめた自分のリンクを見下ろした。「令状です。ピーボディ、プリントアウトして――二部よ――ミズ・ヒューイットと局の法務部門に送って」

「すぐに目を通すように伝えるわ」

「助かります。わたしのパートナーが、オフィスと、捜査に必要なすべての場所に立ち入ることになります」

「彼女のオフィスは、わたしが――ゆうべ――封鎖したわ。誰かがなかに入って荒らしたりしないように。レポーターってそういうものよ」ベベは言った。「もっと若くて野心満々だったら、わたしだって忍び込んで何か見つけようとしたかもしれない。誰も立ち入っていないわ。彼女はいつもオフィスに鍵をかけていたし、セキュリティスキャンを見ても、昨日の夕方五時十分に彼女が入ってから、誰もなかには入っていない」

「ご協力いただき、ありがとうございます。また何かうかがうかもしれません」イヴは立ち上がった。「ピーボディ、令状をお願い。わたしはナディーン・ファーストと話をするから」

ベベの唇がカーブを描いた。「そうだといいと思っていたのよ。ナディーンを尊敬しているから、あなたと彼女の関係を尊重するわ。あなたを口説いて単独インタビューを取れなければ、彼女には失望するしかないけれど」

イヴは肩をすくめ、ドアのほうへ歩きかけて立ち止まった。

「マーズが殺されても、あなたはまったく驚いてないように見えますが？」

「彼女は華々しくて派手な世界を取り上げているいっぽうで、ちょっとしたいかがわしい秘密で儲けていたわ」

「ちょっとしたいかがわしい秘密？」イヴは繰り返し、振り返った。

「健康的な映画スターの不倫や、違法ドラッグの使用や、ロリコン趣味を暴くようなこと。彼女は華やかなイメージを傷つけることができたし、いかがわしいネタをつかめば迷わずそうしたわ。だから視聴者はスクリーンに釘付けになった——華々しさといかがわしさを求めて。彼女は偶像の仮面を剝ぐのを恐れなかった。誰かがそれに激しく反発しても驚くにはあたらないわ。偶像にファンはつきものだし、ファンというのは狂信者《ファナティック》の短縮形よ」

面白い。そう思いながらイヴは会議室を出た。それもひとつの見方だ。殺しの理由はほぼ強請りに思えたが、狂信者による犯行というのもなくはないだろう。

9

「例のレポーター――警察担当のレポーター――が誰なのか突き止めて、ミズ・ヒューイットの法務担当者が令状を承認するのを見届けて」イヴはピーボディに言った。「それから、マーズのオフィスに鍵がかかっているのを確認すること――さらに封印するのよ」

「了解です」

ふたりはその場で別れ、イヴはナディーンの縄張りへ向かった。

ナディーンの場合、与えられているのはオフィスだけではない。第一級のキャスターで、週に一度の人気番組を持ち、ベストセラーの著者であり、その作品を原作にした映画作品がオスカー候補にもなれば、自分のオフィスはもちろん、管理補佐係《アドミン》用のオフィスもある。リサーチチームと制作チームのための仕切り部屋もずらりと並んでいる。

メディアにこれだけの影響力を持つ友人――しかも信頼できる――がいるのは悪くない、

とイヴは思う。

管理補佐係のオフィスまで行くと、小柄で聡明そうな赤毛の女性がイヤーリンクをつけて、素早い指の動きでミニタブレットを操作していた。

「ちょっと。待って」管理補佐係はイヤーリンクをタップして人差し指を立て、イヴに合図をした。「ナディーンはメイクに向かいました。あと二十分でセットに入らなければなりません。誰かに案内させますが」

「おぼえてるから大丈夫」

その場を離れて、さらにいくつかオフィスの前を通り過ぎ、デスクがぎっしり並んで、壁のスクリーンにさまざまな番組が流れているエリアや、仕切り部屋が集まっている横を進んでいく。スタッフがそれぞれ目指す方向へ足早に急ぎ、その間も人やリンクやレコーダーを相手にひっきりなしにしゃべり続けている。

ＥＤＤのメディア版だ（服装はあれほど風変わりではない）。

廊下の幅が狭まってくねりはじめ、衣装がぎっしり掛けられたラックや、何段もある靴の棚に圧迫されるような場所に入っていく。誰かが黒いスーツのジャケットにせっせとスチームアイロンをかけている。

隙間を縫うようにしてメイクルームに入っていく。

長いカウンターの向こうの鏡に映っているナディーンは、背もたれの高い回転椅子に座り、体をすっぽり青いケープで覆われ、目を閉じて何かぶつぶつ言っていた。イヴの苛立ちと大きな不安の源のトリーナ——そこにいるのはわかっていた——がナディーンの前に立ち、頬にブラシを滑らせている。

トリーナが「やっほー」と声をあげ、鏡越しに目を細めてじっと見つめてきたので、イヴはさらに不安になった。

ナディーンの目がぱっと開いた。「遅い」と、嚙みつくように言う。

「やだわー、五番街でぶらぶらウィンドウショッピングしてたら、時間の感覚がなくなっちゃったみたい」

よほど面白くないらしく、ナディーンは歯をむき出した。「今日の予定やタイムテーブルがあるのは、あなただけじゃないのよ」

「モルグで遺体《DB》が待ってるのはわたしだけよ」

「それについて二十分以内にカメラの前で話さなければならないの。一対一で話を聞かせて」

「そして、わたしは情報が必要よ。がみがみ文句を言って時間を無駄にするか、すぐに話し合いを始めるか、どっち？」

「がみがみ話し合いもちょっと待って」トリーナが命じた。「口紅《リップダイ》をやらなければならないから」

ナディーンは鏡に映るイヴをじっとにらんだが、何も言わず、トリーナにペンシルのようなもので唇の輪郭を描かれた。

唇がちゃんとあるのに、どうしてさらに描かなければならないのだろう、とイヴは不思議だった。誰が考えついたルール？

「オートシェフにちゃんとしたコーヒーがあるわ」作業しながらトリーナが言った。「ダークなローズでいこうと思ってる」今度はナディーンに言った。「マットなやつ。今日は思わず目を引くパンチ力とか凝った感じはいらないんでしょ？　華々しさ抜きの真面目なリップ」

イヴがコーヒーを淹《い》れていると、トリーナは白くて四角いパレットに三つのチューブから色を絞り出して混ぜた。出来た色をブラシで唇に塗る。一歩下がって首を傾けるトリーナを見て、赤い筋のある黒髪をくるくる巻いて塔のようにそびえさせているのに、どうして頭から落ちないのだろう、とイヴは不思議だった。

別の白いパレットに何か透明なものを絞り出して、別のブラシで唇に重ね塗りをする。

何が変わったのか、イヴにはまるでわからない。

きびきびとした身のこなしで、トリーナはまた別のブラシでほとんど目に見えない粉を取り、渦を描くようにしてナディーンの顔全体にのせると、何かのボトルをつかんで霞《かすみ》のようなものを吹きかけた。

「チェックして」トリーナは言い、さっとケープを外した。

地味ながらスマートな黒いスーツ姿のナディーンは鏡のなかの自分をまじまじと見た。

「トリーナ、あなたって天才」

「あったりまえよ」

「わたしのオフィスで打ち合わせをするから」ナディーンが段取りを説明しはじめると、イヴはただ首を振った。

「まず身分をはっきりさせないと。あなたとマーズの関係は?」

「勘弁してよ、もう」

「先に片付けなければならないことがあるのよ、ナディーン。あなたがほしがっているものはあとであげるから、いまはわたしに必要なものを与えて」ちらりとトリーナを見る。「あなたはここにいなくていいんだけど」

「いる必要あるわ」トリーナは別のケープを広げた。「座って。あなたが必要なものをもらってる間に、髪をちゃんとしてあげる」

「いらない」

トリーナはまた重そうな頭を傾けた。髪の塔はまだしっかりそびえている。「いまここでやらせないなら、あなたの家まで押しかけていって何から何まですべてやるわよ。あなたにはそれが必要だって、目のある人ならみんなわかるんだから」

イヴはまさにそれを恐れていた。「わたしは仕事中なの」

「あなたは仕事中で、それっていまは話をすることで、ここに座ったままでも話はできるでしょ」

「もう、お願いだから座ってよ」ナディーンが両手を広げた。「拷問するわけじゃあるまいし、ちょっと揃えて整えるだけよ。わたしたちには無駄にする時間なんてないの」

「そう言うけど」イヴは不満そうに言った。「これからいろいろ訊くのよ。顔を塗りたくる人に聞かれたくないかもしれないでしょ」

「ラリンダ・マーズについて?」ナディーンが鳴らした鼻の音は、真面目にレポートする姿からは想像もできなかった。「信じられない。わたしはあなたにも、トリーナにも、ほかの誰だろうと、隠すべきものなんかひとつもないわよ」その証拠に、ナディーンは隣の椅子に座った。「あなたには必要なものがあり、わたしにも必要なものがある。あなたが座ってトリーナの思いどおりにさせれば、それで万事うまくおさまるのよ」

気が進まなくても椅子に座ったのは、トリーナが自宅に押し掛けてくる――そうするに決まっている――かと思うと耐えられなかったからだ。

しかし、トリーナにケープをかけられたとたん、バカなことをしたと思った。「あなたとマーズの関係は？」イヴはふたたび訊いたものの、トリーナから何かのボトルの中身を髪にスプレーされて、身を縮めた。「それ何？　なんで？　やめて！」

「わたしに質問したいの、ナディーンに質問したいの、どっち？　ただの水よ」トリーナはあきれて目玉を回した。その目はいまは青みの強い紫色で、先端だけ赤くした黒くて濃いまつ毛に縁取られている。

「ラリンダと関係なんてなかったわ」と、ナディーンは説明しはじめた。「仕事のジャンルがまったく違っていたから。彼女と仕事をしたことは一度もないし、取材する対象も違っていたわ」

「そうとは限らないでしょ」自分の髪に起こっていることはすべて無視しようとしながら、イヴは反論した。「彼女はゴシップで生きてた――取材相手はほとんどセレブやエンターテインメントの世界の人よ。本を出したり、それが映画化されたりしたあなただって、その分野の人たちとは接触したはず。なんとかっていうのにもノミネートされたし」

「オスカー」

「なんでオスカーなの？　ハロルドじゃない理由は？　トッドじゃだめなの？」

「ちゃんとした答えはあるけど、あなたにとって大事なのは別のことだからいまは省略する」ナディーンは椅子を回転させてイヴに体を向けた。「本や映画に関連した彼女のインタビューを二度受けたのは、それがわたしの得になるから。それから、わたしは組織のよき一員だから。局の意向だったのよ。でも、あれは関係じゃない」

「イベントやパーティーで一緒になることもあったはず」

「あったわ。でも、社交的な付き合いをしていたわけじゃないし。彼女のことは好きじゃなかったわ。あなたはそれを聞きたいのかもしれないけど。彼女が死んで、気の毒だとは思うけれど、嫌いなのは彼女が息をしていたときと変わらない」

「なぜ？」形式上の手順として訊いた。ナディーンのことはよく知っているから、理由ならわかっている。

「彼女はずるくて、こそこそしていて――レポーターにとって欠点とは言いきれないけれど――しかも不誠実で、不道徳なところもあったし、何よりもどうしようもなく意地悪だった。この一年だけでインターンをふたり泣かせてクビにしたわ。前のアシスタントもクビにして、わざわざひどい悪口を言って、彼女が転職するのを邪魔したのよ」

「その人たちの名前を」

「まさか、彼女たちが——」

「必要なの。ほかに何があった？　相手は誰？」

少し時間をかけて気持ちを落ち着けてから、ナディーンはゆっくり息を吐きだした。「彼女、わたしの仲間も追いまわしたわ——管理補佐係と、リサーチャーたちよ。こっそりだったり、あからさまだったり。わたしの情報を狙っていたの。それから、あなたに近づきたくてわたしにも脅しをかけようとした」

トリーナのことも忘れ、イヴは椅子をくるりと回転させてナディーンと向き合った。「いつ？　どんなふうに？」

ふたりは鏡の前で向き合って座っていた。ナディーンのセクシーなグリーンの目がイヴの目をとらえる。

「最初？　あなたがわたしの命を救ってくれた——あれも最初ってことになるわね——あと。モース、あのろくでなし野郎に殺されそうになったのを救ってくれたあとよ。ラリンダは心配でたまらない同僚を装ってフルーツを盛ったバスケットなんか持ってきたけれど、そんなの嘘っぱち。大嘘よ」

「あなたは嘘を見抜くのがうまいわ」トリーナは仕事をしながら言い、ナディーンににこっと笑みをもらった。

「そうよ。彼女がほしかったのはゴシップ記事のネタで、そのための行動ならある程度は評価できると思った。そういう目で見れば、わたしは記事のネタだったから。でも、彼女はあなたとロークについて詳しいことを知りたがった。もっとあなたたちと接触して、邸に行ったり私生活に関わったりしたがったから、ノーと言ったの――わたしを通してそうするのは無理、と。彼女は……」

ナディーンは空中で指先をくるくる回した。「わたしの経験やあの夜の出来事から話を作って、わたしたちみんなを不利な立場にできる、みたいなことをほのめかしたわ。わたしたちみんなでモースをはめたとか、わたしには彼をつぶしたがる理由があったとか。だから、さっさとあきらめて消えなさい、と言ってやったの。それが気に入らなかったのね」

「わたしに話そうって、ちらっとでも頭をかすめなかったの？」

ナディーンは怒りをこめてまっすぐイヴを見つめた。「自分の面倒は自分でみられるわ」

「オーケイ。彼女はそのあともまた何か言ってきた？」

「いいえ、それでわたしも忘れていたの。本が売れて、映画化の話が出るまでは。そうしたら、また彼女が近づいてきたのよ、強引に。わたしの私生活に関するタブロイド紙の記事をいくつか提示してきたわ。あなたとわたしに性的な関係があるんじゃないかとか、ほかにも――」

「何？」イヴが急に動いたので、トリーナは小声で毒づいた。「あなたとわたしが？」

「二、三週間ほど、噂になっていたのよ」不愉快そうな顔をしていたナディーンが、急に茶目っ気たっぷりに言った。「そういうメディアはぜんぜん気に留めないの？」

「そういうあほらしいことには」面白がるべきなのか、恥ずかしがるべきなのか、イヴはよくわからなかった。

「たまにロークも交えてサンドイッチにするって」トリーナが横から言った。「おいしそう、うーん」

完璧に整えられた頭をのけぞらせ、ナディーンは声をあげて笑った。「そういうおいしい可能性なら文句を言うのはむずかしいわね。その手の最低レベルのゴシップの目的はクリックを誘うことだけで、そのうち消えてしまうものよ、ダラス。囮《おとり》目的のゴシップね。彼女が言いたかったこと？　タブロイド紙にネタをやったのは自分で、協力してくれないならこれからもやり続けていいのよ、ってこと」

気に留めなくても、イヴには感情がある。「くたばれ、って言ってやったんでしょ？」

「もっとうまくやったわ。彼女とわたしの会話の録音を聞かせてやったのよ。彼女が75の行動規範を破ったと話していたり、わたしを脅したり、わたしから強引に情報を引き出そうとしたりしている録音。公開されたら、警察や市民が動くのは間違いないやつ」

ナディーンは突然、椅子から立ち上がった。「まったく、誰と取り引きしてるつもりだったのよ?」腕を振り回して強調し、興奮して問いかける。「彼女に言ってやったの――録音は続けていたわ――これからもこんなことを続けたり、わたしやあなたや、ロークの評判を傷つけていると噂で聞いたり、わたしのスタッフの誰であれ――ほかにも、知人の誰だろうと――侮辱したり、圧力をかけたりしたと耳にしたら、録音を局のトップへ持っていく、って。それで彼女がすぐにクビにならなかったら、局に――彼女かわたしか――選択を迫ると言ったわ。そうなったら、局はどっちを選ぶと思ってる? って」

「どうしてそのときすぐにトップに持っていかなかったの?」

「そうするべきだったわね、たぶん」ナディーンは認めた。「わたしはラリンダが好きじゃなかった。これっぽっちも尊敬していなかった。でも……彼女はこの局に居場所があったのよ、ダラス。75の一部だった。彼女のせいでそうせざるをえなくなれば仕方がないけれど、わたしは局に選択を迫りたくなかった。懲罰的な流れで彼女を追い出すのもいやだった。彼女が手を引いたから、そうせずに済んだけれど」

「その録音はまだ持ってる?」

「もちろん、持ってるわ」

「そのうち必要になると思う。マーズがほかに迫ったり、脅したり、利用しようとしたりしたのは誰？」

ナディーンはまたどさりと椅子に座った。片手を上げて髪を梳《す》こうとしかけて、すでに撮影用に整えられているのを思い出した。

「わたしは一対一のインタビューができるの——ここで、この午前中に？」

「あなたに必要なものは与えるって言ったはず」

「いいわね。ちょっと待ってて」ナディーンはまた立ち上がってリンクを取りだし、部屋から出ていった。

「ナディーンはカメラの前に立って、あのクソッタレ女についていいことを言わなければならないのよ」なおもチョキチョキとはさみを動かしながらトリーナが言った。「でも、世の中にはクソッタレがおおぜいいて、その大多数にはたぶん、何かしらいいところがあるのよ。ラリンダは肌がきれいで、きちんと手入れをしてた。何かいいことを言うとしたら、これよ」

イヴはまた椅子を回転させて、鏡に映ったトリーナを見ようとしたが、椅子が固定されていてできなかった。「じっとしてて。微調整してるんだから」

「肌のことをどうして知ってるの？　マーズの肌のことを？」

「彼女のヘアメイクを何度かやったから。彼女はナディーンからわたしを横取りしようとしたのよ。ありえない」トリーナは鼻でせせら笑いながら、はさみを動かし続けた。「わたしはサロンを持ってて、こういう単発の仕事をするのは好きだけど。今日みたいに大事なイベントがある場合をのぞけば、ふだんはナディーンが『ナウ』に出るときにやるだけなの。そういう形でほかの人のヘアメイクはめったにやらない。彼女がうちのサロンに来れば話は別だけど」

その口ぶりから、イヴは何かあると感じた。「何を知ってるの、トリーナ？」

トリーナは椅子のロックをはずして回し、イヴを鏡と向き合わせた。「あなたの髪質がいいのは知ってるし、こんなにきれいにしてあげたんだから感謝してもらってもいいはず」

おかげでよくなったらしいが、実際のところ、イヴにはたいして変わらないように見えた。「こうして座ったとき、マーズは誰のどんな話をしたの？」

トリーナのルビーレッドの唇——左の口角に小さな星が三つついている——の両端が少し上がった。イヴの頭の上で両手の指先を合わせ、ピラミッドを形作るように徐々に下ろしていく。

「何それ？」

「秘密厳守の円錐《コーン・オブ・サイレンス》（SF小説『デューン／砂の惑星』に登場するプライバシーを守る架空の装置）。わたしの椅子に座るのは、そういうところに座るということなの」トリーナはあごを突き出し、その角度を保ったまま言った。「気高い椅子なの」

「殺人があったんだからコーン・オブ・サイレンスは消えるはず」

「たぶんね」唇をすぼめて考えながら、トリーナはまた別のブラシを手に取った。

「わたしにそういうのはやめて」

「スクリーンに出るんだから。ナディーンはいかにも真面目なキャスターらしくなったわ。あなたもかっこよく見えないと」

「わたしはかっこいいわ」

「それはわたしもあなたもわかってる」トリーナはブラシの柄のほうをイヴに向けて力説した。「大事なのは、ほかのみんなにもはっきりそれがわかる方法をわたしが知ってるということ。こう言うと、なおさらあなたはいやかもしれない。でも、わたしだってコーン《C》・オブ・サイレンス《S》を崩すにはきっかけが必要よ。CオブSは気高いんだから」

トリーナはブラシを置いて抽斗を開け、小さな道具を取りだした。「あなたは眉を整えるべきね。ラリンダはわたしから情報を聞き出そうとした——いまのあなたみたいでしょ？でも、あなたみたいにがんがん訊いてくるんじゃなくて、すり寄ってきた。満面の笑顔で、女同士、仲良くしましょって感じで。だから言ってやったわ。誰のことだろうとあなたには何ひとつ言えない。あなたのことを誰にも何も言わないのと同じよ、って」

トリーナは言葉を切り、鏡のなかのイヴの目を紫色の目で見つめた。何色だろうと関係なく、その目は心からの感情を伝えていた。「彼女はわたしからメイヴィスのことを聞き出そうとしたのよ、ダラス——わたしがメイヴィスについて誰にでもなんだって話すみたいに。誰だろうと何だろうとありえない。話すわけないのに」

トリーナの目は怒りに燃えていた。これもトリーナのいいところだ、とイヴは認めた。友達を決して裏切らない。

「わかってる」トリーナを少しなだめようとしてイヴは言った。「わかりきったことよ」

「そのとおり。オーケイ」トリーナは息を吐きだした。「じゃあ、言うわ。自宅にいるメイヴィスとレオナルドとベラの様子を録画したらお礼をはずむ、と彼女は言ったの。わたしが怒りだしたのを見ると、許可を取って撮影してもらうつもりだったと説明したわ。でも、そんなの嘘」

トリーナの話を聞いてあれこれ考えながら、イヴは眉で鳴っているブーンという音に耐えた。

「マーズに脅されたことがある、トリーナ？　率直に答えて」

「ないわ」トリーナは一瞬、仕事を中断させ、心臓のあたりに手を置いた。「率直に言うわ、間違いない。彼女は仲のいい女友達みたいに振る舞ってた。わかるでしょ？　わたしを充分に評価してないとかなんとか、ちらっとナディーンを批判したりして。こっそり自分のヘアメイクをやってくれたらもっと金を払うし、ここへ来てナディーンと仕事をするのは自由だ、とか。あなたの話が出たことも一、二度あった。何かのときに髪をカットしたって聞いたけど、どんな感じだったの、とか」

トリーナは眉を整える道具を置いて、イヴを見た。「わたしはコーン・オブ・サイレンスを崩さなかったわ。けっして」

もちろんそうだろう、とイヴは思った。疑問の余地はない。まったく。「感謝するわ」

「感謝されようがされまいが、それがわたしのやり方ってこと。わかる？　踏み外したりしないの。彼女も最後にはわかったみたい。たぶん、彼女が買収しようとしたことを、わたしが誰にもこれっぽっちも言わなかったからよ」

「それでもう、あなたにしつこく言ってこなくなった」イヴは先を促した。

「そう。それでも、わたしがここにいると、いつもじゃないけどしょっちゅうやってきては、ちょっと髪を直して、とか頼んできた。それでいて、わたしとしゃべるわけじゃなく、誰かにリンクをかけてるのよ。わたしはろくにしゃべらない人間だと思ったみたい。そういう人っているでしょ。人のことをドロイドみたいだと思ってる人。

目を閉じて。スクリーン上でかっこよく見えるには目が肝心なのよ。彼女が誰かとリンクで話して、約束をしてるのも聞いたわ」トリーナは続けた。「でも、たまにひどい言い方をしてた。わたしがそう言ってるんだから、わたしのほしいものを持って、そこに来りゃいいのよ。さもないと代償を支払うことになるわよ――って、性悪女そのものの口調で言ってた」

「相手の名前」

トリーナはためらい、深々とため息をついた。「ひとりはアニー・ナイトだと思う」

「ここで働いてるの？」

「まさか。あなたって、いまどきのことは何ひとつ知らないの？　まったく、頼むから勘弁してよお願いって感じ！　〝トークTV〟を築き上げたと言ってても過言じゃない。最高視聴率を誇る深夜のトーク番組の女王よ。彼女がトーク番組を十二年も続けてるのよ。もっとかもしれない。とにかく、リンクの相手のひとりは、彼女だったと思う。ラリンダの話はろくに聞いてなかったけど、彼女の名前を耳にしてはっとしたの。わたし、『ナイト・アット・ナイト』がほんとうに好きだから。いいわ、目を開けてじっとして」

トリーナは化粧用ワンドでイヴの目に触れた。「へんなのはやめてよ。あなたがつけてる赤いやつとか」

「あなたのまつ毛に色をのせるならグリーンっぽいのにする――高級ウイスキー色の目が引き立つわ。でも、いま求められてるのはセクシーさじゃなくてかっこよさだから。あと、彼女が口にしてた名前はワイリー・スタンフォード」

イヴが視線を動かすと、トリーナはワンドを引っ込めて毒づいた。

「メッツ。三塁手。前シーズンの打率は三割七分五厘。そのワイリー・スタンフォード？」

トリーナは口紅を塗った唇を結び、満足げににやりとした。「あなたでも知ってることはあるみたいね。お尻の形がすっごくいい、あのワイリーよ。そう、その彼の名前をラリンダが口にしたの。ヘビがシューシューいってるみたいな意地悪な口調でね。そういうとき以外、彼女は名前を呼ばないのよ。ハニーとか、スイートチークスとか、ディックワッドとか呼ぶの――気分によって変わるけど。どうも、ピーボディ」

「メイクしてるんですね！」部屋に入って二歩目を踏み出したところで、ピーボディがぽかんと口を開けた。

「好きでやってるわけじゃないわ」

「髪もカットしてる！」

「頼んだわけじゃないわ。ただ彼女が――」イヴははさみでチョキチョキ切るふりをした。

「わたしもメイクしてほしい！」

叫び声は哀れっぽい懇願に変わった。

「時間はあるわ。こっちはもう終わるから」トリーナは空いている椅子のほうに指を振った。「座って」

「スパでのんびりする日じゃないんだから。報告を」イヴが指示した。

「マーズのオフィスはきちんと保存されています。令状は正式に認められ、十五分後には手続きが済むと聞いています。例のレポーターを突き止めました――ミッキー・ブリオンです。尋ねたところ、バーにいた者から連絡を受けたと認めましたが、その人物の名前を言いたがらなくて」

報告しながらピーボディは少しずつイヴに近づいて、トリーナの仕事の出来栄えに目をこらした。イヴがピーボディを突き放す。

「調べるのはむずかしくなかったです」ピーボディはひるまずに続けた。「彼の兄の名前がわれわれの目撃者リストにありました。彼に――ランディ・ブリオンです――連絡したところ、われわれが話を聞いて解放したあと、弟に連絡したと確認できました。レポーターのほうのブリオンは、もっと早く連絡を受けていれば特ダネが取れて、チャンネル75がスクープできたのに、と腹を立てていたようです。とくに怪しいことはないと思います、ダラス」

トリーナは片手でイヴのあごをがっちりとつかんだ。

「唇にべたべた塗るのはやめて」

「そのほうが目とバランスが取れるから」トリーナは後に引かなかった。「あなたが嫌いなら省くって言ったおぼえはないけど？　ちょっと口を閉じてて」

ピーボディは自分を抱きしめるようにして肩をすくめた。「うーー、そのパレットのローズっぽいリップ、たまらない！」

「ナディーン用にミックスしたのよ。あなたにも似合いそう。今日のあなたにはナチュラルカラーがいいと思うけど――真剣だけど親しみやすい警官、って感じ」

トリーナはイヴのあごを片手ではさみつけたまま、ブラシを変えて両頰に何か塗り、さらにまた何か塗った。それから、また何か塗られながら、イヴはトリーナの黒と赤のまつ毛に縁取られた目の一方にパンチを食らわせるところを思い描いた。

「できた」トリーナはイヴを鏡に向き合わせた。「つまんないことやってる暇はないのよ、って感じのかっこいい警官」

最悪の結果にそなえて、イヴは眉をひそめた。ところが……唇の色はやや深くなっているようだが、それでも自分の口らしく見える。目はややきつく感じるかもしれないが、基本的に、髪と同じようにたいして違ったようには見えない。

「オーケイ。この布を取って、マーズがほかに誰のどんな話をしてたか聞かせて」

「彼女のヘアメイクはそんなにやってないから。でも、ほら、彼女がミッチ・Lとやってたのはほとんど誰だって知ってたわ。彼には専用のスタイリストがいるし、わたしはあの時間帯はここにいないから、彼のことは知らないの。ミッチ・Lのことよ。でも、ミッチ・Lがその前に自分のインターン――モニカ・プール――とやってたのはよく知ってる。あれは極秘事項だったけど、彼がラリンダとやるようになってお払い箱になった泣きじゃくるモニカに肩を貸した友達、というのが、うちのサロンのお客さんで、話をしてくれたの。こうしてあなたに話しちゃったから、またCオブSを破ったことになるわ」

「そうでもないです」ピーボディが言い、慰めるようにトリーナの腕をさすった。「警察に話さなければならないときは、コーン・オブ・サイレンスを崩したことにはならないです」

「いい気持ちはしないわ」

「マーズは失血死したんですよ、トリーナ」

トリーナにあまり詳しい話はしないで、と釘を刺しそうになるのをイヴはぐっとこらえた。

「マーズがどうだろうと、何をしたのであろうと、誰かが彼女を殺し、彼女は助けを求めようとしながら失血死した。たぶんほんの数分だっただろうけど、彼女には何時間にも感じたはず」

「いけすかない女だった」トリーナはつぶやいた。「でも……クソッ、これは言いにくいわ――超CオブSって感じだし。彼女はすごく大がかりな整形手術を受けてたのよ」

「どうしてわかるの？」イヴが訊いた。

トリーナは黒と赤で縁取られた紫色の目をくるりと回した。「だって、当然でしょ！　彼女のメイクを何度もやってるのよ。大がかりな整形手術を受けた人の顔にこの両手で触れて、わからないと思う？　この二、三か月で、あなたが美容液やモイスチャライザーをせいぜい十回くらいしか塗ってないってわかるのと同じよ」

トリーナはイヴをにらんだ。「そんな調子でいたら、あなただって大がかりな整形手術が必要になる。超超クールな超一流の男性に抱かれてるのに、基本的な肌の手入れもできないってどういうこと？　いったい何を考えてるのよ？」

「わたしの話はしなくていいし、超CオブSのことは心配いらない。大がかりな整形手術の件は知ってたから」

トリーナはほっとして表情を輝かせた。「ほんとに？」

「わたしは仕事ができないと思ってる？」イヴが言い返すと、トリーナはにやりとした。

「よかった。こうなったら、もうひとつ打ち明けてすっきりしちゃう。彼女をひどい顔にしかけたことがあるの――そんなの簡単で、顔色に合ってないファンデーションを塗ったり、似合わない色を使ったりすればいいだけなんだけど。彼女がメイヴィスとベビーの映像を撮らせようとしたから、すっごく頭にきちゃって。でも、できなかった。日に照らされたヴァンパイアみたいにもできたのに。なのに、彼女はもう死んでしまった」

ピーボディが何か話しそうになるのを見て、イヴは首を振った。「あなたにはプロとしての誇りがあるのよ。彼女がメイヴィスとベビーに近づこうとしてたなんて、わたしだって頭にきてどうしようもないから、可能ならこの捜査から手を引いてたかも。でも、そうはしない。おたがい自分の仕事をするのよ」

ナディーンが部屋に飛び込んできた。「いい？　予定されていたわたしの出番につなぎの映像を流して、もうすぐ始まる一対一のインタビューを派手に宣伝してるわ。生中継の一対一よ」

「そんなの承知してない――」

「生中継よ、わたしのオフィスから。イヴ、なんだかきれいよ」ナディーンは言い添えた。「ちょっと、ピーボディ。行くわよ。カメラのセッティングとか、ほかにもいろいろあるから」

「すぐに終わらせてよ」イヴは警告した。「わたしは、つまんないことやってる暇はない、って顔になったんだから」

トリーナがはじけるような笑い声をあげ、イヴは歩きだした。「ピーボディ、十分後にマーズのオフィスへ。令状が認められて、捜索が始まってるはずだから」

「十分で仕上げてもらえますか？」イヴの耳にピーボディがそう言うのが聞こえた。

「かわいこちゃん《ベビーケイクス》、十分でスターにしてあげる」

「記者会見では張り切らないと」ナディーンは足早に廊下を歩いていった。信じがたいほど細い黒いヒールで、デスクがたくさん並んでいるオープンエリアや、いくつものオフィスを通り過ぎていく。

「あなたに与えられるものは与える。独占インタビューを受けるし、ほかより先に情報を提供するけど、情報の一部は他にも伝えてもらう」

黒くて高いヒールが少しスリップして止まった。「ちょっと待ってよ――」

「キョンが考えたことよ」イヴはさえぎるように言った。「そうすればうまくいくの。どれだけ情報を提供するかはあなたが決めて、優位な立場を得る。すると今日、あとで開かれる記者会見でわたしの持ち時間も責任も減る。早く行って、ナディーン。分け合う情報を決めて、キョンと一緒に印象的な言い回しも考えて」

「すごくいいのを言うわ」

「うまくやってよ」イヴはそっけなく言い、さらにボーナスを与えた。「それから、ほかに教える必要のない情報をオフレコであげる。きっともっと調べたくなるわ、ナディーン、それだけじゃなくて、信頼できる部下にもっと調べさせたくなるはず」

「わかったわ」ナディーンは人差し指を立て、小さな円を描いて歩きながら損得を考えた。「キョンと話をしてから、情報の一部をほかにも伝えるわ。彼と協力してやる。それから、あなたがこれから何を言うか、もうだいたいわかってる。ラリンダはゴシップを得ようとして誰かさんにしつこく関わり過ぎた。ハチミツがほしくて不適切なクマにちょっかいを出したのね」

「クマの群れと言うほうが合ってるかも」

「クマは群れを作らないと思う。じゃ、どうしてるか？　どうでもいいわ」

ナディーンがオフィスに入ると、カメラマンがポールについた照明の一種と、傘のような反射板の位置を調整していた。ナディーンはドアを閉めた。「あなたはそこ」椅子を指さし、イヤーピースをつける。カメラマンが二台目のカメラを三脚に取り付けている。

「彼らはスタジオで撮りたがったのよ」そう言ってナディーンは椅子に座り、二台目のカメラに向かって斜めに構えた。「でも、わたしはそのことであなたと議論したくなかった。わたしたちが話をして、ブースにいるプロデューサーがスクリーンを見ながらカメラを切り替える。あなたはいつもどおり、わたしに話をするだけでいいのよ。

フィルターでぼんやりさせないで、ピントはしっかり合わせて」ナディーンは事務的にカメラマンに指示した。「追悼番組じゃなくて、ちゃんとした報道番組だから。バーで何があったか――あなたが何を見て、何をしたか――訊くわよ。主任捜査官であると同時に目撃者なんだから。いつものとおりに訊くわ。手がかり、容疑者、捜査の進展状況。だけど、まずは目撃者としての話から聞くわよ」

「細かなことをすべて話すわけにはいかないし、継続中の捜査に影響があったり、支障をきたすようなことも省略するから」

「了解」ナディーンはイヤーピースを指で押さえた。「もうすぐこっちに切り替わるわ……あと五秒、四……」カメラに映らないように手を下げて、イヴに見えるように指を折っていく。三、二、一。

「ナディーン・ファーストです。今日はイヴ・ダラス警部補をお招きして、われわれの仲間、ラリンダ・マーズが殺害されるというショッキングで悲しい事件を受け、チャンネル75の独占インタビューをお送りします。ダラス警部補、ラリンダはダウンタウンでも人気のあるバー〈デュ・ヴァン〉で襲われましたが、あなたがその店にいたというのはほんとうですか？」

「はい。非番で、仕事仲間と会っていました」

「それでは、経験豊富な捜査官として、また目撃者として、店で何が起こったのか話していただけますか？」

イヴはメディアに伝えようと決めていたことを話し、ナディーンの質問に答えた。はい、襲われる前、被害者が一緒に飲んでいた人物から話を聞きました。いいえ、現時点でその人物は容疑者ではありません。そして、捜査に関わる詳細に触れないようにしながら、いつもの話のキャッチボールをした。さらに――犯人に知らせたかったので――情報をばらまき、犯人は特定の人物を狙っていて、被害者のあとをつけてバーに入ったと思われる、と説明した。

「NYPSDの警官が現場に居合わせたのはこちらの強味です。捜査はすぐに開始され、考えられるすべての方策を用いて今後も続けられます。現時点でお話しできるのはここまでです」

合図に気づいてナディーンはうなずいた。「ありがとうございます、警部補、そして、わたしたちの仲間の一員の命を奪うという暴力行為を引き起こした犯人を懸命に追ってくださっているあなたがたに、チャンネル75の全員を代表して特別の感謝の意を伝えさせてください。

はい、これで終了」

ナディーンは椅子の背に体をあずけた。「ずいぶんはぐらかしたわね」

「何も隠さず、積極的に語ったわ。カメラを片付けて」

「サム、運び出してくれる?」

イヴは自分の耳を指先で叩いた。ナディーンはほほえみながらイヤーピースをはずした。

「これも片付けて」

イヴは黙って座ったまま、ふたりきりになるのを待った。

「ほかのマスコミに伝えていいのは、バーのスタッフ全員から聴取し、そのうちのふたりからは今朝もう一度話を聞いた、ということ。マーズは店の常連で、いつも彼女を担当するホールスタッフからは二度話を聞いたわ。いまのところ、スタッフのなかに容疑者だと疑ってる者はいない」

「オーケイ、わかった」

「で、次。これから話すことは、オーケイと言うまでオフレコよ」

「了解」

「彼女は、自分で名乗ってた人物じゃなかったかもしれない」

「意味がわからない」

「彼女は、顔も体もかなりいじってるということ」

ナディーンは笑いだしそうな顔をして、また椅子に体をあずけた。「ダラス、顔や体を整形する人はいくらでもいるし、とくにスクリーンに登場するタレントは多いわ」

「かなり変えてるのよ」

ナディーンが鋭いグリーンの目を細めた。「別人のような顔になったということ?」

「ドゥインターに作業してもらってるわ。形成前の状態がわかれば、ラリンダ・マーズになる前は誰だったのか特定できると思う」

「興味深いわね。だとしても、顔を変えたがるのは彼女が初めてではないわ。それでも……」

「それでも。彼女は自宅の金庫に現金《キャッシュ》で約百万ドル、隠してた」

「百万?」ナディーンは背中をぴんとさせた。「キャッシュで?」

「少なくとも同額ぐらいの宝石も。ロークに言わせると、それ以上の価値がある美術品も。偽名の口座がふたつ——いまのところ。それぞれに数百万ドルずつ」

「いったいどうやって——」ナディーンは言葉を切り、一方の手を広げた。「情報やコネやキャリアアップを強引に求めるだけじゃなかったのね。本物の強請りをしてたの?」

すべて詳しく説明しなくて済むのはありがたい、とイヴは思った。「彼女の敵対者のリストは相当長いものになるだろうし、局の関係者の名前も含まれるはず。だから、内情を探らせるのは、絶対的に信頼できる人間じゃなければだめ。われわれは犯人を男性と見てるけど、彼女が強請ってた女性とつながりのある男性、ということもありうる。ここ、チャンネル75の誰かの何かを見つけたら、ナディーン、あなたなら間違いなく伝えてくれると信じてる」

「プレッシャーをかけてるわけ」ナディーンはつぶやいた。

「殺人は、とくに今回のような殺人——計画して公共の場で殺害するという、冷静なもの——を犯すには、一定の心的傾向が必要よ。いったんそれを持つと、ふたたびそんな心境になるのは簡単なの。探って何かわかったら、わたしに教えて。そうじゃないと、あなただけじゃなくて、内情を探らせた人間にも危険がおよぶ可能性が出てくる」

「なんてこと」ナディーンは勢いよく立ち上がって小型冷蔵庫に近づき、ミネラルウォーターのボトルを引っ張り出した。「こんちくしょう。あなたの言うとおりだとわかっているけど、簡単じゃないわよ、ダラス。ラリンダのことなんてどうでもいいと思っていたけど、さっき、わたしたちの仲間って言ったでしょう？　あれは嘘でもなんでもない。この局の人で、わたしが仲間だと思っている人はおおぜいいるのよ」

「そのうちの誰かが犯人なら、その人物は代償を支払わなければならない。犯人が選んでやったことだから」イヴは立ち上がった。「局の人たちを探ったり、局の誰かに一緒に探ってくれと言えないと思うなら、それもあなたの選択。責める気はないわ」

「あなたは道を踏み外した警官——あなたにとって仲間——を追ったわ」

「そうすることを選択したのよ」

ナディーンはうなずき、ゆっくりと水を飲んだ。少し歩いてまた飲み、すべてを慎重に考える。

「やるわ」ナディーンはきっぱりと言った。「やらないではいられないから、やる。つらいこともあるかもしれないけれど、全力でやる。それから、わかったわ、局の人間が怪しいという根拠になることを見つけたら、どんなに腹立たしくてもあなたに伝えるわ」

ナディーンはボトルを下げて、大きく息をついた。「わたし、彼女が大っ嫌いだとは言えないのよ。大嫌いになるほど気にかけていなかったせいだけど、それってある意味、もっと残酷かもしれない。でも、自分の仕事をすることや、仕事をする上で何が正しいのか、それから、これから動くことについては、充分に気をつけるつもりよ」

「そうだと思ってた。背後に気をつけて《ウオッチ・ユア・シックス》」

ナディーンはほほえんだ。「若くておいしいブルーノはどうしたかしら？　とにかく、背後に気をつけるわ」

「いいわね。さあ、仕事に戻らないと」

「それはわたしも同じよ」

10

イヴはまず、マーズのオフィスを見に行くつもりだった。角を曲がると、ピーボディが廊下に立って小さな手鏡をのぞき込み、メイクしたばかりの自分の顔にうっとりしていた。

「そんなもの、しまいなさい」

ピーボディはカールさせてマスカラを塗ったばかりのまつ毛をぱたぱたさせた。「でも、わたし、すごくきれいに見えるんです」

「トリーナにいじってもらったその目の片方に一発お見舞いしてもきれいかどうか、たしかめるわよ」

ピーボディはまるで動じず、またまつ毛をはためかせた。「まぶたに薄くベビーフォーンを置いて、二重の幅にモカを軽く塗りました。でも、いちばん気に入っているのはフォレストシャドウのアイライナーです」ピーボディは危険を覚悟でもう一度鏡をのぞいてから、ポケットにしまった。「それから、時間を有効に使いました。トリーナからアニー・ナイトの話を聞いたあと、『ナイト・アット・ナイト』のメイク担当に連絡してもらって、ナイトのスケジュールを聞きだしたんです。今日は一日中、スタジオかオフィスにいるそうです」

「その仕事仲間の名前も彼女の敵対者リストに加えなさい」イヴは封印されたドアのほうへ体を向けた。「それから、ワイリー・スタンフォードがどこにいるか調べて」

「彼もマーズが強請っていたかもしれないひとりですか？　またエンターテインメント界の人でしょうか？」

心から驚いたように、イヴは振り向いた。「驚いた、ピーボディ、スポーツ界よ。メッツ。三塁手。ダブルプレーの王様よ」

「ああ、そうだ、そうでした。とてもお尻がすてきな人です。というか、野球選手ってすてきなお尻の人が多いです。たぶん、ユニフォームのせいですね」

「その話はそこまで」イヴはつぶやき、ドアの封印をはがそうとした。

「待ってください。ミッチ・L・デイがこっちに来ます」

イヴはそちらを見た。ああ、この男ね、と思った――典型的な人気者のまぶしいほどの笑顔が、大型《マキシ》バスの車体で踊っていたのを見たことがある。

デイはその笑顔をイヴに向けてから、ほどほどの笑顔になり――減光スイッチのようにわかりやすい――彼女とピーボディに近づいてきた。

「こんにちは、ラリンダとお約束でしたら、残念ですが……」

イヴは何も言わずに警察バッジを取りだした。

ほどほどの笑顔が消えた。スイッチが切れたようだ。

「なるほど。では、お仕事の邪魔はしません」

「その仕事にあなたも含まれてるんですが。いくつか質問をさせてください」

「申し訳ないが、とても忙しいので」

「あら、わたしもよ」イヴも自分なりの笑顔――やや恐ろしいほう――を添えた。「たがいに忙しい身だし、あなたがセントラルに出頭して質問に答えられるよう、スケジュールを調整してもいいけど」

「どうしてそんな必要があるのかさっぱり――」

「必要はあるし、わたしは警官よ。故人とあなたとの不義の性的関係について、いま、ここで話し合うことができる。あるいは、あなたのオフィスで話してもかまわない」

デイの霞がかかったようなブルーグレーの目が険しくなり、頬にかすかな赤み――怒りなのか当惑なのか――がさした。「どうしてもと言うなら」

「どうしてもよ」

デイは背中を向け、向かいのオフィスに入っていった。

スクリーンのパーソナリティーにしてはよく体を鍛えている、とイヴは思った。身長は百八十三センチくらいで体つきは引き締まり、目の色よりややブルーが強いシルクのTシャツに濃いグレーのレザージャケットという高級カジュアルウェアがよく似合っている。ウェーブした長めの金髪に囲まれた顔ははっきりと整い、まぶしすぎる笑顔になったとたん両頬にあらわれるえくぼがさらに魅力を添えている。

体つきの特徴は、バーから出てきた三人目の男に似ている、とイヴは思った。黒っぽいニット帽をかぶれば長めの金髪は隠れるだろう。

デイはオフィス――デスクがないのでそう呼ぶにはふさわしくないが――のドアを閉めた。部屋には驚くほど大きい黒い革張りのソファとゼブラ柄の長いテーブル、立派なエンターテインメントスクリーン、本格的なバーがあり、奥の小部屋には衣装を吊った回転式のラックと、全身が見える三面鏡が置いてある。

「今日の番組の予告映像を撮影したばかりで」と、デイは説明しはじめた。「三十分後にはセットに入らなければならず、時間はあまり取れません。もちろん、お察しのとおり、局の全員がつらい日を過ごしています」

「そうでしょうね。ラリンダ・マーズは昨日、つらい日を迎えたけど」

　デイは目をそらし、フレームに入った自分の大きなポスターをじっと見ているようだった。整った顔とまばゆい笑顔がことさら強調されたポスターだ。「まだよく理解することもできないのですが、だからといって無作法が許されるわけがありません。どうぞ、おかけください。何かご協力ができるでしょうか？」

　デイは自分を整えた——椅子に座った彼が、一方の足をもう一方の膝の上で交差させ、身を乗り出すのを見て、イヴはそれ以外に言葉が浮かばなかった。

「あなたとミズ・マーズの性的な関係はどのくらい続いたの？」

「ずいぶん……あからさまで、乱暴な言い方ですね」デイの表情にさまざまな感情が——少しの苦悩と、わずかな悲しみと、真剣さがたっぷり——表れた。

　イヴはどれもまったく信じなかった。

「ラリンダと私は昔からの友人です——でした」デイは両手を使って強調した。マニキュアをきれいに塗った手を膝から上げ、指を広げて、両方の手のひらを差し出す。「共通点が驚くほど多くて、一緒にいると楽しかったんです。やがて、友情はふたりが予期していなかったものへと少しずつ発展していきました。そして、そのままロマンスへと滑り込んでいったのです」

「滑り込んでいった？　つるっと氷で滑るみたいに？」

デイはまた顔を赤らめて、勢いよく体を引いた。「勘弁してください、巡査――」

「警部補よ。ダラス警部補」

「ラリンダへの私の思いと、彼女の私への思いは……」デイが鋭い目つきでイヴの顔を見つめた。「ダラス？『ジ・アイコーヴ・アジェンダ』のダラス？　マーラ・ダーンのダラス？」

「NYPSDのダラスよ」

次の瞬間、デイはまた笑顔になってえくぼを見せ、好奇心たっぷりに表情を輝かせた。

「オスカーまでに、あなたとマーラに〈セカンド・カップ〉に出てもらおうと画策中なんです。たっぷり一時間かけておふたりの魅力を紹介する番組にしますよ」

イヴはただデイを見つめた。「それをいま、本気で言ってるの？」

「ナディーンも出てくれるはずです。すばらしい番組になりますよ」

「それで、マーズが番組についてレポートするんでしょうね。たぶん――ほら――あの世から」

「あ――」デイははっとして、かすかにうなだれた。「申し訳ない。軽率でした。ほんとうに考えが足りませんでした。〈セカンド・カップ〉のことしか頭になくて、いつも観てくれている視聴者に何を届けられるか、そのことばかり考えているもので」

「でしょうね。あなたがうっかり滑り込んだことを奥さんはどう思っていたの？」

「サシェイと私は……」また言葉を尻すぼみにさせる。癖らしい。そして、長々と実感のこもったため息をついた。「たがいの仕事で要求されるものが、結婚生活に犠牲を強いたということです。それぞれが自分の仕事の研究と計画をこなすことに多くの時間を割いていました。結婚生活がうまくいかなくなると、何もかもがとてもむずかしくなり、なんとか関係を修復しようと努力したが、残念ながら仲良くしているときより角を突き合わせていることのほうが多かった。そんなむずかしい時期にラリンダとの付き合いに慰めを見いだしたのはたしかです。弱い人間だと言われてもしかたがありませんが——」またため息をつく。「ある意味、幸せを感じてもいました」

クソみたいな嘘ばかり聞かされたら、こっちのブーツまで汚物で汚れてしまう、というのがイヴの考えだ。しかし、経験豊かな彼女は、世間話のような口調のままで続けた。

「結婚してる身で、同僚とセックスして幸せを感じてたわけね?」

ただ笑顔が消えただけではなかった。デイは古典的な堅物そのものの表情を作った。「無作法は感心しませんね。ラリンダと私の間には肉体的なものだけではなく、それ以上のものがたくさんありました」

「モニカ・プールとは? 肉体的な関係だけではなかった?」

また顔が赤くなり、こんどは目にちらりと恐怖の色がよぎった。「いい加減な情報が耳に入ったようですね。モニカはわたしの好意と優しさを誤解したんです」

デイは言葉を切り、イヴが何も言わずに沈黙で圧力をかけると、咳払いをして続けた。

「彼女はまだ若いでしょう？　感受性が強く、やや……かまってもらいたがり過ぎるところもありました」さらに続ける。「彼女が誤解したのも理解できないことはないし、気づかなかったのは私の責任でもあります。しかし、彼女が……こう言ってはなんですが、身を寄せてきて、不適切な要求と提案をしてきたので、拒むしかありませんでした」

「性的な関係はなかったと？」

「もちろんです」デイが目をむき、イヴはこんなに嘘をつくのが下手な人もめずらしいと思った。「部下との性的な関係に関して75には明確なルールと方針があるだけでなく、私にも道徳心があります。この業界にはさまざまな噂が飛び交っているが、警部補、私は噂になっているようなことはいっさいしていないし、そんな評判を立てられるいわれもないんだ」

憤慨しているふりをしているのかもしれないがあまり似合わない、とイヴは思った。「なるほど。昨日の夕方――六時から七時の間――はどこに？」

デイは顔を上げ、長めの髪を振り上げた。「私がラリンダを殺したと、そうほのめかすつもりか？」

やはり憤慨は似合わないが、かすかな恐怖はよく似合う。「ピーボディ、わたしはそのつもりだと思う？」

「はい、まさに」

「だとしても、ほのめかしたおぼえはないわ。質問しただけ。繰り返したほうがいい？」

「弁護士に連絡する！」

「どうぞそうして」イヴは立ち上がった。「その弁護士とはセントラルで会うわ。ピーボディ、取調室Ａは空いてるかどうか確認して」

憤慨に苦悩を加え、デイは片手で心臓のあたりを押さえた。「わかりますか、私は友人を失ったんですよ？」

「だったら、彼女の命を奪った者を探す捜査に協力すべきよ」

「自宅にいた」デイは椅子の背に体をあずけ、挑むように腕組みをした。

「ひとりで？」

「あなたの知ったことじゃないだろう」

「驚いた。また振り出しに戻りたいの？」イヴは警察バッジを取り出し、デイの顔の十五センチ前に突きつけた。「これがわたしの仕事よ。そうやってはぐらかしてばかりいるなら、デイ、そのうち第一容疑者になるわよ。プールのことは嘘だとわかってる。昨日、午後六時から七時までどこにいたの？　また嘘をついたら、公務執行妨害と相手かまわずやりまくった罪で逮捕するわよ」

「生まれてこのかた、人を傷つけたことは一度もないぞ！　五時から八時半まで自宅にいた。そして、ラリンダに会いに向かっているところだった。九時に〈デュ・ヴァン〉に予約を入れていたから」

一気にまくしたてる口調に、真実以上の何かがにじんでいた。「リンクに速報が入った。ショック以外の何物でもなかった。まさにショックだった。運転手が証言してくれるだろう。私はすっかり自分を見失い、そして、ここへ来た。何かの間違いであってくれ、とんでもないいたずらであってくれと願いながら、まっすぐ局へ来たんだ」

「それでは八時半以降のことしかわからない。繰り返すわ。六時から七時までの間、ひとりで家にいたの？」

「ミ……ミーティングをしていた」

「誰と？」

「ゲスト候補者と」

「名前は？」

「私の言うことを信じないなら――」

「信じない。質問に答えて。さもないと、セントラルから弁護士に連絡してもらうことになる」

　今回は顔が紅潮したうえに、頬に真っ赤な斑点が現れた。「若い新人女優だ。私の番組に出して、彼女の仕事を増やしてあげられればと思っている」

「名前を」

　デイはすぐには答えず、袖についた目に見えない糸くずをつまんでいた。「スカーレット・シルク」

「連絡先」

「調べないとわからない」

「だったら調べて。あなたはミズ・シルクと一緒だった」イヴは続け、デイはメモブックを引っ張り出した。「六時から七時まで？」

「そうだ」早口で連絡先を伝える。「もう番組の準備をしなければ。すっかり気持ちを乱されてしまった。気を静めて、準備しなければ」

「わかったわ」デイに続いてイヴも立ち上がった。「ミズ・マーズは秘密やゴシップや中傷を生業《なりわい》としてた。誰かに危害を加えられるかもしれないとか、彼女から聞いたことは？」

「彼女には怖いものなどなかった」デイは片手を心臓に当て、たたえるように拳を作った。

「では、あなた独自のアンテナで仕入れた秘密やゴシップや中傷を彼女に伝えたことは？」

デイの目がかすかに揺らいだあと、あらぬ方を向いた。「私は司会者として、心安らぐ和やかな番組を視聴者に届けているんだ。ゲストとは、敬意のある温かな関係を築いている」

「質問にたいする答えは、イエスなのノーなの？」

「ノーに決まっている」

「わかったわ。お時間いただき、感謝します」

イヴは部屋を出て、マーズのオフィスのドアに近づき、封印を外した。「ピーボディ、ポルノっぽい名前の若い新人女優について調べて」

「もう調べています」

ふたりはなかに入った。アパートメントと同じく、マーズは仕事場も真っ暗にしていた。イヴは照明をつけるように命じた。

デイのオフィスとは違ってデスクがあった。装飾過多で派手だが仕事用のデスクに、最高級の小型コンピューター一式がセットされている。その背後の窓は、天井から床までの淡い金色のカーテンで覆われていた。

シッティングエリアも派手だが居心地のよさそうなスタイルで、深いゴールドときらきら光るブルーで統一されている。

デイのオフィスと同じように本格的なバーと衣装部屋もある。

イヴが口を開こうとすると、ナディーンがドア口に姿を現した。

「何か用？」イヴは訊いた。

「あなたはここで自分の仕事をしているわ」ナディーンはドア枠に寄りかかった。「わたしも自分の仕事をしている。あなたがこれからしようとしているのが、視聴者には知る権利のないことなら、なかに入ってドアを閉める——そして、黙っていなければならない間は誰にも言わない。そうじゃないなら、ほかにも流すわ」

「ええと」イヴはナディーンを無視することにした。「ピーボディ、いますぐEDDに連絡して、電子機器にタグをつけて運び出し、移送するように伝えて」

「もう連絡しました。スカーレット・シルク——あなたの思ったとおりです、ダラス。若い新人と呼ばれる部類だと思います。女優というのも、まあそうでしょう。芸名はいま売り出し中のビデオソフトにちなんでいます。最新作は『きつくて熱くてくたくた《ハード・ホット・アンド・ハマード》』」

「だと思った。彼女に連絡して、彼のアリバイを確認して」

「アリバイってミッチの？」

「一対一のインタビューはしたはずよ、ナディーン」イヴは思い出させ、デスクの抽斗を開けた。

未使用のメモキューブ、パスワードでロックされたタブレット、ペンが数本、粘着タイプの付箋が数束。イヴは付箋を手にした。「彼女はこれを使ってたの?」

ナディーンは肩をすくめた。「もうインタビューは終わったはずだけど、ダラス」

デイのオフィスで嘘を連発されて飽き飽きしていたイヴは、ナディーンに食ってかかった。「怒らせないで」

「そっちから絡んできたんじゃない」ナディーンは部屋に入り、ドアを閉めた。「ラリンダがコンピュータのスクリーンやドアに――スタッフの額にさえ――つまらない付箋を貼るのはよく知られていたわ」

「彼女のスタッフはどこ?」

「ほとんどは右隣の部屋の仕切りスペースにいる。ラリンダもミッチもスタッフがすぐそばにいるのは嫌いなの。ミッチはひとりで静かに過ごすのが好きだからだと思う。ラリンダは自分の指示でスタッフを右往左往させて楽しんでいたわ。付箋はボードに貼って使っていた――あなたのやつみたいにね」

「ボードって?」

「これです」ピーボディが引き出したホワイトボードは、さまざまな色の付箋で覆われていた。「彼女の事件《ケース》ボードと呼んでいいと思います」

付箋には名前や動機、行為を表すような単語が記されていた。性別、ドルマーク、違法ドラッグ、虐待者、レイピスト。好ましい単語もある。婚約、妊娠、ハネムーン、慈善活動。矢印でつながれていたり、隅にイニシャルが記された付箋もある。

「彼女が強請ろうとしてる相手なら、こんなに目につきやすいことはしないはず。標的だとしても、仕事上の標的。ゴシップを探ろうとしている相手よ。違法行為じゃない――彼女の仕事よ。でも、名前を記録して、悪い噂がないか、反感を抱いてないか調べてみるわ。周囲を探られてるのを察して、誰かが彼女の口をふさごうとしたのかもしれない」

イヴは衣装が吊られているラックに近づいた。「これは撮影用?」

「番組に出るときは、二度と同じ衣装は着ない人だった」ナディーンが言った。「衣装部が提供するの。その衣装を着たまま帰ってしまうことも多かったわ――そんな契約じゃないんだけど。安く買ったり、業者に返却するためにラックに戻すのが普通よ――業者はそれを安売りしたり、そのまま局が買ってほかの誰かに着せたりもするわ」

彼女は集める人だ、とイヴは思った。情報も、秘密も、人も、金も、宝石も、現金《キャッシュ》も。ため込み屋《ホーダー》。

自宅とは別に、コレクションをしまっておく場所があるはずだ。

そこに彼女の秘密も隠されている。

ピーボディが鳴りだした自分のリンクを見た。「スカーレット・シルクから折り返しの連絡です。ミズ・シルク」呼びかけて、話しながらその場を離れた。

「そのポルノスターは何者？」

イヴは少し考え、分かち合えばもっと手に入るかもしれないと判断した。「問題の時間帯にデイと一緒にいたらしいけど」

「驚かないわ、ほんとうよ。仲間内でおさめていたけれど、ミッチはどうしようもない犬みたいな男だって、みんなよく知っているわ。おめでたくて、人懐っこいけど、くだらないの。彼はラリンダの言いなりだったけど、たまにするりと首輪をはずしてたみたい。彼のアリバイが証明されたと聞けば、やっぱりと思うわ。彼が人を殺すなんて考えられない。そういう性格じゃない、っていうこと」

「彼が好きなの？　事情聴取したけど、大嘘をついてるか、その場その場でふさわしいと判断した感情を垂れ流しにしてるか、どっちかだった」

「そうだろうなって感じ。驚かないわ。それでも、彼のことは好きよ。人の脚に腰を押しつけてくる犬だけど、わたしの脚にしがみつこうとしない分別はあるから」

「彼はいろんな人物の情報をマーズに伝えてたわ。本人は否定してるけど、嘘つき犬でもあるってこと」

ナディーンはため息をついた。「そうじゃないかと恐れてた。道を踏み外してたのね。残念だわ」

「シルクがデイのアリバイを証明しました――ハハハ」ピーボディが戻ってきた。「取り乱した彼から五分前に連絡があって、彼女が演じた忘れられないシーンを二、三再現したことは言わないでくれと頼まれたけど、別に言っても問題ないと思うと、まあ、開けっぴろげに。いずれにしても、彼女の証言によると、マーズが大量出血していた頃、彼は裸で手錠をはめられ、パッションフルーツの香りのボディジェルにまみれていたそうです」

「そういうイメージを頭に入れたくなかったわ」ナディーンがつぶやいた。「ほんとうに、マジで、必要ない」

「彼はお尻をぶたれるのも好きだそうです」

「やめて」ナディーンは情けない声をあげた。

「電子機器とボードを移送する手続きをして」イヴが言った。「オフィスの捜査はここまで。わたしはスタッフの話を聞きに行く。くだらない記者会見に戻らなければならないけど、その前になんとか時間を作ってオンガーとも話がしたい」

実際に会うと、涙を流すマーズのスタッフも多かった。マーズの要求は厳しく、ほとんど虐待に近かったのもたしかだが、そうやってある種の忠誠心も得ていたようだ。

「言ってみれば女王様だったんですね」チャンネル75の外に出るとピーボディが言った。

「いつも慈悲にあふれてるわけじゃなくても、みんな彼女を尊敬していたんです。戦利品——ささやかな贈り物——ももらっていたみたいだし。奴隷のようにこき使うっぽう、イベントなんかでもらったけど、いらないとか趣味じゃないっていうものを戦利品バッグにまとめて入れていて、何かのときに、そうだ、この香水をあげるわ、とか、スカーフをあげるわ、とかやっていたんでしょうね。そういうのは彼女の副業とは関係なかったと思いますけど」

「そうね」イヴの運転する車が車列の間をすり抜けていく。「副業はひとりでやってたはず。誰とも分かち合わなかった。与えたのは自分がいらないつまらないもの。それからたぶん、飽きてしまったもの。忠誠心をたしかなものにする褒美よ。でも、大好きな趣味はすべて自分ひとりでやる」

イヴはふと思った。ミッチ・L・デイが怪しくないとは言えない——シルクにアリバイを証明されたにもかかわらず、アハハ——が、やはり彼はどうしようもない犬、それも嘘つきの犬だ。そう、嘘つきで臆病な犬。

彼が平然と人を殺すところなど想像できない。

イヴはもう一度事件現場を見てまわり、マーズの電子機器の解読を急かして、事件ボードを見ながらじっくり考えたかった。実際の捜査がしたい。しかし、オンガー——オフィスに連絡したところ、病気で欠勤しているそうだ——から話を聞いたら、メディアに対処しなければならない。

今日はそれまでずっと、メディアに対処しているような気さえした。ほんとうに、鑑識のラボに寄って、なんらかの結果を出せとドゥインターにはっぱをかけられたらどんなにいいだろう。

マーズは顔を新しくした。なぜだろう？

「どうして顔を変えるの？」

「わたしですか？」ピーボディはサンバイザーの裏のバニティミラーを傾けてのぞき込み、トリーナのメイクに満足してほほえんだ。「お金が腐るほどあって、そんなことを考えても怒られないってわかっていたら、目鼻立ちをいくらか変えますね。がらりと変えるのではなく。わたしだってわかるけど、もっといい感じにしたいです」

「顔を変えるのはほかの誰かになりたいから？」イヴはさらに言った。「それとも、誰かになる必要があるから？」ピーボディの顔を見る。「どこを変えるの？」

「ええと、あごの形を丸くして、やさしい感じにしたいです」

「いまのじゃだめなの？」

「すごく角張ってるので」

「力強いわよ。やさしげなあごをほしがるなんて、どういう警官?」

「もう少しゆるやかなラインがいいんです。それから、頬骨がもっととがっていてもいいかも。鼻ももう少しすっと細くなればいいですね」

「訊くんじゃなかったわ。どれもみんなバカげてる。自分らしく見えたいなら、顔を変えたりしないはずよ」

「それよりもっと背が高くなりたいです」ピーボディは夢を語り続けた。「五、六センチ背が高くなるなら、とにかくそれだけ伸ばしてもらいます。その分、お尻も小さくなるはずだし」

イヴがあきれて目玉を回すと、ピーボディは肩をすくめた。「変わりたいと思ったことはないんですか?」

「わたしは警官になりたかったから、あごの形はどうでもよかった」

四軒が集まったタウンハウスの角にスペースを見つけて、イヴは驚きながら車を停めた。

オンガーとケースの家は東側の一階だ。

ドアは光沢のあるブルーに塗られている。イヴはブザーを鳴らした。

「きちんとした住宅地ね」あたりを見て言う。「バーまで歩いてすぐだし」

もう一度、ブザーを鳴らす。「病気で休んでるって?」

「オフィスに連絡したらそう言われました」

掌紋照合装置《パーム・プレート》はない、とイヴは確認した。一般的なセキュリティ装置もない。錠は頑丈で、標準的な防犯カメラはある。さらにブザーを押そうとすると、ガチャっと錠が外れる音がした。

ドアチェーンの長さの分だけ、オンガーがドアを開けた。

「何かご用ですか？」どんよりとして眠そうな目がイヴの警察バッジに焦点を合わせようとしている。顔が死人のように青白い。「いったい何の——シャイアン？」

ドアがバタンを閉まり、チェーンをはずす音がして勢いよく開いた。

「シャイアンに、彼女に——」

「わたしが知っているかぎりでは、彼女は元気です。あなたの同居人の件で来たわけではありません」

体の力が抜けて、オンガーが少し小さくなったように見えた。「彼女はついさっき出ていって……ええと、いま何時ですか？　時間の感覚がまったくなくなってしまって」そう言って、両手で顔をこすった。「どういうご用件？」

「なかに入れていただけますか？」

「ええ、どういう要件なのか聞かせてもらえたら」

「ゆうべ、〈デュ・ヴァン〉で事件があり、そのことで来ました」

「あのバーで？　たしかに店には行きました。でも、何かあったとは……もう一度、バッジを見せてもらえますか？　まだ頭がぼーっとしていて。完全にノックアウトされた感じなんで」

イヴはバッジを渡し、オンガーにじっくり見させた。

「あなたのは？」オンガーはピーボディに言い、同じようにバッジを見た。

「オーケイ、どうぞ入ってください。ああ、外はほんとうに寒いですね。あの、私はこのまま座らせてもらっていいですか？」

オンガーは狭いホワイエの奥のリビングエリアに入っていって、大きなソファにどさりと座った。クリーム色の地に赤い水をはね散らしたような曲線の柄だ。「すみませんが、座らせてもらいますよ。バーがどうしたんです？」

「スクリーンも観ず、メディアのニュースもチェックしてないようですね」

「死ななくて運がよかったと思えるほどです」

「顔色が悪いですよ、ミスター・オンガー」ピーボディが言った。

「明け方二時頃の私なんて、見られたもんじゃなかったですよ」ほほえもうとしたが、顔が歪んだだけだった。「ゆうべは、試しに新しいレストランへ行ったんです。〈ジャマイカ・ジヨイ〉でシーフードの盛り合わせを注文してはダメです。ほんとうに。軽い食中毒のようだが、軽くても最悪ですよ」

「何か持ってきましょうか？」ピーボディが申し出た。「お水とか？」

「いいえ、大丈夫——いや、あっちのキッチンにジンジャーエールがあるんです。あれだと飲めたので。お手数ですが」

「わかりました」

ピーボディが部屋を出て行き、イヴはオンガーと話を続けた。顔色が悪く、目はとろんとして、髪はぼさぼさだ。まだ寝間着のようなもの——コットンパンツに長袖のTシャツ、分厚いソックス——を着ている。肩に赤い毛布をかけていた。

「ゆうべ、女性が殺されました」

「あのバーで？」オンガーは立ち上がりかけ、またゆっくりと座った。「急に動きだすとだめだ。事件が起きそうな店じゃありませんでしたよ」

「被害者もそう思ってたでしょう。店へはグループで？」

「ええ、でも、とくに問題はなかったですよ」

「誰と一緒でしたか？」

「私の婚約者のシャイアン・ケースと、親友のニック・パテッリ——職場の同僚でもあります──それから、彼が連れてきたシルヴィー・マクグラダー」

「四人だけですか？」

「ええ。ダブルデートです。〈デュ・ヴァン〉で飲んでいて、そのうちシルヴィーがさっき言った新しい店に行ってみたいと言いだしたんです。彼女には埋め合わせをしてもらわないと」オンガーが弱々しくほほえむと、ピーボディが氷とジンジャーエールの入ったグラスを持って戻ってきた。「ありがとう、感謝します」

オンガーは目を閉じてゆっくり飲んだ。「胃がすっとする。店を出るまで、何事もありませんでした。出たのは、六時半か四十分頃だと思います。〈ジャマイカ・ジョイ〉は予約なしで入れました。いまとなっては、理由がわかります」

「店を出たとき、一緒に出た人がいたのに気づきましたか？」

「気にしていなかったからなあ。私はイタリアンが食べたいと言い張っていて、ほとんどいつもイタリアンがいいと言うものだから、そのことで冗談を言い合っていました」

「男性客がひとり、あなたたちのすぐあとに」イヴは思い出させようとした。

「さっきも言ったように、気にしていなかったから……ああ、そうだ、そう言われたらいたなあ。私たちが店を出て立ち話をしていたとき、続いて出てきた男がいたような気がします。私たちがまた歩き出すまで、ちょっと待たせてしまったかもしれない」

「顔や体形をおぼえていますか？」

「ちゃんと見たわけじゃないですから。よくあるように、いるのを感じていたというか、正直言って、あなたから言われなければ思い出しもしなかったでしょう。視界の端にちらりと一瞬、姿が見えたくらいの感じです。はっきり顔を見たわけではなく、そこにいるのがわかっただけ。彼が誰かを殺したんですか？　あのバーで？」

「彼の身元を確認して、話ができればと思っています」

「でも、私たちが店にいたときは何も起こらず、その男性がわれわれと一緒に店を出たなら……」

「被害者の女性は階下の化粧室で襲われ、その数分後に、あなたがたとその男が店を出たことになります」

「まさか。なんてことだ」オンガーは背中をぴんと伸ばし、片手でみぞおちに触れた。「私たちが店を出る十分か十五分前に、シャイアンとシルヴィーは階下へ行ったんです。ああ」

「おふたりにも話を聞きたいんですが。ミスター・パテッリにも」

「もちろんです。連絡しましょうか？」

「こちらから連絡します。その前に彼らに連絡することがあれば事情を話してください。あなたでも彼らでも、何かほかに思い出したことがあれば、セントラルのわたしに連絡をください。ピーボディ、名刺をお渡しして」

「ミスター・オンガー、ほかに何かやっておいてほしいことはありませんか？」ピーボディはコーヒーテーブルに名刺を置いた。

「いいえ、ありがとうございます。シャイアンの仕事はほんの二、三時間で終わります。すぐに戻ってきますから。私はまたしばらくここで横になりたいので、お見送りできませんが」

「あなたのリンクはどこ？」イヴが訊いた。

「リンク？　よくおぼえていないなあ」

「キッチンにありました。いいことに気づきましたね」ピーボディはイヴに言った。「取ってきます」

「フィアンセが戻るまでに医療的な助けが必要になったら、連絡できますね」イヴが言った。

「オーケイ、でも、ほんとうに楽になりました。腹のなかが空っぽになった感じがするだけで」

ピーボディが戻ってきて、オンガーの手の届くところにリンクを置き、毛布をしっかりとかけ直した。

「ありがとう、ほんとうに。私たちの誰であれ、何か思い出したことがあれば連絡します。四人とも、あのバーはほんとうに気に入っていたんですが」

イヴは家を出て、大きく息をついた。「ま、いずれにしても手がかりは得られそうにないわね。わたしがろくでもない記者会見をやってる間に、残りの三人に連絡して」

ピーボディはにっこりほほえんだ。「少なくとも、すごくきれいなあなたで登場できますね」

「もちろん、それがいちばん気がかりだったのよ。さっさと車に乗って」

11

イヴはまず自分のオフィスに寄った。デスクの上にある保温バッグを見て立ち止まり、眉をひそめる。警戒して指でつついてから、バッグの口を開けた。

まず感じたのは匂いだ。肉と、脂少々と、塩。

なかを見ると、上等な使い捨て用プレートに大きなハンバーガーと、フライドポテトが山盛りのっている。プレートの縁には、ロークの妙に趣のある筆跡で短く指示が記されていた。

食べなさい

イヴは最初に、どうしてこんなことができたのだろう、と思った。それから、フライドポテトを食べながら、これがよくブルペンの略奪者たちの手を逃れてきたと思った。いや、どちらの答えも同じだ。ロークがロークだから。

コーヒーを飲むつもりでいたが、ハンバーガーとフライドポテトなら冷たいペプシのほうが合うだろう。すべて平らげ、事件ボードの情報を最新のものにして、五分間じっくり考えてから、重い足を引きずってメディアセンターまで行く時間は、たぶんある。

ポテトをもう一本口に入れて、肩をすくめるようにしてコートを脱ぎ、オートシェフのほうに体を向けた。

「あの、ダラス、いま確認したんですが……」ピーボディが足を止め、猟犬のように鼻をひくつかせた。「匂います――やだもう、ハンバーガーですか？　ハンバーガーですよね。あと、フライドポテトも」

イヴは黙ってやるべきこと――ハンバーガーを丸ごと口に押し込みたいという、野性の本能ではない――を受け入れ、ポケットからナイフを取りだして開いた。

ピーボディの期待に満ちた視線を感じながら、ハンバーガーを半分に切る。

「よだれを垂らさない」イヴは命じ、ピーボディの分を渡した。

「わあ、すごい。ありがとうございます」ピーボディはさっそくかぶりつき、恋人にやさしく撫でられている女性のようにハミングをした。「牛です。牛肉バーガー。喜びと恍惚《こうこつ》の世界です」
イヴもひと口食べたが、ただおいしいと思っただけだ。そして、ハンバーガーを片手に持って食べながら、事件ボードの情報を最新のものに変えていった。「なんで目撃者に連絡しないで、ここでわたしのハンバーガーの半分を食べてるの？」
ピーボディはハンバーガーを小さくかじり——なるべく長く食べていたいのだ——飲み込んだ。「オンガーと一緒にいた三人すべての連絡先がわかりました。それから、マクナブからも連絡があって、だから来たんです。ポテトも食べていいですか？」
「半分よ。半分より一本でも多く食べたら許さない」
「ズボンがゆるくなったので、半分は食べません。四分の一です。それだけなら食べられます」ピーボディはひとつ選んで食べ、またハミングをした。「マクナブによると、自宅とハンドバッグのなかにあった電子機器にアクセスできたそうです——防護壁がか
な
り本格的だったとか。か
な
りお金をかけてたみたいです」またもうひと口食べて、ハミングをする。
「いまは暗号を解読しているそうです」
イヴはちらっと振り返った。「データが暗号化されてたの？」
「全部ではないけれど、かなりの割合らしいです。彼が優先させているのは、恐喝の標的リストと、おそらくは支払いと接触の情報ではないか、ということです。いま、ロークはED

Dにいて手伝ってくれています」

「そうだと思った。だからわたしは半分になった牛バーガーを食べてるのよね」

「いつか、わたしもあなたみたいに食べ物とごく軽い関係になっているかもしれません」自分の半分バーガーの残りを見て、ピーボディはため息をついた。「でも、わたしは食べ物と一生の恋愛をしているから、無理ですね」

イヴは事件ボードの作業を続けた。「このインターン、モニカ・プールははずすわ。目撃者たちは犯人の顔を見てないけど、おそらく男性だったと全員が感じてるから。でも、わざとそう見せかけたのかもしれない。そのあたりをもっと探って、彼女を呼び出すべきかどうか決める」

「わかりました」ピーボディはポテトをほおばったまま言った。「あっという間に手際よく殺害しているから、プロを雇ったのかもしれません。モニカにそれだけの財力があったかどうか調べられます」

「それはちょっと考えられない。プロは、出入り口がひとつしかない店のトイレに閉じこもったりしないわ。でも、その可能性は捨てない。目撃者の話をもっと聞かないと。バーの配置図をもう一度よく見て、レシートのリストも手に入れる必要がある。容疑者のテーブルが視界に入る席にいた客の全員から徹底的に話を聞くこと。運に恵まれるかもしれない」

「了解。ハンバーガーをごちそうさまでした。最高においしかったです」

イヴはただうなずき、ピーボディが出ていくと自分のデスクの端に腰かけ、ぼんやりフライドポテトを食べながら、最新情報を並べたボードを見つめた。

アリバイか、と考える。揺るぎないと思われても——たとえばデイのそれ——崩れることはめずらしくない。でも、彼のアリバイが崩れるとは思えない。アリバイ工作をするなら、ポルノ界の女王にオイルまみれにされていたような屈辱的なものではなく、もっとましなものにしただろう。

それに、彼は人を殺す——血も涙もない残虐な殺人者——ようには見えない。どう考えても嘘つきな犬だが、か弱い妹のようにも見えなくない。

ファビオ・ベラミ。イヴの容疑者リストではデイよりさらに可能性は低かった。言うことも、反応も、態度も、彼のは本物に思えた。しかも、時間的にもあり得ない。

脅迫されていたかもしれない人物はあとふたりいた——トリーナからの情報が正しければ、という話だが、正しいように思える。

成功したスクリーンのパーソナリティー、アニー・ナイト。優れたアスリートで野球界のスター、ワイリー・スタンフォード。

マーズはふたりのどんな秘密を掘り起こし、ため込んでいたのだろう?

イヴは椅子に座って、ふたりについて調べはじめ、視聴率や野球の成績以外のデータを得ようとした。するとデスクユニットとリンクが同時に鳴った。

両方ともキョンからだった。

〝警部補、メディアセンターにお越しください。K〟

「わかってるわ、わかってる」

立ち上がり、オフィスから出る。

ホイットニーもキョンもイヴを待っていた。キョンはまじまじとイヴを見て、両方の眉を上げた。にっこりする。

「いまは文句はやめて」

「何というか……準備万端に見えます、と言いたかっただけです、警部補。それから、ナディーンとの一対一のインタビューはうまくいきましたね、と。会見にあたっての注意はすでに済ませ、これから部長が冒頭発言をします。そのあと、すぐに質問を受けてもらってけっこうです。あなたからの質問は？」

「ないわ。さっさと終わらせましょ」

イヴは会場を埋めているレポーターたちとカメラの列を見わたした。ホイットニーが演壇に進み出て、公式声明を発表しはじめた。

「主任捜査官、ダラス警部が質問を受けます」

ホイットニーが演壇から下がり、イヴが前に出ると質問の集中砲火が始まった。

イヴは一斉に発せられる質問を無視して、黙っていた。こういうお定まりのやりとりには応じないと、どうして彼らは学ばないのだろう。

前から数列目で挙手があり、イヴはそちらを指さした。

「ラリンダ・マーズが殺された〈デュ・ヴァン〉はあなたの夫の店で、事件当時、あなたは店にいたと確認されています。彼女と話をしたり、何らかの接触をしたりしましたか？」

「わたしは現場にいたドクターふたりと彼女の命を救おうとしました。うまくいきませんでしたが。その際に接触したと言えるかもしれません」

「すみません、彼女が襲われる前に、という意味でお訊きしました」

「ありません」

「でも、彼女とは知り合いですよね。個人的な」

「三年前に、ほかの捜査に関連して短期間、顔を合わせていました」どうせ尋ねられるだろうと思い、さらに続けた。「そのとき、彼女に頼まれ、ロークの自宅で開かれたパーティーに招待しました。それから〈デュ・ヴァン〉で事件が起こるまで、彼女とは会ったことも話をしたこともありません」

別の手が上がった――彼らも学べるのかもしれない。

「あなたがこの事件の目撃者だという事実と、主任捜査官というあなたの役割に利害の対立がありませんか？」

「わたしは犯行を目撃していませんが、その結果を目撃しました」微妙な違いだが、明らかに違う。「犯行を目撃していれば、加害者はいまごろ拘留されています。しかし、わたしが犯行現場に居合わせたので、現場と目撃者を素早く確保できたという事実は、捜査に有利に働きます。ミズ・マーズを殺害した犯人には、そうでなければよかったでしょうが」

「事件現場にいたあなたが、犯人を見ていた可能性はかなり高いと考えてさしつかえないですか？」

それは何度も自問した。「断言はできません。かなり広い店ですし、横に広がった造りでもあり、当時はほとんど満席でしたから」

質問は続き、その多くは手がかりや動機に関するいつものどうでもいいものや、イヴが答えられなかったり答えるつもりがないものや、一般論でしか答えられない捜査の詳細に関わる質問だった。

やがて我慢の限界を感じて、イヴはまとめにかかった。

「最後にひとつ言わせてもらって終わりにします。捜査に関わる作業には常に客観性が求められます。通常のわたしの仕事のやり方としては、遺体と向き合ってから、彼らのために最善を尽くすわけですが、それは殺人課のほかのスタッフも同じです。今回の事件で、わたしは遺体が発見されたり、事件が報告されたりしてから現場へ向かったのではありません。ラリンダ・マーズが亡くなるのを見ていました。現場でわたしと一緒にいたドクターふたりは最善の努力を尽くしましたが、被害者が亡くなるのを見るはめになりました。バーにいた人たち、一日の仕事を終えて友人と一杯飲もうとやってきた客たち、彼らに給仕していたスタッフたちも、彼女が亡くなるのを目撃しました。わたしは捜査チームの全員と同様、彼女のために最善を尽くします」

イヴは一歩下がり、また一斉に浴びせられる質問を無視した。キョンを見て、彼がうなずくのを確認する。

そして、最善を尽くしにその場を離れた。

EDDの作業がさらにはかどっているのを期待して、まずそちらへ向かった。どうかしてしまったような騒ぎと色彩を避けて、まっすぐオタクたちのラボへ行く。

ガラス越しに見えたマクナブは、小さな尻をスツールの上ではずませていた。フィーニーの髪が爆発した茂みのように見えるのは、かきむしったせいだろう。ロークは洒落たスーツのジャケットを脱いで腕まくりをして、髪を後ろで束ねている。

　まだ終わってはいないが、ある程度は進展しているようだ、とイヴは思った。

「最初のレイヤーにキャッツ・ポーがあるなら」タッチスクリーンを操作し続けながらロークが言った。「次はアームド・ディフェンスだろう」

「そうだな、たぶんな」フィーニーがまた髪を引っ張った。「陰険なんだ。もう挑んではいるんだが」

「やったぜ、ざまあみろ！」マクナブが華奢《きゃしゃ》な肩を何かにとりつかれたように回し、ひとつにまとめて背中に垂らしていたブロンドが揺れた。「手強いやつのなかに入ったぞ」

「よくやった、イアン」そちらに視線を動かしたロークがイヴに気づいた。「いいタイミングだ、警部補。ここにいるうちの坊やが、被害者のベッド脇にあったタブレットに侵入した」

「国家安全保障局《NSA》じゃあるまいし、個人使用の電子機器にシールドやブロックやほかにもいろいろ使ってて、驚きですよ」マクナブは自販機用のカップをつかみ、ごくりと飲んだ。

「しかも、何もかも暗号化してるんだから——それもデバイスごとに違うパターンで」

「そのタブレットの画面をスクリーンに映せる？」

「いまやります」

スクリーンを見ると、青いバックにカラフルなシンボルが並んだ。

「シールドの下の第一層です」マクナブがイヴに言った。「一般的なアイコンです。へえ、彼女は〈キラー・ビース〉をやってたんだ。イケてるゲームですよ。とにかく、これをすべて見てチェックしますけど、ちょっとこれだけ……」

マクナブがタブレットに何かした。すると、また別のアイコンがいくつも、意味不明なオタクコードと一緒にスクリーンを移動していく。

「オーケイ、たぶんこれだ」

マクナブがまた何か操作をすると、スクリーンが揺らめいてまともな単語が現れた。

「オーケイ、これはたんなる彼女のカレンダー。次は――」

「待って。そのまま」イヴはマクナブの腕をつかんで止め、スクリーンに一歩近づいた。

「この十月に旅行してる――八日から十二日。〈マジェスティック・リゾート・アンド・スパ〉、CI」

「カナリア《C》諸島《I》」ロークが横から言った。

「オーケイ。十月八日のメモが見られる？　デュランテと、星マークがふたつ。人物か、場所か、物？　同じ月、十月の二十日に、またデュランテ、午後六時、ジーノ――バーか、レストランか、ひょっとしたら人の名前——と、星マークが三つ。それから、二十三日にもデュランテ、五時半、DV——たぶん〈デュ・ヴァン〉——それとドルマークがふたつと、癪《しゃく》に障るスマイルマーク」

「人名だな」フィーニーが言った。「強請っていた相手だ」

「そう、リゾート地へ行ったのは、のんびりごろごろして英気を養い、そしてたぶん、このデュランテという人物に近づくため。人物の価値を星印で表してるんでしょう? おそらくそういう格付けシステムよ。ふたたび会って評価が上がり、そして、ドルマークがついた。デュランテは金を払ったのよ。十一月を見て、マクナブ。それから、そう。続けて。次の月、次も」

「デュランテの名前は毎月あって——ドルマークもついてます」マクナブはカレンダーのページを動かした。「ほかにも名前がある。デュランテの名は一月まで毎月、三週目か四週目にあります」

イヴは肩をすくめ、両手を握って腰に当てた。「ゆうべはバーでベラミに会う予定だった。星マークはあってもドルマークがないのは、まだ金を払ってないから。今月は、ジーノと、もう一度〈デュ・ヴァン〉で会う予定になってた。これをわたしに送って。繰り返し記されてる名前を調べるから」

イヴはうなずいた。「よくやったわ、マクナブ」

「ありがとうございます。まだ終わってませんけど」

「何かわかったら連絡して。わたしは出かけるから」

イヴはラボを出る前にちらりとロークを見た。

ロークがあとについてきた。「ことのほか元気そうだから、ハンバーガーを見つけたようだね」

「ええ、ありがとう。それから、トリーナがマーズについて面白い情報をくれたの。だから、髪をちょっと切らせたり、好きにしゃべらせたり、顔を触らせたりしたけど、その価値はあるはず」

「僕にとってきみの顔はいつだって価値があるよ」

「仕事中よ」イヴはロークを軽く突いた。「それはともかく、あることをやってしまってから、まずあなたに話すべきだったと気づいたの。ピーボディとマクナブのことなんだけど」

「四人で裸になることが含まれていなければ、たいていはオーケイだよ」

「そういう映像をさりげなく頭に送り込むのはやめてほしいわ。メキシコの別荘とあなたのシャトルが含まれることよ。マクナブが疲れ切ってるって、ピーボディが言うの――わたしにも、そう、ちょっとやつれたように見えるし」

ロークはちらっと背後を見た。「そうだね、僕も気づいていた。目が少しくぼんでいるし、いつものイアンほどは弾んでいない」

イヴもガラスの向こうに目をこらすと、マクナブが作業しながら肩と腰と爪先を同時に揺すっていた。

「いまもかなり弾んでるけど……とにかく、ピーボディはこの事件が解決したらしばらくどこかへ行って、彼をゆっくりさせたいと思ってて、だったら五日くらい休むべきだって、ろくに考えもせず別荘を使えばいいと勧めてしまったの」

「考える必要などないよ。実際、そこにあるんだし、ふたりとも冬の寒さや仕事から離れてゆっくり休めるだろう」

「そうね、でも、あれは――」あなたのものと言いかけて、口をつぐんだ。言えば彼を怒らせるだけだ。「たがいに相談する、というのが『結婚生活のルール』にあったような気がする」

「うまく逃げたね、警部補」ロークはイヴのあごのくぼみを指でかすめた。「相談は、申し出があったものが特定の期間内に可能かどうかを確認するだけ、ということにしよう。今回の件は、いまのところ別荘は誰も使っていないから可能だ」

「オーケイ。わたしはもう行かないと」歩きかけて、立ち止まる。「知ってたかなと思って

「……」声の聞こえる範囲に誰もいないのを確かめる。「あなたとナディーンとわたしが三人でセックスしてるとかなんとか、そういう嘘っぱちを書いてるタブロイド紙があるのを、知ってた？」

「今度はきみが、僕の頭にすごい映像を送り込んできた」ロークはほほえみ、肩をすくめた。「タブロイド紙はそういうものだよ、ダーリン、放っておけばいい。度を超すようなら法的措置を取るが、きみがいやな思いをしているなら、いつだって法的手段に訴えられる」

「気にしてないわ。誰かが書いたクソ味のアイスクリームみたいな記事を別の人たちがすくい上げるなんて、へんな話」

「まあね、そんな味を楽しむ人がおおぜいいるとは思えないが、下品なゴシップが好まれるのはほんとうだ」

「つまり、下品な嘘話よね。ほんと、どうでもいいけど、それを作るのがマーズの仕事だった――副業よりかろうじて上等でも、同じ分野よ。ただし、彼女は嘘はつけなかったから、うまく組み合わせた」イヴは考えながら言った。「でっち上げるだけなら、チャンネル75でもあれだけ長く働けてなかったはず。真実を突き止めたことがなければ、給料ももらえてないわ」

「人はいつだって真実を突き止められるとはかぎらない」イヴは考えを巡らせた。「これって考えるべきことよね。じゃ、またあとで」

「ここに戻らないなら知らせてくれ。戻るなら、きみの車で一緒に帰るよ」

「戻るわ」イヴは声をあげ、いちばん近いグライドへ向かった。

殺人課に入っていくと、ピーボディがデスクのリンクを片手に持ち、もう一方の手で合図をした。イヴは体の向きを変えて、まっすぐ自分のオフィスに入っていき、コートをつかんだ。振り向くと、サンチャゴが出入り口に立っていた。

「少しお話が」

「オーケイ」

「カーマイケルはいま、ある女性と彼女のティーンエイジャーの娘に付き添って病院にいます。イースト・ヴィレッジの民家で男性の遺体《DB》が発見されたと連絡を受けたんです。母娘《おやこ》は病院に運ばれ、治療を受けました。被害者にはキッチンナイフによる刺し傷が五、六カ所ありました。普通に家庭で使われるナイフです」

「男はどうして刺されたの？」

「母親——娘は鎮静剤を投与されました——によると、娘が病気で学校を休んでいたので、心配で仕事から早めに帰宅したそうです。これは裏付けを取りました。すると、元恋人がキッチンで娘をレイプしていた、と。レイプキットと診察でこれも実証され、娘はひどく殴られてもいました。母親がスタンドに立ててあったナイフをつかむと、元恋人は彼女に襲いかかってきて殴り倒し、服を引きちぎって、ふたりとも殺してやると脅したそうです。母親はなんとか逃れ、またしても娘——母親によると、キッチンの床に倒れてほとんど気を失っていたそうです——に襲いかかろうとした男を刺した。倒れるまで刺し続けたそうです」

「事実と一致しないのはどこ？」

「角度と、警部補《LT》、動きです。娘——十五歳です——が暴行され、レイプされたのは間違いありません。母親は顔と胸と喉を負傷しています。ＤＢの体重は彼女より二十キロは重く、顔とうなじに引っかき傷があり——女性ふたりの爪の間から男の皮膚が見つかっています——刺し傷はすべて背中に集中しています」

イヴには想像がついた。捜査官が何を言おうとしているかわかったが、すべて言わせることにした。

「傷の角度と、場所と、深さ——検死官《ME》に立証してもらいますが——から見て、ダラス、男を刺したのは母親ではありません。母親は自分がやったと主張し、まったく後に引きません。しかし、ＤＢを見ても、角度を見ても、母親と娘の服に飛び散った血痕を見ても、そうではないとわかります」

そう、わかっていた。「娘が男を刺した」

「間違いありません、LT。母親は娘から男を引き放そうとして——その際、男のうなじを引っかいています——また男に襲われました。男は娘から離れて母親を殴り倒し、襲いかかった。娘は起き上がってナイフをつかみ、男を止めようとした」

「それを母親に言ったの？」

「ええ、言いましたが、母親はそうではないと言い張り、自分が話をしてからではないとわれわれが娘と話をするのを許さない、と。また、自分が一緒でなければ娘とは話をさせない、とも言っています」

サンチャゴは息をつき、顎をなでた。「母親がそう言うのも仕方がないと思います。警部補、男は彼女の娘をひどく殴りつけ、レイプして、母親の目のまわりがあざで真っ黒になるほど殴り、首を絞めたんです。経歴を調べましたが、母親は広告会社に在職十八年の堅実な役員で、犯罪の記録はありません。娘は真面目な学生で、問題とも無縁です。娘の父親——母娘とは同居していません——は弁護士で、母親が連絡したのは間違いありません。現在、シャーロット郊外にいますが、こちらに向かっているはずです」

両親は娘を守るだろう。トラウマを負い、怯え切っているに違いない娘を。当然だろう。

「大事なのは」サンチャゴは続けた。「母親が嘘をついていることを証明し、そんなことをしても混乱を引き起こすだけだとわからせることです。しかし、母親は受け入れないでしょう。私が席を外している間に、カーマイケルは母親と女性同士の話をして、明らかに正当防衛だと告げましたが、母親はあくまでも自分の話を押し通したそうです。曲げようとはしなかった、と」

「被害者は？　前科がある？」

「二度、いずれも強姦《ごうかん》罪で逮捕され、いずれの被害者も起訴を取り消しています。母親は去年の秋から付き合いはじめ、二、三週間前に別れた、と言っています。男の前科は知らなかったが、独占欲が度を越して強く、娘からは、何かの拍子に胸や尻に触られることが何度もあったと告げられたそうです。それで男と別れ、さんざん罵られたが、そのうち落ち着くだろうと思っていた、と」

「父親のほうに連絡して――カーマイケルじゃなくてあなたから」イヴはさらに言った。「男同士、警官と父親として、何よりも娘のためになる方法について話し合いなさい。彼は弁護士よ。率直にすべて話して。MEから確証を得られ、もし――というより、間違いなさそうだけど――ひとつひとつの行動の裏付けが取れたら検察事務所にすべて任せて、レオに引き継がせて。女性に担当してもらいたいから。彼女は法律家同士として父親と話し合い、今回の件は罪を問われないばかりか、メディアにも一切公開されないと保証するはず。父親か母親、あるいは両方が同席しないかぎり、誰も娘と話はできないわ」

「父親ですね。そう、それならうまくいくかもしれない。やってみます」

「それから、サンチャゴ？　ふたりはかけがえのない存在なんだと伝わるようにして。警官の顔は捨てて、ふたりに伝えるのよ。うまくいかなかったら、わたしに連絡して」

「わかりました。ありがとうございます」サンチャゴはオフィスから出ようとして立ち止まった。「やつは病気で寝ていた娘のパジャマを引き裂いたんですよ。ウサギの模様でした。ウサギです、こんちくしょう」

　イヴは長々とため息をつき、意識的に一瞬、目を閉じた。少女がこれから向き合わなければならないことはわかりすぎるほどわかっている。そして、その思いを脇へ追いやり、コートを着てオフィスから出た。

「ピーボディ、行くわよ」

「オンガーと飲んでいた三人全員と話をしました。シルヴィー・マクグラダーはしばらく考えて、大きかった、自分たちに続いて店を出た男性は百八十三センチくらいだった、と言っていました。パテッリが約百七十八センチで、彼より背が高かったからそう思う、ということです。彼女は考え込んでいました。そして、ほとんど印象はないけれど、白人だったような気がする、年齢も三十代から六十代だろうが、よくわからない、と。あとのふたりは男に気づいてもいませんでした」

「でも、彼女は、もう一度確認するけど、男性だったと信じてる?」

「あなたたちに続いて店を出た人物に気づいていたか、と尋ねたんです。そうしたら、二、三歩うしろに男性がいた、と答えました。だから、彼女は男性だと思っています」

「つまり、新たな情報はないに等しいということね。ドゥインターがもっと情報を得たかどうか、たしかめに行くわよ。電子オタクたちは成果を上げているわ」イヴは言い、ガレージへ降りていきながらピーボディにまとめて話した。

「マクナブは勢いづきそうですね。カナリア諸島って言いました?」

「そうよ」

「デュランテ?」ピーボディは車に乗り込んだ。「それってミッシー・リー・デュランテに違いないです。彼女が秋にカナリア諸島で休暇を過ごしたと、何かで読んだのをおぼえています。『シティーガール』でエルシーという役を演じているんです。スクリーンのドラマシリーズです」と、説明する。「すごく人気のある番組ですよ。彼女はやさしくて純情なティーンエイジャーで、父親が新しい職を得たので、アイオワからニューヨークに引っ越してきたんです」

「ティーンエイジャー?」

「ええ、役の上では。ドラマではいま、十六歳ぐらいだと思いますが、実際はたしか、十八か十九です。健全な役を演じ、役者としても堅実だという評判です」

「彼女についてマーズが掘り起こした情報は、まず健全じゃないわね。彼女の活動拠点は？」

「ニューヨークで間違いないと思います。ドラマもここで撮影しているし。わたしも情報を探ってみます。でも、彼女が百八十三センチの男性に見間違えられるというのはあり得ないです。小柄ですから。百五十七センチくらいです」

「彼女の話も聞くことにする。同じ名前の別人が、マーズと同じ時期に同じ場所へ行ったとは思えないから。マーズの餌食《カモ》はリッチな有名人だし」

「これから聴取するのはリッチな有名人ばかりです。アニー・ナイト、ワイリー・スタンフォード、ミッシー・リー・デュランテ。あ、そうですね、彼女の拠点はニューヨークです」

ガレージを横切る間も、ピーボディは調べ続けた。「彼女の話を聞きに行くときは、ピンポイントでどこにいるか突き止めます」

「まずはドゥインターよ」イヴは運転席に乗り込んだ。「そのあと、強請ってたかもしれない三人にとって最善のタイミングを予想して、彼らがいるところへ乗り込む。そして、その場で話をするか、セントラルで聴取を受けるかと迫る」

イヴは自分の区画から車をバックで出してハンドルを切り、出口へ向かった。「ティーンエイジャーの女優が法定年齢かどうかたしかめて」

「ええと。十九歳ですね」ピーボディがシートベルトを着用したとたん、イヴの車は通りへ飛び出した。「児童サービス《CS》の代理人は必要ないです」

イヴが車列を縫って目的地へ向かう間、ピーボディはリンクとPPCを駆使して三人のスケジュールにアクセスした。

「スタンフォードとは楽に会えそうです」ピーボディが告げた。「今日はブルックリンの〈スポーツ・ワールド〉で三時から五時まで、イベントに参加しています。ナイトは、五時半までにオフィスに隣接したスタジオに行けば会えるはずです」

「夜遅い番組だって聞いたと思ったけど。遅くないわね」

「四時から五時半までに収録して、あとで放送するんです」

「どうして？」

「それは……よくわかりません」

「気にしないで」

「デュランテがどこにいるか、まだ特定できません」

「スタンフォード、ナイト、デュランテの順番で。デュランテがもっと早いほうが都合がよかったり、近くにいたりしないかぎりは」

ラボの中心に入ると、イヴはまっすぐ階段へ向かい、技術者たちがそれぞれ奇妙な作業をしているワークステーションも、仕切り部屋も、ガラス張りの作業スペースも素通りした。

ドゥインターがいた。ゴーグル式の顕微鏡をかけているので黒っぽい目が驚くほど大きく見える。手に頭蓋骨を持っている。

「それはマーズ?」

「そうよ」ドゥインターは細い計器のようなものを選んで、頭蓋骨を裏返してスイッチを入れ、細い光線を当てた。そして、「うん」と声を出した。

「どういうこと?」イヴが訊いた。

「彼女は高度な処置を受けているわ。顔面の手術を手がけた人物はアーティストであり、ずば抜けた技術の持ち主だった――あるいは、である。体の処置も同じだと思うけれど、そちらはまだざっと見ただけだから」

「元の顔を再現して見せてもらえそう?」

「いまやっているところよ」ドゥインターは小声で言い、計器の角度を変えて頭蓋骨のあごに向けた。「事故に遭って、顔をひどく損傷した被害者にこの種の再建がされているのを見たことがあるわ。そういうケースでは、修復あるいは修正部分に加えて損傷した部分が見えるし、どちらについてもいつ頃のものか推定できる」

「このケースでは?」

「過去の傷や損傷の痕跡がないのよ」

ドゥインターはスクリーンに体を向けて、拡大を命じた。手にした頭蓋骨とスクリーンに映った頭蓋骨を見比べる。「ここまで完全に再建するのは、虚栄心のためとは判断しにくいわね——美容整形手術の依存症は存在するし、実際、依存症になる人もいるけれど。それでも、見たところ、手術はすべて同じときにおこなわれたと思われる。その後、あちこちに軽い処置をしたのは、いわゆる調整と考えていい。でも、最初の手術——あごのライン、頬骨、鼻、目、額もかしら？　すべて二十年から二十五年前におこなわれている。時期はさらに狭められると思うわ」

ドゥインターは振り向き、ゴーグルを下げた。「これまでにも、遺体の一部や、今回のように顔を変えてしまった遺体のDNAを鑑定して身元を特定したことがあるわ。たとえば、警察や敵対者から逃れようとしている犯罪者がいたわね。それから、まったくの他人になるためのコネがあり、財力がある——そして、その必要に迫られている——人物もいた」

「彼女のDNAはラリンダ・マーズのものと一致したわ」

「そうね」

「すると、顔は変えたけど名前は変えなかったか、出生の記録を改ざんできるだけの財力があったか、どちらか。わたしは後者に違いないと思う。顔を変えてもらえれば、出生の記録を手に入れるわ、という感じ」

「時間はかかるでしょうけど、必ず元の顔を復元するわ」ドゥインターは、こっちへ来てと言うように人差し指を曲げ、キャンディーピンク色のラボコートをはためかせて歩きだした。

「復顔師のエルシーをおぼえているわね」

イヴは、黒いズボンの上に白いスモックを着た女性を見た。「もちろん」

「ちょっと痩せたのよ」エルシー・ケンドリックがにっこりして、イヴの記憶ではモンスター級にせり出していた腹をぽんぽんと叩いた。

「双子、でしたよね？」ピーボディが訊いた。

「そうよ。男女のね。アンバー・グレースとオーステン・ディーン」

「すてきな名前です」イヴに仕事の会話に引き戻される前に、ピーボディが言った。「皆さん、お元気ですか？」

「みんな超元気にしているわ。何でもふたつ必要だから、パパもわたしも延長家族休暇を取って、それぞれパートタイムで働いてるのよ。おたがい自宅でできる仕事もあるから、それはとても助かってる。睡眠不足さえなければね」

エルシーはまた笑い声をあげ、二台のイーゼルを身振りで示した。「かわい過ぎるベビーたちと面白くてたまらない仕事のことを考えたら、睡眠不足なんて何でもないわ」

イヴは一方のイーゼルに立てられたマーズの顔のスケッチをじっと見た。正面と、右向きと左向きの横顔、後頭部まで描かれている。

二台目のイーゼルに置かれた顔のスケッチには、線と、曲線、矢印、数字が書き加えられている。

「サイズと角度を検討しているところ」エルシーはスクリーンが並んでいる壁のほうを見た。「手術前と後の体形を推測するのは簡単だし、時間もかからないわ。たとえば、モリスが胸に挿入されていた物を摘出して重さを知らせてくれる。彼が計測した摘出後の胸の高さから、もともとの胸を再建できる。同じようにしてふくらはぎ――挿入物があるのよ――も再建できる。お尻――こちらは脂肪吸引と引き上げね――もだいたいの様子がわかるわ。確率からたぶんこうだろうと予想したのが、こんな体形」

スクリーンに画像が映し出された――等身大の女性のスケッチで、ここにも矢印と数字が記されている。

「お尻がでっぷりしてる?」

「あちゃ」ピーボディは小さな声をあげ、まだズボンがゆるいかどうかさりげなくチェックした。

「腰回りがやや大きいほうね」エルシーは同意した。「バストは小さめ。腿《もも》も太め——ここも脂肪吸引とリフトアップをしてるわ。筋肉にも——上腕二頭筋と上腕三頭筋——挿入物があったから、手術前のスケッチは筋肉が少なめよ。ドクター・モリスと、うちの筋肉担当の技術者たちが話し合い、さまざまな肉体再建処置をおこなう前の対象者は、体重がより重く、筋肉は少なかったということで合意したわ。それから、ドクター・ドゥインターに相談した結果、死亡時、対象者の年齢は四十歳から四十五歳だったと推定されているわ」

「抜歯して、インプラントにした歯もあるのよ」ドゥインターがさらに言った。「あとはかぶせ物をしている。こちらも技術はすばらしい。ハーヴォが立証してくれるでしょうけど、わたしの見解とモリスの結論は一致していて、彼女は痛くて高価な髪の交換処置を受けていると思われるわ。永久的なカラーチェンジ処置のようなものよ」

ハーヴォは〝毛髪と繊維の女王〟だから、この分野で知られていることはなんでもわかるだろう、とイヴは期待した。しかもすぐに。

「顔に関して、体と同じように分析して再現するにはどのくらいかかりそう?」

「かなりかかるわ。正確な計測と実験を何度もやる必要があるから」ドゥインターはエルシーの肩に手を置いた。「でも、これをできる人がいるとしたら、エルシーしかいない」

「巨大なジグソーパズルをやるみたいな感じ。パズルは大好きよ」エルシーは両手を腰に当て、目を細めて二台目のイーゼルを見つめた。「彼女のあごはもっと丸く、大きくて、額ももっと幅が広かったのは、ほぼ間違いないと思う。鼻も同じ――たぶんね。幅が広かった。目の色を変える前は茶色だったと特定できるし、髪も茶色だった可能性がもっとも高いわ。髪に関しては、ハーヴォの魔法でもっといろいろわかるはずよ」

「元の彼女はあまりきれいじゃなかったんですね」

ドゥインターはピーボディを見て眉を上げた。

「ええと――すごくきれいだったら、何もかも変えるのは難しかっただろうと、そう思っただけです。気に入っている部分があったら、残したでしょう。目とか、口とか、どこか」

「まったく科学的ではないけれど、筋は通ってるわね」ドゥインターは認めた。

「彼女がたまげるほどの美女でも、子どもが怯えるほど醜くても、かまわない」イヴが言った。「彼女のもともとの顔がわかったら、すぐに見たいだけ。何かわかったら連絡して」イヴはエルシーに言った。「いまのところ、うまくいってると思う」

イヴがその場を離れようとすると、ピーボディが言った。「双子ちゃんの写真を見せてもらっていいですか？」

「冗談でしょ？」

ピーボディの最初の「うわーーーー」が響くなか、イヴは歩調を速めた。

「彼女はベストよ」ドゥインターが説明しはじめた。

「おぼえてる。身元不明の少女たちが〈サンクチュアリ〉で見つかったとき、彼女は堅実で優れた仕事をした」

「ほかの技術者を指名することもできたし、そうすればより早く結果を得られて、それはそれでよかったかもしれない。でも、エルシーにまかせれば、少し時間はかかるかもしれないけれど、写真と見間違えるようなスケッチを得られる」

「待ってるわ。必要な処置をすべてやるのに、マーズはいくらぐらい支払ったと思う？」

「よくわからないけれど、数十万ドルは確実だと思う。顔だけでね」

「虚栄心のためだけじゃない」イヴは考えながら言った。「これほどの見栄っ張りはどこにもいない」

「虚栄心もうぬぼれも、わたしじゃなくてドクター・マイラの領域ね」ドゥインターが言った。「でも、少なからぬ虚栄心のためにたっぷり金を使った者の骨を調べたことはあるわ」

「それだけじゃない」と、イヴは繰り返した。「彼女のほんとうの顔には秘密がある。彼女も秘密を抱えてるのよ。ピーボディ、行くわよ！　すぐに来ないなら、ブルックリンまで歩かせるから」

12

素早く反応し、ブルックリンまで歩かずにすんだピーボディは、車で現場へ運ばれる間にワイリー・スタンフォードの情報を集めた。

「スタンフォードはブルックリンの生まれです。両親は——結婚して三十三年で——ブルックリンハイツに住んでいます。母親はプエルトリコのサンファン生まれで、ホームステイして家事を手伝いながら学ぶオペアとして就労ビザでこちらへ来て、当時、市の整備員だった現在の夫と結婚しました。母親は現在、〈ユア・キッズ〉という託児所と保育園のオーナーで経営者でもあります。Aクラスの評価を得ていますから、とてもいい施設ですね」ピーボディは自分の意見を差しはさんだ。「父親は住宅の保守を手掛ける会社を所有し、経営しています。興味深いことに、姉妹ふたりが母親と父親の会社でそれぞれ働いています」

ピーボディがさらに画面をスクロールして情報を集めているうちに、イヴの運転する車は橋を渡ってブルックリンに入っていった。「いろんな成績を残しているんですね。たぶん、あなたはもう知っているでしょうけど。たとえば、五五年に新人賞と、月間MVPを何度か、ゴールデングローブ賞と、ほかにもいろいろ。でも、私生活では、結婚も同棲もしていません。ブルックリンに拠点を置いて、両親と同じ通りに住んでいます。子どもの頃からの親友が、個人マネージャーを務めています。四年前にスタンフォード・ファミリー財団を設立しました。主な活動は、恵まれない子どもたちにスポーツに触れる機会を与えることです——たとえば、スポーツキャンプを主催したり、奨学金を出したり、スポーツ用具や、指導員や、移動手段を寄付したり。

へえ、毎年、子どもたちのグループをホームゲームに招待するだけじゃなくて、ほかの選手に会わせたりもしています。いいですね。彼はいい人みたいです」

「いい人のように見えて、フィールドで神のようにボールをさばける人でも、誰かを殺せるわ。家族の固い絆からも、献身的愛情からも——古い友人を大事にしてる——得るものは多い。でも、そんなものの何かにマーズは目をつけて、利用したのよ」

「記事がたくさんあるし、特集や伝記もあって、彼の情報はいくらでもあります。ミドルクラスの働き者の一家の出で、スポーツの天才として大活躍してもなお出自を大切にしています。スキャンダルはないし、素行もいい。奨学金を得てニューヨーク大学へ進み、バイオレッツでプレーして……野球チームにしては女の子みたいな名前じゃないですか？」

「チームカラーよ」

「オーケイ」それでも納得できず、ピーボディは心のなかで目玉を回した。「成績も調べました――成績優秀者リストには入っていませんが、平均三・三ポイントですから立派なものです。高校でも、学業はそこそこ頑張っていたようです」ピーボディは言い、画面をスクロールし続けた。「平均して三ポイントの前半、というのが続いて……あら、一気に下がったのが――ええと――七年生から八年生にかけてです。ぎりぎりで落第を免れています。厄介な思春期にありがちなことでしょうか」

イヴの心のなかに高々と色鮮やかな旗が上がった。「未成年のときの犯罪歴と、その時期の医療記録を調べて」

「ほんとうに？　まだ十二歳前後ですよ」

「あなたが醜聞を探しているマーズだとして、いまみたいに不自然なものを見つけたらどうする？」

「さらに深く掘り進めます」

ピーボディがさらに掘りはじめ、イヴは駐車場所を探して割り当てスペースに車を収めた。

車を降りながら、深掘りしていたピーボディが首を振った。「補導歴は見つかりませんね……待ってください、何かある。応急手当を受けていますが、記録は封印されています」

「それだけ?」

「ほかには見当たりません。怪我は何度もして——明らかにスポーツ関係です——治療を受けていますが、これだけが封印されている、という意味です」

「その後どうなったか探して、両親のお金の出入りと医療費を確認して。あとでいいから」イヴは言い、ブロックの端から端まで続く〈スポーツワールド〉の長いレンガの壁を見つめた。

ふたりはガラスのスライドドアの間を抜けて、なかに入った。

スポーツをしているなら——あるいは、しているふりをするなら——必要なものはすべてここにある、とイヴは思った。明るくて広々としたショップ部分は、競技ごとに分けられ、それぞれたっぷりしたスペースが取られている。フットボール、アリーナボール、野球、バスケットボール、サッカー、ホッケー、ラクロス、ほかにもいろいろある。スクリーンには、世界のどこかでおこなわれている試合や、すでにおこなわれた試合のハイライトシーンが映し出されている。

すべてが、アリーナのように大きくて幅の広いドームのなかでおこなわれている。

スタッフはウォームアップスーツを着てハイカットのローラーシューズを履き、必要なときはさっと車輪を出して勢いよくフロアを滑っていく。

イヴは、かなりのスピードで通り過ぎようとしたスタッフをつかまえた。

「ワイリー・スタンフォードはどこ?」

「三階の南です。デモンストレーションを見たいなら、四時開始で、チケットが必要です。無料ですが、メインデスクで登録する必要があります。登録に時間はかかりません」

「わかったわ、ありがとう」

スタッフがまたフロアを滑っていくと、イヴはメインデスクに背中を向けて、幅が広くて開放的な階段へ向かった。

二階にもショップスペースがあり、スポーツウェアが売られていた――ジャージ、防寒用ジャケット、ヨガウェア、ランニングウェア。ラックや棚に、短パンやパンツ類、靴、スパイク、スケートシューズが並んでいる。

イヴはさらに上を目指し、長いひと続きの階段を上っていった。

インドアのグリーンでパットやスイングの練習をしている人がいる。ボクシングのスペースでは、サンドバッグやパンチングバッグを使っている人がいる。ハーフコートでは、そばにいる人を適当に集めたチームなのか、なごやかにバスケのゲームがおこなわれている。

ガラスの壁の向こうでは武道のクラスが始まり、一糸乱れず型を披露している様子が見えた。

南側へ行くと、スタンフォードがファンに取り囲まれ、ベースボールカードや、ボール、ポスター、野球帽、ミットにもサインをしていた。

スタンフォードはもじゃもじゃにカールした黒髪を頭のてっぺん近くでまとめて短い房を作り、磨いた御影石に彫り付けたような端正な顔をほころばせ、楽しそうにほほえんでいた。手足の長い体形に、黒いバギーパンツと雪のように白い薄手のセーターがよく似合っている。

イヴは少しだけ彼に引きつけられる自分を認めざるをえなかった——彼のことは、フィールドでは本物のアーティストで、打席に入ると魔法使いだと思っている。しかし、引きつけられても引きつけられなくても、いまのところ、彼は容疑者なのだ。

素早く、慣れた目つきであたりを見わたして警備員を探し、がっしりした体形で警戒するように周囲を見ている男に近づいていった。

前かがみになって警官バッジを握り、傾けて見せる。「NYPSDのダラス警部補よ。ミスター・スタンフォードと話をさせて」

「なんの話だ？」

「彼に直接話すわ」

警備員は眉をひそめ、人込みの反対側に立っている女性に向かって頭で合図をした。女性が近づいてきて、警備員ふたりは小声で短く言葉を交わした。

女性は険しい目つきでイヴを見てから、また別の男に頭で合図をした。警備員じゃない、とイヴは思った。細すぎるし、身なりがよすぎる。

イヴはまた見つめられ、眉をひそめられた。男がさっと楽しげな表情をつくり、近づいてくる。

「ご用件はなんでしょう、巡査？」

「警部補と、捜査官です」イヴは訂正した。「ミスター・スタンフォードと話をさせてください」

「ブライアン・オキーフです」愛想のいい笑みを浮かべて、片手を差し出す。「ワイリーのマネージャーです。御覧のとおり、彼はいま、とても手が離せない状況です」

「待ちます」

「どういうことなのか話していただければ、私が力になれるかもしれません。今日は、ワイリーのスケジュールがかなり詰まっていまして」

「いま、時間を作ってここでわれわれと話をするか、さもなければ、立て込んでる仕事の合間を縫ってデカ本署《コップ・セントラル》へ来て話をしてもらってもかまいません。どちらがいいか、あなたから彼に訊いてください」

笑みが揺らいで、消えた。「何か問題があるなら――」

「これを見て、問題があると思わないの？」イヴは警察バッジを指で叩いた。「ここかセントラルか。簡単か面倒か。選んで」

「彼はもうすぐ十分の休憩に入ります」

「いいわね」

「ジェド、こちらの警部補たちを裏のロッカーエリアに案内してくれ。このイベントの間、立入禁止になっているエリアです」オキーフはイヴに言った。「ほかの人が入ってくることはありません。ワイリーがこのままここにいたら、ファンが群がってきますから」

「了解だ、ブライ」大男が先に立って歩きだした。

「ワイリーの下で働くようになって長いの？」イヴは訊いた。

「ついこの間からだよ」男は裏に回って三つのバッティングケージに沿って歩き、ドアの読み取り機《リーダー》にキーカードを通した。「やつをわずらわせる気が知れないね」

「それがわたしの仕事よ。あなたは、ここの前はどんな仕事を？　アメフトのラインバッカー？」

男の口がかすかにカーブを描いた。「セミプロだよ。膝をぐっしゃりつぶしちまって一巻の終わり。ワイリーが雇ってくれたんだ」

「家が近くなんでしょ?」

男のブルックリン訛りが聞き分けられなかったら、耳のチェックを受けるべきだ。

「そう。俺とブライとワイリーは昔からの付き合いだ。ここで待っていてくれ」

男はロッカーエリアから出て、ドアを閉めた。

部屋の壁の二面がステンレスのロッカーで埋まり、シンクが三つと、トイレの個室がふたつあり、低いベンチが二台、置いてある。

「さっきの医療データを調べて」イヴはピーボディに言い、自分でもPPCを取り出してブライアン・オキーフについて調べはじめた。

記録上は、結婚も同棲もしたことがなく、子どももいない。カーネギーメロン大学で学び、コンピュータサイエンスと会計学の二科目を専攻した。

インテリ野郎だ、とイヴは決めつけた。

このインテリ野郎は大学を卒業と同時にIT企業に就職し、やがて、その職を捨ててスポーツ界のスターのマネージメントをするようになった。

イヴがオキーフの人生を突つきまわしていると、ピーボディが小声で毒づいた。

「PPCでは、この内容を見ることはできませんね、ダラス。データが古すぎます。たぶん、どうやってもわたしには無理です。eマンにやってもらわないと。マクナブに送ります」

そうしてもらって、と言いかけて、マクナブはすでに働き過ぎだと思いだした。「ロークに送って」

「ほんとうに？　いいんですか？」

「他人の個人的な事情をのぞくのが何より好きなのよ」

イヴは顔を上げ、ワイリー・スタンフォードが入ってくると立ち上がった。

スタンフォードはほほえみ、片手を差し出した。「お待たせしてすみません」

レーザーライフルの光線のように素早く正確に、三塁から一塁まで球を投げられる手を握り、イヴはまた心が引き寄せられた気がした。

「お時間をいただき、ありがとうございます、ミスター・スタンフォード」

「ワイリーと呼んでもらえますか？　警部補――失礼」

「ダラスです。こちらは、ピーボディ捜査官」

「さて」スタンフォードはベンチに座った。「ニューヨークでもっとも優秀な警官おふたりの、何か力になれるでしょうか？」

「ラリンダ・マーズのことでお話がしたいんですが」

「あの……誰？」

イヴはふたつのことを同時に感じた。彼はその名前を耳にするとは予想していなかったこと。そして、嘘をつこうとしていることだ。

「ラリンダ・マーズとはどういう関係でしたか？」

「誰なのか、ちょっとわからないんですが」スタンフォードはそこまで言い、オキーフが入ってくるとほっとしたように見えた。

「すみません。引き止められてしまって」オキーフは向き合ったベンチに座った。

イヴはオキーフを追い出しかけたが、ふたりともいっぺんに片付けようと思い直した。

「ラリンダ・マーズ」イヴは繰り返した。「ゴシップレポーターです、チャンネル75の。彼女は昨日、殺害されました。もう聞いてらっしゃるかもしれませんが」

「聞きました」スタンフォードが答える前に、オキーフが言った。「バーだったか、レストランだったか、とにかく襲われたとか？」

「そうです。おふたりともそれぞれ、昨日の午後六時から七時までどこにいたか教えてください」

「なんですって？」オキーフは軽く笑いながら言った。「真剣に言ってますか？」

「殺人はいつも真剣なものだと思ってます。あなたから」イヴはスタンフォードに顔を向けた。「六時から七時です」

「グレッチェンに連絡をします」オキーフが横から言った。「ワイリーの弁護士です」

「どうぞ。待ってます」

「それはいらないよ。いらない」ワイリーは手を上げて、振った。「簡単な話だから。僕は両親の家にいました。もしくは、六時前後なら、歩いて向かっていたところかもしれない。十時過ぎまで、父とビールを飲んでいました。いや、待って――僕は遅くなったんだ。犬の散歩中だったミスター・アーロンにつかまってしまって。彼はおしゃべり好きなんです。僕が両親のうちに着いたのは、たぶん六時二十分頃です。正確なところはわかりませんが」

「ミスター・アーロンは近所の人ですか？」

「ええ、父の家の二軒隣に住んでいます」

「わかりました。確認します。ミスター・オキーフ？」

「六時には家にいました。イベントがあったり、よそでミーティングがあったりする場合を除いて、仕事は家でしています。七時頃まで家にいました。デートの予定があったので、七時過ぎに彼女に会いに行きました」

「彼女というと？」

オキーフはふーっと息を吐き、ちらっとスタンフォードを見た。「グレッチェン・ヨハンセン」

「グレッチェン？　きみとグレッチが？　聞いていないぞ」

オキーフは少し赤くなり、にやにやしているスタンフォードに向かって肩をすくめた。

「まだなんというか……飛び込む前に水温を確認しているというか、そういう感じだ」

「きみたちは十歳の頃から同じプールで泳いでたじゃないか。グレッチェンは子どもの頃からの遊び仲間のひとりです」スタンフォードは説明を始めたが、ふと口をつぐんだ。にこやかな笑みが消える。「失礼。どうでもいい話です」

「そうとは限りません」イヴは言った。「ミズ・マーズが最初に連絡してきたのはいつですか？」

「ほんとうに、誰の、何の話をしているのかわからないので」

イヴはスタンフォードの目をまっすぐ見つめた。「ミスター・スタンフォード――ワイリー――グローブにレーダーがついているかのように正確にボールをさばくあなたの姿、バットを握ったときのパワー――そして、頭脳――は、わたしのあこがれです。あなたは野球の試合に高潔さをもたらした、というのがわたしの見方ですから、少しばかりチャンスを与えます。あなたは、マーズの強請りに応じたのと同じ理由から、嘘をついているのだと思いますが」

「何を言って――」

「黙ってて」イヴは噛みつくようにオキーフに言った。「そうじゃないと、もっと狭い部屋で話を聞くことになる。警察は彼女の電子機器を調べたのよ。彼女が強請ってた人たちのリストに、あなたの名前があった。彼女は、あなたがお金を払ってでも人に見せたくない何かを利用して、あなたを食い物にした。あなたはお金を払うことにうんざりしたのかもしれない。とんでもない多額の金を要求されたのかもしれない。ただプッンと切れたのかもしれない。お金を払うことより殺すことを選んだのかもしれない」

「僕は両親の家にいました」

「あなたにあこがれている人はおおぜいいるわ。あなたのために殺しをする人がいるかもしれない。ここにいる古くからの友人みたいに。あるいは、ジェド。ひょっとしたら、グレッチェンかもしれない」

ワイリーの目がきつくなり、表情も磨きあげた石のように険しくなった。「友人を巻き込むな」

誠実だ、とイヴは思い、さらにそれを利用することにした。「だったら、わたしに嘘をつくのはやめて。さもないと、こっちの選択の余地がなくなるわ。ほんとうのことを話して。

少しでも早く、詳しく真実を告げてくれたら、今回の件についてこの部屋以外で話し合ったり、あなたの友達や家族を巻き込まざるをえなくなる可能性が低くなる」

「家族には知られたくない」

「ワイリー――」

「いいんだ、ブライ、たくさんだ。もうたくさんなんだ」ワイリーは両膝に両肘をついて、ごしごしと両手で顔をこすった。「あなたたちが彼女のリストやろくでもないファイルを見て知ったことは、家族に知られたくない」

「だったら、わたしにすべて話して。できることはなんでもして、あなたのプライバシーは守るわ。話してくれたことが真実であるかぎりは」

「彼女が死んでも気の毒だとは思わない。それが真実だ」ワイリーは勢いよく立ち上がり、ベンチの間の狭い隙間を行ったり来たりした。「二、三年前のスポーツ関係のパーティーで、彼女が近づいてきた。名刺を渡されたんだが、その裏に、名前と、彼女がプライベートで使っているリンクの番号《コード》が書いてあった。名前と、コードと、連絡しろという指示が」

「名前というのは？」

ワイリーは目を閉じた。「ビッグ・ロッドだ。僕は立ってスピーチをしなければならなかった。気分が悪くなったが、立ち上がってスピーチをせざるをえなかった。あの子どもたちみんな……僕は子どもだった。ほんの子どもだったんだ」

彼の目の表情と声の調子でイヴにはわかった。イヴのなかの子どもが、彼のなかの子どもを理解した。

「彼のフルネームを」

「ロッド・C・キース。僕のヒーローだった」と、吐き捨てるように言う。「信頼のおける指導者だった。近所の子どもたちの守護天使《ガーディアン・エンジェル》——当時、みんなはそう呼んでいた。キャッチボールでも、バスケットボールでも、ロングパスの投げ合いでも、メンバーが足りなければ、必ずビッグ・ロッドが付き合ってくれた。ユースセンターで何時間でもだらだらしていられた。彼は夢に耳を傾けてくれたし、もっと勉強を頑張れと励ましてくれたし、バッティングの構えをもっと鋭くしろと教えてくれた」

「あなたがいくつのとき、それは始まったの？」

とりつかれたような目が、イヴの目をとらえた。「十二歳だ。それより前だったかもしれないが、大した違いじゃない。僕は彼を信頼していた。愛していた。家族も彼を信頼していた。愛していた」

ワイリーはいったん言葉を切り、ゆっくりと息を吸いこみ、吐きだした。

「そう、ビッグ・ロッドの家へ行って、スクリーンで試合も観た。ビッグ・ロッドとキャッチボールをしても、何の問題もなかった。彼の家でふたりだけでいると、何か特別な感じがしたものだ」

ワイリーは目を閉じた。やがて、まぶたを開いて、ずらりと並んだロッカーのほうへうつろな目を向けた。

「俺のビールを飲んでごらん――これはふたりだけの秘密だ――と言われたときは、大人になった気分だった。初めてのときは、彼のビールを半分飲んだあとだった。頭がくらくらして、何が起こっているのかわからなかったが、それがビッグ・ロッドのやり方だった。通過儀礼だ、と彼は言った。あとで気分が悪くなると、きみは俺のナンバーワンだと彼は言った。ナンバーワンだが、少しでも何か言ったらゼロになる。誰かに何か言ったところで信じてもらえないだろう、と。何か言ったら、女きょうだいの誰かに悪いことが起こるかもしれない、とも言われた。それで……」

ワイリーはふたたびベンチに座り、両膝の間に両手を垂らした。「彼がしたこと、次のナンバーワンを見つけるまでの一年近く、僕が彼にさせていたことは言いたくない」

「両親には話さなかったのね」

「そう。恥ずかしかったし、怖かった。一度も話したことはない。いまも聞かせたくはない」顔を上げてイヴを見つめるワイリーは、両手を固く握りしめていた。

「でも、終わったんだ。彼は死んだ。僕は殺していないが、誰かが殺した。ユースセンターから二、三ブロック離れた路地で、殴り殺されているのが見つかった。英雄らしい葬式がおこなわれたよ、あんなろくでなし野郎だったのに。その頃、僕は治療施設にいた。最初は家族を地獄のような目に遭わせた。ビールを盗み、通りで違法ドラッグを買った。可能ならいつだって、夜に家を抜け出したが、彼の手の感触にいつまでもつきまとわれ、ある晩、ミスター・アーロンの家にしのび込んだ」

ワイリーの声が裏返り、イヴは少し待った。「近所の人ね」と、先を促す。

「そう。彼の家にはウイスキーがあった。それを盗んで、薬を買い、飲めるだけのウイスキーですべて流しこんだ。ただ終わりにする。そうしたかった。とにかく終わらせたかった」

ワイリーはまた目を閉じて、息を吐きだした。

「十三歳で、とにかくすべてを止めてしまいたかった。しかし、やはりまだ知恵が足りず、一度に大量に飲み過ぎて、気分が悪くなって戻してしまった」

ワイリーは言葉を切り、指先で目を押さえてから、だらりと腕を垂らした。「両親がそんな物音を聞きつけて、僕が何をしようとしたか気づいた。そして、病院へ運んでくれた。そのときの母親の顔と、祈っていた声を、いまでもはっきりおぼえている。両親は僕を治療施設へ入れた。最初は行きたくなくて抵抗したが、両親はあきらめなかった」

「ご両親はきみの味方だった、ワイリー」オキーフがつぶやいた。「いつだってきみを支えてくれていた」

「そう、そうだった。当時は、それが腹立たしかった。でも、ドクター・プレストンが……。彼に命を救われたが、僕を彼のところへ行かせた両親も命の恩人だ。彼はビッグ・ロッドのことを絶対に両親に話さなかった。僕がついに精神的に参る寸前になり、彼にすべてを話したとき、そう約束させたからだ。ドクターは、きみの信頼を裏切れないし、裏切るつもりはない、と言ってくれた」

ワイリーは咳払いをした。「そして、僕は快方に向かいはじめた。すべてを打ち明け、それをドクター・プレストンに聞いてもらい、カウンセリングをするようになって、一週間、二週間とたつうちに、よくなりはじめた。

彼女がどうやって――マーズがどうやって知ったかはわからない。ドクター・プレストンが話すはずはないんだ。彼女が接触してきたあと、ドクターのところへ行ったら、警察へ行くように言われた」

「いいアドバイスね」イヴは思ったままを言った。

「そう、わかっていたんだ。頭では、彼は正しいとわかっていたが、できなかった。とにかく、できなかった。彼女がどうやって知ったかはわからないが、よく知っていた。そんな情報をつなぎ合わせて、僕がビッグ・ロッドを殺したとみんなに思わせることもできるとほのめかしさえした。仕事はなくなり、家族に恥をかかせ、財団事業も続けられなくなるだろうと言われた。金さえ払えば、秘密を守ってあげる、と」

「いくら?」

「金額は一定ではなく、それほど高くはなかった。一か月に六千ドルか八千ドル。事業活動費のようなものだった。僕はそのことは考えないようにしていた」

「現金《キャッシュ》で」

「いつも」と、ワイリーは認めた。「僕がこっちにいるときはいつも、直接、届けるように要求されたが、僕はそうはしなかった。そして、金を受け取るか受け取らないか、どっちかだと迫った——僕にもそのくらいの度胸はあった。そして、メッセンジャーに任せたり、ブライアンに行ってもらったりした」

イヴの関心はオキーフに移った。「その事情を知ってたの?」

「ええ。ティーンエイジャーの頃、ワイリーはビッグ・ロッドの話をしてくれましたから。ビッグ・ロッドが殺されて、ワイリーの具合もよくなってからです。やっと話してくれました」

「あなたは虐待を受けなかった?」

「やつのタイプではなかったので。まったくの運動音痴でしたから。痩せっぽちで、ひょろひょろして、頭ばかりよくて。やつにかわいがられていた友人たちをうらやましく思ったものです。そのうち、ほとんど見向きもされなかったのは運がよかったと気づきましたが。彼女がワイリーに起こったことを利用して金を得たのは腹立たしいが、殺されていいとまでは思いません。きみも悪いんだから」オキーフはワイリーに言った。「きみはずっと間違っていた——ドクター・プレストンからどんなに間違っていると言われても、信じようとしなかった。当時、あるいはその後、あのことが公になっていたら、どうだっただろう？　いまなら？　誰もきみを恥じはしないだろう。責めもしない。そして、多くの人が私と同じことをするだろう」

感情がこみ上げて声を震わせながら、オキーフはワイリーの肩を強く抱いた。「みんな、ユースセンターにあるやつの名前を記したばかばかしい記念の銘板に、唾を吐きかけるよ。そして、あの性悪女は、彼女にふさわしい独房に放り込まれる。ふさわしかった、と言うべきか。私も、彼女が死んでも気の毒とは思わないが、生きて檻に閉じ込められるほうがよかったと思う。私だけだろうが」

「あなたはいい友達です」ピーボディがつぶやいた。

「あなたたちのアリバイを立証するわ」イヴが立ち上がった。「どちらか、ここの駐車場に車を停めてる？」

「ええ、ピックアップを屋内駐車場に停めています。ブライアンは全地形対応車《AT》です」

「ピックアップにするわ。どんな車か、ピーボディ捜査官に説明して——型、色、年式も。似たような車が問題の時間帯にマンハッタンで事故かトラブルを起こしてないかどうか調べて、あなたたちのアリバイを立証する」

「ありがとう。感謝します」ワイリーはピックアップの特徴をピーボディに伝え、イヴに手を差し出した。「彼女を殺した犯人が見つかるよう願っています、と言うべきだろうけど、見つからなくても別に残念に思わないような気がします」

「あなたは友達の話を聞くべきよ。彼女は殺されるには値しない。刑務所に入れられるのがふさわしかった。屈辱を与えられ、閉じ込められるべきだった。あなたにはプライバシーを守られる権利があるわ」イヴはワイリーに言った。「信頼していた大人との関係が不健全で自分勝手なものに変えられてしまったら、十二歳の子どもは恐ろしくて、恥ずかしいに決まってるし、どうしたらいいのか見当もつかないはず。野球場に奇跡を起こす大人の男であり、固い絆で結ばれた家族と仲のいい友人たちに支えられてるあなたなら、いつ警察に相談に行くべきか、知っていてよさそうなものだけど」

「そう。そうだね。まだ子どもの部分が残っているのかもしれない」

「わかるわ」

歩いて車まで戻る途中、イヴはちらりとピーボディを見た。「あなたの見方は？」

「彼がカッとしてマーズの顔を殴るくらいは想像できるかもしれません。あらかじめ計画して、残忍な殺しを実行する姿は浮かびませんね」

「同感。彼がマーズに屈服し、屈服し続けてたのは、彼のなかにまだ自分に起こったことを恥じたり罪悪感を感じたりしてる部分があるからよ。いまわかっているかぎりで、マーズが強請る相手に払えないような金額を要求しなかったのは抜け目ないとしか言いようがない。少なくともワイリーにとっては、危険を冒したり抵抗したりするよりは金を払うほうがよかったのよ」

「あなたもそうしたでしょうか？　すみません」ピーボディはすぐに言い添えた。「訊くべきじゃありませんでした。というか、触れるべきじゃなかったです」

イヴは何も言わずに車を停めた場所まで行くと、運転席側のドアの横に立ち、車のルーフ越しにピーボディを見た。「当てはまるわ。状況は違うけれど、かなり似てるから、当てはめて考えられる。わたしの場合、自分の身に何が起こったか思い出して、自分を守ろうとする壁を突き抜けられるだけ強くなるのに長い時間がかかった。自分に起こったことと、またそれが起こるのを止めるためにやったことへの罪悪感や屈辱を乗り越えるのに、さらに時間がかかったわ」

イヴは車に乗り、運転席に座ってまたしばらく考えた。「わたしなら、マーズに食い物にされるのは許せなかったし、許さなかったはず。ロークがわたしを守ろうとして本能的にどんな行動に出たかはわからないけど、いつでも守れるように待機してくれたはずだし。わたしの場合、何があっても生き抜こうという気力の元になったのは警察バッジよ――手に入れるのが目標だったし、それを守り続けるのが仕事でもあった。生き抜いて、心を開き、わたしの人生に強引に入り込もうとするロークを受け入れたのも、バッジのおかげ。バッジや彼やあなた――わたしの味方になってくれる仲間を全員裏切れる？　自分自身を裏切れる？」

問いかけではない、とイヴは思った。選択肢はない。

「わたしならできなかった。マーズが定められた年月を間違いなく檻のなかで過ごすようにしたはず。それでバッジを失うことになったとしても」

「あなたの身に起こったことや、それを止めるためのあなたの行動が理由で、誰もバッジを取り上げたりしません」

イヴは首を振りながら車を発進させ、駐車場の出口へ向かった。「わたしはリチャード・トロイを殺したわ。父親殺し《パトリサイド》って、いやな響き」

「パトリサイドなんかクソくらえ、です。実の娘に手を出す小児性愛者という獣に、何年も虐待を受けていた八歳の女の子が、自分の身を守ったんです」ピーボディが厳しい口調で訂正した。「それが理由で誰かが――誰だろうと――バッジを取り上げようとするって考えるのはもうやめにしてください。彼らにそんな権利があると考えるのも、もうやめるべきです」

駐車場のスキャナーがタグを読み取って請求額を告げるのを待ちながら、イヴはパートナーのぴくりとも動かない横顔をちらりと見た。

「あなた、いいところを突いてるかも。もう少し調べないと、はっきりは言えないけど」

車をまた発進させ、駐車場から出る。「でも、そういうことよね。誰かがワイリー・スタンフォードの獣を殺し、そして、その誰かが、彼を強請っていた者も殺したのかもしれない。ビッグ・ロッドの事件ファイルを手に入れて」

怒りを抑えきれないまま、ピーボディは何か言い返そうとして、ふと眉をひそめた。「誰かがいまも彼を守っているんですね。考えてもみませんでした」

「だから、わたしのバッジには〝警部補〟って書いてあって、あなたのには書かれてないのよ」

ゆっくりと眉間のしわが消えて、笑みが広がる。「いまのところは」ピーボディは言い、イヴから楽し気な笑い声を引き出した。「ドライブしながらコーヒーはどうですか?」

「いいわね」イヴの肩から力が抜けた。「それから、オキーフと彼のアリバイを調べる。あのふたりのたがいへの忠誠心は相当なものよ。マーズは檻のなかでうずくまってるべきだって、オキーフは心の底から言ってたわ。でも、よく調べないと。マーズのどの餌食《カモ》を次に追い詰めるか、あなたが順番を決めて」

「了解」

13

ウェストビレッジでは、『シティーガール』の屋外シーンが撮影されていた。ファンと野次馬たちがカメラを手にバリケードの向こうに集まっているらしい、とイヴは思った。写真や動画が撮れるなら、市民パパラッチは刺すような寒さなど何でもないようだ。

どこからか集められてきたエキストラが足早に歩道を行き来する横を、流行りのパープルのコートに、ピンクと白の水玉模様のバックパックを背負ったミッシー・リー・デュランテが、泣きながらピンク色のエア・ブーツで駆け抜けていく。

カラフルなマフラーがリボンのようにたなびき、帽子のポンポンがめちゃくちゃに弾んでいる。こぢんまりした中庭の門の掛け金をおぼつかない手つきではずして、なかに飛び込み、立派なレンガ造りのタウンハウス目指して走っていく。

「あの間抜けのタッドに捨てられたに決まっています」ピーボディがぼそっと言った。

「何？」

「彼女が泣いている理由を考えていただけです。タッドは高校のフットボールのクオーターバックで、どうしようもなくむかつくやつなのに、彼女はずっと熱を上げていたんです。彼はそんな彼女の気持ちを利用して宿題をやらせたりしていたんですけど……」

とてつもなく冷ややかな目でイヴに見つめられ、ピーボディの声はだんだん小さくなって聞こえなくなった。

「どうでもいいですね」

誰かが「カット」と叫んだ。いくつもの集団が動きだす。そのうちのふたりがミッシー・リーに駆け寄り、顔や、ニット帽の下の流れるような金髪や、コートのラインをあれこれいじりはじめた。

NYPSDのバリケードが築かれ、一つのブロックの歩道が端から端まで封鎖されている。イヴはバッジを見せてなかに入っていった。撮影クルー、機材、警備員、また機材。そんなすべてがさらに障害物になっている。キューが出たらすぐに泣けるように、ミッシー・リーのメイクが直されている間、イヴはまたバッジを見せた。

「NYPSD。ミッシー・リー・デュランテと話がしたいのですが」

「彼女はいまちょっと忙しいんですよ」耳当て付きのキャップをかぶった男が、歯をむき出してにったり笑った。「このシーンを撮り終えたら、軽く挨拶できるように手配してみましょう。『シティーガール』はNYPSDに感謝していますよ」

「軽く挨拶したいわけじゃないわ。これは、警察としての正式な仕事よ」

男は目玉を回した。「ああ、多いんだよ、そういうの。いいかな、次のテイクの準備中だから、とにかくしばらく下がっていてほしいんだ。じゃないと――」

「公務執行妨害で逮捕されたい?」

「なんだ、協力しようとしてるんじゃないか。いいから――」

誰かが「アクション!」と叫び、にったり男は片手を上げて、イヴに背中を向けた。ピーボディはイヴの腕をつかみ、激しく首を振った。

「ちょっと待てばいいんです」ピーボディがささやき、さっきと同じ通行人が同じように歩道を行き来しはじめた。

ミッシー・リーが涙を流しながら全速力で歩道を走ってくる。おぼつかない手つきで掛け金をいじり、今回はこらえきれずにむせび泣きを漏らして門を開ける。何台ものカメラが彼女を追って角度を変え、走ったり門を駆け抜けたりする姿をとらえている。

イヴはなんとか我慢しながら、またスタッフが集まり、同じシーンを前や横から撮るためにカメラの角度が変えられるのを見ていた。

ミッシー・リーは、誰かが持ってきた湯気の立っているカップを受け取り、コンバットブーツを履いたふくよかな女性と話し合っている。

「いますぐ話すわ」イヴはにったり男に言った。「じゃなければ、バリケードを撤去させる」

「できるわけないだろ！」

イヴは警察バッジを男の顔に突きつけた。「これが読める？」

男はむっとした顔にかすかに不安の色をにじませ、迷惑そうに人差し指をイヴに突きつけた。「いいからここで待ってろ！」

ふざけんな、とイヴは思い、苛立たしげな大股でクルーや機材の間を縫っていく男についていった。

「クラリス、あっちに警官が来ていて――」

「ここにいるわ。NYPSDのダラス警部補です。パートナーと一緒に、ミズ・デュランテと話をする必要があります。いますぐに」

「ディレクターのクラリス・ジェンナーよ。いま、とても重要で感情に訴えるシーンの撮影中なの。ミズ・デュランテに会うことはできないわ」

「いいのよ、クラリス。五分ならいい？」まだ頬の涙が乾ききっていないミッシー・リーがほほえみ、クラリスの腕をさすった。「五分だけ」

クラリスは怒りを込めてじろりとイヴをにらんだ。「スタッフは下がって。五分だけよ」

ミッシー・リーは健康そうなかわいらしい顔に笑みを浮かべたまま、持ち帰り用カップの中身を少し飲み、話の聞こえる範囲に人がいなくなるのを待って、言った。「あなたが——じゃなければ、警察の誰かが——来るかもって、ちょっと予想してたの。その話はここじゃできないから、いまはファンと話をしてるだけ、っていう感じに見せてくれるとすごくうれしいんだけど。おおぜいの人がわたしとこの番組にかけてるから」

「だったら、いますぐ片付けたほうがいいんじゃない？」

「何か書くものがある？」

イヴにちらりと見られ、ピーボディは自分の名刺を出した。ミッシー・リーは名刺を受け取り、コートのポケットから小さなペンを取りだした。「住所と時間を書くから、そこで会うことにして」なおもほほえみながら続ける。「弁護士を連れていくわ。権利があるから」

「そうね。言うとおりにするわ、ミズ・デュランテ。でも、あなたが指定した時間と場所に現れなかったら、そうはいかない。ファンとの楽しいひとときには見えないことになる」

「行くわ。この件はすっきりさせたいの。静かに片付けたいだけ」冬の厳しさが感じられるサマーブルーの目がまっすぐイヴの目を見つめた。「あなたたちが誰なのか、知ってるわ。本と映画が嘘じゃないなら、あなたたちのことを信用できると思う。でも、もう仕事に戻らないと規定外労働時間に入っちゃって、プロデューサーが悲鳴を上げちゃう」

ミッシーは手を差し出し、イヴ、ピーボディの順番で握手をした。

「あの、タッドのせいですよね？」

ミッシー・リーは短く、笑いを誘うような笑い声をあげた。「そうよ。めちゃくちゃ屈辱的なやり方でわたしを捨てたの」

「愚劣なやつです」

「ほんとうにそう。わたし、行かなくちゃ」

イヴは、ミッシーが髪と顔をいじくるスタッフのもとに戻るのを見送り、クラリスとにったり男の刺すような視線を感じながら、ピーボディと一緒にクルーの間をすり抜けていった。

「名刺に書かれた住所を調べて」イヴはピーボディに指示した。「それが何で、どこで、誰が住んでるのか、あるいは誰の職場なのか」

バリケードの端まで行ったところで、ピーボディが突然立ち止まった。「タッドです！」

ショックに打ちのめされた表情で声をあげた。

「ドラマのなかの愚劣野郎？」

「タッドです」ピーボディは繰り返した。「タッド役を演じているマーシャル・ポスター。

彼の家です――アッパーウェストの」

イヴは名刺を受け取り、ポケットにしまった。「これは持って帰る。次はナイトに会いに行くわよ。車のなかでタッド――じゃない――ポスターについて調べて」

「どうして彼の家でわたしたちに会うんでしょう？　救いようのないろくでなしなのに」

「ドラマのなかのことよ、ピーボディ。現実でもろくでなしかもしれないから、あなたが調べて」

「彼女が遅くまで起きて宿題をやってくれているのに、彼はこっそりあのチビのヤな女、ジェイド・ポッツと遊んでいるんですよ」

「ピーボディ」イヴは車に乗り込んだ。「いい加減、その話は忘れなさい」

「十五歳のとき、わたしもそういう男に熱を上げていたんです」ピーボディは自分のＰＰＣを引っ張り出した。「忘れるなんて無理です」

イヴはいらついているピーボディを放っておいて、ミッドタウンにあるナイトのスタジオへと車を走らせた。

しばらく苦労してなんとか駐車場所を見つけ、ふたりはおおぜいの通行人に混じって歩道を歩きはじめた。観光客が土産物を買ったり、写真を撮ったり、手すりに寄りかかってスケートしている人たちを眺めたりしている。

そうやって、路上のひったくりやスリのいい標的になっている。

まただ、と腹立たしく思いながら、イヴはそんなひとりに足をかけて、ぶざまに地面に這いつくばらせた。ほんの数秒前、愚かにもベビーカーに引っかけてあったハンドバッグを盗むのを目撃したのだ。同時に、そのスリのパートナーが、ホームビデオの撮影に夢中になっている父親と思われる男性の尻ポケットから手際よく財布をすった。

「彼を押さえて」イヴは命じた。「巡回ドロイドふたりに応援を要請」

ピーボディがすかさず、地面に這いつくばっているスリの背中をブーツの足で押さえると、イヴは速足で歩きだし、何事もなかったようにぶらぶら歩き去っていくスリのパートナーを追った。

腕二本分の距離まで近づくと、相手の体の動きが変わり、警戒されたのがわかった。連絡を取り合っている、と思った。と、スリが一気に走りだし、イヴは毒づいた。

速い、相手は速い。スリがますますスピードを上げて、通行人をなぎ倒していくのを見て、イヴは思った。仰向けにばったりと倒れた男性を飛び越えながら、速い、とまた思う。

でも、わたしのほうが速い。

タックルしようかと思ったが、コートの襟をつかもうと考え直した。スリは素早く身を翻して逃れかけたが、イヴは手首をひねって相手の体を回転させ、自分のコートのなかに巻き込んだ。

少女が――せいぜい十六歳ぐらいだろう――一瞬、刺すような目でイヴを見た。それから、怯えた目にいっぱい涙を浮かべた。

「助けて！　助けて！　痛いからやめて」

「ちょっと、あなた――」親切な男性が前に出てきた。

「NYPSDよ」

「嘘よ！　あたしを誘拐しようとしてるの！」

さっきの男性が毅然として言った。「離してやりなさい」

まわりを囲む野次馬たちが距離を詰めてくるのと同時に、男性はイヴの腕をつかんだ。

「失礼」イヴは言うなり男性の股間を強く膝で蹴り、倒した。「NYPSD！　警察よ」

「助けて！　ああ、誰か助けて！」

「うまいわね」叫び、のたうつ少女に向かって、イヴは低い声で言った。「わたしのほうがうまいけど」

イヴはなんとかバッジを取りだして、掲げた。小柄でかわいらしいティーンエイジャーを手荒く扱っているのだから、それで味方ができるとは思わなかったが、野次馬のほとんどは一歩後ずさりをした。

力ずくで少女をひざまずかせて拘束具をはめ、彼女のコートの前を広げて内側の戦利品ポケットをあらわにした。

なかからリスト・ユニットや財布を引っ張り出す。

まだ痛みにあえいでいた男性が、イヴが証拠として掲げたリスト・ユニットのひとつを見つめた。

「それは……私のだ！」何もはまっていない手首を見下ろしてから、イヴの手にあるのを見る。さらに、にやにやと不敵に笑っている少女に視線を動かした。

「コップ・セントラルまで来てもらわなければなりません。被害届を出していただくので。すみません、お時間を取らせて。膝蹴りも」

男性はただあえぎ続けた。「彼女が私のリスト・ユニットを盗んだ」

少女は肩をすくめた。「だって、食べなきゃなんないでしょ？」

男性はしばらくあえぐのをやめて、怒鳴った。「仕事につけ」

巡回ドロイドふたりが近づいてくると、イヴは少女を引き上げて立たせた。くるりと体の向きを変えさせて、巡回ドロイドに手短に指示を与える。それから、野次馬たちの間を縫ってピーボディのところまで戻り、つかみ合いになったときに頭突きをくらったあごをさすった。

「もうこのエリアを通らないように言って」イヴが言った。

「女の子には気づきませんでした。男の子のほうは、あなたの二、三秒あとに気づきましたけど、あなたが追いかけるまで女の子のことはわかりませんでした。だから、あなたのバッジには警部補って書いてあるんです。男の子はイヤーコムをつけていました」

「ええ、彼女もよ。巧妙よね。だけどちょっと足りない」

「でも、面白かったですよ」いったん息をついてすぐに、ピーボディは言った。「いまから向かいますって、ナイトのオフィスに連絡したんです。そうしたら、ナイトはミーティング中だから面会できないって、受付係に言われました」

「ほんとうかどうか、確かめに行くわよ」イヴは言い、歩き続けた。

「それから、さっきまた連絡したら、同じ受付係につながったんですけど、今度はなんだかうろたえながら、あいまいな返事を繰り返すばかりで――面会は先延ばしにしろと、誰かに命じられたみたいでした」

「興味深いわね。もっと押してみるわよ」

「それも面白そうです」

ふたりはビル内のさまざまなレベルのセキュリティを通過して――二度、回り道をするはめになった――〈ナイト・プロダクション〉がある高層階にたどり着いた。

五十一階にあるのはすべてアニー・ナイトに関わるオフィスで、居心地がよくて効率的なスタイルだ、とイヴは思った。

中央のロビーは落ち着きのある淡い色で統一され、奥行きがあって座り心地のよさそうなソファにもクッションのついた椅子にも、リフレッシュ用とエンターテインメント用のプログラムが備え付けられている。みずみずしい観葉植物と明るい色合いの花もたっぷり飾ってある。

受付カウンターはゆるやかにカーブしていて、さらに淡くて落ち着きのある色合いの服を着たスタッフが座っている。背後には、「さあ、話をしましょう」と誘っているような笑顔のアニー・ナイトの巨大なポートレートが掲げられている。

「真ん中の人です」ピーボディが小声で言い、イヴは中央の受付係に近づいた。

最初は礼儀正しくやろうと決めて、警察バッジを握って体をちょっとねじり、気持ちのよさそうなソファや椅子に座って待っている人たちから見えないようにする。

「NYPSD。ダラス警部補とピーボディ捜査官です」

受付係の女性はちらっとピーボディを見て、すぐに目をそらした。「ビルのセキュリティから、あなたがたがいらっしゃることはうかがっています」

「なるほど、それで、ビルのセキュリティにわたしたちをたらい回しにするように伝えた?」

「いいえ！　伝えていません。あの……でも、以前にご説明したとおり、ミズ・ナイトはお会いできません。ええと、よろしければ今週の後半に面会の約束をお取りしますが」

「いますぐ、コップ・セントラルでミズ・ナイトに会う約束をするというのはどう？」

　真に困った表情を浮かべ、受付係は両手を広げた。「ほんとうに、彼女はミーティング中なんです。それで、ニュース予告の撮影のため、五十三分後にはセットに入らなければなりません」

「では、こうして。ミズ・ナイトにわたしたちがここにいることを伝えて、いま会えるなら五十三分以内に用事は済ませられる、と言うのよ。そうじゃなければ……」

「いいですか」受付係はイヴのほうへ身を乗り出して、声を低くした。「ピーボディ捜査官にスケジュールを教えたことで、わたしはすでに彼女の個人秘書《PA》にきつく叱られ、絶対にアニー――ミズ・ナイトのことです――の邪魔をしてはならないと直接、指示も受けました。わたしは自分の仕事をしようと努力しているんです」

「わたしも自分の仕事をするわ。個人秘書のことはわたしにまかせて。わたしたちが来てると、とにかくミズ・ナイトに知らせてほしい」

「ええと……いいですか」と、繰り返す。「とにかく彼女の個人秘書に連絡して、あなたがたがここにいて、しつこくされていると説明します。ミズ・ナイトにたいして彼はちょっと過保護なので、そう言えば少しはわたしの言い訳になります。あとはうまくやってください。いいですね？」

「オーケイ。あなたの名前は？」

「メリッサ・フォレンスキーです」

「メリッサ、その個人秘書に伝えて。わたしはミズ・ナイトとここで話をするか、今日セントラルで話をするかどちらかだ、と。簡単にやるか厄介なことにするか。選ぶのは彼よ」

「しばらくお待ちください」メリッサは椅子を回転させて後ろを向き、イヤーピースを軽く叩き、長い間ぼそぼそとしゃべっていた。また正面に向きなおった彼女は、少し具合が悪そうに見えた。「奥のミスター・ハイヤットのオフィスまで案内します。彼女の個人秘書です」

「助かるわ。自分の仕事をやったわね、メリッサ。これで彼がわたしにひどく腹を立てることがあっても、あなたにがみがみ言うことはないわ」

「そうだといいですけど」

メリッサは先に立ってガラスのスライドドアの間を抜けて、広々とした空間に広くて立派なオフィスが点在しているエリアを抜けていった。角を曲がり、また別の広いオフィスへとまっすぐ入っていく。

ハイヤットは濃紺のセーターを着て、焦茶色のズボンを穿《は》いていた。黒っぽい髪はかなり短く刈り込み、痩せて骨の突き出た顔は意思が強そうだ。愛想よくほほえんでいるが、青い目は冷ややかで険しいままだった。

「ありがとう、メリッサ、受付に戻ってかまわないよ」

メリッサは足早に戻っていった。

「警部補、捜査官、ご用件はどういったことでしょう?」

座るように勧められなかったが、オフィスにはデスクのほかにも長いソファと、背もたれの高い来客用の椅子があった。

「わたしたちがあなたのボスと話がしたくてここにいることは、すでにご存じでしょう。待っていると、ミズ・ナイトに伝えてください」

「何度もお伝えしたと思いますが、ミズ・ナイトはミーティング中で、番組の収録前には、宣伝用スポットの撮影に向けて準備しなければなりません。今日はお会いできませんが、ほかの日に会えるように私がお手伝いします」

イヴはなんの感情も伝わらない冷ややかな目でハイヤットの顔を見つめ続けた。「ピーボディ、殺人事件の捜査に関わる聴取のため、ミズ・ナイトをセントラルに出頭させるための書類を作って」

「ちょっと待って!」

「もう必要以上に待ったわ。時間切れよ」

「ミズ・ナイトの弁護士と、あなたたちの上司に連絡を取ります」

「書類を作って、ピーボディ」

「わかりました」

ハイヤットはデスクまで大股で歩き、リンクをつかんだ。「ターンビルに連絡をよこすように伝えてくれ、いますぐだ。それから、市長に連絡してくれ」

「なんとまあ、市長ですって」イヴはただにんまりした。「びっくり。ねえ、ピーボディ、きっとチャンネル75は興味を持つでしょうね。アニー・ナイトが警察の捜査を邪魔して拘留されて、おそらく逮捕されるだろうって発表することになれば」

「やれるものならやって――ボブか？　私のオフィスに警官がふたりいて、アニーを拘留すると言って脅しをかけてくる。そうだ、そういうことだ」

ドア枠を素早く叩く音がして、ハイヤットが目を輝かせた。リンクを切ったが、彼が何か言う前に、カールした髪をまとめて頭のてっぺんで団子に結い、ぴったりしたパンツに古びたスキッドを履いて、ざっくりしたセーターを着た女性が、空中でくるくると人差し指を回した。

「お邪魔してごめんなさい。そっちが済んだら、五分だけいい？」

「ミズ・ナイト?」イヴは訊いた。

「そうよ、ごめんなさいね」ナイトは髪を押さえた。「トレーニングの直後にミーティングがあって、身ぎれいにする暇がなくて」

「かまいません」イヴは警察バッジを取りだした。「NYPSDのダラス警部補です。こちらはピーボディ捜査官。あなたにお話があります」

「すでにボブ・ターンビルには話をした」ハイヤットが説明を始めた。

「ビル、落ち着いて。どういうことなの?」アニーは片手を握って心臓のあたりに押しつけた。「ああ。そう、そうなのね。わかった。大丈夫よ、ビル」

「アニー、私に対処させてくれ」ハイヤットは言い張った。

「もうわかったから。わたしのオフィスへ行きましょうか?」

「アニー、二十分もすればボブが来る。この連中と話す必要はいっさいないんだ」

「大丈夫だって言ったはずよ、ビル」アニーは回れ右をして、廊下を歩きはじめた。「彼は過保護でどうしようもないの」少し震える声で言った。「すぐボブ——わたしの弁護士のひとり——を呼ぶって言い張るの。失礼」アニーは言い、ポケットリンクを引き出した。

しばらく聞いてから、リンクに向かって言う。「ボブ、大丈夫だから。ビルが過剰反応しただけ。いいえ大丈夫、お願いやめて。また連絡するわ」

アニーはリンクをポケットにしまった。「弁護士からよ。わたしがいまにも拘束具をつけられて連行されそうなことをビルから聞かされたみたい」

「わたしたちが来ると知らされていましたか、ミズ・ナイト?」

「いいえ」アニーはため息をついた。

「あなたのオフィスに連絡したんですよ」ピーボディがアニーに言った。「わたしたちが来る前に、心の準備をしてもらおうと思って」

「過保護でどうしようもないの」アニーは再び言い、角部屋の広いオフィスのほうを身振りで示した。

男性がいた。六十代半ばくらい、肌も髪も混合人種と思われる色で、顎髭《あごひげ》には白いものが混じり、ニックスのスウェットシャツを着ている。鮮やかな赤いスクープチェアに座り、香りからするとまともなコーヒーを飲みながらPPCを操作している。

「早かったね」男性は言い、顔を上げてイヴとピーボディを見た。魅力たっぷりにほほえむ。「こんにちは」

「ビック、こちらはダラス警部補とピーボディ捜査官。パートナーのテランス・ビックフォードです」

「ビックです、おふたりともよろしく」立ち上がり、イヴとピーボディに近づいて握手をした。そして、ナイトを見る。「さて」

「そうね。座りましょう」ナイトは幅広の窓を背に中央に置かれた黒い漆塗りの見事なデスクには向かわず、ビックの隣の椅子に腰かけた。

「レディたちにコーヒーかお茶でもお持ちしようかな？」ビックが申し出た。

戦場のようだった個人秘書のオフィスとがらりと違う雰囲気を感じて――緊張しているナイトと、支えて力になろうとしているビックフォード――イヴは少し落ち着く時間を与えることにした。

「ありがとうございます。わたしはコーヒーをブラックで。パートナーはミルクだけ入れてください」

「アニー？」

「ガソリンを入れたい。プロテインドリンクよ」と、説明する。「わたしはあれで生きているの。どきどきしているわ。緊張しているって、人が見てもわかるでしょうね。わたし、緊張することなんてないのよ」アニーが言い、横に立ったビックが彼女の肩をさすってから手のひらを押しつけ、飲み物のコーナーへ向かった。「でも、いまはしているわ」

「そうなる理由があるんですか？」

ナイトは濃いブラウンの目でまっすぐイヴを見つめた。「ええ、あるわ。いまのうちに言っておくけれど、万が一、こういう状況になったときのために、もう弁護士に相談はしてあるの。ホロなら二分でここに現れるし、実際にここへ来てくれるとしても三十分はかからないわ」

「弁護士を必要とする理由がありますか？」

「わからないわ。ビックも弁護士なのよ」

「実務から離れて二、三年になりますが」ビックが飲み物を渡しながら言った。

「それでも、彼がそばにいて助言してくれると安心なの」

「弁護士が同席しているので、この聴取を記録し、あなたの権利を伝えます」イヴは改訂版ミランダ準則を告げた。「あなたの権利と義務を理解しましたか、ミズ・ナイト？」

「はい。それで、まず、わたしから言わせていただくわ。あなたがたがこうして来たからには、ラリンダ・マーズがこの一年半にわたってわたしから金銭を強請っていたことはご存じだと思います」

「二十一か月だ」ビックが静かに訂正した。

「二十一か月。わたしはあなたがたに協力するつもりです。多少、弁護士の忠告には反するけれど。ビックではない弁護士ね」ナイトは腕を伸ばして、ビックの手を握った。「この件について、ビックはわたしと同じ考えよ」

「いつだって」

「お願いがあるの……あなたの評判は知っているわ。関心を払っているからだけではなく、わたしには優秀なリサーチャーたちがいるので。捜査に協力すれば、わたしは自分の評判を傷つけかねない情報をあなたに伝えることになるわ。もっと悪ければ、わたしは破滅するかもしれない」

「ありえないよ」ビックはナイトの手をぎゅっと握った。

「ビックはわたしより楽天的なの。それで、正式にお願いしたいのは、わたしがこれから告げる情報は秘密にしてほしい、ということです。そして、わたしにたいしてどんなものであれ法的措置が必要になれば、二十四時間の準備期間を与えると約束してほしいんです」

「ラリンダ・マーズを殺害、もしくは、彼女の殺害を共謀しましたか？」

「いいえ。していません」

「犯罪を犯したことがありますか？」

ナイトはかすかに震えた唇を引き締めた。「あなたが判断してください。そして、わたしが犯罪を犯し、逮捕する必要があるということになったら、二十四時間の猶予を与えてほしいんです。逃げるつもりはないわ、警部補。いずれにしても、わたしは長い間ずっと逃げ続けているのよ。この条件を受け入れてもらえるかしら？」

「パスポートを提出すること、それから、その期間は預金口座を凍結することに同意して、同期間、監視下に置かれると理解していただければ、二十四時間の猶予を与えます」

ナイトは半分笑いながらビックを見た。「あなたの言ったとおり」

「リラックスして、ベイビー、何も心配いらない」

「もう後戻りできない」ナイトはつぶやいた。「準備はできているわ」イヴに言った。

「では、最初に、昨日の午後六時から午後七時までどこにいましたか?」

「番組の収録が四時半に終わったわ。それから三十分くらいファンと交流した――カメラの前でポーズを取ったり、サインをしたり。そのあと着替えて、ビックと一緒に家に帰ったわ。六時には家に着いていた。それから一緒にお酒を飲んだわ。緊張をほぐして、春にやるスペシャル番組のアイデアを練るつもりだった。五月に一週間、ヨーロッパから番組を中継する予定なの。でも、ビックと議論が始まってしまって――」ビックが無作法なくらい鋭く鼻を鳴らし、ナイトは口をつぐんだ。「わかったわ、ラリンダについてすごく熱のこもった議論になったのよ」

「あれは喧嘩と言うんだ、アニー。金を払う日が迫っていて――いや、迫っていたから」と、ビックは続けた。「私は、何が何でももうやめるべきだと思っていた」

「強請りの件は知っていたんですね?」イヴはビックに訊いた。

「ええ、もちろん。アニーが払うと決めたことには反対でしたが……秘密をばらされるかもしれないと考えただけでも彼女はひどく動揺したので、何も言わなかった。しかし、アニーがやめるまでは決して終わらない、というのが現実です。状況は悪くなるいっぽうだった。ふたりで……何度も話し合いました」

「過激な話し合いね。お金は問題じゃない、というのがわたしの一貫した考えだった。彼女はお金を求め、ほかの人たちの情報をほしがったけれど、わたしはその一線は絶対に越えなかった。お金は問題じゃない。ずっとそう言い続けていたわ、自分にたいして。毎月。でも、問題なのはお金じゃないとわかっていた。ビックの言うとおりで、だからこそ、腹が立ってしょうがなかった」

ナイトは申し訳なさそうにビックを見た。「あなたにひどいことを言ったわ。あなたにたいする一線を越えてしまった。ほんとうに」ナイトが言うと、ビックは首を振った。「でも、越えてしまってよかったと思っている。それでやっと、自分が何をしているか、何をされるがままにしていたかわかったから。お金は問題じゃないと口では言いながら、実際はどんなふうに感じていたか、わかったから」

ナイトは言葉を切り、淡い金色の飲み物をゆっくり口に運んだ。

「ビックと言い争うのをやめて、自分と闘うのもやめたわ。わたしはだまされやすい人間ではないのよ、警部補、でも、勝手に自分を追い詰めていた。それもやめるって決めたの。次は金を払わず、メッセージを送るつもりだった。もうその必要はないけれど。必要なことをやるのに一週間の余裕があったわ。ボブに――わたしの弁護士よ――連絡して、来てほしいと頼んだ。そして、すべて話したわ。彼からは、ふたりですべて納得できるようにあと一日かけてよく考えるべきだ、その間に手続きを始めるから、と助言をもらったわ」

「そして、アニーと私でようやく動き始めたとき、知らせを受けたんです。彼女が殺されたと聞きました」

「計画変更」アニーは片手を上げた。「そして、こういう状態になったのよ」

「マーズと最後に連絡を取ったのはいつですか?」

「一週間ほど前。支払日の二週間前になると、彼女はメッセージかメールを寄こした。会いに来ることもあったわ。とにかく軽やかにスタジオに入ってくるのよ」むっとしながらナイトは言った。「彼女からリンクがかかってきても、わたしは絶対に出なかった。すると、友達同士の軽口みたいなメッセージを送ってきたわ。そのなかに数字が紛れているの。たとえば、パーティーには八千人は集まっていて、とか、あの靴を履いて七千マイルも歩いたような気がした、とか。いつも七千から九千の間だった。だから、ついついそのくらいなら払ってもいいか、という気持ちになってしまって。今月は九千ドルの予定だったわ」

「彼女にどうやって金を渡していましたか？」

「直接会うことはしなかった――彼女はそれを望んでいたわ。友達みたいに一緒に飲んでいるところを見られたがっていた。まさか、そんなことするもんですか。メッセージにはきまって、いついつどこで会おうと書いてあった。彼女が殺された〈デュ・ヴァン〉とか、アップタウンの〈ジーノ〉とか。一、二度、〈ロシアン・ティー・ルーム〉を指定されたこともあった。わたしは保証付きのメッセンジャーに店まで届けるように依頼した。毎回、違う会社を利用したわ」

「配達記録があるでしょうね」

「記録はすべて取ってあるわ。彼女からのメールも、メッセージも、プライベート用のリンクに残されていたボイスメールも。強請られるようになってから三度リンクを変えたけれど、彼女は必ず新しい番号《コード》を探し当てたわ」

ナイトはまた言葉を切り、プロテインを飲んだ。「彼女は仕事ができたし、スクリーン映りもよかった。強請りをやる必要はなかったし、これがお金のためだけだなんてありえない。わかるかしら？　彼女はわたしを脅して苦しめるのが好きだったの」

「ええ、わかります」

「ファイルがあるから、すべてコピーしてあなたに送るわ。こうなるって、最初からずっとわかっていたのよ。彼女が殺されることじゃなくて、すべてを警察に話すことになる、って。いくらそうじゃないふりをしてもわかっていたし、ビックはずっと正しかったわ」

「彼女はあなたのどんな秘密を握っていたんでしょう？」

「オーケイ」アニーは一瞬目を閉じた。「オーケイ。わたしを産んだ母は娼婦だった。彼女は記録上の母親じゃないし、いつも変わらずわたしが母親だと思っている女性でもない。わたしが母だと思っている女性は、実際はわたしの叔母なの。でも、これからも母と呼ぶし、母の姉のことはカーリーと呼ぶ。母はわたしを引き取って、養子にしてくれたわ。カーリーは生後わずか二週間のわたしを母に押しつけたの。母はまだ二十二歳の若さで、働きながら大学を卒業して、生まれ育ったミズーリ州の町の幼稚園で保育士として働きだしたばかりだった。わたしがそんなすべてを知ったのは何年もあとになってからよ、もちろん。母はわたしを実の子として育てて、大事なものをすべて与えてくれた。わたしを守るためにセントルイスに引っ越して、そこで仕事を見つけたそうよ。友達とも家族とも離れて。わたしの祖父母はいい人たちよ。カーリーは……どうしようもなかった」

アニーはもぞもぞと体を動かして、またビックの手を握った。「わたしが十三歳のとき、カーリーが現れたの。そして、すべてを告げた。あの女は、あのジャンキーは、あの娼婦は、わたしを生んだだけ。妊娠したのも気づかないほど愚かで、恐ろしくて中絶もできなかったのよ。しかも、あの女は、祖父母がわたしを買うだろうと予想していた。その読みは正しかった――それも、わたしはあとになって知らされた。わたしを連れ去ってドブに捨てると脅され、祖父母はあの女に一万ドル与えたそうよ。

わたしは十三歳で、自分の人生はすべてまやかしだったと知ったの。すごく腹が立って、どうしようもないほどショックで、しかもあまりに未熟で、言われたことを理解するので精一杯だった。母を、ほんとうの母を、カーリーじゃない母を抱きしめるべきなのに、拒絶して、責めた。わたしに説明して言い聞かせようとし、カーリーに要求されたお金をかき集めていた母に反発して、部屋に閉じこもった。あとで、部屋からこっそり抜け出して、カーリーに教えられていた住所へ向かったわ。絶対に、何があっても行ってはいけないと母に言われている街の一角だった。カーリーは通りに立って客を誘っていたわ。ご存じのように、ライセンスも持っていなかったし――公認制度ができる前の話よ――彼女が相手にするような客はいずれにしたってライセンスなんかに興味はなかったでしょうね。ジャンキーと娼婦とドラッグディーラーという最悪の組み合わせ。その真っ只中にわたしは入っていったの」

ナイトは顔にかかる髪を素早く、苛立たしげに払った。

「カーリーはハイになっていた。過度に守られて育ったわたしは、それをちゃんと理解していたかどうかもよくわからない。ただ答えがほしかったの。真実を手に入れたかった。これまでずっと、毎日のようにわたしに嘘をつき続けてきた母からではなく、カーリー本人から聞きたかった。ああ、十三歳よね」

ナイトは一息つき、じっと考えながら、さらにゆっくりプロテインを飲んだ。「未熟なくせに、何でも知っていると思い込んでいる年齢。獰猛《どうもう》でいながらか弱いの。カーリーはわたしを見て笑い声をあげ、肩を抱いて言ったわ。なんて生意気なんだ、あたしにそっくりだよ。そのうち、男——彼もハイだった——がやってきて、おまえたちふたりがやらせるなら百ドル払うって言ったわ。わたしはその意味さえわからなかった。その倍だよ、色男、ってカーリーは言った。そう言ったのをはっきりおぼえている。わたしは痛いくらいきつく肩を抱かれたまま、ほんとうのことを教えてほしい、とまだ迫っていた。自分の世界にはまり込んで、まわりが見えなくなっていた。ふたりはわたしを裏道に引きずっていった。わたしは叫びさえしなかった。男に壁に押しつけられて、腰をすりつけられるまで何が起こっているのかわからなかった。必死に抵抗している間も、カーリーの笑い声が聞こえていた。まだそんなに手荒にしちゃだめだ、色男、あたしが慣らし運転してやろう。慣らし運転してやろうって言ったのよ、信じられない」

ナイトが手探りで差し出した手をビックが両手で握りしめた。

「大丈夫だ。何も心配いらない」

「男はカーリーを殴った」ナイトは続けた。「手の甲で引っぱたいた。鼻血が出て、今度はカーリーが男を殴った。男は持っていたナイフを振り回して、ふたりは罵り合いを始めた。ひどくハイになってて、とにかく手がつけられないような興奮状態だったわ。男が振り回しているナイフで、わたしは少し手を切ってしまった。そのうち、わたしは恐怖と怒りとショックで、何が何だかわからないままナイフを奪って、男を刺した。喉よ。間違いなく喉だった。血が噴き出して、またカーリーは笑いだした。わたしはナイフを落として、男がカーリーのほうを見た隙に走り出した。そのあたりの記憶はあいまいよ。走って、バスに乗って戻り、家まで走った。そして、母にすべて話したわ。出かけていたのはほんの一時間くらいだったように思える」

ナイトは大きく息をついた。「一生なんて、一時間でがらっと変わってしまうものね。母はわたしの服をバッグに詰めたわ。一緒に警察へ行こう、と言っていた。それから、わたしが傷つけられていないか、確認した。傷つけられてはいなかった。すり傷やあざや、手に浅い切り傷があっただけ。母は一晩中わたしを抱いて、赤ん坊みたいに揺らしてくれた。朝になったら警察へ行きましょう、心配いらないわ、と言っていた。でも、朝になって、裏通りで男女の遺体が発見された、というニュースを見たの。ふたりとも複数の刺し傷を負っていた、って。顔写真が映っていた——IDの写真よ。カーリーとあの男だった」

ナイトの目には涙が浮かんでいた。「真実は、絶対的な真実は？　わたしがあの男を殺したのか、それとも、彼女が殺したのか、わからない。あの男がカーリーを殺したあと、わたしが刺した傷で失血死したのかどうかもわからない。違法ドラッグでハイになったふたりが争いになり、それぞれが相手から受けた傷が原因で死んだらしい、というのがメディアの見方だった。母はわたしが着ていた服を燃やしたわ。そして、死者は死者に葬らせましょう、と言った。警察へ行ってあなたを大変な目に遭わせても意味はない。そんなことをしても何も変わりはしない。あなたのせいじゃないわ。一目見たときからあなたを愛していたけれど、すべてを正直に打ち明けなかったから、悪いのはわたしよ、と」

暗く翳《かげ》り、涙で濡れた目がすがるようにイヴの目を見つめた。

「でも、悪いのは母じゃないし、怯え、腹を立てていた子どものせいにもできない。悪いのはカーリーよ。カーリー・エリソンと、あの男、ウェイン・サルヴィノのせい。わたしたちはまた故郷に戻り、そのことは忘れた。わたしが十六歳のとき、母はエイブ・ナイトと結婚して、わたしたちは彼の姓を名乗ることにしたわ。母は彼にすべてを話した。何もかも。わたしは彼と母のおかげで幸せな毎日を送れたし、ふたりも幸せそうだった。弟と妹も生まれたわ。ふたりともいい子で、もうそれぞれ自分の家族を持っている。だから、すべてをばらすと脅してきたラリンダに、金を払ったわ。母がわたしに隠していたように、家族には隠していたかった。この週末に故郷に帰り、家族にすべて話して、セントルイス警察にも話をするつもりだったの。秘密という武器をラリンダの手からもぎとるはずだった」

イヴは何も言わず、ナイトが最後まで話をするのを聞いていた。「マーズはどうやって知ったんでしょう？」

「彼女は絶対に口を割ろうとしなかった。わたしにはお利口な小鳥がたくさんいて、みんなさえずるのが大好きなのよ、と言っていた。母はわたしの出生届を――自宅で出産したことにして――提出していたわ。彼女が母親で、父親は不明、として。でも、誰かが本気で探ろうとすれば、わたしたちとカーリー・エリソンのつながりを見つけるのはそう難しくはないと思う。母は、セントルイスに引っ越したときに名字を母親の旧姓に変えたの。でも、詳しく調べればカーリーとのつながりはわかるし、彼女が母とわたしが住んでいた街でどんなふうに死んだかもわかるわ」

「わかりました」イヴは立ち上がった。

「わたしを逮捕する？」

「セントルイス警察に連絡して、ふたりの死に関する事実と証拠と、捜査の方法を再検討します。あなたのファイルと、事件当日の夜の、自宅の防犯カメラの映像ディスクをコピーして送ってください。いま言ったすべてを調べ、審査した結果、逮捕するのが望ましいとなれば、二十四時間の猶予を与えます」

「わかったわ」

「ほかにこの話を知っている人は？」

「いないわ。そう、ゆうべ話したからボブ・ターンビルは知っているわね。ほかは、父と母、祖父母」

「強請られていたことは、ほかに誰が知っていますか？」

「誰も知らないわ。家族には言っていないし。ビックだけ。それと、ボブ」

「あなたの個人秘書は？」

「ビル？　知らないわ。彼は忠実でわたしをよく守ってくれるし――過保護だとしても――なんでも知っているすばらしい人だけど、このことは知らない。これは個人的な問題よ」

「オーケイ。ファイルと映像のディスクをお願いします」

「両方とも自宅にあるわ。わたしはスタジオに行かなければ――ああ、二十分しかない」

「私が行こう。取ってくるよ」ビックがナイトに言った。

「いつもわたしを助けてくれる」ナイトはビックの手を握り、唇を押しつけた。

「これからも、いつだって」

「制服警官をご自宅へ向かわせて、証拠品をこちらへ運ぶように手配します。ご協力に感謝します。記録終了」

イヴはしばらく立っていたが、直感を信じることにした。「あなたがわたしに語ったことが真実であり、細部の重要なことを忘れたり、歪曲《わいきょく》したりしていなければ、あなたを逮捕する人はいないし、未成年の子どもをさらなるトラウマから守った女性を起訴することもないでしょう」

ナイトは目に涙を浮かべてよろよろと立ち上がり、手を差し伸べた。「ありがとう」

「何か言い忘れたことがあるなら、いまのうちに言ってください」

「すべて伝えたわ。わたしにビックの話を聞く耳があれば――話はなかなか終わらなかったでしょうけど――あなたか、あなたのような人のところへ二十一か月前に行っていたのに」

「これからはビックの話を聞いてください」イヴはそう勧めた。

14

ピーボディの言うとおり面白そうなので、イヴはオープンスペースや廊下を縫うように進んで、ハイヤットのオフィスへ戻った。

デスクに向かっていたハイヤットは勢いよく立ち上がり、毛穴から怒りを発散させながら自分のイヤーリンクを払い落した。

「ミズ・ナイトに代わって被害届を出すつもりだ」

「オーケイ、では、ゆうべ、午後六時から七時の間にどこにいたかわたしに言ってから、自分の被害届も出せばいいわ」

ハイヤットに蔑《さげす》むように見られたが、蔑み方はサマーセットのほうがはるかにうまい、とイヴは思った。「きみに話す義務は一切ない」

「もう一度、弁護士に電話をして、彼が何と言うかたしかめるべきだと思うけど」ハイヤットを刺激したくて、イヴはもう一歩、デスクに近づいた。

そして、彼が一歩後ずさりするのを見て、満足した。「きみたちふたりとも、このビルから追い出してやる」

イヴは歯をむき出した。「やってみればいいわ。ピーボディ、メモを取って。ミスター・ハイヤットは問題の時間帯にどこにいたか、立証できない」

「メモしました」

「地獄へ落ちろ」ハイヤットは言った。「私はここにいた。七時ちょっと過ぎまで自分のオフィスにいた。私の税金から支払われている給料で働いているのなら、このオフィスとスタジオの記録をチェックして簡単に確認できたはずだ。入退出時にはIDカードをスワイプして、記録を残さなければならないからな。さあ、もう出ていってもらおう」

「ボスが帰ってから一時間以上オフィスに残るというのは、よくあることですか?」

「仕事をしているんだ。やるべきことをやっている。きみの質問には答えない」

「嘘をついてるなら、また答えてもらうことになるわ」イヴはさらりと言い、弁護士に連絡しろと命じるハイヤットの声を聞きながらオフィスを離れた。

少し面白かった。

来たルートを引き返してビルから出ると、イヴは歩行者の多いエリアを避けて回り道をした。

「ビル・ハイヤットについてもっとよく調べることにする。とにかく嫌いよ、あの男」

「それはもう喜んで。わたしも気に入りませんでしたね。ナイトとビックは好きです」

「人に好かれる人だって、ろくでなしを殺すことはあるわ」

「でも、あなただって犯人とは思っていないでしょう、あのふたりは」

「思ってないわね」イヴは認めた。「でも、ふたりの話がほんとうかどうかは、徹底的に調べる。ナイトの経歴はどこまで公にされてる?」

「ええと、ミズーリ州で生まれ、教師をしているシングルマザーに育てられた。親子で故郷に戻った話は、わたしも知っていたような気がします。番組の視聴者には、彼女が家族ととても親密なことは有名です――継父を本当の父親だと思っているとか。故郷のセントルイスの放送局で仕事を始めて、だんだん昇りつめていったのはわたしも知っています。三十歳になる頃にはかなりの人気者で、ニューヨークの朝のトークショーのアシスタントのひとりになり、さらに人気を得て司会者になった。いまではアイコンとも呼ばれる存在です。ビックとはもう長い付き合いです。調べればすぐに何年かわかりますけど、とにかく長いです」

「ビックについても調べる。献身的に彼女に尽くしてる、っていう印象だけど。身も心も捧げてると、人って愚かなことをするものよ。彼には当てはまりそうもないけど、その線もたぐり寄せて調べるわ」

たぐり寄せて調べるべき線と時間は、あまりにも多かった。


自分のオフィスに戻ったイヴは、事件ボードの情報を最新にして、テランス・ビックフォードについて徹底的に調べた。

ニューヨーク生まれで、コロンビア大学で法律を学んだ。名の知れた法律事務所の辣腕弁護士となり、やがて法律事務所の共同経営者になった。専門は不動産と金融関係。ナイトと付き合う前に一度結婚し、離婚している。娘がひとり——彼女も辣腕弁護士だ。

ナイトと同棲して——ほう——十九年になる。彼女の財団と会社——ちゃんとした会社だ——の役員を務めている。

ナイトの世界には金があり余っている、とイヴは思った。しかし、付き合いはじめた頃には、ビックもすでに大金持ちだった。

金の問題ではない、と思った。秘密の問題なのだ。

立ち上がってコーヒーをプログラムする。それからコーヒーを手に座り、ブーツの両足をデスクにのせて、とりとめもなく思いを巡らせた。

ある意味、マーズにとっても金の問題ではない。大事なのは金そのものではなく、それを持つこと、出させること、さらに引き出すことだった。

彼女は脆《もろ》さを嗅ぎつけ、金を払う余裕のある人たちを食い物にするコツを知っていた——生まれながらの一種の才能と言うべきか。

秘密や弱い部分が表沙汰になるより金を払うほうを選ぶのは誰？

金持ちを狙う。本物の、超金持ちだ。月に数千ドルなど何でもない。イメージ？　それは金では買《プライスレス》えない。

マーズは計算を誤った。餌食《カモ》から強引に、そしてあまりに長く甘い汁を吸い過ぎたのか、秘密が表沙汰になるリスクより殺すほうを選ぶ相手を選んでしまったか。あるいは、イメージとは違って、金を払えない相手だったか。

守る、ということ。自分の身を守る子ども、子どもを守る母親、強請られていることを隠して、愛する女性を守ろうとする男。

別のパターン。強請られていた者が自分だけではなく、愛する人の秘密も隠そうとしたのかもしれない。そして、その愛する人がマーズに強請られていた者を守った。

マーズがロークに近づいたときも計算違いだったのでは？　たぶん、同じように、彼女はある人物に近づいていった。その人物は彼女の要求をはねつけた。ロークのように。でも、ロークとは違い、彼女を黙らせようと決めた。

ブーツを履いた両足を床に下ろして、イヴはセントルイスに連絡した。

これには時間がかかった。ようやくセントルイス警察殺人課の警部補にたどり着いたと思ったら、そこから先がまた大変だった。

「なんと四十年も前の、娼婦と客が絡んだ事件のファイルを掘り出してほしい、と」

「たしかに四十年以上前ですが、警部補、死者についてまだわからないことがあるんです。それに、いまこちらで捜査中の事件と関連があるかもしれません」

セントルイスの警部補は渋い顔をしてから、唇を歪《ゆが》めた。「それで、どんな事件だ?」

「ファイルを見ないとわかりません。捜査した巡査と話ができたら——」

「四十年前だ」と、繰り返す。「捜査した巡査がまだ生きているかどうかだって、いますぐには伝えられないぞ、まったく」

「チェックしてもらえたら——」このぐうたら野郎。「ほんとうにありがたいです。わたしは、いつ連絡をいただいても応じられるようにします」ホイットニーのカードは切りたくなかったが、つまらないことで時間を無駄遣いする気分ではない。「迅速な対応が期待できるのであれば、部長からそちらの部長に連絡を差し上げるようにもできますが」

「われわれにも捜査中の事件はある。ニューヨーク市じゃないかもしれないが、こっちだって仕事をしてるんだ」

「ですから、同じ警官のよしみで事件ファイルを再検討させてもらい、可能なら、捜査を担当していた巡査と話をさせてもらいたいんです。もう一度言いますが、二体の遺体《DB》はカーリー・エリソンとウェイン・サルヴィノです」

「最初に聞いたよ。見つかるようなら見つかるだろう」

「気に入らないのは、わたし個人？　それとも、ニューヨーク市の警官？」

「ジャンプしてどれだけ飛んだか言ってみろと命令するニューヨーク市の警官が気に入らないんだ」

「こう言ったらもっと嫌いになるわね。二時間以内に事件ファイルを得られなかったら、そっちの部長だけじゃなくて、内務監察部《IAB》にも連絡して正式に訴えるわよ」

「おいおい、いいか――」

「ファイルを探して渡すくらい何でもないはずよ。でも、いつまでものらくらしてわたしをおちょくってたら、あんたのケツを噛みちぎってやる。あとひとつ、いい？　このやりとりは標準処理手順《SOP》にしたがって、わたしの事件ファイル用に録音されたから。ダラスから、以上」

　イヴはリンクを切った。「クソバカ野郎」

「かなり非協力的だったようだね」

くるりと椅子を回転させると、ロークがドアの枠に寄りかかっていた。「正真正銘の怠け者。書類仕事がやりたくなくて、しかも、ニューヨークが好きじゃないみたい」

「地位のある女性警官が好きじゃないんだろう」ロークは訂正した。

「勘弁してよ」

「僕はそう見た」ロークは肩をすくめ、オフィスに入ってきて、デスクの端に腰かけた。「地位のある若い女性警官――若くて、女性で、ニューヨーク警察で地位があれば、そういうタイプはうらやましくてしょうがないんだよ」

「ますます救いようのないろくでなしに思えてくる」

「ろくでなしだ」

「事件ファイルさえ手に入れれば、彼がどんなクソバカ野郎でも知ったことじゃないわ。電子ワールドでは進展があった？」

「かなりね。フィーニーからきみにデータとレポートが送られるだろう。さらに名前と金額を見つけたが、彼女はどこかに帳簿を保管していると思う。彼女が持ち歩いていたり、職場に置いていたのは不完全だ。僕に言わせれば、ポケットガイドみたいなものだな」

「そうなると、やはりどこかに別の家があるということね」

「彼女が預金口座を作ったときに使った偽名や、そのバリエーションの名義で借りている場所は見つけ出せずにいる。まだいまのところは」

イヴは首をかしげた。「あなたは楽しんでるのね」

「楽しまずにいられないよ。よくできたパズルじゃないか？　遺体が次々と発見されることもなさそうだし、急ぐ必要もない」

イヴは振り返ってボードを見た。「被害者が増えるかどうかはわからないわ」

「犯人がまた殺すと考える理由があるのかい？　目的は何？」

「理由はないけど、いったん殺すと動機が混乱しかねないのよ。おいおい、うまくいったぞ！　しかし、改めて考えると、大家も隣に住んでるやつも兄貴も元妻も、まったく頭にくるぜ、ってことになる」

「きみは皮肉屋だね、警部補。それも、僕がきみを愛する数えきれない理由のひとつにすぎない。さてと」

ロークは立ち上がってドアに近づき、閉めた。「どうした？」

「どうしたって何が？」

「何を悩んでいるんだい？　全部話してごらん」

「手が届きそうなほど近くで事件が起こって二十四時間近くたとうとしてる。それなのに、これだという情報が何も得られてない」

「全部話して」ロークは繰り返し、イヴのあごを手のひらで包んだ。「僕には見えるんだ」

彼はいつでも見えるのだ。イヴは肩をすくめ、細長い窓にぶらぶらと近づいた。「悪って、人がしょっちゅう口にしたり、すごく安易に使う言葉のひとつでしょ。でも、実際の話、悪にもさまざまな段階がある。単純に、ただの悪と言う場合ね。警官は、ありとあらゆる形の悪を見るはめになる。可能な場合はつかまえる。せこい泥棒をつかまえたりね。今日、ピーボディと一緒にとっつかまえたスリのふたりみたいに」

「あごにちょっとあざができているのは、そういうわけか」

「頭突きよ」イヴはさりげなくあごをさすった。「いずれにしても、半分はマーズのやり方に感心しないではいられなかった。悪くはなくても、周囲の事情によって悪に染まる可能性はいつでもある。あなただって悪に染まってたかもしれない。わたしも同じ。可能性はある」イヴは体の向きを変えながら言い、ふたたびロークを見た。

「そうだろうね。僕もそれなりに冷酷なことはしたし、きみのなかの警官の部分が理解はしても絶対に認めないような行為もたくさんしてきた。それでも、きみに出会う前とあとの自分について考えるとわかる。以前の僕は道を踏み外していたかもしれないが、越えられないし越える気もない境界線があった。そして、警部補？」

ロークは自分を見つめているイヴを見つめた。「きみは？　きみの限度は以前からずっと、そしていまも、僕のより厳密で、はっきりしている。きみには意地悪なところがあって、それも僕がきみを大好きな理由、数えきれない理由のひとつだ。でも、きみのなかに悪が潜んでいるとしても——誰のなかにもある——そんなものは取るに足らないと思えるくらいにきみは徹底して身も心も捧げ、市民だけじゃなく、ありとあらゆる正義を守り、尽くしている」

「わたしにも同じようにはっきりと、あなたと出会う前とあとの自分が見える。いまと同じように仕事をしてるわ。これを使って」イヴは事件ボードのほうに手を向けた。「そして、いま、わたしが感じてるものを感じないようにしてる。ほかの誰よりも認めないようにしてる」

ようやくだ、とロークは思った。全部話そうとしている。「何を感じている?」

「悪のさまざまな段階。マーズのこと。彼女は秤《はかり》にのってる。決定的じゃないけど、秤の上で揺れてる。彼女は殺したりレイプしたり小さな子どもに暴力をふるったりしてない。スリルを求めて見知らぬ人のはらわたを抜いたりしてない。わたしはもっとひどいのを見たことがある。わたしたちはもっとひどいのを見てきたわ」

ロークはイヴに触れたくてたまらなかった。ただ彼女の背中を撫で下ろしたい。

「そして、きみはマーズよりもっと邪悪な死者のためにも闘ってきた。何を悩んでいる?」

「彼女の被害者たち。そうよ、みんな被害者よ。わたしたちはカモなんて呼んでるわ。わかりやすいし、彼らにも悪いところはあるような含みさえ持たせてる。たしかに、金を払うことを選択したんだから、そう言えないこともない。でも、そうだとしても、彼らは彼女の被害者。話を聞いて身につまされる人もいるわ」

「どんなふうに？」

イヴは両手で顔をこすった。「アニー・ナイト。誰なのか知ってるでしょう」

「知っている」

「彼女は十三歳のとき、母親だと思ってた愛情深い女性が叔母で、実際の母親はジャンキーの娼婦だと知ったの。まだ子どもだった彼女は愚かにも、ジャンキーの娼婦のもとへ行き、結局、その娼婦と一緒に彼女をレイプしようとしたジャンキーの男をナイフで刺してしまった」

ロークは何も言わずに部屋を横切り、両手でイヴの顔を挟んでやさしくキスをした。

「わたしとは違うわ。彼女は男を刺して、逃げた。逃げて助けを求める母親——彼女にとって叔母が母親だった——がいたから。セントルイスのクソバカ野郎から届く事件ファイルを読んでわたしの考えが変わらないかぎり、彼女は自分が思ってるような形で男を殺してはいないわ。男と娼婦にはたがいに相手から受けた刺し傷が何カ所もあったのよ。でも、彼女はずっと罪の意識を背負い続けてた。その気持ちはわたしにもわかる。ほかにも、いやらしい元恋人にレイプされそうになった娘をかばおうとした母親がいたわ。結局、娘が男を殺してしまった。サンチャゴとカーマイケルが担当した事件よ。こんなふうに、自分より愛する人を守ろうとする人はおおぜいいる。そこを狙ったのがマーズよ」

「暗い秘密を背負い、しかも金を払える者を嗅ぎ分けた」

「ときには失敗もあったはず。あなたのときのようにね。でも、マーズは、そう、嗅ぎ分けたってぴったり。センスがあったのよ。少なくともどこに目をつければいいかわかってた。おそらくある種の感受性のようなものがあったのね。彼女がどんな人間かわかれば、事件の解決につながる。彼女は嗅ぎ分けて、食いものにした。少なくともひとつのケースでは、強請ろうとした相手の飲み物に薬を混入させて、金を搾り取れるように仕組みもした。これは仕事なのか楽しみなのか、両方なのか？　マイラと話をして、どう思うか意見を聞いてみなければ」

「なぜなら、被害者を知れば知るほど、犯人を知ることになるかもしれないから」

「普通はね」イヴのコンピュータの着信音が鳴った。「フィーニーからのレポートよ」ちらりとそちらを見てイヴが言った。「すばらしい」

「僕は行くから、ゆっくり見るといい」

「別のカモに七時から話を聞くことになっているの——家の近くで」

「僕も一緒に行こう。待っているよ。それまで、どこか場所を見つけて仕事をしている」

「どこに身を潜めてるの？」

「あっちやこっち」イヴはデスクに向かい、ロークはその頭のてっぺんにキスをした。「出る準備ができたら連絡してくれ」

「そうする——そうだ、待って。わたしもあなたと一緒にそこまで行く。ピーボディとマクナブを自由の身にさせたいから」

「誰かさんも母親みたいじゃないか？」

軽く侮辱されたような気がして、イヴは眉をひそめた。「警部補がやるべきことをやってるだけ。うちのチームの誰かがへばったら役に立たないでしょ」

イヴはオフィスを出て、ピーボディのデスクに近づいた。「ハイヤットについて調べた？」

「いま終わったところです。あの」ロークに言う。「あなたたちも終わったんですか？」

「ああ。というか、ほぼ終わったよ」

「わたしにデータを送って」イヴはピーボディに言った。「そうしたら、マクナブと帰っていいわ。セントルイスからわたしのところへ、もうすぐ事件ファイルが届くはず」届かなかったら承知しない。「それを確認して、さらに調べるべきことがあれば知らせるから」

「了解です。少し踏み込んで——いま、ちょっといいですか？」

「見てのとおり、時間はあるわ」イヴは言った。

「警官同士の話をするといい。僕は行くよ」ロークは言い、ジェンキンソンと彼の目が焼けるようなネクタイのほうへ歩いていった。

「ちょっと踏み込んで、ナイトの家族についてざっと調べてみたんです。全員が前科もなく、普通の人たちです。たまにちょっとした違反などありました。詳しく調べることは可能ですが、それが問題につながることはないと思います。移動記録も確認しました。家族のことはろくに知らないと思いがちですが、意外と知っているものですから。彼女の家族で昨日ニューヨークにいた者はいないし、この数か月間、誰も訪れていません」

「いい考えね。じゃ、いまのところ、彼女の家族は容疑者候補から外していいわね。ほかのカモについても、同じ方面から調べてみるわよ。自分やほかの誰かを守ってる誰かを守ってる誰か。ハイヤットのデータのコピーをわたしに送ったら、帰りなさい」

イヴが自分のオフィスに戻ろうと振り返ると、ジェンキンソンも彼のネクタイもロークもいなくなっていた。

デスクに戻って、フィーニーのデータを読んだ。さらに十五人の名前があった——そのうちイヴが知っている人物は数えるほどだ。スポーツ界の有名人がふたり、あとは法廷で一、二度対決した被告側弁護士と、もうひとりは確信はないが役者かもしれない誰か。

支払われた金額をざっと見る。

「まだまだ持ってそうね。リストにはこれ以上あったわ」イヴはつぶやいた。「自宅の金庫には、たっぷり百万ドルでしょう？　加えて、隠し口座がいくつも、それから美術品と宝石類。もっとたくさん、どこかに隠してるわね」

新たに知った名前を調べはじめると、リンクが鳴った。無視しかけたが、ナディーンが人の邪魔をする価値のある何かを得たのかもしれないと思った。

「新たな情報がないなら、話しかけないで」イヴはいきなり言った。

「ええ、元気よ。あなたは？」ナディーンは皮肉をこめて言った。

「リンクを切ろうとしてるところ」

「そんなことはやめて、うちに来てくれない？　セントラルへも行けるけれど、いま帰ったばかりでもう出かけたくないのよ。あなたはまだ仕事中でしょ」

「そこまで行く価値のあるものがあるわけ？」

「かもね」

「じゃあ、いま言って」

「ダラス、わたしは大きなグラスでワインが飲みたいし、この話はリンクでしたくないの」

「わかった。そっちへ向かう」

ナディーンへのリンクを切り、ロークにメッセージを送った。

〝ナディーンの家に行く必要あり、いまから出かける。ごめん〟

イヴがコートをつかむと同時に、返信があった。

〝駐車場で会おう〟

関連するファイルとデータをすべて自宅のコンピュータへ送信するように命じ、ファイルバッグにほかの資料を入れる。最後にもう一度、事件ボードを見てからオフィスを出た。

すると、トゥルーハートに出くわし、ほとんど見たことのないような険しい表情に気づいて、立ち止まった。

「何か問題があった、捜査官?」

「テレビゲームをめぐって、大ばか野郎が実の妹を殺したんです。ゲームに勝った妹が得意になっていたから、父親のゴルフクラブで頭を叩き割った、と。両親は彼に家のことをまかせて、冬のクルージング旅行中です。十七歳にまかせたんですよ？ 十日間。その結果、十五歳の妹は〈略奪者《マローダーズ》〉をめぐって殺されてしまった」

「彼は取調室？」

「バクスターと、検事補《APA》と、児童サービス《CS》の職員と一緒です。自分はちょっと席を外さないではいられなくて」

脇で握りしめている両手が怒りを映し、声には嫌悪感がにじんでいる。

「妹は笑いながら踊りまわっていてむかついたし、インチキに決まっていると、やつはそればかり繰り返していて。だから、黙らせたんだ、と」

「両親は？」

「何とかいうばかみたいな島からこちらへ向かっています。ティーンエイジャーを十日間も放っておくやつがいますか、警部補《LT》？ どういう人間なんですか？」

もっとひどい状況や路上で暮らしているティーンエイジャーの数をイヴは口にしなかった。殺人課へ異動する前、トゥルーハートは路上生活者のいる一帯をパトロールする遺体処理班だった。言われなくても知っているはずだ。「APAは誰？」

「フルインスキーです」

「彼は成人として裁かれるべきだと主張するはず。たぶん、そのとおりになるわ。しばらくそのへんを歩いてから取調室へ戻りなさい。決着をつけて報告書を書いたら、バクスターとビールを飲みに行くのよ」

「デートの約束があります」

警官には警官が必要なときがある。「まずはバクスターとビールを飲むの」

トゥルーハートはため息をつき、険しい表情をわずかにゆるませた。「そうですね、いい考えです。ありがとうございます、LT」

目的地へ運んでくれるかぎり、イヴはグライドに乗る。彼は歩いているうちに落ち着くだろう、と思った。いやな思いを振り払う。話をして忘れられるように、バクスターが導いてくれるはずだ。そして明日、トゥルーハートは仕事に戻り、次の事件に取り組む。

トゥルーハートはあまりにいい警官だから、それ以外のやり方ではだめだ。

必要に迫られ、イヴは満員のエレベーターに体をねじ込み、駐車場フロアまで降りた。

ロークはすでに待っていた。イヴがクリスマスに送った魔法のコートを着て彼女の車に背中で寄りかかり、PPCを操作している。

「ちょっとつかまっちゃって」イヴは言った。

「かまわないよ。これを終わらせてしまいたいから、きみが運転してくれ」

ロークが仕事中なのでイヴは口を閉ざしたまま、車列の間を縫って進んでいった。ロークがPPCをポケットに滑り込ませ、イヴは彼を見た。

「何か買ったの?」

「いや、売って少なからず利益を得た。そのためだけに買ったネバダ州の物件だ」

「どうして売るためだけにネバダのものを買ったの?」

世間話——警察とは関係のない話——をしたがっているようなので、ロークは付き合うことにした。「まず、市場価値よりかなり安い値で売られていた。ロケーションがとくによかったし、ちょっと想像力を働かせ、少しばかり金をかけて施設を最新のものにすれば、かなりいい結果が期待できると思った。そうやって想像力と金を使ってかなりの利益を得て、また市場価値より安い物件を探すというわけだ」

「ネバダ州に市場価値より安い物件があるって、どうやって知るの?」

「そこにかぎらず、ほかのどこの物件でもわかるよ」ロークはイヴにほほえみかけた。「つまり、嗅ぎつけるんだ」

「市場価値より安い物件を——風変わりなところってどこ?——そう、ネブラスカ州で買ってみたら?」

「なぜ、ネブラスカが風変わりなんだい?」

「なぜってわけじゃないけど。あっちにあるから風変わりなのよ」ニューヨークじゃないから、と――ロークにはわかった――それとなく示すような身振りをする。

「もちろんだ。ネブラスカでも買うよ。都市？　地方？」

「都市？　ほんとうに、あっちに街があるの？」

「間違いなく、ある」

「本物の街よ」イヴは具体的に言った。「数本の通りにちょこちょこっとビルが集まってるだけじゃなくて」

「本物の街はあるよ、ダーリン。ミシシッピー州の西にさえ本物の街はある」

イヴはじっと考えた。「地方。都市部よりむずかしいに決まってるわ」

「ネブラスカ州の地方か。物件を見つけたら、きみの名をつける」

「待ってよ」

「きみがけしかけたから、きみの名にする。きみは大損して、シャツも買えなくなるかもしれない」

「シャツならいくらでもあるわ」イヴは小声で言った。「あなたが買い続けるから」

イヴはハンドルを切り、ナディーンが住む洒落た新しいビルの来客用駐車場に入っていった。スキャナーが車のナンバーを読み取り、駐車場所の階と区画の表示が点滅する。

「ナディーンが場所を取っておいてくれたみたい」

車を停め、角にあるエレベーターのひとつに近づいて、乗り込む。

「ロークとダラス、ナディーン・ファーストの自宅へ」ロークが言った。

〝許可を得ています。ミズ・ファーストのペントハウスへまっすぐおいでください。ご訪問を楽しまれますように〟


「わたしたちが楽しむかどうかなんて、どうでもよくない？」

ロークはイヴにほほえみかけた。「ただの社交辞令だよ」

「コンピュータが社交辞令を使う必要なんてないわ。効率性。わたしが機械に求めるのはそれだけ」

その効率性が示され、エレベーターは上昇して、方向を変え、ほとんど動きを感じさせずにまた上昇した。

「このビルも市場価値より安いときに買ったの？」

ロークはちょっと気取ってにんまりした。「かなりね」

「でも、売らなかった」

「売らずに取っておくものもある」ロークはイヴの手を取ってエレベーターを降り、広くて静かな廊下に出た。「この建物は好きだから、ナディーンが選んでくれてとてもうれしいんだ」

「すべての点で彼女にぴったり」

防犯対策が万全の、三層メゾネットのペントハウスのブザーを押す。

ぴったりした黒いパンツにセーターという自宅用の格好をしたナディーンが、ホワイエに続く両開きの扉を開けた。

「ふたりで来てくれたのね」ナディーンはほほえみ、一歩前に出てロークにキスをした。

「うれしいわ。いろいろ揃ってきた家具を見せびらかせる」

「すてきな玄関だ」ロークは言い、壁のくぼみに飾られたカラフルなボトルと、植木鉢の花、その場にしっくり溶け込んでいるふたり掛けのソファをながめた。

「ここに住むのが日に日に好きになるのよ」ナディーンはイヴを無視してロークの手を取り、リビングエリアへ引っ張っていった。「まだ家具を探している――楽しみの半分はこれよ――けれど、もうわが家という感じよ」

「イヴの言うとおり。ここはきみにぴったりだ」

大胆な色合いの内装、力強い印象の絵画、数えきれない――イヴにはそう見える――派手なクッションがソファの上に、おそらく芸術的に配置されている。

「あれは何？」イヴが指さした。

「テーブルよ。龍のテーブル。青いガラスの龍よ。どうしてこれに恋しちゃったのかわからないけど、とにかくそうなっちゃったの」

「すばらしい」ロークは近づいていった。曲線の多い本体と、さまざまな色合いのブルーが輝いているのをうっとり見つめた。「ドーム？」

「そうよ！」

「なってない《ダム》なら、どうして買ったの？」

「ドームだ」ロークが笑いながら訂正した。「見事な職人技だね」

「面白い絵画や家具を見つけるのが楽しいの。こんなに楽しめるなんて知らなかった。それでも、ほんとうにすごいのはあれ」

ナディーンは窓ガラスと、その向こうできらめいている街明かりのほうに手を向けた。

少なくともあれは楽しめる、とイヴは思った。時間があるときなら。

「七時にアップタウンで用事があるの。そっちの情報を聞かせて」

「じゃ、わたしが話す間、ワイン一杯くらい飲む時間はあるわね」

「勤務中よ」

「僕は違うから」ロークが横から言った。「いただこう」

「座って。すぐに戻るわ」

ナディーンがいなくなった。イヴはダイニングルームを思い出した——とても大きな赤いテーブルがあったはずだ。そして、キッチン——おしゃれで、最新設備が装備されていた。

ロークは腰かけ、イヴはうろうろ歩きはじめた。

「彼女はもうすぐパーティーをするだろうから」ロークが言った。「今日見て、どんな家具を揃えているのかわかったし、引っ越し祝い《ハウスウォーミング》のパーティーの贈り物をどこで探すべきか見えてきた」

また次のパーティーと次の贈り物のことを考えている、と思い、イヴは天井を見上げた。あれはもう、何があってもやめないだろう。

ナディーンがワインのグラスをふたつ載せたトレーを手に戻ってきた。一緒にコーヒーの入った大きなマグも載っていて、イヴは文句が言えなかった。

ロークは自分のグラスをナディーンのグラスにあて、アイルランド語で何か言った。

「きっといいことよね?」

「おおざっぱにいうと、お帰りなさい、だね」

「ありがとう」ナディーンは座り、ワインを少し飲んだ。「これで二杯目よ。今日は長い一日だった。ずっとスタジオに詰めていて、生放送でラリンダや捜査について話さなければならなかったし。あなたのこともよ」言い添えて、グラスを掲げてイヴのほうへ向けた。「それから、彼女を偲《しの》ぶしんみりした座談会にも参加した。でもその間、最高の調査チームには働いていてもらっていたし、可能なときはわたしも調べたわ」

「それで？」

「あなたももう探ったでしょうけど、彼女の経歴を調べたわ。中西部の大学を出てすぐに、レポーターになりたいという夢を抱いてニューヨークに出てきて、見習いの雑用係として〈ビハインド・ザ・スターズ〉で働いたあと、出世して現場中継のレポーターになり、75に移ってトークショーのアシスタントとして出演し、やがて自分の番組を持つようになった」

「ちゃんと調べたら経歴はインチキだとわかるはず」イヴは言った。「少なくともニューヨークに出てくるまでのところは」

「だとしても驚かない。大学の記録はすべて確認したわ。でも、彼女をおぼえている人がまったくいないのよ。学生も教師も、追跡して話ができた事務管理責任者さえまったく記憶にないそうよ。スクリーンに映りたくて、記憶を――あいまいなものを――適当に組み合わせてでっち上げた人もいた。そういう不自然なのはすぐにわかるけれど」

ナディーンは首を振り、またワインを飲んだ。「でも、彼女は自分の仕事をきちんとやっていたし、それはわたしも同じ。データによると、彼女が十八歳のときに悲劇的な死を遂げた両親とともに、あちこち転々としていたらしい。そうだとしても、誰も彼女や両親のことをおぼえていないの。はっきりとは。でも、経歴の大部分は完璧すぎるぐらいよ」

「そうよね」イヴは同意した。「あちこち移動し続けた子ども時代、やっと大人になった頃両親を亡くし、優秀な学生になった——大学に入るまでは自宅で教育を受けてた。きょうだいはなく、家族の絆のようなものはまったくない。記録的には完璧で文句のつけどころがなく、なんの傷もない。ニューヨークに出てくる前は、大きな怪我や病歴もなく、犯罪関係や法律的な問題もない——ニューヨーク以降は何度か訴えられてるけど。同棲者なし、親類もなし。汚れを知らない清らかな少女が、クラスでトップから十パーセント以内という優秀な成績で大学を卒業して、ニューヨークへ出てきた」

「そんな彼女を誰もおぼえていない」

「そこまでは知らなかった」イヴは言った。「感謝するわ。今夜、調べるはずだった数時間が節約された。でも、大部分はたいして新しくもない情報」

「こういうのもあるわよ」ナディーンはソファの背もたれに体をあずけ、脚を組んだ。「ラリンダのカモをもうひとり見つけたわ」

「名前は?」

「フィービー・マイケルソン」

フィーニーのリストにはなかった気がする。イヴは心のなかでざっとリストに目を通した。「有名人？」

「ぜんぜん。ラリンダのアシスタントのアシスタントよ」

「家が金持ち？」

「いいえ」

「じゃ、情報を手に入れやすい」

「当たり《ビンゴ》。説明するわね。調査チームを集めて、調査内容は秘密だと伝え、必要最小限の情報だけ伝えたの。そうしたら、調査員のひとりがあとでこっそりやってきたのよ。それで、フィービーとラリンダが地元のバーで一緒にいるのを二、三度見たことがあるって言うの。額を寄せ合って、フィービーは半べそをかいていたらしい。ラリンダが店を飛び出すと同時に、フィービーが化粧室に入っていったこともあったそうよ。フィービーはなかなか戻らず個室で泣いていたって。彼女はフィービーにいろいろ尋ねたけど何も聞きだせなかった。でも、好奇心にかられて彼女の行動から目を離さず、絶えず耳を澄ましていたそうよ。賢いわね。おおかたふたりは付き合っているんだろうと思っていたらしいけど、そうじゃなかった。ある日、勤務時間外にフィービーがラリンダのオフィスにこっそり入るのを見たそうなの。そして、なんと、彼女は情報工学《IT》を学んでいた。電子オタクよ」

「いろいろ掘り返して調べたいときに、電子シャベルほど便利な道具はないわ」

「フィービーをオフィスに呼んで、いくつか質問をしたの。そうしたら、二分で白状したわ。わたし、うまいのよ」ナディーンは言った。「でも、それほどじゃないかも。いつぶちまけてもおかしくなかったのよ。彼女、怯えていたの、ダラス。ずっと怯えていたのよ」

「マーズは彼女のどんな秘密を握ってたの？」

「本人に直接訊いてみて。あと五分くらいしたら、ここへ来るから。あとの話は、彼女からじかに聞いてもらったほうがいいと思う。逮捕するって脅したりしないでよ。彼女は75をやめるつもりなの。そうじゃなければ、わたしはベベに報告しないわけにいかないから、彼女はクビにされてしまう。だから、ほかにどうしようもないの。でも、彼女は犯罪者じゃない。もうひとりの被害者よ」

ナディーンのハウス・コンピュータが静かにチーンとなった。

〝フィービー・マイケルソンが正面ロビーにおいでです〟

「階上《うえ》に案内して。彼女、ちょっと早かったわね」

15

ナディーンに腰を抱かれて部屋に入ってきたフィービー・マイケルソンは震えていた。茶色の目のまわりは腫《は》れて、泣き続けて充血した目ばかりが、幽霊のように白い顔で目立っている。

橋の上から渦を巻いている川へ平気で子犬を蹴り落とす人間を見るように、フィービーはイヴを見た。

おひとよしを絵に描いたような顔だ、とフィービーを見てイヴは思った。

「フィービー、こちらはダラス警部補とローク。わたしに話してくれたことを話して。それから、ふたりの質問に答えて。正直にね」

「わかっています」小さなネズミがチューチュー鳴いているような声だ。

「ワインを一杯どう？」

「あの……あの……いただけますか？」

「もちろん。取ってくる——」

橋の上から子犬と一緒に渦巻く川に蹴り落されるかのように、フィービーは両手でナディーンの手を握りしめ、怯えきった目でイヴを見た。

「僕が取ってこようか？」ロークが立ち上がった。「ここにいる人は誰もきみを傷つけないよ、フィービー」そう言って、部屋を出る。

フィービーの頬にぽろぽろと涙がこぼれた。ナディーンは彼女をソファまで導いて、一緒に座った。

「これからのやりとりは録音させてもらうわ」イヴは説明を始めた。「それから、あなたの権利を読み上げる」フィービーが悲しげにあえぎ、イヴはふーっと息をついた。「手続き上のことで、あなたを守るためのものよ。ナディーンが言ったとおり、ほんとうのことを話してもらうわ。それがわれわれと、そしてあなたのためになるのよ。あなたには黙秘する権利があります」と、イヴはミランダ準則を告げはじめた。

告げ終わると同時に、ロークが戻ってきて、フィービーの両手にグラスを押しつけるように持たせた。

「あなたの権利と義務を理解しましたか？」

「はい」フィービーはごくりごくりとワインを飲んだ。ふたたび口を開くと、ネズミがチューチュー鳴くような声ではなくなっていた。どうしようもない絶望に打ちひしがれた声だ。

「わたしには弁護士に守ってもらう価値はありません」

「価値の問題じゃないの。あなたの権利なのよ」

「弁護士は必要ありません。とにかく終わりにしたいだけです。悪いことだとわかっていました。わかっていたけれど、ほかにどうしていいかわからなくてやってしまい、申し訳ないことだと思っています。ほんとうに、心から後悔しています」

「悪いとわかってたのは、どういう行為？」

「人の個人情報に不法侵入することです。通信内容や個人的なデータを盗み見ること。ネット上で密かに追い続けることです」

「どうしてやったの？」

「やらなければならないと彼女に言われたからです。ミズ・マーズに」

「強要されたの？」イヴは穏やかに訊いた。「喉元に武器を突きつけられた？」

「ある意味そういうことです」フィービーが言ったとたん、ナディーンは険しい目でさっとイヴを見た。

「武器は何？」

「ええと」フィービーはまたワインを飲み、二度、大きく息をついた。「わたしの父はラーソン・K・デリックです」

イヴは意味がわからなかったが、ロークが飛びついた。「悪党《ブラックハット》デリック?」

フィービーはうなずき、自分のワインを見つめた。大きな涙が一粒、ぽとりとグラスのなかに落ちた。

「とんでもない極悪ハッカーだった」ロークは説明した。「二十五年ほど前、彼は卓越した技術を使って金融口座を枯渇させ、短期間だが、ウォールストリートが引っくり返るような騒動を起こした。それをやり遂げて引退したときには、自分の国が買えるくらい金があったのに、政治家に転身した、と言えばいいのか。申し訳ない」ロークはフィービーを見て言い添えた。「きみにはつらい話だ」

「本人よりあなたが言うほうが楽でしょう」

「わかった。彼はやや狂信的になってしまったんだ」

「正気を失ったんです」フィービーは小声で言った。「父はテロリストでした」

「そう。政府の施設に侵入して、国家機密に関わる情報を暴露したり、暴露されたくなければ金を寄こせと迫った。そして、イーストワシントンに投売り《ファイヤーセール》を起こさせた——市のインフラにサイバー攻撃をしかけ、動作停止に追い込む、という意味の電子オタク語だ。通信施設も公共事業もすべてだ。しかも、実行時期に真冬を選んだ」

「おおぜいの人が亡くなりました」フィービーがささやくように言った。「交通事故で。部屋を暖められずに凍死された方もいました。略奪が横行し、人々はパニックに陥り、傷つけ合いました」

「知ってるわ」イヴが言った。「何となくおぼえてる」

「彼は大統領と副大統領と、それぞれの家族を死刑にしろと迫った。国家組織はすべて腐敗しているから打ち倒さなければならないと信じ込むようになっていたんだ」ロークは説明した。「人々が立ち上がり、新しい社会、汚れのない社会を作ると彼は信じていた。指導者がいない、あるいは指導者を必要としないユートピアを作る、と」

「当局は彼を逮捕し、その暴走を止めたけれど、おおぜいの人が亡くなりました。その彼がわたしの父親です」

「そして、悪名高いハッカーの娘に電子関係の仕事を与える者はいない」と、イヴが先を続けた。

「たぶん、どんな仕事も与えないでしょう。父が逮捕されたとき、わたしはまだ二歳でした。母は生まれたばかりのわたしを連れて父のもとを去っていました。父が正気を失いつつあったからです。父がペンタゴンに侵入して名乗りを上げると、当局はわたしたちを保護しました。母とわたしを監禁状態にして、何日も何日も母を尋問しました。母は知っていることはすべて話しましたが、もう二年も父とは離れていました。それでも、母の話が手がかりとなって当局は父を発見し、暴挙をやめさせました。それから、わたしたちには証人保護プログラムが適用されました。新しい名前になって新しい場所で暮らしたんです。何もかも新しくなりました。母は電子関係の仕事につくことはいっさい許されませんでしたが、わたしはわずか二歳でした。誰もだめだとは言いませんでした。わたしはその方面が得意でした。でも、ハッキングは一度もしたことがありません。ほんとうです」

「オーケイ。でも、マーズはそのことを見つけた」

フィービーは手の甲で涙をぬぐった。「彼女は見つけ出しました。わたしは履歴書に嘘は書いていません。当局に与えられたデータを記しました。でも、彼女は見破ったんです。そして、わたしは彼女のオフィスに呼び出されました。コンピュータ関連で何か手を貸してほしいのかと思って行ったのですが、知っているのよ、と言われました。わたしと母を破滅させることだってできる。わたしたちがほんとうは誰なのか知ったら、人々は敵意を示してくるでしょう。どうやってみんなに知らせればいいか、わたしはよく知っている、と。わたしたちはごく普通の人間なんです、ダラス警部補、それなのに、これまでずっと自分たちが何者だったか知られてしまうのでは、と怯え続けてきました。そして、彼女に見つかってしまったんです」

「彼女はあなたに何をしろと?」

「最初は些細《ささい》なことで、ヴァレリー・レースの通信記録にハッキングするとかでした。そうすると、ミズ・マーズは彼女が誰と話して、どこへ行こうと計画しているか、わかるんです。旅行の予定も。わたしはやりたくなかったけれど、彼女から仕事中の母を撮った写真を見せられました。母はニュージャージー州で造園の仕事をしています。わたしは怖くなって言われたとおりにしました。誓って言いますが、生まれてからそれまでハッキングをしたことは一度もありません。でも、やりました。彼女に言われて、何度も何度も。もうこんなことはさせないでほしい、と彼女に懇願しました。彼女はわたしを昇進させてアシスタントにしました。そして、わたしがやったことすべての記録を見せながら、ミズ・ヒューイットに言えば、誰もがわたしひとりでやったと思うと言いました。なぜなら、わたしはあの人の娘だから。彼女から――」

フィービーは言葉を切り、さらにワインを飲んだ。「あなたのシステムに侵入するようにも言われました」

ロークはただほほえんだ。「僕の?」

「あなたのデータで侵入できるものならなんでもいいけれど、個人データなら最高だと言われました。それに侵入できたら、ひょっとしたら、ほんとうにひょっとしたら、解放してくれるかもしれない、と。できませんでした。やってはみたんです。頑張ってやってみましたが、入れませんでした。そう報告すると、彼女はかんかんに怒って、ほんとうに正気を失ったみたいに怒って、わたしを殴ったんです」

「それは気の毒に」

「あなたがやってたことを、ほかに知ってる人はいる？」イヴは訊いた。

「いません。あの、ミズ・ファーストは見抜いてくれました。よかったです」フィービーはナディーンに言った。「むしろバレてうれしいです。75を離れなければならないのはわかっています。ミズ・マーズのことがある前は、あそこで働くのがほんとうに好きでしたが……それ以降は最悪でした。刑務所に入らなければ、故郷に戻るつもりです。母と一緒に働ける仕事を見つけます。刑務所へ入らなければ」

「彼女を殺したの？」

「あの――なんてこと――いいえ」涙の筋のついた顔が紙のように白くなった。「いいえ、絶対に。誓います」

「誰が殺したか知ってる？」

「いいえ。誰が彼女を殺したか、知りません。でも……彼女が殺されたと聞いて、うれしかった。それも事実です。うれしかったけれど、そのあと、うれしかった自分に胸が悪くなりました」

「ゆうべ、六時から七時の間はどこにいた？」

「ええと。六時か、六時ちょっと過ぎまで仕事をしていました。帰る仕度をしていたら、ドリーに付き合いだしたばかりの恋人からメッセージが届いたんです。メッセージで、きみとは別れるから、って伝えられたんですけど、それって最低ですよね。彼女が動揺していたので、しばらくそばにいました。ドリーはいい子なんです。それから、ふたりで帰りました。六時半ぐらいだったと思います。彼女はまっすぐ家に帰りたがりました。わたしは地下鉄に乗って、中華料理の店でテイクアウトの料理を買ってから帰りました。うちから二、三ブロックのところにある店です。わたしは、人の殺し方なんてわかりません」

「だったら、刑務所へ行くことにはならないわ」イヴはきっぱりと言った。「ハッキングした相手の名前は記録してた？」

「ひとり残らずおぼえています。ひどいことをした相手のことは忘れません」

「相手の名前が必要になるわ」

イヴが名前をすべて記録すると、ナディーンはフィービーの肩を軽く叩いた。「これで終わりよ。ダラス警部補がここで対処してくれるわ。階下に車を待たせてあるから、それで家まで送ってもらいなさい」

「ああ、ミズ・ファースト、そんな必要はありません。地下鉄で帰れますから」

「車で帰るのよ。降りていってドアマンに名前を言えばいい。車を回してくれるわ。明日、75に退職届を提出しなさい。再就職のために身元保証人が必要なら、わたしの名前を使っていいわよ」

「自分のしたことが恥ずかしいです」

「喉元に武器を突きつけられたのよ」イヴはまたきっぱりと言った。「今度そうなったら？警察に連絡すること」

「連絡していたらどんなによかったかと思います。父があんなことをしたあとでさえ、連邦執行官はわたしたちによくしてくれました。心から、警察に行くべきだったと思います」

ナディーンは彼女を玄関まで送り、戻ってくると長々とため息をついた。「彼女をうちのリサーチチームに迎えられたらいいんだけど。彼女はとてつもなく正直で、働き者だと思うわ。でも、それは無理だし、彼女は故郷に戻って庭に木を植えているほうが幸せよ。わたしはインターンを雇わなければ」ナディーンはワイングラスを持って、飲み干した。「若くて頭がよくて、学ぶのが好きな誰か。わたしが指導したり教えたりできる誰か」

「本気？」

ナディーンはイヴを見て肩をすくめた。「ええ。子分よ。わたしは子分がほしいんだと思うわ」

「あなたは仕事ができる」

ナディーンはグラスを掲げた。「わたしたちってそうよね」

「いい人がいるかもしれない。若くて頭のいい子。生意気だけど、それも長所かもしれない。彼女はたぶん、積極的に学ぶわ」

「ほんとうに？　誰？」

「あとで教えてあげる」


「悪党デリックか」駐車場へ降りていく途中、ロークが言った。

「あこがれてたなんて言わないでしょうね？」

「そうだなあ、ガキの頃は、たしかに彼を英雄視していた時期もあった。あめ玉みたいに金をかき集めて、先を見通しながらキーボードを叩いてシステムをぶっ壊すわけだからね。彼が死ぬほど出血してるのは間違いないけど、結局は、ハンパなくぶっ飛んじゃって、それは悲劇だ」

イヴはしばらく立ち止まって眉をひそめた。「何？　それは何語？」

「すまない。気持ちが若い頃に飛んでいって、つい当時のしゃべり方になってしまった。彼はとてつもなくすばらしかったけれど、そのせいで正気を失ってしまった、と言ったんだ。優れた頭脳にはあこがれるが、その頭を何に使い、結局どうなったかと考えると悲劇だ、ってね」

「オーケイ」

「きみは彼の娘に同情しているようだが、僕も同じだ。二度、被害者になっている。最初は父親の行動によって、それから、悪賢い女性に食い物にされた」

「彼女の正体を探るのに、マーズも何かしら作業をしたはずよね。彼女——マーズよ——は最初からフィービーをカモにしようとしてたと思う。おとなしそうで、簡単に怖気《おじけ》づきそうだし、間違いなくコンピュータの扱いに長けてるわ。嗅ぎ分けたのよ」駐車場を横切りながらイヴは言った。

「背景を調べていて、彼女がひとりっ子で、母親はシングルマザーだと知った。そこをもう少し調べた。父親はどこにいて、誰なんだろう、と」今回はロークが運転席に座った。「だが、仮面を剝がしてさらにこじ開け、悪党デリックを引き出すにはそれなりの力量が必要だ」

「たしかにね。次はミッシー・リー・デュランテよ」イヴはロークに住所を告げた。「マーズ本人がうまく仮面を作ってたらその過程で技術を学んだろうし、ある種の勘も養われたかもしれない。いくつか点が見つかったらそれをつなぎ合わせ、さらに見つけるのよ」

「彼女も――これもマーズのことだが――コンピュータを使って調べたり探ったりできたに違いない」

「誰かを意のままに使うほうが楽しいのよ。スケープゴートにも使えるし。フィービーを自分のチームに加えて、情報を得る。そして、何かまずいことがあればフィービーを人身ゴックにする」

「人身御供《ひとみごくう》」ロークはさりげなく訂正した。「マーズに恐迫されているとフィービーが訴えれば、父親のことが表沙汰になってしまい、余計につらい立場になる。このやり方も死ぬほど出血していると言わざるをえない」

「アイルランドでは賢いという意味ね？」

「ずば抜けてね。かわいそうな少女の悲しい話だ。きみは今日はずっと、悲しい話ばかり聞かされたね。疲れて見えるのも無理はない」

「しかも、誰ひとりとして警官にも上司にも相談しなかった。まったく、どういうことよ？」

イヴの苛立ちが伝わってきて、ロークは同情した。「標的はそういう人間だとわかってから、マーズは最初の矢を放ったんだろうね」

「彼女はあなたも狙ったわ」

「いや、それはちょっと違う。筒から矢を抜いたかもしれないが、つがえてはいない。賢明だったと言わざるをえない」

「ほかにも途中でやめたり、たんにあてそこなったりしたことはあるはずよ。もっと調べれば、彼女が忙しくて下準備ができなかった人も出てくると思う」

「それもあって、彼女がどこかに記録を保管しているのは間違いないと思うんだ」

だからこそ、もっとドゥインターを急かさなければ、とイヴは思った。顔が必要なのだ。マーズのほんとうの顔が。

「偽の身元にちょっとした現実を織り込むのは気が利いてるわ」イヴは推理した。「彼女は中西部の大学に行ったかもしれないし、子どもの頃はあちこち転々としてたかもしれない。マーズ《火星》として。そして、隠し口座の名義に惑星の名を使ってたから、そのパターンは続いている可能性がある。見つけたのは、ええと、マーキュリー《水星》、ヴィーナス《金星》、ジュピター《木星》」

「ウラノス《天王星》はいつも変わらず人気がある」

「それは天文好きのさえない男の子にとってでしょ」

「悲しいことに、そのとおりだ。サターン《土星》、ネプチューン《海王星》」ロークはさらに言った。「あと、惑星じゃないという見方もあるが、プルート《冥王星》。彼女と同じ年齢で、惑星――おそらく、月や名の知れた衛星も──とつながりのある名前で、中西部の大学に在籍していた女性を見つけるのは……不可能に近いぞ」

「あなたは、死ぬほど出血してるはずだけど」

ロークは感心して笑い声をあげた。「こうして、少なくとも試してみろと強制するきみは、かなり手練手管にたけている」

「すごく賢いっていうこと？」

「とてもずる賢い」

「認めるわ」イヴが言い、ロークは堂々とした古い建物に車を寄せていった。

傷ひとつない赤レンガの壁は高く、縦長の窓にはスクリーンが下りている。角にひっそりとたたずむ建物の入り口は幅の広いガラス戸で、人の姿はない。

ふたりが乗ったイヴの車《DLE》が縁石沿いに止まるまでは。

まじめそうな四角い顔のドアマンはシンプルな黒の上下を着て、帽子をかぶっていた。

ロークが車を降りると同時に、ドアマンは会釈をして言った。「サー、何かお手伝いいたしましょうか？」

イヴが警察バッジを取りだして要求する暇もなく、ロークがよどみなく言った。

「ミッシー・リー・デュランテに会いに来た。連絡済みだ」

「承知しました」

一歩下がってドアを開けながら、ドアマンがポケットから出したメモブックをそっと確認したのにイヴは気づいた。

ロビーも外観に劣らず威厳があって落ち着いた雰囲気に包まれ、明るくて広々とした空間の床は黒い砂目の入った白い大理石で、壁は淡いグレーだ。

ロビーの警備員もシンプルな黒の上下を着ているが、帽子はかぶっていない。

「ミスター・ロークとダラス警部補だ。三五三号室へ」

「承知しました」警備員はデスクを離れ、ふたりの先に立ってエレベーターが三基ある乗り場へ行き、カードを読み取り機《リーダー》に通した。「三五三号室」警備員が言った。「行ってらっしゃいませ」

ドアが静かに閉まった。

「あなたの建物だって言わなかったわね」

「車で近づくまで気づかなかった。所有する物件すべての住所を頭に入れているわけじゃないからね」

「ナディーンのところとは全然違うタイプね」

「活気ある街に多様性は欠かせないと思っている。これは二十世紀前半の建物で、このあたりは都市戦争《アーバンズ》でひどい攻撃を受けたが、ほぼ無傷でもちこたえた。室内装飾の多くはオリジナルで、修復不能だったり保存がむずかしいものだけ交換した。

「所有してどのくらい?」

「六年くらいだと思う。七年かもしれない」ロークはエレベーターの内部と、えも言われぬ壁の光沢をながめた。「スタッフがよく手入れをしているようだ」

エレベーターの扉が開くと、通路を二分するように長くてつややかなテーブルがあって、白いバラを活けた透明の花瓶が飾られている。ふたりは左の角部屋まで進み、ブザーを押した。

イヴはミッシー・リーについて復習したときにざっと彼のデータを見ていたので、ドアを開けた男性がビールを買える年齢だと知っていた。男性は十六歳くらいにしか見えず、ぼさぼさの金髪は長く、少年のようなかわいらしい顔に大きなグリーンの目が目立つ。

「どうも」男性は言い、片手を差し出した。「マーシャルです、よろしく。映画、すごくよかったから本も読まないとね。入って」

マーシャルが大きく開けて支えているドアの間からなかに入る。リビングエリアには、さまざまなタイプの家具と装飾と色彩が無造作に混じり合っていた。スペースの大部分と眺めを除いてワンルームにしたら、ニューヨークにやってきて初めてひとり暮らしをしたアパートメントと大差ない、とイヴは思った。

ミッシー・リーは花柄のスキニーパンツに青いロングセーターを着て、でこぼこしたソファに座っていた。隣に座っている男性はスーツ姿で黒髪だが、もみあげのあたりに白いものが目立つ。

弁護士のようだ。男女のほうは、魅力的なティーンエイジャーのカップルに見える。

「ビールがあるよ」マーシャルが言った。「ワインも」

「あんな安酒はワインとは言えないわ、マーシュ」

マーシャルはミッシー・リーを見てただにっこりした。「そんなに悪くないよ。とにかく、自分の家と思ってくつろいで」そう言いながら、椅子の背にかけていたコートをつかみ、椅子をがたつかせながら引き上げた。コートを着て、耳当て付きの帽子をかぶって、幅も長さもあるマフラーを首に巻いた。

「じゃ」

「ありがとう、マーシュ」

「そうだ」マーシャルは大きく一歩踏み出して、ミッシー・リーにキスをした。「連絡して」そう言い残して、すたすたと出ていった。

「ビールはおいしいです」ミッシーが言った。「ワインはだめ」

「おかまいなく」イヴが言った。

「ここはマーシャルの家なの」

「ポスターね」イヴは言った。「ドラマではタッド役の」

「ええ、最低野郎なんだけど、実際は申し分のない恋人よ。『シティーガール』で初めて人気が出て、見てのとおり、セキュリティのしっかりした由緒ある建物に引っ越さないとって、その気になったらしいんだけど、家具はまだフリーマーケットで買ってきたり、通りで拾ってきたのを使ったりしてるの」

ミッシーはドアのほうを見て言った。「彼は、わたしがあなたがたと会うのにここを使わせてくれて、理由も訊かずにどこかへ行っちゃったわ。そういう人なの」

ミッシーはふーっと息をついた。「わたしたちはここで半同棲中だけど、付き合ってることは秘密にしてるの。ドラマのほかのキャストさえ知らないわ」

「マーズは知ってた?」

「はっきりは言えないけど、たぶん、知らなかったと思う。知ってたら、何か言われただろうし。隠し玉として持ってたのかもしれないけど、大したことじゃないわよね。マーシャとわたしが付き合ってるってファンが気づいても、大騒ぎにはならないわ」

「知らなかったのよ」イヴは言った。「自分の番組で公表すれば視聴率ははね上がったはずよ。黙ってるなんて彼女には無理」

「そうね、あなたの言うとおり。ほしいものが手に入るなら、平気でわたしを監視したはず。とにかく、わたしは全面的にマーシャルを信用してるから、いつか彼にも、これからあなたがたに話すことを伝えると思う。でも、いまのところ、これは個人的な家族の問題よ。こちらはわたしの弁護士の、アンソン・グレゴリー」

グレゴリーは立ち上がって片手を差し出し、イヴ、ロークの順に握手をした。「ミズ・デュランテから事情はうかがっています。彼女の利益を守るために参りました、もちろんです」

「ごめんなさい」ミッシー・リーは立ち上がった。「コートをお預かりするわ。どうぞ座ってください。わたしたちが飲まないからコーヒーはないけど、たぶん何かあると思うし、見てくるわ」

「おかまいなく」イヴは繰り返し、マーシャルのコートがかかっていた椅子の背にコートを放った。「ここからのやりとりは録音するわね。では、あなたの権利を伝えます」

グレゴリーがうなずき、彼もミッシー・リーもふたたびソファに座った。

「あなたの権利と義務は理解しましたか?」告げ終わると、イヴは尋ねた。

「ええ、したわ。まず、言わせてもらいたいのは、ここであなたに話すことが漏れて公になったら、あなたとNYPSDを訴えるということ。譲歩はいっさいしない。公になってしまってからでは、訴えてもわたしにはなんの得もないだろうけど、間違いなく、すごく面倒なことになるから」

グレゴリーは足元のブリーフケースを持ち上げて膝に置き、開けた。「秘密保持契約書を用意してきました」と、説明を始める。

イヴはさらりと言った。「それは拒否します。わたしも、NYPSDの民間コンサルタントも、そういった書類にはいっさい署名しません。でも、セントラルへ来て正式な尋問を受けるように、あなたのクライアントに強要することは可能です。あるいは、捜査に必要となった場合や、刑事責任が問われる場合をのぞいて、彼女から聞いたことは公にしないと約束したうえで、ここで話を聞くこともできます」

「やってみる価値はある」ミッシー・リーはグレゴリーに答える隙を与えず、彼の腕に手を置いた。「心の準備はできてるわ。同じように、必要になったら彼らを訴える準備だってできてる。いいわよ」

「では最初に、ゆうべ、六時から七時の間にどこにいたか話して」

「六時かひょっとしたら六時十五分頃まで撮影してたわ。スタジオで。終わるとすぐにスタジオを出て、ここへ来た。建物の防犯カメラの映像を確認すれば、わたしが入ってくるところが映ってるはず。短いブロンドのウィッグをつけて、黒いコートを着てる。ふたりの関係を隠してるから」と、繰り返す。「ドアマンやロビーのスタッフは知ってるけれど、彼らは噂話をして職を失うのはバカらしいとわかってるわ。すべて心得てて、ほんとうにすばらしいの。わたしの十五分ぐらいあとにマーシャルが帰ってきた。建物を一緒に出たり入ったりしないのよ。彼が途中でピザを買ってきたから、一緒に食べて、台詞《せりふ》の練習をしたり、それから……いろいろ」そう言って、にこっとほほえむ。「十時半頃までここにいたわ。撮影中でいつ呼び出しがかかるかわからないときは、泊まらないの。家に帰ったわ」

「仕事場からここへはどうやって？」

「プロダクションが運転手をつけてくれてるの。ゆうべは、ここから二、三ブロックのレストランで降ろしてもらうように言ったわ。家族と食事をするからって。それで、出入り口のあたりで身をかがめてウィッグをかぶって、ここまで歩いてきた」

ミッシー・リーは言葉を切り、げらげら笑いだした。「なんか、ねえ、こうして声に出して言うと、こんなふうに隠してるのがほんとバカみたいに思えてくる。ふたりのことは公表しようって、マーシャルに話すつもりよ」

「カナリア諸島のことだけど？」

ミッシー・リーは目を見開いた。「わあ、あなたってめちゃくちゃすごいかも。ええ、家族とのバケーションで行ったの。あそこで彼女につかまったのよ。最初は、なによ、クソッて思った。太陽と波と仲良くしたいだけなのに、ゴシップの女王につきまとわれるなんて、って。でも、ちょっと協力してささやかなネタをあげるのが賢いやり方だと思ったの。そうすれば放っておいてくれる。でも、彼女はささやかなネタなんか探してなかった」

「彼女は、あなたのどんなことを知ってたの？」

「わたし個人のこと？　何も。家族のこと？　知らなくていいことを山ほど。クソッ、クソッ、クソッ。マジで最低のワインを飲むことにする。ちょっと待ってて」

ミッシー・リーが部屋から出ていくと、グレゴリーが座ったままもぞもぞ体を動かした。

「ミッシー・リーは立派な娘さんですし、よく働く女優です。生い立ちを調べれば、もちろん、すでにお調べでしょうが、彼女がこれまでどんなトラブルにも巻き込まれず、ファンだけではなくご近所とも問題を起こしていないとおわかりのはずです」

「マーズが近づいてきたとき、彼女はあなたに相談しましたか？」

グレゴリーは一瞬ためらった。「この状況ですし、ここで話をしようとミッシー・リーも決めたわけですから、いいえとお答えしても問題ないと思います。相談されませんでした。されていれば状況はまったく違っていたでしょうから、残念でなりません」

ミッシー・リーがグラスにほんの少しだけ、黄色ワインと呼びたくなるような白ワインを注いで戻ってきた。

「へんな匂い」ミッシー・リーはそう言って座り、恐る恐る口をつけた。「オーケイ。わたしは生まれてからほとんどずっと役者をやってるわ。最初の仕事は、昼のドラマで悲しい境遇の赤ちゃんの役だった。モデルもやったし、よちよち歩きの子どもの役もやったし、ほかにもいろいろ。父も母も支えてくれたわ。父はわたしのマネージャーだったけど、それは個人的なつながりのないプロを雇ったほうがいいとみんなが賛成するまで続いた。でも、父は今でもわたしの仕事には欠かせない存在よ。母はそうじゃない。わたしの仕事には関わってないから」

また少しだけワインを飲んで、身をすくめる。「母には、何と言うか、違法ドラッグと縁が切れないという問題があるの。リハビリを再開したあと、長い間ドラッグなしで過ごしてたのよ。でも、また手を出してしまった。いまでは、ドラッグと縁が切れて約二年になるわ。でも、ずっと続きはしない。それはわかってる。母はそういう人だって受け入れてるの。愛してさえいる。わたしの母なんだから」

いったん言葉を切り、またワインを少し飲み、顔を歪めた。「母がリハビリを再開するたび、父はこれが最後で、母は二度とつまずかないって心の底から信じるの。たぶん、母もそう信じてるわ。問題は、父が母を愛してるだけじゃなくて、どうしようもなく崇拝してることよ。わたしと母を僕のガールたちと呼んで、こよなく愛してるの。わたしたちはどんなにお金がかかっても、実際、とてもお金がかかるけど、母の問題を隠し続けてた。お金だけじゃなくて、ありとあらゆる犠牲を払って」

「マーズがそれに気づいて、暴露すると脅してきた」

「そうよ、でも、それだけじゃない。わたしが彼女にお金を払ってたのは、母の問題が公になったら、父と母の腐れ縁が終わってしまうかもと、心のどこかで思ってたから。お金を払ったのは父のためかもしれないけど、よくわからない」

「だったら、誰のため？」

ミッシー・リリーは一瞬目を閉じ、また開いた。澄んだ目でまっすぐイヴを見つめる。「十四年前、母はリハビリ中にまたドラッグに手を出して、手がつけられなくなった。どうしようもなくて、父と母は数か月、別居したの。その頃のわたしはまだ売れてなかったから、ゴシップ番組やタブレットの記事で大々的に取り上げられはしなかった。わたしたちはニューLAに住んでいて、母はドラッグの売人と駆け落ちしたの。そして、ひどい話だけど、夫婦の口座のお金を使い果たし、わたしが稼いで学費のためにためていたお金にも手をつけた。母がドラッグと縁を切ってまともになって戻ってきたとき、男とふたりで南太平洋諸島へ行って遊んで暮らしてたと話してくれたわ。島でドラッグをやって、わたしのお金で派手に暮らしてたって。そのうちお金が残り少なくなり、母も少しはまじめに暮らすようになった頃、男に殴られるようになったらしいの。それで、逃げ帰ってきた母を父は受け入れた」

ミッシー・リーはそう言って肩をすくめ、両親のパターンには慣れてしまった――そして、もう笑うしかない――とイヴに告げた。

「それから二、三週間して、またリハビリを受けると決めた直後、母は妊娠してることに気づいたの」

「売人の子ども?」ミッシー・リーが何も言わなくなったので、イヴは訊いた。

ミッシー・リーはまた肩をすくめてワインに口をつけた。「たぶん、そうだと思うけど、両親は元の鞘《さや》に収まってたから、たしかなところはわからない。父は赤ちゃんは自分の子だと言って譲らず、DNA鑑定を受けるかどうか考えるのさえ拒んだ。当時、わたしは何も知らなかったし、よくは理解してなかったけど、子どもって気づくものよ。そう、子どもは見抜くの」

ミッシー・リーはワインが少しだけ残っているグラスをまだ手にしていたが、それを怖い顔で見下ろし、一、二秒だけ――ほんの一、二秒だけ――幼くて心細げな声を漏らした。

「それからは穏やかな日々だった。妊娠中、母はドラッグには手を出さず、きちんと食べて健康になった。たぶん、わたしたちはみんな、太陽みたいに輝いてたわ。わたしは絶え間なく仕事をして――この仕事はずっと大好き――父はまだわたしのマネージャーをしてた。母は家のなかのことをやって、模様替えをしたり、パーティーを開いたり、ちゃんと家を切り盛りしてた。ジェニーが三歳になるまでそんな生活は続いた。母はちょっとつまずくこともあったけど、すぐに立ち直った。また平和な日々が続き、またつまずいて。そんな繰り返しよ」

心細げだった声はいつのまにか、抑揚のない冷静な声に変わっていた。

「母はもう三年近くドラッグから離れてるし、いまはそのいい状態をしっかり受け止めるべきだと思う。ジェニーはいい子よ。わが家のアイドルで、輝きそのもの、すべてなの。わたしは可能なかぎり母を愛してるわ。でも、少しの間でもジェニーが悲しみや恥ずかしさを味わわずにすむとわかれば、わたしは一瞬もためらわずに母をオオカミの群れに投げ入れる。あの子はわたしの妹であり、喜びなの。わたしにとって世界そのものなの」

「あなたは妹を守るためにマーズに金を払った」

「家族を守るためよ。最初が――最初で最後で、いつもずっと――ジェニー。父がその次――でも、父は大人よ。父のこともオオカミの群れに投げ込むけど、その前に少し考えるかも。ジェニー？　あの子を安全で幸せな状態でいさせるためなら、わたしはどんな犠牲も払う。ジェニーはかわいくて、素直で、愛情に満ちた子よ。中身も外側もきれいなの。賢くて、面白くて、やさしいし」

ミッシー・リーは一瞬、魅力的な笑みを浮かべた。「思春期になって、何度か反抗したこともあるけど、五分ぐらい泣きわめいて、それでおしまい。世の中の何よりも誰よりも、あの子を愛してるわ」

ミッシー・リーは弱々しく息を吸いこんだ。「必要なら、わたしは情け容赦ない意地悪女になれるし、そうしなければならないときってあるでしょ。寄生虫やしつこく付きまとって離れないヒルみたいな連中からどうやって自分や家族を守るか、その方法は知ってるし、駆け引きも心得てる。でも、ヒルを殺す、つまりマーズを殺すことは思いもつかなかった。わたしの頭はそういうふうには動かないんだと思う。思いついてたら、どうやろうかと考えたかもしれないわ」

「ミッシー・リー」

ほとんど撫でるようにやさしく、ミッシー・リーはグレゴリーの腕を叩いた。「これは正直な気持ちだし、すごく、あの、正しいことをしてるって感じるの。目を見れば、この警部補さんも情け容赦ないタフな女性だってわかるから、石頭同士で本音をぶつけ合いたいのよ。わかってもらえる?」

「わたしはわかるわ」イヴは言い、純粋に敬意を感じた。

「殺し方を考えたかもしれないけど、実行はしなかった。そして、お金を払った。お金で済むならいいと思ったし、お金は稼げるから。物心つく前から稼いでるし、これからもそれは変わらない。お金を払ってるかぎり、彼女には秘密をばらす理由がない。彼女のことは嫌いだった——嫌いなんて、生易しいものじゃないわ——けれど、わたしはすごく賢いから。何言ってるんだろ」

ミッシー・リーは黄色いワインがわずかに残っているグラスを掲げた。「正直に言わせてもらうけど、わたしはほんとうにすごく賢いの。わたしの脳が、おいおい、あのろくでもないヒル女を引っぺがして、踏みつぶして殺してやろう、という方向に進んでたら、彼女がもっとひどい死に方をするように、いろいろ画策したはずよ。あなたがここへ来て、わたしがいまこんなふうに話してるのは、彼女が死んだから」

イヴは黙っていたが、頭のなかで返事をした。そうね、あなたは賢くて、そして、正しい。

「死んだから」ミッシー・リーは続けた。「誰かが彼女のあさましいデータを見つけて、そして、そう。ジャーン、すべては解決する。

ジェニーはわたしの妹よ。どこからどう見ても父の娘だけど、DNAはわからない。父は妹を愛してるし、妹も父を愛してるわ。ほかの誰かの娘かもしれないとわかったら、どんなに悲しむか。それも、母が駆け落ちしたろくでなし野郎の娘かもしれないなんて。あの子がそんなことを知らずに済むようにお金を払う？　そんなのなんでもないことよ」

「どうやって払ってたの？」

「現金《キャッシュ》で。金額は彼女が決めた。わからないけど、彼女の気分によって七千だったり、八千だったり、九千だったり。ダウンタウンのビストロや、どちらも参加する夜のイベントがあれば、その場に持ってくるように言われたわ。彼女が亡くなったバーには行ったことがないわよ。違法だし」グラスを掲げてほほえむ。「まだお酒は買えないし、飲酒はイメージが悪い。とにかく、わたしは何をやりだすかわからない子どもじゃない。順調に仕事をしてる役者で、これからもそのままでいるつもりよ」

ミッシー・リーはグラスを置いて、まっすぐイヴの目を見つめた。「妹を混乱させないで」

「そのつもりはないわ。あなたがお金を払ってたことを、お父さんは知ってたの？」

「本気で言ってるの？」ミッシー・リーは屈託なく笑った。ふざけている子どもを見てやさしげに笑っている大人のようだ。「知ってるわけないわ。わたしのお金をどう使い、人生をどんなふうに生きて、何をどう選ぶか、決めるのはすべてわたしよ。そうね、愛してるけど、父には弱いところがある。だから、ラリンダ・マーズのような人間には対処できない。父は母に話すだろうし――黙っていられないと思う――母はそれを口実にして、新しい売人を探してたかもね」

ミッシー・リーは人差し指を立ててくるくると回した。「そして、また振り出しに戻る、という繰り返し」

「誰にも言わなかったのね」

「マーシャと付き合うようになってもう一年近いの。わたし、秘密を守るのはうまいのよ」

「どこかふたりきりになれるところで会うように言われたことはない？　彼女の家とか？」

「ないわ」ミッシー・リーは唇をすぼめて考えた。「不思議よね？　いつも公共の場だった。ほかに人のいるところのほうがなんとなく屈辱的だろうと思ってそうしたのかも。そのほうがわたしに殴られないと思ったのかも。わたしだけじゃなくて」ミッシー・リーは言った。「脅されてたのはわたしだけじゃないんでしょ？」

イヴは立ち上がった。「わたしも秘密を守るのはうまいの」

「完璧な答えね」ミッシー・リーも立ち上がり、手を差し出した。「あなたを信用するわ。わたしは信頼できる人かどうか見抜くのがすごくうまくて、一度もだまされたことがないの」今度はロークに片手を差し出す。「あなたも信用するわ」

「妹さんはきみのことが大好きなんだろうね」ロークが言った。

「そう、大好きよ。だから、あの子を絶対にがっかりさせるわけにはいかない」

16

ロビーに降りていくエレベーターのなかで、イヴはPPCを取りだした。

「彼女を疑ってはいないね」ロークが言った。

「ミッシー・リーはお金のことはどうでもよかったと思う——餌食《カモ》になった人たちはほとんどみんなそうだけど。時間がたつにつれ、脅迫されてることとやプライバシーに踏み込まれることのほうが問題になってたはず。でも、歳月を重ねるうちに、彼女は妹に打ち明けたんじゃないかと思う。つまり、二、三年後には、くたばれ、ってマーズに言ったはず」

ロークにそう伝えながら、イヴは手にしたPPCに目をやった。「ミッシー・リーはわたしたちにほんとうのことを伝えてたと思うわ。知ってるとおりを伝えた、と」

「なるほど」

「そう、つまり……」イヴはそこでいったん言葉を切り、ふたりでエレベーターを降りて建物の外に出た。車に乗り込みながら、続きを言う。「両親も恋人も恐喝の件は何も知らないと彼女は信じてる。でも、彼女が信じてるからそうだとはかぎらない」

「最初に誰を調べる?」

「父親よ。彼がいちばん確率が高い。彼女がわたしたちに伝えたとおりの父親なら、犯人像に当てはまるわ。女性を守らなければと思ってる男性だから。しかも、弱い」

「その特徴は矛盾していないか」

「男は考え方が単純よね。彼が弱いのは、妻が同じことを繰り返して、子どもたち——生物学的にはともかく、妹はあらゆる点で彼の子どもね——を混乱させるとわかってても受け入れ続けてるから。彼は妻がそばにいることを娘たちの幸せより優先した。それって弱いわ」

「そういうものだろう? 愛がそうさせるんだ」

ミッシー・リーなら理解して敬意を表したはずの冷笑を浮かべ、イヴは首を振った。「彼は幻を愛し、子どもたちのために足元を固めることもせず、幻に依存してる。幻を保つため、家族を守らなければと自分を納得させて、脅威を消すかもしれない」

「それに、弱い者も強い者に劣らず人を殺す」

「弱い者のほうが多いわ。ミッシー・リーは父親を愛してるけど尊敬はしてない——幻を愛してるから尊敬できないの。彼女は父親が強請りについて知ってるとは思っていない。それは正しいかもしれないけど、知らないと信じてるのは何よりも、父親を尊敬してないからよ。父親はちょっと気をつけてれば何かあると気づいたかもしれない。さらに本気になって調べたとしたら、何が起きてるかわかったかもしれない」

「そして、強請られていた本人ではなく、その人物とつながりのある何者かが殺したと考えるほうが、きみは納得できる」

「まだ彼女のカモをすべてを把握したわけじゃないから、金は払いたくないけど秘密を暴露される危険を冒すわけにはいかない、という人だっているかもしれない。でも、これまでのパターンは？　そう、わたしはつながりのある人のほうが可能性が高い気がしてる」

「母親は？」

イヴは顔を上げて、ロークを見た。「あなたはどう思う？」

「母親は売人とつながりを持っていて、売人のなかには殺人は単なる仕事の一部、という連中もいる。しかし、仕事のやり方が普通じゃないだろう？　公の場で、しかも出入り口が一カ所しかない場所で殺すのはプロの仕事とは思えない」

イヴはしばらく考えた。「あなたは警官じゃなくて犯罪者みたいに考えてると言ったら、うれしいでしょうね」

「いずれにしても、共通する部分がかなりある」

「そうね」イヴは指先で自分の膝を軽く叩きはじめ、ロークは門をくぐって邸へと車を進めていった。「しかも、母親は依存症で、きっかけがあるとすぐに以前の習慣に染まってしまう。そういう噂を耳にしただけでも、ここぞとばかりにドラッグに手を出すに決まってる。彼女のことは調べるけど、父親のほうが可能性は高いはず。それから、恋人も」

「本気かい？」

「マーシャルとは半同棲状態だって、ミッシー・リーは自分の口で言ってる。ふたりは仕事も一緒よ。彼は彼女が思ってるよりはるかに多くを知ってるかもしれない。でも」

「でも」ロークは同じように言い、邸の前に車を止めた。「若くて恋をしていると、あるいは、何はともあれセックスするのが楽しくてしょうがない時期だと、そういうことはしゃべりたくなるものだろう。彼が知っていれば彼女にそう伝えただろうし、彼女がさっき僕たちに真実を告げたなら、彼は知っていると話してくれたと思う。彼に席を外すようにも言わなかったはずだ」

「わたしもそう思う」イヴは車から降りて、ファイルバッグを抱えた。「彼のことも調べるけど、いまのところ、わたしの容疑者リストでは低い位置にいる。彼より可能性の高い人たちはもっといるわ」

「少しゆっくりしよう」ロークはイヴの腰に腕を回して、邸の玄関に向かった。「このまま調べに没頭するのではなく、食事をしよう。その間に、可能性の高い人たちの話を聞かせてもらうよ」

サマーセットとギャラハッドが待っていた。ガリガリのっぽと、ぽっちゃりおチビ。サマーセットに欠点や短所があるとしても――指摘しはじめたら止まらない――彼とこの猫はいつも変わらず、並んでいるとほんとうに絵になる。

「嵐の前になんとかお帰りになりましたね」

それを聞いて、イヴは急に立ち止まった。邸にサマーセットがいない輝かしい三週間を迎えるまで、あと一日だ――今日と出発の日は数えないから。

「嵐って？」

「いま、ニューイングランドから南下している嵐です」サマーセットの顔がくしゃっと崩壊して、笑顔かもしれないものになった。ギャラハッドはずんぐりした体をイヴとロークの脚に交互にすりつけるのに忙しい。「今夜、市内は凍雨とともに強風が予想されています。一両日中にもっとひどくなる可能性もあるそうです。家にいて、暖炉にあたっているにはよい晩です」

「だったら、居心地のいい夜になるだろう」ロークはサマーセットにコートを渡した。

「コシードでも召し上がって、お楽しみください」

「まさにぴったりだ。しばらく冬の寒さから逃れられて、うれしいだろうね」

「はい、それはもう。明日、細かなことをいくつか手配します。必要なことは午前中にお話しいたします」

「足元に気をつけて」イヴは自分のコートを放って階段の親柱にかけた。サマーセットが眉を上げる。「猫につまずかないでよ」そう言って、イヴは階段を上りはじめた。

一緒に階段を上りながら、ロークはイヴの脇腹をつついた。

「それはそうと」イヴは言った。「コシードっていったい何?」

「栄養たっぷりのスペインのシチューだ。彼が時間と手間をかけて作ってくれたんだろう。だから、親切にしてあげるのは悪くないと思う」

「彼を侮辱しなかったでしょう？　その強風で飛ばされちゃえばいいとか、ヴァンパイアは寒さを感じないと思うけどとか、言おうと思ったら言えたわ。でも、言わなかった」

「きみの自制心は勇者にふさわしい」

「でしょ？」イヴはオフィスのほうへ体を向けた。すると、ロークに寝室のほうへ導かれてしまった。「何？」

「居心地のいい夜を過ごすには、仕事用の服は脱いだほうがいいだろう」

イヴが疑り深いのは生まれつきで、仕事でも鍛えられた。「それって、わたしを裸にするうまい口実じゃない？」

「かもしれないが、スーツじゃないものを着てワインとコシードを楽しみたいと思ったんだ。冬の夜、くつろいだ服装の妻と一緒に、暖炉の火とワインとシチューを味わうのは楽しそうじゃないか」

イヴはかすかな罪悪感に胸がちくりとした。「わたしのオフィスで食べる必要はないのよ」

「そう、必要はない」ふたりで寝室に入ると、ロークは自分でネクタイをほどいた。「でも、あそこはほんとうに便利になっただろう？　なんだって楽にできる」

ロークがそうしようとしたからだ、とイヴは思い出した。そこで、ネクタイを引き抜いて脇に放り、彼の顔を両手で挟んでキスをした。

ロークの唇がカーブした。「こうやってうまい具合に僕を裸にするつもりかな？」

「かもしれない」イヴはロークの髪を指で梳いてから、一歩後退した。「これは予告編ということにしましょ」

「じゃ、本編を楽しみにしているよ」

イヴはハグされているように温かくて柔らかいコットンパンツに、何年も着続けているNYPSDのスウェットシャツを着て、室内用スキッドを履いた。ロークが選んだ黒の上下は、普段着にもかかわらず危険な雰囲気をかもしつつエレガントだ。

「まずワインと夕食を楽しんで、きみの事件ボードに最新情報を加えるのはそれからだ」

それでもいい。ロークと一緒に自分のオフィスへ向かいながらイヴは思った。でも……。

「ちょっと確認したいことがあるの。つながりについて話してたときにふと思ったんだけど。質問させて。あなたは個人的なことを隠し続けるのがずば抜けてうまいけど、カーロやサマーセットがその気になったら、どのくらいほじくり出せる？」

「ちょっと考えただけでは、サマーセットがほじくる必要のあるものがあるとは思えないな。カーロか？　彼女のことは信頼しているし、頼りにもしているが、僕が彼女に把握してほしくないものを彼女が把握することは絶対にない」

「そうね、でも、それはあなただからよね」

「きみが尋ねたのが僕だからね」ワインを選びに行きながら、ロークは言った。

「それもそうね。でも、もっと一般的な業務管理役や個人秘書《PA》みたいな人たちはどうかなと思って。あなたの秘密を守るためなら、サマーセットはどんな攻撃を受けても矢面に立ち続けるはずよね」

「まあね」ロークはつぶやいた。「続けて」

「彼のあなたへの忠誠心は知ってるし、それが完璧で揺るぎないのも知ってる。カーロも同じだと思う。マイラの業務管理役は、マイラが診療中なら相手が神であっても阻止して扉の向こうへは行かせない。それは忠誠心であり、ある種の独占欲よ。わたしはありがたいことに業務管理役がいたことがないけど、助手だった頃のピーボディはわたしを守ってくれた」

「だから？」ロークは先を促し、ワインを注いだグラスをイヴに渡した。

「アニー・ナイトの個人秘書なのか業務管理役なのかどっちでもいいけど、その男のこと。わたしは気に入らなかった。必要もないのに邪魔をしてきた。喧嘩腰になって、テリトリーを守ろうとした。わたしたちを近づけまいと必死になって、いやな感じだった。こっちが彼女と連絡を取ってからも、割り込もうとしてきたし」

「そういう仕事だからね、ダーリン」

「たぶんね。だからよ、きっと、わたしがほとんどの業務管理役が嫌いなのは。カーロは例外――わたしがあなたに会おうとしているとんまだったら、たぶん、彼女のことは嫌うわね。あの男はかんかんに怒って、部下に嘘《シュモー》をつけと命じ、すぐに弁護士を呼んだ。ナイト本人はもうしゃべるつもりでいたのに――でも、あの男が伝えてなかったから、ナイトはわたしたちが行くことを知らなかったのよ。あの男はできるかぎり彼女をわたしたちに会わせないようにしたわ」

ロークはふたたび考えた。「僕はシュモーとはめったに会わない。でも、大事な客というか、当局からの訪問者？　それだと、カーロは面会を断ったり避けたりはしない」

「そのとおりよ。それに、カーロはあなたが誰に会おうとするかを知ってる。それが大事なの。アニー・ナイトはたぶん、自分とマーズの問題についてあの間抜け野郎は何ひとつ知らないと信じてる。でも、きっとあの男は知ってる。すべてを知ってた彼女のパートナーはちゃんとした人に見えるけど、それもたぶんという話。わたしとしては、パートナーより間抜け秘書のほうが怪しいと思うけど」

「ほんとうにその男が嫌いなんだね」

「ほんとうに嫌い。だから、彼女と話をしたあと、もう一度あの男のところへ戻ってやったわ。まったく、にやにや笑ったり嘲笑ったり、人を見下した態度で、いちいち難癖をつけてわたしとピーボディを待たせ、ナイトに会わすまいとしていた。カーロなら、そうね、警官がふたり、あなたと話がしたいと言ってきたらどうする?」

「ふたりを待たせて僕と話をして、僕の指示にしたがっただろう」

「そうよ、わたしもそう思う。わたしたちが来てることを、あの男はナイトに伝えなかったのよ。彼女が嘘をついてれば話は別だけど、彼女は最初から協力的だったから、嘘をつくとは思えない。しかも、あの男は彼女に相談もしないで、いきなり弁護士に連絡した。とにかく、セキュリティに問い合わせて、あの男が昨日、退社したと言ってた時刻がほんとうかどうか、マーズに会いに行く時間があったかどうか確認したい」

「ボスを強請っていたという理由で、彼女を殺したというのか？　きみはよほどそいつが嫌いなんだな」

「たぶん、あの男は人に嫌われる霊気を発散してたのかも。よくわからないけど」

「彼はナイトと恋愛関係にあったり、それを願っていたりすると思うかい？」

イヴはしばらく考え、ないと思った。「いいえ、彼女はパートナーと親密だし、あの間抜け秘書は別のバイブレーションも発していた。〝男性のほうが好き〟バイブだから、ナイトと関係があったり、そうなりたかったりはしないと思う。とにかく、二、三分でセキュリティに連絡がついて、答えが得られるはずなの」

「だったら、僕はシチューの準備をしよう」

結局、イヴが予想したほど時間はかからなかった。デスクで応じた男性が以前同じ職場にいて、殺人課からＥＤＤに異動する前はフィーニーの下で働いていたことが幸いした。

必要な情報を得ると、イヴは椅子の背に体をあずけて眉をひそめ、事件ボードを見つめた。

「殺す時間はなかった？」ロークが訊いた。

「あの男が話してたとおり、十九時九分に退社してた。死亡時刻《TOD》はそれより三十分ほど前だから、ないわね。殺す時間はなかった。間抜け秘書はシロよ」

「こっちでコシードを味わって、元気を出そう」

「すごくいい匂い」イヴはテーブルまで歩いていって、厚みのある青いボウルに盛られたシチューをじっと見た。「野菜がたくさん入ってるみたい」

「肉もたくさん入っているから、栄養バランスはばっちりだ」

イヴは半信半疑で椅子に座り、スプーンで少しだけシチューをすくった。ロークは温かい小ぶりの丸パンを食べやすいように切っている。普通のシチューならよかったのにと思いながら、イヴはおずおずと味をたしかめた。

そのとたん、口のなかでさまざまな味がはじけた。

「オーケイ、すごくおいしい」

ロークはほほえみながら厚切りにしたパンをイヴに渡した。「さあ、リラックスして、味わって」

「料理をしたことはある？　つまり、何かをほかの何かと混ぜて、さらにほかの何かを足すみたいな？」

「それがあるんだ。サマーセットに引き取られた頃、基本的な料理をいくつか教えられた――教えようとしてきた、と言うべきか。僕は料理の何から何まですべて嫌いで、とても食べられないような代物にしてやろうとベストを尽くした」

ロークはにやりと笑って、シチューを口に運んだ。「別に頑張らなくてもそうなったみたいだけれどね。料理は、サマーセットが僕にやらせようとしてあきらめたことのひとつで、それでたがいに心からほっとできたと思う。きみは?」

「通っていた公立学校のひとつで、必修科目だったわ。〝ライフサイエンス〟っていう科目で、基礎的な料理を習わされたの。わたしはスクランブルエッグもどきを作った。固くてパサパサになるか、ほとんど生で鼻水みたいになるか、どっちかだった。先生は最終的にチェックマークをつけてくれたけど、同情したのかやけくそになったのか、どっちかね」

「その先生とサマーセットは慰め合えただろうね」ロークが想像しながら言った。

イヴはさらにシチューを口に運んだ。ぴりっと刺激があって、高級素材と一緒に煮込まれていると、野菜もさほどまずくはない。

「〝ライフサイエンス〟とか、くだらない」イヴはもぐもぐ口を動かす合間に言った。「わたしはいつでもニューヨークに出ていくつもりだったし、そうなったらいつだってピザが食べられるんだから、そんなのは象に乗った男たちが何年に山脈を超えたかおぼえるのと同じくらい意味がないのよ。戦略は立派よ。でも、それが何年のことだからどうだっていうの?昔は昔、いまはいまでしょ」

ロークは面白くなり、またワインを飲んだ。「サマーセットとしては、料理をするか飢えるか、という状況になったらどうするんだ、と考えていたようだ。僕は、腹が減るのには慣れているし、そうなれば食べ物を盗めばいいじゃないか、と思っていた」

「あの人は料理が好きよね」緑色のものにはキャベツも混じっているのは間違いなかったが、イヴはまたがつがつシチューを口に入れた。「十人十色」

「サマーセットに引き取られて数週間たち、腹が減らないように食事を与えられてもまだ、僕は食べ物を盗んでいた。盗んで隠していた——万が一のために。やがて、彼は僕を座らせて言った。おまえは誰かの口から食べ物を盗んでいるのと同じだ。その誰かは飢えてしまうかもしれない。自分より貧しい者のことを考えてやらなければだめだ、と」

イヴは感動してロークの背中をさすった。しかし、まだよくわからなかった。「でも、ほかのものを盗むのはかまわなかった」

「目指すものの途中だからじゃないか?」ロークは肩をすくめてシチューを口に運んだ。「そのうち、彼はその一点をしつこく強調するようになった。おまえより貧しい者のことを考えろ、と。こじつけみたいだが、僕はだんだんいい泥棒になった。その思いを胸に高いところを目指したから」

「こじつけもいいところ」イヴはつぶやいた。

「それでも、だ。この安アパートのぐらぐらした錠を開けて、家族がジャガイモの箱にためていた現金《キャッシュ》を抜くのは簡単かもしれないが、彼らは僕より貧しい、と考えて手を出さないんだ。しかし、あそこの防犯設備の整った立派な家はどうだ？　あそこなら僕よりたんまり持っているぞ、ってね」

ロークは反省した様子もなく、また肩をすくめた。「彼は一時期、食べさせなければならない子どもがふたりいて、服を着せ、家に住まわせ、面倒を見なければならなかった。しかも、世の中はいまより過酷だった」

ロークはイヴにほほえみかけた。「きみは生まれながらの警官で、僕は生まれながらの、きみとはまったく違う何かだった。たぶん、いまもまだそのままの部分はあって、きみにとってはそうでもないかもしれないが、僕はそこそこ楽しんでいるよ。きみはもうプロセスを終えたと言えるね」

イヴは彼のことを考え、自分のことを考えた。わたしは美しい邸にいて、おいしい食事を食べ、おいしいワインを飲んだらまた、仕事に戻ろうとしている。

「あなたのおかげもあってプロセスが終わったんだと思う」

「そして、僕らはこうしてここにいる」

「わたしたちが違う状況にいても、いかにもまずそうで、気持ちの悪いスクランブルエッグもどきを作ってあげられると思う」

「僕も、僕たちのお腹がいっぱいになるくらいは盗みを働けるよ、間違いなく」

「それで、わたしがわたしたちを逮捕すれば、檻のなかで一日三食食べられる」

「きみはすばらしいよ、イヴ。何から何まですべて」

「あなたも同じ」イヴは空になったボウルを脇へ押しやった。「中身がなんだったかは絶対に言わないで」

「約束する。きみは事件ボードの情報を新しくしたいんだろう」

「ええ、それと、セントルイスのクソバカ野郎がやっと送ってきた事件ファイルも読みたい」

「僕のおまわりさんに何がしてあげられる？」

「やらなければならない仕事がないなら、マーズの名前の付け方がパターン化してる件を追ってほしい。家を買うにしても、借りるにしても、別の名前を使ってると思う。何もかも推測なんだけど、目のつけどころは間違ってないはず」

「遊ばせてもらうし、いったんシステムを構成したら、大部分は自動《オート》で処理できるはずだ。残っている仕事はその間に片付けられる。さっそく僕のオフィスで始めるよ」

ロークが食事を用意したので、イヴは暗黙の了解で片付けをしてから事件ボードと事件ブックの情報を最新にした。

そして、いったん事件ボードから離れて、セントルイスのファイルを読んだ。

それほどずさんな仕事でもない、とイヴは思った。まるでいい加減とも言えないが、基準に達してもいない。ある目撃者が、裏道から走り去っていくティーンエイジャーの少女を見たと証言したにもかかわらず、捜査を担当した巡査たちは確認していないし、調べてもいない。ジャンキーの娼婦の証言をあまり信用していないのは明らかだ。

時間もあいまいで、場所も不正確だった。しかも、死んだのはふたりともクズなんだから知ったこっちゃない、という思いが強すぎる。

警官はどんなクズでも対処しなければならず、そうしないならバッジを持つ資格はない。

いずれにしても、検死官はきちんと仕事をしていた。男性被害者の喉の傷は深く、同様に、胸の傷の二カ所と、腕の切り傷も深かった――しかし、致命傷は腹部の傷と記されていた。防御傷は両者に見られた。女性被害者は顔に深い切り傷が二カ所と、胸に三カ所傷があった。心臓に達する刺し傷（イヴの考えではまぐれ当たり）を含む胸の傷が致命傷だ。被害者ふたりのTODは二分と違わず、裏道から這って出ようとした男性被害者のほうがあとで失血死したとされていた。

イヴはもう一度ファイルをすべて読み、よく考えてから、リンクをかけた。

感じのいい顔の女性が、感じのいい声で応じた。「こんばんは、ナイトの自宅です」

「ダラス警部補よ。ミズ・ナイトをお願い」

「申し訳ありませんが、ミズ・ナイトはすでに休んでいまして、起こさないようにと指示を受けています」

「わたしの名前を言って起こして、指示を受けて」

「しばらくお待ちください」

すぐにナイトがリンクに出た――イヴはまたあの個人秘書のことを考えずにはいられなかった。

「警部補」

「あなたが知りたいだろうと思って。セントルイスからの事件ファイルを受け取って、しっかり目を通しました」

「まあ。そうだったのね」

「あなたは誰も殺してません」

「わたしが――なんて?」ナイトは片手を上げて口を押えた。「なんて言ったの?」

「サルヴィノは手当てを受けなければあなたが刺した傷が原因で死んだかもしれない。でも、実際、あの傷は死因ではありませんでした。軽率で愚かなことに、彼らはたがいを殺し合った。ふたりともドラッグでハイになって怒り狂っていたせいでしょう。カーリー・エリソンは、十三歳の少女を裏道に引きずり込み、ジャンキーにレイプさせて金を得ようとして死んだ。あなたは誰も殺してない、もう忘れていいんです。お母様にもそう伝えてください」

「あの……」

「これはわたしが仕事としてやってることです、ミズ・ナイト。もう一度言うと、あなたはあの裏道であったことに何の責任もない。捜査官として言ってるんです。あなたには何の責任もないと、マーズは知るべきだった。もっと詳しく調べたらわかったでしょうけど、いずれにしても彼女はあなたを食い物にしたでしょう」

ナイトの目に涙が光った。「わたしたち、警察へ行かなかったわ」

「わたしは警官です」イヴは言った。「遅くなったかもしれませんが、行かないよりましです」

「どうやって感謝していいのかわからないわ」

「わたしは自分の仕事をしてるだけ。忘れてください」

「少なくとも、そうし始めることはできそう。ようやく忘れられるわ。ありがとう。おやすみなさい、警部補」

イヴはリンクを切り、可能性の低そうな関係者をさらに詳しく調べはじめた。邪魔な者から片付けなければ。

それが済むと、次の段階へ進んだ。ありそうにないが、少しは可能性がある者たちだ。コーヒーをプログラムして、データを集め、事件ブックにメモを加えていく。

そして、ガイとアイリスのデュランテ夫妻をふたたび調べはじめた。次々と頭に浮かんでくる人物のなかでもっとも可能性がありそうなのは、ミッシー・リーの両親だ。しかし、ワイリー・スタンフォードのマネージャーと、虐待被害者のパターンに合う幼馴染《おさななじみ》ふたりもまだ捨てるわけにはいかない。

スタンフォードの話が明るみになれば、彼らの話も世間に知られるかもしれない。

コーヒーに手を伸ばしたイヴは、部屋に入ってきたロークが目で警告しているのに気づいた。むっとして指をパチンと鳴らし、時刻をたしかめる。

オーケイ、言いたいことはわかる。

「オートで調べは続けているが」ロークは言った。「現実味があるのはまだ見つかっていない。ダウンタウンにアパートを持っているスター――〝r〟がふたつだ――・ヴィーナスを見つけたが、彼女はなんと〝リンクでつながる〟霊能者で、本名はカレン・レーボヴィッツ。詐欺を働いて、何年か刑務所に入っていた。きみのほうはどう?」

「かなりの人数をリストの下へ移動させたわ。彼らはみんな可能性が十パーセント以下。あと、二十数パーセントのカップルが一組。ガイ・デュランテは六十五パーセントだけど、最新のデータで変化するはずだから、もっと調べるべきね。あと、ワイリー・スタンフォード関係でふたり。同じクソろくでもない小児性愛者の被害者だった気がする。このまま調べを続けたら、クソ小児性愛者を殺した犯人を見つけられるかも。どちらかの父親じゃないかと思うけど」

ロークはイヴの表情から葛藤を読み取った。「その調べを続けるのかい？」

イヴは立ち上がり、うろうろ歩きはじめた。「むずかしい選択。これはわたしの仕事よ。でも、わたしの事件じゃない。大急ぎで過去にさかのぼって、調べを続けることもできる。ロッドを殺したかもしれない男は、子どもがふたりいて、同じ会社に三十年勤めていて、若者支援センターでボランティアもしてる――始めたのは、クソ野郎が死んだ六か月後。リトルリーグのチームでコーチもやってる」

「きみが考えているとおりなら、彼は息子を守っていたんだろう」

「警官に相談するべきだったのよ」

「それを知ったら、子どもはどう反応しただろう？　彼の話は信じてもらえただろうか？　これだけの歳月が流れたいま、どんな意味がある？　子どもが虐待されるのはどういうことか、僕たちはわかっている。僕にとっては育児放棄と殴打だったが、きみとワイリーにはもっと共通点がある。僕はサマーセットに救われた」ロークの口調は自分が思っていたより熱がこもっていた。「そして、誰かが親切にも、パトリック・ロークにナイフを突き立ててくれた。そうじゃなければ僕はやつに見つかって、遅かれ早かれ殺されていただろう」

イヴは両手をポケットに突っ込んでそっぽを向き、窓辺に寄って外をながめた。

何も言わず、ただ窓の外を見つめている。

「きみは自分自身を救った」ロークは続けた。「僕たちは子どもを持つのがどういうことか知らないが、子どもでいるのがどういうことかはわかる。愛し、大切にしている者を守るために、僕たちはなんだってやるだろう」

「調べないと――誰かのじゃなくて、わたしの事件を。父親でも息子でも、マーズがスタンフォードを強請ってると知って、それをやめさせるために彼女を殺したとわかれば、すべてが明るみになる。そうじゃなければ……わからない。いったんその考えから離れるべきね」

「きみの言うとおりだ」ロークはイヴに近づき、手を取った。「今夜はもうすべて終わりにしよう」

ロークをがっかりさせてしまった、とイヴにはわかった。それでもまだ、気持ちは決めかねていた。やらなければならないことはある。しかし……。

イヴはその男――あるいは、男の姿を借りた獣――を殺したのは誰か知っていると確信していた。同じように、誰がパトリック・ロークを殺したかも知っている。

つまり、息子を守るために――あるいは復讐するために――彼らがどこまでやるか知っている。息子ではなく、自分の息子として迎えた少年のためでも同じだ。

17

毛布にしっかりくるまって、ロークの腕に抱かれ、腰のくびれのあたりに猫が丸まっていてもなお、夢は入りこんでくる。裏通りだ。崩れかけた公営住宅に書きなぐられた醜い落書き。生ごみの腐った臭いに、ビールを飲み過ぎた誰かの小便の臭いがかすかに混じっている。

あたりは暗く、壊れかけた防犯用ランプの明かりがゴミだらけの地面を照らし、どろどろのぬかるみのように見える。

都会のどこかだ、とイヴはわかっていた。何の望みもないどこか。

子どものときに骨を折り、こんな通りに隠れていたことがあった、と思い出す。イヴを骨折させた男の血まみれの死体が足元に転がっていたが、そこはダラスの裏通りではない。

そこはどこかだ。どこでもない。どこでもある。

喉にナイフを突き立てられた別の死体が、右手に横たわっている。うっとりするほど青いパトリック・ロークの目が、イヴを見つめている。

左手にはまた別の死体がある。したたかに殴られて骨が砕け、肉も引き裂かれているが、大男だ。その顔は、ワイリー・スタンフォードの夢にしょっちゅう現れるのだろう、とイヴは想像した。

人間の姿を借りた獣が三匹。そして、暴力と痛みと恐怖にまつわる三つの秘密。

イヴはその秘密を知っている。三人がどんなふうに死んだか、どうして死んだか、誰が殺したか、知っている。

警察バッジの重さをずしりと感じた。

「で、わたしのことはどうなってるの?」

ラリンダ・マーズがぶらぶらと歩いて裏通りに入ってきた。ヒールが細くて高いグリーンのブーツを履いて、体の曲線という曲線を強調するぴったりしたピンクのスーツ姿だ。金色の長い髪が巧みに作られた顔のまわりで波打っている。

「わたしのために何をしてくれてるの?」

「わたしの仕事を」イヴが言ったとたん、軽蔑《けいべつ》しきったようにフンッと鼻を鳴らされた。

「仕事? わたしはまだ死んだばかりで、いまいましいモルグの抽斗にいるのに、とっくの昔に死んだ男たち三人の夢を見るのが仕事?」

「そうかも。あなたの仕事は?」

マーズは少し腰を傾けて立ち、手を持ち上げてひらひらと振った。「ゴシップを仕入れて深く掘り下げ、それなりに料理して銀の大皿に盛りつけ、何百万という人に出すことよ。わたしよりうまくできた人はいないわ」

死んでもなお、夢のなかでもなお、マーズは堂々として、混じりけのない傲慢のエネルギーを発散させている。

「それは、あなた以外の同業者が脅迫や強請りをしないからかも」

ラリンダは頭をのけぞらせて笑い、その豪快な笑い声が悪臭漂う裏通りに響きわたった。

「まあ、青臭いこと言わないで。それに、誰かが秘密を暴かれないようにお金を払ったり、ほかの人の秘密を提供したりしても、それはその人が選んだことでしょう? 警察へ行くべきだったのよ」ラリンダはせせら笑いながらイヴの言葉を真似て言った。「でも、そうしなかった。それはわたしのせいじゃない」

「すべてあなたのせいよ」

「じゃ、わたしが殺されたのは当然の報い?」

「いいえ。それはあなたを殺した者のせい」

マーズは両手を腰に当て、これみよがしに裏通りを見わたした。「で、わたしを殺した犯人はここにはいないんでしょ？　なのに、どうしてあなたはここにいるの？」

イヴは三体の死体をかわるがわる見た。「昔のことがときとしていまに影響するのよ」

「嘘ばっかり！」マーズは怒りと嫌悪感をこめて声を荒らげた。「あんたは痛くて転げまわっている。また彼を殺すんでしょ？　あのナイフを千回でも彼に突き刺して、自分を守るのよ。警察に行けって？　よく言うわ。自分だって行かなかったくせに」

「レイプされてたのよ」

「あー、それはかわいそうに！　で、そっちの死体。アイルランド人のろくでなし野郎は？　あなたはチャンスさえあれば彼を撃ち殺すのもいとわなかったでしょうね。それで、自分にはなかったチャンスを得て彼を殺した犯人をかばっている。それって個人的な行為よね、シスター。殺人は殺人に違いないのに、あなたは何もしないで放っている。そして、最後の男は少年の敵？　それも同じよ。あなたは彼の頭をつぶして、骨を砕いた男に同情してるの。警察に行けって？」

怒鳴っているマーズの腕を血が流れはじめた。

「あなたはあそこに、まさにあそこにいたのに、わたしを助けられなかった。ろくでもない警官じゃない？」

たしかに、とイヴは思った。非難と指弾の言葉には事実も混じっていて、否定はできない。

しかし、事実を伝えて反論はできる。

「ちゃんとあなたについて捜査する分別はあるわ」と、イヴは言った。「救いようのない性悪女だとわかっても、わたしは必死に働いてあなたを殺した犯人を捜そうとしてるし、犯人を刑務所へ入れるための証拠を集めてる。生きてたら、人の人生をめちゃくちゃにしたあなたを刑務所に入れようとしたのと同じように」

「あなたはそんなに清らかじゃないわ、警部補。足元に転がっている三人の遺体。そのうち二体はあなたと関わりがある。わたしは秘密を守った――お金は得たけど、秘密は守った。誰にでもできることじゃないし、誰もがやることでもないわ。それをよく考えて。どんなに慎重に隠しても、秘密って漏れるものよ。

あなたのあほらしい夢のなかだろうと、わたしはこんな臭い裏道では死なない。死者はいつも安らかに眠っているわけじゃないから」マーズは言い、また暗闇のなかへと消えていった。「それは保証できるわ」

彼女がそう言っている間に、パトリック・ロークの目が瞬きをしてから、イヴの目を見つめた。リチャード・トロイが首を曲げて、イヴを見てにやりとした。ビッグ・ロッドの指先がゴミだらけの地面を這って、イヴの足首に近づいてくる。

　イヴの胸に恐怖がこみ上げた。

「警官を呼んで」イヴは静かに言い、自分の武器を抜いた。

「もういいだろう」ロークはつぶやいてさらにイヴを抱き寄せ、猫はイヴの肩甲骨の間に頭を押しつけた。「充分だ」

「大丈夫よ」夢が消えていくのを感じながら、イヴはロークの肩に顔を押しつけた。「もう平気」

　イヴの声を聞いて、ギャラハッドは彼女の腰に上った。体を撫でてもらえるまで、じっと彼女を見つめ続ける。「大丈夫」イヴはまた言った。「悪夢じゃなかった。すごく……異様だっただけ」

　ロークはイヴの顔がよく見えるように少し上に傾けさせ、猫がやったようにじっと見つめた。「話してごらん」

　無理、とイヴは思った。とにかく無理。そこで、ちょっとぼかしていった。「ラリンダ・マーズと話をしたの。彼女、わたしに少し腹を立ててた」ため息をついて目を閉じる。「耐えられるから。死んだ女性と言い争うのはうっとうしくて無意味なだけ。起こしちゃって悪かったわ」

嘘ではない。ロークに背中を撫でられ、猫がまた腰のあたりに落ち着くのを感じながら、イヴは思った。すべてを話していないだけ。

そして、そのことを頭から追い払った。意識してすべてを追い払い、ロークの匂いとギャラハッドの呼吸と、寝室の暖炉の火がはじける音に集中した。

さらに意識して、夢のない眠りへと入り込んでいった。

イヴが眠りに落ちたとわかってからもロークは起きていた。横たわってイヴの体に腕を回したまま、さまざまに思いをめぐらせていた。

嘘ではない、とロークはイヴの思いを鏡で映したように考えていた。しかし、まったく事実というわけでもない。

なぜだ？

理由を考えながら、その夜のことを思い返してみる。次の交渉に臨む前に、以前の交渉を思い返すのと同じだ。細かなことを掘り下げて、口調や、身振りを思い出す。

考えられる理由が浮かんでは消えていき、少しだけ眠った。そして、いつものように早く起きた。

シャワーを浴びて着替え、夜明け前にリンク会議とホロ・ミーティングを指揮した。ロークは睡眠に劣らず仕事からエネルギーを得る。自分が築き上げたものがおよぶ範囲の、大小さまざまな各部門すべての細かなところまで関わりたい、という思いが活力源なのだ。策略と悪知恵、頭脳と汗を通じて関わる。激しくも集中したその決意は、子どもの頃から変わらない。

かつて金が何より重要だった頃、金を得るのは生き残ることを意味した。やがて、権力を得ることも野望のひとつになり、権力は尊敬をもたらした。そのふたつを手に入れた男は望みどおりに人生を整え、みすぼらしく暴力的な生い立ちを——少なくとも外見上は——捨てた。

そして、とにかく築き上げるという驚異の時期が始まり、自分はほんとうに創造できるのだと気づいて衝撃を受けた。それによって、思ってもみなかった真の満足感に満たされた。買う、売る、建てる、所有する、一新する、広げる。リスクと見返り。見向きもされないものを手に入れて、また輝かせる。かつて何もなかったところに作り上げる。リスクと見返り——そう、生き残るのが確実なときさえリスクは潜んでいて、法の一線をじわじわとすり抜け、かいくぐって近づいてくる。

いずれにしても、習慣は、とくに楽しいものは断つのがむずかしい。

そして、イヴだ。とにかくイヴ。イヴだけだ。気難しくて、つむじ曲がりで、厄介で、興味をそそるイヴが彼を変え、救い、完全なものにした。習慣はブーツに踏みしだかれた乾いた小枝のように簡単に砕けて、消えた。

しかし、そのときでさえ、いまの自分は見えていなかった。自分の仕事を巧みにやりくりして彼女の仕事を調べ、力になっている自分は。その満足感は想像すらしなかった。

彼女――僕のおまわりさん――のために設定したオート検索の結果に目を通して、今は両方に足をかけている線のそれぞれの側から考察する。

犯罪にまみれた過去と、イヴといる現在。

夜明けが近づき、ロークは今の習慣を続けた――邸内セキュリティを通して彼女がまだ眠っていて、安心した猫が彼女のそばからいなくなっているのを確認する。

ロークは立ち上がり、習慣からはずれて階下へ向かった。

キッチンに近づくと、サマーセットの声と、早朝の何かの番組の音声が小さく聞こえた。猫に話しかけている、とロークは気づいた。世間話をしているような口調がほほえましい――そういえば、猫が返事をするかのように自分もしょっちゅうしゃべりかけている。

「私がいない間はいい子にして、あのふたりを監視しているんだよ」

ロークは立ち止まり、目の前の光景に見入った。サマーセットはシャツの上に胸当て付きのエプロンをつけてパン生地をこね、カウンターのスツールに座ったギャラハッドがその様子を見ながら、明らかに話を聞いている。

「まかせたからな」サマーセットはなお話しかけ、指の長い薄い手で丹念に、しかも楽し気に作業を続けている。「ふたりがちゃんとした食事をするように見守ってくれ」

「彼が心配するのは自分の食事のほうだと思うけど」

サマーセットがロークのほうを見て、眉を上げた。「それでも、厳しい目で監視してくれるでしょう。万事順調ですか?」

ロークは声だけで同意し、のんびりなかに入っていった。ロークがキッチンに足を踏み入れることはめったにない。キッチンの奥の部屋と同じように、サマーセットの領域だからだ――ふたりともその取り決めが気に入っていた。

「出かける準備はもうほとんどできてるようだね」

サマーセットはまだパン生地をこねている。「明日の朝早くに発ちます。いまはパン作りや料理作りを楽しんでいます。私がいない間も、あなたと警部補が飢えることはありません。コーヒーをいかがです?」

ロークは首を振り、落ち着きなく歩き続けた。「あなたと僕、僕たちは長年の間に、たまには相手をはぐらかすことはあった。まあ自然なことだろう?」

サマーセットはパン生地を返してボウルに入れて、ふきんをかけた。シンクまで歩いていって手を洗う。「何を考えているんだ、坊主?」

「おたがいに正面きって嘘をついたことはなかったと思う。まあね、あなたに引き取られた当初、僕は当たり前のように嘘をついていたけれど、それ以降はなかった。嘘をついていた頃も、自分で思っているよりあなたに見破られていた。見破られなかったのも二、三あったかもしれないが」

「それはない」

ロークはほほえみ、サマーセットが手を拭いているのを見ながら、カウンターに身を乗り出した。「なつかしい日々だ。それでも、最初のぎくしゃくしていた時期を過ぎて、信頼と尊敬と愛情を得てからも、おたがい、面と向かって質問をされて、嘘でごまかしたことはなかったと思う」

「それで、質問は？」

「パトリック・ロークを殺したのかい？」

サマーセットは食器拭きのタオルを脇に置いて、さらりと言った。「ああ」

「へえ、なるほど」ロークはサマーセットの目を見つめたままうなずいた。「これまでそんなことは一言も言わなかったじゃないか」

「どんな目的のために？」

「僕が気にかけるとは思わなかっただろう？　たとえ一センチでもあなたから距離を置くと

か」

「いや、それはない」サマーセットは朝食用のカウンターへ行って腰かけ、ロークも一緒に座るのを待った。「おまえはまだほんの子どもで、さんざん殴られ、拳に怯えることのない人生を送れるかもしれないと、ようやく信じ始めていた。それ以上の重荷は必要ないだろう？　さらに歳月を経て、おまえに告げる理由があっただろうか？　彼女はいつ告げるのかと思っていた。警部補の秤の基準は私とは違う。正しいとか正しくないというのではなく、秤そのものが違う」

「彼女は僕に何も言っていない。どうして彼女に話したんだ？　それはいつ？」

明らかに驚いて、サマーセットは椅子の背に体をあずけた。「警部補は私には決してうまく扱えないだろう。締め付けていい相手ではない。そのことを詳しく話したわけではないが、彼女は知るすべを……分析して、直感で察知するすべを知っている。私は肯定も否定もしなかったが、彼女にはわかっていた。あれは私がうっかり階段から落ちて足を折り、それが治りかけている頃だった。私もやや無防備だったのかもしれない」

ロークはその出来事とその後を振り返り、どうして気づかなかったのだろうと思った。

「彼女も、ずいぶん長い間僕に隠し事をしていたものだ」

サマーセットの細い肩がこわばった。「彼女を責めるようなことをして、私をがっかりさせないでくれ」

ふたりでかばい合っているが、そう指摘すればふたりとも愕然《がくぜん》とするだろう、とロークは思った。

「そのことで彼女を責めはしない、もちろんだ、あなたのことも。しかし、ふたりとも僕のために隠していることはなかったのに。どうして彼を殺そうと決めたか、話してくれるかい?」

サマーセットはため息をついた。「コーヒーでもどうだ」

「僕がやろう」

「座っていてくれ。ここのことは私のほうが慣れているんだ、残念ながら」

サマーセットは立ち上がり、三台あるオートシェフの一台に近づき、ふたり分のコーヒーをプログラムした。「知ってのとおり、やつは顔が広く、なかにはバッジを持っている知り合いもいた。当時のように、連中を警官と呼ぶつもりはない。バッジを持っている者とバッジに誇りを持っている者の違いを知って、大いに感心しているところだ」

サマーセットはコーヒーを運んできて――自分の分にはクリームを少し加えた――座った。「やつはおまえがどこにいるか知っていて、チャンスを狙っているようだった。最後に殴られたときにおまえが死んでも、やつは何とも思わなかっただろうが、おまえは死ななった。だから、やつに言わせると、自分のものを取り戻したかったのだ。やつにはおまえが必要だった。やつには才能を見抜く目があった。あの頃でさえ、おまえは腕がよくて賢かった」

サマーセットはコーヒーを飲み、振り返った。「あの家はそう悪くはなかった」

「僕には宮殿に思えた」ロークがつぶやいた。

「やつは宮殿とは見ていなかったが、金はあると思ったらしく、取り引きを持ちかけてきた。おまえを買えと」

驚かず、心を動かされもせず、ロークはうなずいた。「僕はいくらだった？」

「私にとって？　やつが言ってきた値段よりはるかに価値があったよ。しかし、それっきりだとは私もやつも思っていなかった。やつはまたやってきてもっと要求するとわかっていた」

「ヒルめ」ミッシー・リーがマーズを例えたのを思い出して、ロークは言った。「血を吸うのに飽きるということを知らないんだ」

「だから、金を払っても問題は解決しなかっただろう。私は、おまえとマリーナを連れてあの家を去ろうかとも思った。だが、パトリック・ロークはダブリンの外にも情報網を持っていた。私もだ。それも彼よりきちんとしたものを。だから、出ていこうかと考えた」

サマーセットはいったん言葉を切り、またコーヒーを飲んだ。「やつも私たちがいなくなるのではと思ったようだ。警官の知り合いがいるからそいつらにやらせる、とやつは言った。一つ目のバッグに荷物を詰める前にドアをノックして、おまえと娘を虐待した容疑で逮捕するだろう、と。性的虐待の罪で」

「なんてことだ」さすがのロークも驚き、うんざりしてコーヒーを脇へ押しやった。

サマーセットはなおも落ち着いた声で、事務的に続けた。「そして、その目的でおまえたちを売り飛ばす、と。そうするという証拠があり、やつもそう断言していたから、私は信じた。おまえと娘をレイプして殴り、トラウマを与えるつもりだと信じて疑わなかった。金を払えばそれが先延ばしになり、おまえたちは無事だったかもしれない。しかし、私はそれが始まる前に終わらせるほうを選んだ。おまえや娘を危険にさらすわけにはいかなかった」

ロークの目の前に座っている男は、通りで叩きのめされていた小僧を引き取る前にも人生を歩んでいたのだ。実の子どももいた。

「やつに僕を返して、マリーンと一緒に逃げることもできたのに。そうすれば、やつは何も得られなかった」

「おまえを得た」サマーセットはさらりと言った。「それは選択肢になかった。絶対に。私は良心の呵責《かしやく》などいっさい感じず、ナイフでやつを刺した。ナイフが近づくのも気づいてなかっただろう。私に接近して怒鳴り散らしていたからな。脅せば縮み上がるような弱い男だと思っていたのだろう」

「弱かったことなど一度もないのに」

「やつの読み違いだ」

ロークは少しの間黙って座ったまま、すべてを呑み込んだ。「やつが見つかった裏通りへ戻って、これをやったのが自分だったらどんなによかったかと思った」ふたたび顔を上げてサマーセットと目を合わせる。「その次にいい結果だったが」

「楽しんでやったわけではない」

「そうだろう。僕なら楽しんだかもしれない――あの頃なら」ロークはサマーセットの手に手を重ね、しばらくじっとしていた。「いまの僕は以前とは違う」

「おまえは、やつが望んだような人間だったことはない。そして、いまは私が望んだ以上の人間だ。その一部は警部補のおかげかもしれないと、弱っているときは思いそうになるよ」

ロークはまたほほえんだ。「弱気になっているとき、彼女はあなたのおかげと思うかもしれない。たがいのおかげだろう?」

「この件をすべて彼女に話すのか?」

「彼女の秤は僕たちのとは違っていて、きっと彼女は重く考えていると思う。そう、彼女に話そう。きっと心の負担が軽くなる」ロークは立ち上がった。「出かけるまでに会えるね」

「もちろん」

「これまで僕に言わなかったのは正解だ。知ったのが四、五年前でも、浮かれ騒いでいただろう」

「それで、いまは？」

「いまのあなたと以前のあなたに感謝できる。それで充分過ぎるだろう」

ロークが歩き出すと、猫がスツールから飛び降りて、速足であとに続いた。

「もう餌はやりましたから」サマーセットが声をあげた。

「やっていてもそうじゃなくても、彼にはほとんど関係ないよ」


イヴは目を覚まし、眉をひそめてソファを見た。そこに座ってコーヒーを飲み、株式なんかを見ながら、たぶんPPCかタブレットを操作しているはずのロークがいない。

世界支配のミーティングが長引いているのだろうと決めつけ、両手をついて押しのけるようにしてベッドから出る。まずはコーヒーを飲んで、脳を活性化させる。

検索結果を確認して、ドゥインターを急がせてから、さらにいくつか尋問をしなければならない。そう思いながらシャワーを浴びに向かう。

検索結果によっては新たに捜査する方向が見えてくるかもしれないし、直接ドゥインターを急かしたら、しつこくメールをするより効果的だと証明できるかもしれない。そして、ガイ・デュランテだ――彼はひょっとしたらひょっとする。迫ってみるべきだ。

シャワーから出て乾燥チューブに入り、温風の渦に巻かれる。

そして、ふと、ロークより先に朝食のテーブルにつけるかもしれないと思った。オートミール以外が食べられるかも。

乾燥チューブから飛び出して、白くて柔らかいバスローブをつかみ、両袖に両手を突っ込みながら足早に歩いていった。

そして、ロークがもうオートシェフを操作しているのを見て、クソッと思った。

「ウルグアイ買収会議が長引いたの？」

「ウルグアイ？」

「買えそうな感じだから」イヴは肩をすくめ、あきらめてオートミールで我慢しようと思った。「ウルグアイってどこ？」

「南のほうだ。興味がないことはないが、買おうと思ったことはないよ。朝食ができたところだし、きみもお目覚めのようだから、ポットでコーヒーを淹れてくれないか？」

ロークがトレーをシッティングエリアに運び、イヴはコーヒーを淹れた。

「ウルグアイじゃないなら、何?」

「あれやこれやとね」

ロークが保温用のドームを持ち上げた。オートミールだ——ああ。それと、ラズベリーとブルーベリー、ブラウンシュガー、ベーコンも添えてある。まだましかも。

「サマーセットがパンを作っている」

イヴは言った。「は?」

「会いに降りていったときに何かこねていたから、パンだと思う」ロークはふたつのカップにコーヒーを注いだ。「彼がどうしてパトリック・ロークを殺したか、知りたいかい?」

イヴはカップを取ろうと伸ばした手を止めた。「何?」

「もっと前に気づくべきだった」ロークは軽い調子で言った。「彼の様子や、きみの様子から。少年だった僕にはほっとする気持ちしかなかったし、サマーセットだとは思いもよらなかった。彼は荒々しさと無縁ではなかったし戦争中は暴力的な手段も使ったが、癒しもする。彼の本分は癒すことだから、まさか彼とは思わなかった。正直言って、あのことについてはほんとうにまったく考えなかったんだ。きみは食べないと」

イヴがただ首を振ると、ロークはふたりの皿にまたドームを被せた。

「これには秘密が絡んでいて、きみの事件に当てはまる部分もある。だから、いまになって見えてきたのだろう。今朝の夢、きみは悪夢じゃないと言ったが、僕はそうじゃないと思っていた。でも、きみは話してくれなかった。何でもないとはねつけた。はぐらかされたから思い返してみると、きみが少し前にオフィスでも同じことをしたと気づいた。マーズは子どもか誰かを守ろうとした者に殺されたのでは、と話していたときだ。そして、パトリック・ロークの名前が出た。きみはそっぽを向いたが、僕はその瞬間、きみの表情に何かがよぎった気がした。思い返してよく考えるまでそこまで頭がまわらなかったが、そのうち見えてきた。それで、サマーセットに尋ねたら、話してくれたんだ。彼はきみがもう僕に話したと思っていた」

「それは――」イヴは立ち上がりかけたが、ロークがさっと手を取ってとどめた。「知らなかったの。そうじゃないかとは思った。追い詰めたわけじゃない。強要もしてないわ、つまり……」

「自白?」

イヴの内側のすべてがこわばり、冷たくなった。「自白を求めたわけじゃないわ」

「イヴ」ロークは静かに言い、彼女の手を握る手に力をこめた。「それはわかっている。同じように、罪が犯され殺人がおこなわれたのに何もせず、何も言わないのがきみにとってどんなに難しいかもわかっている」

「証人がいなかったわ。証拠もない」

「やめるんだ」ロークはイヴの手を唇に近づけてキスをした。「もういい」

「あなたに言うべきだったけど――」

「それは違う。きみはまさに正しいことをしたんだ」

「どうして？　どうして正しいことなの？　信じ合えるふたりじゃなきゃいけないのに。結婚生活のルールでは――」

ロークは小さく笑いを漏らした。「まさか、これに結婚生活のルールなんか当てはめられるわけがない」

「ひとつでも当てはまらないと言ったら、次々と当てはまらなくなるわ」

イヴの真の苦悩がわかり、ロークはおどける気持ちをすべて捨てて、首を振った。「たがいによく知っているとおり、世の中は白と黒ではっきり分けられるものじゃない。ふたりともグレーの世界に生きてきた。自分の重荷が減るとしてもきみは僕に話さなかった。それは秘密を漏らすことになるし、僕の重荷になるかもしれないからだ。はっきり言うが、そんなことはない。たとえ知らないままでいても、重荷ではなかった。その理由を話したい」

「理由ならわかってる。警官じゃなくても、彼があなたと娘を守ったのはわかる。それは明白よ。警察へ行くべきだったと言いたいけど、連中は腐敗しきっていて、乱暴で、冷酷だった」

「そして、多くがパトリック・ロークの意のままに動いた。それでも、誰だろうと殺された者のために立ち上がるきみにとっては、受け入れるのはかなり難しかっただろう。少しは負担を軽くしてあげたい。やつは僕を見つけたんだ」と、話しはじめた。

ロークはイヴにすべてを語り、事情を知らせて重荷から解放した。

「警官が共謀してたの？」イヴは強い調子で訊いた。「ふたりの子どもが、性的にも肉体的にも虐待されてるのを見逃したの？」

「当時、あの地区にも優秀な警官や、少なくともちゃんとした警官はいたかもしれないが、やつの支配下にいた警官や、やつの知り合いの警官は違った。見逃しただけじゃないんだ、イヴ。やつらも加わっていた」

「子どもたちへの残虐行為に」

「実の父親に残忍な行為を繰り返された子どもがいても、当局は自分たちの案件ではなかったという理由で目を背けた」ロークはイヴに思い出させた。「その頃、僕がいた世界では、アイルランド警察が私腹を肥やし、少なからず悪事を働いていた」

胸が悪くなったが、なぜか気持ちは落ち着いた。「わたしがやったことが正当防衛なら、サマーセットがやったのは無防備な者への正当防衛よ」

「これでよしとできるかい？　法的な意味ではなく。きみのなかで、ということだ。事実を知ってしまって以来、しっかりとためていたものを吐きだせるかい？」

「パトリック・ロークは面倒だという理由であなたの母親を殺した。あなたを殴り殺しかけた。あなたと何の罪もない少女を脅した。サマーセットがやったことは正しいとは言えない。でも、正当なことだったと信じられる」

イヴはテーブルに戻って座った。「夢のなかで彼を見たの。死んで、裏道に横たわっていた。リチャード・トロイと大男のロッド・キースもいた」

そして、夢の話を残らず聞かせた。

「キースを殺した犯人が誰か、わたしはわかってると思う」

彼女はまた重荷を背負ってしまった、とロークは思った。「それで、どうするつもりだい？」

「判断するのも決着をつけるのもわたしじゃない。誰がやったか、何のためにやったか、わたしが考えていることは正しいと思う。証明もできるかもしれない。でも、わたしの捜査対象じゃないし、わたしの捜査に明らかに関わってるとわかるまで、追及はしないわ。中途半端な気持ちだし、居心地はけっしてよくないけど、我慢できる。正義を追及するあまり善良な人たちの人生を台無しにしたなら、我慢できるとは思わない」

イヴはコーヒーマグを手に取り、なかを見つめた。「明らかにわたしの事件と関わってて状況が変われば、追及してかならず立証する。そうじゃなければ、何もできないわ。わたしが担当している被害者はマーズで、彼女のために最善を尽くす。さもないと警察バッジにふさわしくない」

「何から何まできみの言うとおりだ。白でも黒でもグレーでも、きみは正しい」ロークはそっとイヴの髪を撫でた。「いつでも僕はきみの味方だ」

夜、いつもやっているように、イヴは体の向きを変えてロークの肩に顔を押しつけた。ロークの両腕がイヴを抱える。

「さあ、これで僕たちは大丈夫だね？」

なおもロークにつかまっていたイヴは、ふと、彼に訊かれたとおりのことをした自分に気づいた。吐きだしたのだ。「わたしたちは大丈夫」

イヴは顔を上げて、ロークの唇に唇を合わせてじっとしていた。

やがて、イヴが少し顔を離すと、また彼女の髪を撫でようとしたロークの目が細くなった。

「おやおや、それは受け入れられないぞ」

ロークの強い口調を聞いて、イヴがさらに顔を離して振り向くと、ギャラハッドがテーブルから飛び降りたところだった。ぴょんとベッドに飛び乗って横になり、疲れ果てたかのように伸びをした。

「何？」

「なんと、保温用ドームの下にもぐりこもうとしていたよ。前脚を縁にこじ入れて」

「オートミールを狙って？　ほんとうに？」

ギャラハッドはただ寝返りを打ち、ふたりに背中を向けた。右へ左へと強く尻尾を振る。

「ベーコンもあるからね」ロークはまた保温用ドームを持ち上げた。「さあ、食べよう」

お気の毒様、もう少し素早く動けたらよかったのにね、とイヴは思った。これでは食べられない、と言えるくらいオートミールをかき混ぜてくれてもよかったのだ。

ベーコンだってあげたのに。

「少し早く出かけるわ」イヴは言った。「ラボに寄って、ドゥインターとチームのみんなにまた気合いを入れるつもり。どうしても顔がほしいのよ。彼女が誰だったかはすごく重要になる。あなたに頼んだ検索の結果もざっと目を通さないと。名前と場所から、ぴんとくるものがあるかどうか調べるわ」

「ひょっとしたら、というのが二、三あった」

「何？　もう見たの？」

「そう、ウルグアイを買わなかったから、ちょっとばかり時間があまってね」

「リストができてる？　調べないと。それから――」

「すべて条件に合ったのは三人だけで、それを含めて結果は送った。ここでスクリーンに呼び出せるよ」

「どうしてもっと早く言ってくれなかったの？」

「ほかに言うことがあったから」

イヴはシューッと息を吐いて、ロークの返事に文句を言いかけた。けれども、彼の言うとおりだと認めざるを得なかった。「じゃ、わたしたちはすべて良好ね？　あなたの結果を見せてもらうわ」

「僕が準備をする。きみはオートミールを食べなさい」

イヴはうんざりして目玉を回したが、スプーンでオートミールをすくった。

18

ロークは六人分の名前とＩＤ写真をスクリーンに呼び出した。イヴは反射的に、そのうちのふたりはないと思った。

「上の左と、下の右は消して」

「なぜ？」

「彼女は見栄っ張りだった。異常なくらい虚栄心が強かった。彼女がどう見ても実年齢より老けて見えるＩＤ写真を使うわけがないと思う。そのふたりは老けてるわ」

そのとおりなのかどうかよくわからなかったが――自信より気持ちを隠す賢明さが勝った――ロークはふたりの名前と画像をスクリーンから消して、残りの画像を拡大した。

残りの四人の顔をまじまじと見ながら、イヴはオートミールのことは何も考えずに口に運んだ。「上の右はいらない」

「理由は？」

「見た目が普通」

「すごく科学的だね」皮肉で応じて、言われたとおりにした。

「それ、下の右。アンジェラ・テラ。テラは惑星じゃないでしょ？」

「地球だ」

「地球の変わった呼び名？　面白い」こんどはベーコンを口に運ぶ。「ありうるわ。ジュノーはどう？　カーリー・メイ・ジュノー」

「ジュノーは火星《マーズ》と木星の間の小惑星だ」

「ふーん。マーズとつながりがあるから、ひょっとするかも。でも、大きさが足りない。重要性にも欠ける」

「別の見方もある。ジュノーはゼウスの妻。女神だ」

「女神なら重要だし、ランクも上ね」悪くない、とイヴは思い、データを読みながらスクリーンに向かってベーコンを振った。「24／7の副店長？　マーズが選ぶわけない。そっちの、ブライト・ルナ《月》――ほんとうに？――は、〝月明りの人生包括セラピー〟の経営者？　気恥ずかしい名前」

「そうなると、残るのはアンジェラ・テラだ。僕は警官じゃないが」と、ロークが説明を始めた。「別人になりすました経験は何度かある」

「そうなの？」イヴはそっけなく言い、コーヒーマグを手にした。

「場合によっては、現実に近いものを作るのが重要だが、平均的で、控えめで、気づかれにくくするのがいい場合もある。高水準とは言えない職業や、目立たない顔とか」

ロークは何度、違う身分を使い――別の誰かになって当局の目をかいくぐり、競争相手や敵を出し抜いたのだろう？

「そうかもしれないけど、彼女がこのIDを使って家を借りたり、金銭上のやりとりをしたとは思えない。移動手段とか、日常的な用途にも使わないはず」イヴは指摘した。「ほら、そっち、テラは〈テラ・コンサルタンツ〉の社長兼CEOよ。最高権力者っていうのは、まさに彼女のスタイル。年齢は三十六歳。マーズが赤毛のウィッグをかぶって顔面エンハンスメントでいじれば、このIDだったら使えるはず。身長と体重はほぼ同じよ。住所は〈デュ・ヴァン〉から二、三ブロックのところで、彼女がいつも行き来しているあたり」

「なかなかいい感じじゃないか」

「全員をたしかめるわよ。大した作業じゃないし。ひとりひとりの背景を調べてから、家を訪ねる。アンジェラ・テラから始めるわ」

イヴは立ち上がってクローゼットへ向かい、ロークは先程の顔写真をふたたび呼び出してじっくりながめた。

「二番目にたしかめるのは？」

「女神よ」イヴは声を張り上げた。「彼女が、なんだっけ？　皮肉？　をこめて別の人格を作ったかもしれないと思って。24／7の店員を名乗って楽しんでたのよ、きっと。車で向かう途中に調べを始めて、最初の住所でピーボディと待ち合わせる」

「ひとりずつリンクで連絡をとればいいのに」

「顔と顔を突き合わせるほうがいいのよ。顔と、アハハ、顔が合わせられたらだけど。わたしたちが考えているとおりなら、ここにある顔のひとつはモルグにあって、話を聞くことはできないってこと。ここには、なんでこんなにたくさん服があるのよ？　これじゃ、洋服酔いしちゃう」

ロークが立ち上がってクローゼットに入っていくと、イヴが青みがかった濃いグレーのズボンにサポートタイプのタンクトップを着て、当惑と失望の入り混じった表情で立っていた。ロークは造り付けのタンスの抽斗を軽く押して開けて、浅いVネックのセーターを取りだした。

「着てみて」

イヴは疑わしげにセーターを見た。「黒にしようかと思ってたけど」

ロークは茄子紺《なすこん》のカシミアのセーターをイヴに投げた。「少しは色物を着て、世界に衝撃を与えてごらん」

「あなたに言われたくないわ」

「こうして話している間も、下には赤いボクサーショーツを穿いてるかもしれない」

「そうなの?」イヴはセーターを頭からかぶって着た。「確かめるわよ」

ロークはほほえみ、両方の眉を上げてベルトのバックルに手を伸ばした。「さて、この広さがあれば充分じゃないか?」

「もういいから」イヴはずらりと吊られたジャケットのグレーのセクションを見て、とにかく時間を節約することにした。グレーのセクションに手をのばして合図する。

ロークがやってきて、セーターと同じ色の細い革のパイピングがついたジャケットをつかんで引き出した。イヴは文句を言いたかったが、革製品に目がないので口をつぐんだ。ロークもそれがわかっていた。

ロークはぶらぶらとブーツのセクションへ行き、セーターとまったく同じ色のブーツを持ち上げた。そして、イヴの恐れおののく顔を見て声をあげて笑った。

「もう元が取れたね。きみが一度も履かなくても、いまの表情が見られただけで作らせた甲斐《かい》があった」

「紫色」

「茄子紺だ」ロークは訂正した。

「茄子とかなんとかじゃなくて、不気味な紫色のブーツよ」

「きみにすごく似合うはずだが……」ロークはブーツを戻して、今度はもっと無難で殺人課の警官らしいグレーのブーツを持ち上げた。

イヴはそれをひったくり、ジャケットと一緒に持ってクローゼットを出た。武器用のハーネスをつけて、いつもの一式をポケットに入れる。

座ってブーツを履こうとした瞬間、イヴは気づいた。「作らせた？　わたしのために作らせたの？　ブーツを作らせた？」

「誰かが作らなければならないだろう」

「そうじゃなくて、特別にあつらえたってこと？」

「いけないかい？　僕のおまわりさんは毎日何キロも歩くし、しょっちゅう悪いやつを追いかけて走る。前にも話したが、彼女の爪先は僕にとってかけがえのないものなんだ」

「かけがえのない爪先」イヴはぼそっと言った。「あなた、どうかしてるわ」立ち上がり、踵から爪先、ふたたび踵へと重心を移す。「行かなくちゃ」突然、ロークの首に両腕を絡めて、長々と熱烈なキスをする。「またあとで」

ロークは行こうとするイヴを一瞬とどめた。「僕のおまわりさんをよろしく」

「ブーツを履いたから大丈夫」

イヴは軽やかな足取りで階段を降りてコートをつかみ、身を切るように冷たい二月のなかへ出ていった。

ほんとうに、なんとか頑張ってカレンダーから二月を削除してくれないと。そう考えながら素早く車——すでにヒーターがついている——へと移動する。何か方法があるはずだ。そういうテクノロジーがあるに違いない。

車を走らせながらピーボディに連絡して、住所を伝える。行ってみて、はずれだったら次の住所へ向かう。目の付け所はいいはずだ。確かめる価値はある。ダッシュボードに組み込まれたコンピュータでアンジェラ・テラについて調べた。

「ホイッスルみたいに汚れひとつない」イヴは考えながら言った。「光り輝くきれいなホイッスル。なんでホイッスルがそんなに清潔なの？　そもそもどういう意味？」

ダッシュボードのコンピュータの返事を聞いて初めて、疑問を声に出していたと気づいた。

〝このフレーズは、ホイッスルから出るきれいに澄んだ音を意味しています。このような澄んだ音を出すには、管は清潔で乾いていなければならない、ということも示しています〟

「へーえ」イヴは唇をすぼめて口笛を吹いた。どうでもいい。

ホイッスルのように汚れひとつないアンジェラ・テラは、ダウンタウンの住所に七年前から住んでいる。データによると、オハイオ州のキャントン生まれで、両親は死亡、きょうだいもいない。結婚、同棲の経験もなし。

親類がいない、とイヴは思った。さらに追っていく。

オンライン大学を卒業――興味深い。十二年前にコンサルティング業務を始めている――ほかの仕事についた記録はない。さらに興味をそそられる。

コンサルティング業務について調べてみたが、なんの結果も得られない。データもなければ、ウェブサイトもない。顧客リストも紹介者もない。これは興味深いどころではない。

間違いないだろう。

アンジェラ・テラは存在しない。これがラリンダ・マーズの偽名ではない可能性はほとんどない。

「たまには運に恵まれるってこと」イヴはつぶやき、他の車と攻防を繰り返しながらダウンタウンへ向かった。

そして、目指す住所に到着した――ひっそりと建っているのは、二軒一棟の堂々としたメゾネットだ。舗道沿いの駐車スペースはすべて近隣の住人に使われていたので、イヴは激怒して打ち鳴らされるクラクションを無視して、二重駐車した。〝公務中〟のライトを跳ね上げて、歩道に立つ。

落ち着いた地区だった。手に入れるには金がかかるタイプの落ち着きだ。近所を歩けば、犬を散歩させる人やベビーカーを押すナニーとすれ違うだろう。住人がお気に入りのレストランや店に歩いて出かけるような地域だ。

左側の家に近づき、短いステップを上ってドアの前に立つ。目を細めて観察する。ドアは古くてどっしりとした木製に見えるが、軽く叩いてみるとスチール製だとわかる。ざっと見たところ、セキュリティは万全だ。防犯カメラ、掌紋照合装置《パーム・プレート》、カードキーの読み取り機《リーダー》がふたつ、頑丈な金属製のドアロックが三つ設置されている。

ブザーもドアベルもないので、強く何度もノックした。

反応は予想どおりだった。何の応答もない。

ステップを降りて、棟続きの隣のドアに近づく。

標準的なドアだ。設置された防犯装置も、悪くはないが標準的だ。ブザーがある。押してみる。

「こんにちは《ボンジュール》！　どちら様でしょうか《コマン・ヴザプレヴ・シルヴプレ》？」

「何て言ったの？」イヴはもう一度ブザーを押して、スキャナーに向かって警察バッジを掲げた。「NYPSDよ」

「少々お待ちください《アン・モマン・シルヴプレ》」

「いい加減にしてよ」イヴはブザーに寄りかかった。

やがて、ガチャンと鍵を開ける音がした。ドアが五、六センチだけ開いて、栗色の髪をくしゃくしゃっと頭のてっぺんでまとめた、赤いバスローブ姿の女性が隙間からこちらをのぞいた。

「はい？」

イヴはまた警察バッジを掲げた。

「はい、警察ね。何か悪い？　悪いことがありましたか？」と、言い直す。

英語だ。訛りがひどいが、英語だ。

「隣の住人のことで質問があります。アンジェラ・テラについて」

「ごめんなさい。隣の人は知りません」

「お名前を教えてくれますか？」ステップを上がってくる音がして、イヴが振り返ると、寒さで頬をピンクに染めたピーボディだった。「わたしのパートナーです。ピーボディ、彼女にバッジを見せて」

「わかりました。おはようございます」ピーボディは言い、バッジを取りだした。

女性の背後のどこからか、若い男性が声を張り上げた。「ねえ、早くして《デベッシュ・トワ》」

「この方たちは警察官《エル・ソン・レ・オフィシャー・ドゥ・ポリス》なのよ！」

そう言ったとたん、若い男性が矢継ぎ早に何か言うのが聞こえたが、イヴには意味がわからなかった。「マダム、ちょっとなかに入れてほしいのですが。隣の住人のことで、いくつか訊きたいことがあります」

「はい、どうぞ入って。寒いですから。隣の人のことは知りません」

促されて狭い玄関に入ると、戸棚の下に並んだコート掛けにさまざまな色のジャケットやレインコートが掛けてある。若い男の声の主は、ひょろりと背が高くて、魅力的な黒っぽい目のティーンエイジャーだった。

「あなたたちは警官？　誰か殺されたんだ！」

少年がどこか楽しげに言うと、母親――イヴはそう思った――がどこの国の言葉でも訳せそうな目つきでにらんだ。

黙りなさい。

少年より二、三歳下くらいの、長い金髪を背中にたらしてピンクのウサギのスリッパを履いた少女が走ってきた。男性――それほど痩せていないが、さらに長身で少年によく似ている――があとに続く。男性は少年と同じようにパジャマのズボンを穿き、ニューヨークシティのロゴのスウェットを着ていたので、一家の一日はまだしっかりとは始まっていないのだろうとイヴは思った。

「何かありましたか?」男性は魅力的なアクセントの完璧な英語で訊いた。

「NYPSDのダラス警部補と、ピーボディ捜査官です。隣の住人に関する情報を求めています。アンジェラ・テラという人物です」

「すみません。私たちは先週、こちらに着いたばかりで」

「あなたたちのコート、すごくすてき」少女が甲高い声で言った。「あなたのみたいなロング丈がいいけど、色はあなたのピンクがいいわ」

母親は一歩下がって、少女の頭を撫でてから何かささやき、少女は肩をすくめた。

「お力になれるかどうか」男性が言った。

「皆さんのお名前をうかがえますか?」

「もちろんです、失礼しました。私はジャン-ポール・ラロッシュです。妻のマリー-クレア、息子のジュリアン、娘のクローデットです」

「お座りになりますか?」マリー-クレアが訊いた。

「できれば。少しの間です」

全員がぞろぞろと移動したリビングエリアは、カラフルに散らかっていて――動物のぬいぐるみが転がり、セーターや、ストライプの室内用スキッドが放ってある――家具はありきたりに見えた。

少しは彩りを添えようと、ボウルや花瓶に花を生けたり、フレームに入った写真を飾ったりもしている。

「まだ散らかったままで」マリー＝クレアが椅子のほうを身振りで示した。「コーヒーをお持ちしましょうか？」

「いいえ、おかまいなく。お時間を取らせるつもりはありません」

家族全員がソファに座り、期待をこめてイヴを見た。

「ニューヨークへ引っ越されたのですか？」

「三か月だけ住む予定です」ジャン＝ポールが言った。「私は仕事があり、マリー＝クレアはこちらに親戚がいるもので」

「叔母といとこたちが。いろいろ経験できる機会です。子どもたちは月曜からこちらの学校に通います」

それを聞いて少年は目玉を回し、少女はにっこりほほえんだ。

「この家は三か月契約で借りました」ジャン＝ポールは説明を続けた。「仕事と学校が始まるまで、短い休暇も楽しむつもりです」

「ここへ移ってから、隣の家の人を見かけましたか？」

「いいえ」ジャン＝ポールが家族を見わたすと、全員が首を振った。

「いつも暗いわ」クローデットが言った。「窓が」

「わかりました」こっちは行き止まりだ、とイヴは思った。「では、ここは仕事を通じて見つけたのですか？」

「私の勤務先は〈トラベル・ホーム〉です。ホテルではなく、このように住宅に滞在したいという旅行者のために、世界中の一戸建てやアパートメントを紹介する代理店です」

「ほんの一ブロック先にいとこが住んでいるんです」マリー＝クレアがイヴに言った。「歩いて行き来できるし、彼女の子どもたちはうちの子たちとも年が近いんです。夫のアシスタントと一緒に探して、このあたりの、この家がいいと決めました。夫の仕事のおかげで、旅行中も一軒家に滞在できます。一晩でも一年でも」

「好都合ね」イヴは言い、遠慮しているような、戸惑ったような笑みを返された。

これはほんとうに都合がいいんじゃない？　とイヴは思った。

「あなたが――というか、クライアントが――借りられる家は、その〈トラベル・ホーム〉

「うちはリストを提供しています」ジャン＝ポールが訂正した。「申請を受け付けてオーナーと物件を選抜し、実際に現地へ行って申請内容どおりかどうか確認したうえで、ということです」

「なるほど。では、ひょっとしてここの家主もご存じですね」

「いますぐはわかりませんが、調べればすぐにわかります」

「そうしていただけるとうれしいです」

ジャン＝ポールが立ち上がった。「すぐに戻ります」

「きっと隣で誰か殺されたんだ」父親が部屋から出ていくと、息子が言った。

「そうじゃないと思うわ」イヴが言った。

「きっとそうだよ」

母親がため息をつき、息子の膝を軽く叩いた。

「あなたのブーツもすごく好き」クローデットがピーボディに言った。

「ありがとう」

「あなたのもすごくいいわ」

「実用的よ」

ジャン＝ポールがPPCを手に戻ってきた。「所有者は〈テラ・コンサルタンツ〉で、オーナーの住所は隣です。この物件は最高の評価を得ています。そうでなければ、家族を連れてはきません。何か心配すべきことがありますか？」

「いいえ。何も心配いりません。お時間とご協力に感謝します。ニューヨークの滞在を楽しんでください」

外に出ると、イヴは道を挟んだ向かいの家に向かった。「捜査令状を請求して、ピーボディ。アンジェラ・テラのIDと彼女の会社はかぎりなく怪しいわ。ラリンダ・マーズの偽名と隠れ蓑《みの》に違いない。わたしの車を移動してきてくれたら、ひと暴れするわよ――戻ってくるとき、わたしの捜査キットを持ってきて。わたしは、近所の聞き込みをする」

「二軒一棟のメゾネットを買って、一軒を定住しない人たちに貸す――そして、人付き合いを望まない隣人のふりをする。賢いですね」

「そう、彼女は頭がよかった」

イヴは近隣の四軒を訪ね、戻ってきたピーボディとさらに二軒を訪ねるうちに――手がかりになるような証言はひとつも得られなかった――捜査令状が発行された。

イヴはマスターを使い、マーズのものと思われる家の最初の錠とふたつ目の錠を外した。ところが、三つ目はぴくりとも動かない。

「警察のマスターが通用しない錠を付けている。悪い子ね」イヴはぷっと息を吐いて、キットのなかを探った。「わたしがどれだけ学んだか見せてあげる」

イヴが錠前破りセットを取りだすと、ピーボディは眉をひそめた。「EDDを呼び出してもいいし、破壊槌《はかいづち》を使ってもいいですよね」

「できるわよ」

最終的には、とイヴは思った。たぶん。

十分後、肌を刺すような風のなか、ピーボディが震えながら足踏みをしていると、イヴは何かがはずれるのを感じた。

「もうすぐよ」

「ハレルヤを歌いましょう」

錠の最後の歯がカチリと鳴って、イヴは心のなかで幸せのダンスを踊った。ピーボディはステップの上で実際に踊った。

「部屋を暖めます」

「記録開始」イヴは武器を抜き、ピーボディも同じようにするのを待った。「ダラス、警部補イヴとピーボディ、捜査官ディリアは、テラ、アンジェラ名義の住居に入る。われわれは正式な許可を得ている」

イヴはブーツの足でドアを蹴り開け、身を低くして素早く、なめらかになかに入った。動きを察知して控えめな照明がついて、家具がぎっしり詰め込まれた狭いホワイエが見えた。右へ行け、とイヴはピーボディに身振りで伝えた。

「確認作業に入る。警察よ」イヴは声を張り上げた。「住居に入った。われわれは武器を持っている」そう言って、武器を左右にゆっくり動かしながら、前進していく。

物だ、とイヴは思った。物であふれている。テーブル、ランプ、花瓶、絵画。しかし、人がいる気配はない。

奥のキッチンまで進んだが、埃だらけで使われている形跡はない。クリア！　と声を張り上げると、ピーボディも同じように返してきた。

ふたりは引き返して、階段を上りはじめた。

「誰も住んでいないですね」ピーボディが言った。「物だらけで、生活するスペースがないです」

「ここは彼女の倉庫よ」

ふたりで寝室を二室、確認した——ここも同様に物であふれ、クローゼットにはいくつかまだ値札がついているものも含めて毛皮製品が詰め込まれていた。靴もブーツもハンドバッグも山のようにある。

次は主寝室だ。

「彼女の仕事場ですね」

ほっとして、イヴは武器をホルスターにおさめた。「こまごましたものがたくさんあるけど、一応、整頓してある。掛け布をかけてクッションを並べたソファ、デスク、パソコンと通信機器もある」

「隣のバスルームには清潔な――清潔っぽい――タオルがあります」ピーボディが言った。「それから、石鹼《せっけん》、バスオイル、ローション。デパートの売り場みたいに大量にありますが、いくつか使われた形跡もあります」

イヴにはローションやオイルはどうでもよかった。まっすぐデスクへ向かう。座って、コンピュータを立ち上げた。

〝パスコードを入力してください〟

「そうよね、そうだと思った。EDDを呼んで。それから、大部屋《ブルペン》に急を要する捜査に関わってない者がいたら、彼らも。あと、制服組も二、三人。すべて調べてリストを作るのは、並大抵のことじゃないわ」

「遺留物採取班も必要ですか？」

「とりあえず、何があるか見てからにする」

ピーボディはうなずき、クローゼットの両開きの扉を開けた。「わあ、何てこと。これを見てください、ダラス」ピーボディは一歩後ずさりをした。「すっごい金庫です」

イヴは立ち上がってクローゼットに近づき、鋼鉄の塊のような金庫をまじまじと見つめた。リンクを引っ張り出す。ロークが応じると、言った。「チャレンジしてみたい？」リンクを傾けて、ロークに金庫を見せた。

「なんと、ポダークじゃないか。しかも、上級モデルででかい。きみはいま、テラの家？」

「テラは偽名だけど、そう、彼女の家」

「もちろん、チャレンジして楽しみたい。ひとつふたつ、片付けてから行くよ。三十分後には行けると思う。遅くても四十分後には」

「ちょうどいいわ」

「ポダークか」ロークはそう言い、ため息をついたが、イヴには幸せのため息にしか聞こえなかった。「久しぶりだ」

イヴはデスクに戻った。「抽斗のなかを調べはじめる」ピーボディに告げて、デスクの抽斗を開ける。

分厚い革製のバインダーを取りだして、開いた。「ええと、またしても有力な手がかりが見つかるなんて期待しちゃだめ――だけど、これもそうみたい。なんで土がペイするのよ？《ペイダート》でも、これは期待以上のものみたい」

「何を見つけたんです？」

「調査ファイルらしい。抽斗に何冊かあるわ。対象は、強請りの餌食《カモ》や、その候補者よ、たぶん。切り抜きが貼ってある。データをプリントアウトして、自分専用の小さなスクラップブックを作ってたのよ。写真もある。自分で、たぶん望遠レンズを使って撮ったのもあるみたい。こうすると持ち運びに便利よね。一冊選んでソファにゆったり座って、オートシェフで好きなものを準備して。料理は豊富に揃えてたに違いないわ。そうやってクモの巣を張ってた。次は誰にしようかと……」

ピーボディはちょっと振り返り、イヴの目が怒りに燃え上がるのを見て、体ごと振り向いた。

「なんですか？」

「メイヴィスのデータがある」イヴはページをめくった。「メイヴィス、レオナルド、ベビーまで。ふざけんな。どうってことない基本的なデータだけど。クエスチョンマークがいくつか、ローマ数字も。普通に検索したらわかるようなクソ情報と、インタビューや記事からのデータだけ」

イヴはコンピュータをバシッと叩いて立ち上がった。どうしてもなかが見たい。これ以上の情報があるとすれば、コンピュータに保管しているだろう。

イヴはリンクを取りだした。

眠そうな目をして、カリビアンブルーの髪をくしゃくしゃにしたメイヴィスがほほえんだ。「ヘイ」

「どこにいるの？」

「ん？　ああ、アルバ島だよ、おぼえてる？　二、三週間の予定で来たんだ。仕事なんだけど、ここはほんと、めちゃくちゃ最高にすてきなとこだよ。あんたも絶対来ないとだめ。そうしたら――」

「メイヴィス、あなたかレオナルドに、ラリンダ・マーズが接触してきたことがある？」

「ラリンダ？」メイヴィスはあくびをしながら伸びをした。「もちろん、あるよ。インタビューとか、写真撮影とか、独占インタビューとか。ゴシップの人でしょ。普通にあったよ、そういうのは。なんで？」

「彼女が殺されて、調べたら、あなたのファイルを作ってたの」

「殺された？　死んだってこと？　なんで？　いつ？」

「二、三日前。彼女をそういう目にあわせた人をわたしが探さなければならないような死に方をしたの。マーズはあなたの情報を集めてファイルを作ってたのよ、メイヴィス」

「でも、作ってても不思議はないよ。ああいう業界の人は作るだろう、ってこと。それにしても、驚きなんてもんじゃないよ、ダラス。彼女はどっちかっていうとヤな女《ビッチ》だったけどさ――」

メイヴィスの背後でベラが笑い声をあげ、「ビッチ!」とはっきり言うのが聞こえた。

「クソッ」メイヴィスは小声で言った。「忘れてた。ママはお魚《フィッシュ》って言ったんだよ。ベラちゃん。あとでお魚を見に行こうね」

「どんなビッチだった?」

「フィッシュだって」メイヴィスは言い張った。「彼女は図々しいフィッシュだった。たとえば――カマスだよ! あれはフィッシュでしょ。彼女は自分が追いかけてるものがもらえないと、ああいう顔――ほら、にやって、ずるがしこい感じ――でほほえむんだ。でも、あたしたちはうまくやってたし、問題はなかったよ。とにかく、そんなに出くわすことはなかったし」

「彼女は、人を強請るフィッシュだったのよ」

「へえ」メイヴィスはベラに聞かせたくない言葉の母音を伸ばし、複数の音節にして言った。「わたしを強請ろうとしたことはなかったよ。さっきも言ったけど、彼女は図々しくて、あんたについて何度かしつこく訊こうとした。でも、あたしは相手にしなかった。やり方はわかってるからね。ほら、わたしみたいに〝いーかーさーまー〟とかやってたやつは、ごまかしたりはぐらかしたりするのがうまいんだ」

「レオナルドに訊いて。彼女に強請られそうになったかどうか、訊いて」

「あればあたしに言ってるよ」

「彼に訊いて。わたしは本気よ。はっきり訊いて、はっきり返事をもらって」

「オーケイ、オーケイ。訊くから……ベラと話してて。ベラちゃん、ダラスだよ」

「ダス！」

画面いっぱいにベラのうれしそうなかわいい顔と、それを囲んでいるブロンドの巻き毛が映った。ベラはたっぷり一分ほど、途切れなくぺちゃくちゃしゃべってから、正気を失った人のような笑い声をあげた。

「そうよね」まったく意味がわからないまま、イヴは言った。

「みって、みって、みって！」画面が細かく揺れ、急激に動き、また大きく揺れてから、どこまでも続く金色の砂浜と、青い海と、風に揺れる緑のヤシの木が現れた。「ママがサイコにしゅてきって言う」

心配していたことも忘れ、イヴは声をあげて笑った。「そう、ママは言うわね」

「好き、ダス、ダス、おいで。サイコにしゅてき」

「いつかね」

「さあ、あたしのベラ、ダラスにさよならを言って。パパがイチゴをくれるって」

「うーん。バイ、ダス、バイ！　チュー！」

ベラは画面に唇を押しつけ、よだれでぬるぬるにした。

「バイバイ、チュー」

メイヴィスが画面を何かで拭ってから、まっすぐイヴを見つめた。「はっきり、ノーって。少しは訊かれたんだって、あたしやあんたやロークのこと。でも、あたしのハニーベアはどうやって踏みとどまるか知ってるから。他人のことは何にもわからないぼんやりした人のふりをしたら、彼女は引き下がったって、そう言ってた」

「それって、何でもわかってる賢い人のやることよ」

「さすが、あたしのムーンパイだよ。何か心配なことがある？」

「大丈夫だと思う。わたしの思い違い。心配すべきことがあるとわかったら、わたしが対処するから」

「あんたはそういう人だってわかってるよ。アップルには四日後ぐらいに帰ると思う。いずれにしても、何かあったら連絡して」

「そうする。サイコにしゅてきなところで楽しんで」

メイヴィスは声をあげて笑った。「あの子も、もうすぐ、すって、言えるようになると思うよ。チャ、ダス」

まだ胸に怒りがくすぶっていたが、イヴはほっとしてまた椅子に座った。「ここから別のバインダーを取って目を通して、ピーボディ。見たところ、これは音楽関係のスターとその関係者の情報。あとは映画スターとか政治家とか、金を持ってそうな人たちみたい」

ピーボディは二冊取り、ソファに座った。「これは映画スターの情報――一冊丸ごとです」もう一冊のほうを開く。「こっちは映画監督とかプロデューサーとか、そういう業界関係者ばかりですね。クエスチョンマーク、ビックリマーク、下線、ローマ数字もあります。これは彼女がどのくらい金を引き出しやすいと思っているか、それを表しているのかもしれないですね。ええと、この人物の評価はI、みたいな?」

「そう、そんな感じよね」イヴも同じように考えていた。「レオナルドはI、メイヴィスはII。こっちのカップルはV。赤いペンで大きく書いてある」

イヴはそのバインダーを置いて、別の一冊を取りだした。最初のページをめくると、自分の顔写真が貼ってあった。「彼女、わたしも調べてる。評価はI。何ページもある」さらにページをめくっていると、ピーボディが立ち上がり、近づいてきて一緒に見はじめた。「クエスチョンマークがいっぱい。あ、見て、ご丁寧にコメントまで。嘘つき、性悪女。ちょっと待ってよ、尻軽女？　よくもわたしを尻軽女呼ばわりできるわね？　たくさんの記事と、写真が何枚か。彼女、サマーセットの写真も撮ってる。買い物中みたい。仕事中のあなたとわたしも何枚か。映画のプレミアショーのときの華やかでこっぱずかしい写真も」

イヴはさらにページをめくってから、手を止めた。「ここからはローク。とんでもない数のローク」

確認しながら、イヴはうなずいた。「わたしたちふたりで一冊になりそう」

「評価はあなたと同じIですね」

ピーボディは好奇心にかられ、先のページをめくった。そして、すぐにページを戻して見たものを隠そうとした。イヴがその手を押さえこむ。

一ページ全体を占めるほど大きく引き伸ばされていたのは、ロークと、彼がイヴと出会うずっと前に付き合っていた女性とのスチル写真だった。彼の人生——彼とイヴの人生——に短い間だが舞い戻ってきて、ふたりの結婚生活をぶち壊そうとした女性だ。

「マグデラーナ」イヴはつぶやいた。「彼女が手回しして撮らせた写真」

彼女の両腕がロークに回され、ふたりの体は接近して、カメラが美しさを最大限にとらえるように、彼女は顔を傾けている――メイヴィスに言わせると、うまくごまかしていた。そのページには書き込みがあった――マグデラーナの名前、彼女の元夫たちの名前、彼女に関するデータもある――が、マーズと同じように、たぶんほとんどがいんちきだろう。

ペテン師は、相手がペテン師だと見抜けるのだろうか？

イヴがページをめくると、また書き込みがあった。

彼女はどこへ消えた？　ロークは彼女と寝た？

弱点？　誘惑を仕掛けられる？　彼女はどこまで知っている？　彼から引き出す？　あるいは、ダラス？

「玄関に誰か」ピーボディが咳払いをした。「たぶん、マクナブです」

「ふーん、そう」

「性悪女のでたらめを気にしちゃだめですよ、ダラス」

「え？　まさか」イヴは顔を上げた。「気にしてないわ」その証拠に、イヴはバインダーを閉じて、別のバインダーを引き出した。

しかし、ピーボディがＥＤＤを迎えに行くと、イヴはぼんやり座ったまま、赤いドレスの目を見張るようなブロンド美人のことを思い返していた。

19

マクナブが階段を上ってくると、イヴはコンピュータを彼のほうへ向けた。バインダーを二冊持ってソファに座り、新たな一冊を広げる。

「放送業界の標的とその候補ね。最高評価のローマ数字、Ⅴがついてるのが何人かいる。彼女が実際に強請っていたアシスタント、フィービー・マイケルソンは評価Ⅰで、ドルマークじゃなくて星マークがついてる。ベラミとつながっているこの男には星マークが三つ――セックスドラッグを使用してて、怪しげなセックス労働者と関わりがあるんだと思う」

「ベラミの飲み物に薬物を混入させて準備した人物でしょうね」

「そう」イヴは上の空でピーボディにうなずいた。「捜査中に彼も訪ねてみなければ。ほかにも名前がある。チャンネル75の局員もいる」イヴはページをめくりながら続けた。「ほら、アニー・ナイトは――四ページにもわたってる――ドルマークが五つ。あ、ナイトのチームの一員も強請ってたらしい。スタイリストのアイリーン・リフ、評価は星ふたつ」

「マーズは彼女のどんな秘密を握っていたんですか？」ピーボディが訊いた。

「彼女の娘が情緒不安定だったようね。摂食障害、自傷行為。不認可の客引き行為、こそ泥、脅迫。更生施設に二度入所、短期の拘留が二度。マーズが手に入れた報告書のコピーによると、いまは社会復帰を目的とする中間施設にいて薬物とは切れてるそうよ。

彼女とも話をしないと」イヴは言い、さらにページをめくった。「そして、ナディーン」

ピーボディは短く息を吐いた。「当然ですよね」

「評価は低い。ナディーンのことはわかってるから、マーズに毛嫌いされてたと知ったら、大喜びすると思う」

「入りました」マクナブが告げた。「何か呼び出しますか？」

「わたしがやるわ」イヴは、マクナブの視線が金庫に吸い寄せられ、動かなくなったことに気づいた。物欲しげに見つめている。「ポダークを破ったことはある？」

「いいえ、でも、すごくやってみたいなあ」

「ロークがこっちへ向かってるわ」

マクナブはため息をついた。物欲しげに。「そのほうがいいです」

「防犯ディスクをチェックして、マーズが最後にここに出入りしたのはいつか調べてもらえる？ それから、キッチンに電源を切った邸内ドロイドがある。簡単な掃除には使われていたと思う。何かわかることがあるか探ってみて」

「わかりました」マクナブは立ち上がった。「あの、ダラス、メキシコのこと、ありがとうございます。何もかも。心から感謝します」

「あなたたちが飛んでいけるように、この事件を解決しないと」

「全力でやります」

「ピーボディ、一緒に行って、彼を手伝って」イヴは立ち上がり、デスクに戻った。ふたりがぴょんぴょん、ドスンドスンと去っていくと、コンピュータの検索画面を呼び出した。

バインダーと同じ項目のファイルが見つかっても驚きはしなかった。映画業界、音楽業界、ビジネス界、政界などなど。すべて目を通してまとめるつもりだが、まずは標的になった人たちについて調べたかった。男性優先だ。

財産をまとめたファイルはあとで見よう。

ありがたいことに、マーズは標的とその候補者をアルファベット順でリストにしていた。Aから始める。Bを調べはじめたとき、ロークが入ってきた。

「ノックが聞こえなかったわ」

「していないからね」マクナブと同じように、ロークの視線は金庫に釘付けになった。その表情は愛にあふれているとしか表現のしようがない。

「ああ、彼女だね」ロークは金庫に近づき、磨きあげられた表面を指先で軽くたどった。「すごい美人だ」

「席を外して、ふたりきりにしてあげましょうか？」

ロークは何も言わずにイヴを見てにっこりすると、高級な捜査キットのようなものを取りだした。「言われる前に言うが、こんな機会を与えてもらって心から感謝するよ」コートを脱ぎながら言う。「だから、玄関の鍵をこじ開けた跡が残っていた件には、あまり触れないでおく」

「令状があったから。跡が残ったってかまわないのよ」

ロークはイヴを見てチッチッと舌打ちしながら、スーツの上着を脱いだ。「自分の仕事に誇りを持ちなさい、ダーリン」

「わたしはこうして家のなかに入ってるでしょ？　破壊槌だって使えたのよ」

ロークはただほほえみ、ネクタイをはずしてシャツの袖をまくり上げた。「あれは並はずれた錠だし、違法なマスターブロックも使われていた。破るのにどのくらいかかった？」

イヴが肩をすくめると、ロークはポケットから革紐を取りだし、後ろで髪をまとめた。

「つまり、ずいぶんかかったんだね？　もっと鍛えなければ」

「わたしに感謝してるなら、どうしてそんなに文句を言うの?」

ロークはイヴに近づいて身をかがめ、頭のてっぺんにキスをした。「では、言わせてもらうが、ドリルや破壊槌を使うのは、素人か三流の泥棒だ」

もう少しで機嫌がなおりかけていたイヴは、ふと体を引いて、目を細めた。「わたしは二流ってこと?」

「生まれながらに少なからぬ能力に恵まれたすばらしい生徒、ということだ」

ロークはキットを手にしてまた金庫のそばに戻った。「さて、じっくり見させてもらうよ、美人さん」

そう言いながら床に座り、キットからさまざまな道具――イヴが見たことのないものも多い――を取りだした。

「それはどういうものなの?」

ロークは振り向き、意味ありげにイヴのレコーダーを見た。

イヴは一時停止の操作をした。

「過去の暮らしの思い出の品、というところだ」そう言って、また道具を並べはじめる。「最初に破ったポダークは、トスカーナ州の優雅で美しい邸宅にあった。気持ちのいい夜だった――いまでもあのときのレモンの花の香りをおぼえている。僕は二十歳くらいだったと思う。あそこで最後の……」ロークは振り向いた。「きみに出会う前の話だ」

「どのくらい前？」

「もうだいぶ昔のことだ」

「ふーん。録音再開」

ロークは長さと幅が自分の手のひらほどある装置を選び、金庫の真正面に取り付けた。指先でその全体に軽く触れながら、喉の奥のほうで小さくうなる。

イヴがしばらく作業の様子を見ていると、最初の装置の反応に満足したらしいロークは、さっきより小さな装置をさらに取り付け、一方の耳にコミュニケーター・ユニットを装着した。

コードが点滅するのが見えたが、朝の株式市況に劣らず訳がわからず、イヴはあとをロークにまかせて自分の仕事に戻った。

ロークがアイルランド語を交えてたまにひとりごとを言いながら作業しているあいだに、イヴはBの欄を終えて、イニシャルCの欄を調べはじめた。マクナブのはずむような足音がして、ぴたりと止まった。

イヴが顔を上げると、マクナブが食い入るようにロークを見つめていた。

そして、小声で言った。「捜索チームが到着しました。シー・ボディの指示で作業が始まるところです。ロークがあれを始めてどのくらいですか？」

「わからない。十五分か、二十分くらい」

「見てていいですか？　あれが……ありえない！」マクナブは大声をあげ、前方へ飛び出した。「ポダーク――しかも〈TXR‐二〇〇〇〉――を破れるはずがない。前に調べたことがあるんだ。まじで二十分なんかで開けられるわけがない！」

「十八分三十二秒だ」ロークが耳の装置をはずした。「彼女は恥ずかしがり屋でね」

「締め付けボルトが二十八本あって、パスコードが最大六つ必要で、二重安全装置がふたつ設置されているんです。お願いだから、どうやったか教えてくださいよ。ドリルで穴を開けるのだって何時間もかかるはずなんだ」

「ドリルで穴は開かないよ」ロークが言った。「彼女はドリルの刃など、それこそ歯が立たないようにできているんだ。ブーツの踵で踏まれた枯れ枝みたいにポッキリ折れてしまう。がさつな者が爆破しようとしても、彼女に笑われるだけだ。こういうレディ相手に、無理強いしたり、乱暴な真似をしたって無駄だよ」ロークは指先でまた金庫の表面をたどった。

「その気に……させないと」

「その話はまだ続くわけ？」イヴが訊いた。「そうじゃないなら、そいつの扉を開けて、なかに何があるか見てもいい？」

「彼女はもうすべてきみのものだよ、警部補」ロークは道具をひとつにまとめた。

イヴはデスクを押しやるようにして立ち上がり、レコーダーをふたたびオンにして金庫に近づいた。舵輪《だりん》型のハンドルを握って、引っ張る。全身に力をこめて両足を踏ん張り、ふたたび引っ張る。

「やばい、すげー、わお！」

マクナブの反応も無理はなかった。金庫は満杯ではないものの――マーズがもっと詰め込もうとしていたのは間違いない――たくさんの〝わお！〟に満ちていた。

棚ふたつに帯封でまとめられた札束がびっしり並び、黒いベルベットを敷き詰めた浅い抽斗には宝飾品が何列も並んでいる。ゴールドとシルバーのきらめき、ブロンズの輝き、骨董《こっとう》品の磁器も控えめな光を放っている。

イヴは金庫のなかを見わたしてから、奥の棚をのぞきこんだ。「彼女の身元を特定するもの一式みたい」

「そっちに執着していると、この最高のエメラルドを見逃してしまうよ」

イヴはよくわからないがそのエメラルドと、ほかのきらきらしたものを見て、両手を腰にあてた。「これを全部運ぶには装甲車が必要ね。こっちの捜査チームに加わったのは誰？」

うつろな目をしていたマクナブがぱちぱちとまばたきをした。「ええと、ジェンキンソンとライネケです」

「いいわね。ふたりなら全部運べるわ」イヴは金庫に入って、箱のなかに手を入れた。「盗聴用マイク――電子系の――でいっぱい。個人情報を収集するのに、これも使ったのね。彼女を殺す動機のある人たちのリストはめちゃくちゃ長くなりそう。こっちの箱にはディスクがぎっしり。何はともあれラベルが貼ってある。名前、日付。盗聴器で集めたもののコピーみたい。というわけで」

イヴは両手をまた腰にあてて、振り返った。「総額を見積もって」

ロークが首を振った。「これはむずかしいな」

「とにかくやってみて」

「そうだな、紙幣の券種はさまざまだし、外貨も混ざっている。六千万ドルからスタートだな」

「たいしたスタートだ」マクナブがつぶやいた。

「宝飾品については、さらにつかみどころがないが、ざっと見たところ、現金《キャッシュ》の三倍ぐらいだろうか。で、残りが……一か、一・二ぐらいか」

「一億か、一・二億ドルということ？」

「もちろん」

「総額は？」イヴは言い、空中に円を描くように、人差し指をくるくる回した。

「概算で、三億六千万前後だろう。ひょっとしたら四億いくかも」

マクナブの言葉を借りれば、たいした総額だ、とイヴは思った。

「この家は？　全体で。二棟合わせて」

そう尋ねられ、ロークは少し困ったように見えた。「そうだな、僕はまだ隣の家をまったく見ていないだろう？　それに、こっちの家も玄関から入って、まっすぐここまで上がってきただけだ」

「ほんとうに、ざっとでいいから」

「立地と総面積から判断して、メンテナンスが行き届いているか否かは考えず、売りに出すには何が必要かとかも考えず？　ごくおおざっぱに言って五千万から、ひょっとしたらその倍くらいの間だろう。内装や調度品については想像がつかないから訊かないでくれ」

かなり近いはず、とイヴは思った。ほぼ正確な見積もりだろう。

「ここで見てるものと、アパートメントで見たものと、口座に保管してあるのをすべて合わせたら？　たぶん十億はいくはず。でも、土地を買うわけでもなく、マイタイをちびちびやりながら日々を過ごすのでもなく、マーズは働き続け、強請りを続け、ためこみ続けていた。そう考えると、彼女はやめられなかったんだと思う。これで充分とは思えなかったのよ。彼女を殺した犯人もそれを感じ取ったのかも」

部屋を出ようとドアに向かうイヴと入れ違いにピーボディが入ってきた。「ジェンキンソンとライネケを階上《うえ》に呼んで」

「わかりました、でも……」ピーボディは金庫のなかを見た。口をあんぐりと開け、目を見開いてぼうっとする。そして、言った。「うーー、まばゆい」

「失礼」イヴはしっかりしてと言わんばかりにピーボディを押しのけた。大股で歩いていくと、マクナブの声がした。

「ロークは十八分で開けちゃったんだよ」

イヴはただ首を振り、歩き続けた。

ロークがコートとキットを手にゆっくり階段を降りていく間に、イヴはセントラルに連絡を入れて、捜査チームの増員と装甲車と護衛の手配を求めた。

「部長が移送をすべて引き受けてくれるそうよ、ありがたいわ」イヴはロークに言った。「手伝ってくれて、ありがとう」

「喜び以外の何物でもないよ」イヴに静かに見つめられ、ロークはほほえんだ。「ポケットのなかを見せようか?」

「あなたはそんな簡単に見つかるようなドジじゃない」イヴは髪をかき上げながら雑然とし

たホワイエを見回した。「それに、あなたはもうやめたから。やめられたということ。彼女はやめられなかった。探って、知って、取り立て、利用して、さらに得ることをやめられなかった。凶悪ではないけど、たちが悪い。嫌気がさすわ。それから……」

「きみは腹を立てている」ロークは言い、肩をすくめるようにしてコートを着た。

「ええ。彼女が作ったバインダーが保管されてた。強請りの標的とその候補者のデータブック。あなたとわたしも調べられてた。そのことであなたに話したいことがあるけど、ここではやめておく。メイヴィスとレオナルドとベラのことまで調べてたわ」

「きみが怒るのも当然だ。彼らは家族も同然だからね」

イヴはうなずいた。「それから、ナディーンも。マーズに迷惑をかけられたことはないかどうか確かめたくて、メイヴィスには連絡した」

「あればきみに話していただろう」

「そうね。そう。わたし、堂々巡りをしてるみたい。腹を立てて堂々巡り。それから、わたしの愚かな部分がマーズを気の毒に思ってる。彼女、心の病気だったみたいだから」

「愚かではないよ」

「無駄よ。同じように、腹を立てるのも無駄。役に立つのは、彼女のために立ち上がって仕事をすること」

「きみはそうしている」

まわりに誰もいなかったから、ロークが額に唇を押しつけてきてもイヴは抵抗しなかった。

「そうし続けるために、ドゥインターのところへ行って顔の再構築に進展があったかどうか確かめる。ラリンダ・マーズになる前の彼女が誰だったのかわかれば、捜査の役に立つし」

「わかるといいね。僕は先に邸に戻っている。ほかに破るべき金庫を見つけてくれたら話は別だが」

イヴが階上へ戻ると、部下の捜査員たちが金庫に保管されていたすべての写真を撮り、記録に残していた。いろいろ話しているのが聞こえる。

「まじか、この宝石のでかいこと」

「この不細工なやつはほんとうに価値があるのか?」

振り返ると、マクナブが電子機器を積み上げていた。ピーボディはどこかと尋ねようとしたちょうどそのとき、彼女の声がした。金庫のなかから。

「わあ! ティアラだ!」

「頭につけてみなさい」イヴは声を張り上げた。「それごと生き埋めにしてあげるから。今日」

「その価値はあるかも！　冗談ですよ！」

マクナブはにやにやしながら積み上げを終えた。「この中身はすべてコピーして、あなたのオフィスと自宅のコンピュータに送りました、警部補《LT》。データの分析は戻ってから始めて、結果はすべて送ります」

「アルファベットの最後から始めて半分まで調べて。あなたと一緒に作業できるように、フィーニーがスタンバイしてるから」イヴはすでにフィーニーに連絡を済ませていた。「条件はわかってるわね。一番確率の高い人たちのリストから送って」

「了解。盗聴用の装置も手に入れました。ディスクもある。これも俺が持っていきますか？」

「それはわたしが持っていく」

マクナブは机の上の証拠品袋をぽんぽんと叩いた。封印して、印がつけられている。「これはすべてあなたに。ねえ、シー・ボディ、俺は行くよ」

ピーボディが金庫から顔だけ突きだした。イヴの見たところ、きらきら輝いているのは彼女の目だけだ。「またあとで。ここは楽しいわ！」

マクナブはにやりとして、証拠品ボックスを持ち上げた。「じゃ、お先に。十八分かよ」そうつぶやいて、馬が跳ねるような足取りで出ていく。「マジ、魔法だな」

「ピーボディ、行くわよ」

「うう」そう言いながらもピーボディは金庫から出てきて、コートをつかんだ。「わたし、意味がわかりません。彼女はお店ができるくらい宝石を持っていたのに、すべてしまっていたんですよ」

「持ってることが大事だったのよ」イヴは証拠品袋を持った。バインダーを詰めた箱はまっすぐセントラルへ運ばれることになっている。「寄り道をして、ドゥインターが答えを見つけたかどうか確かめるわよ」

「貧しい環境で育ったのかもしれません」階段を降りて外へ出る間に、ピーボディは推測した。「住む家もなかったのかも。路上生活者は物をため込みますからね。生き残るためにも、セキュリティのためにも、ある意味、必要なことなんです。原因はそこにあるのかもしれません」

「かもしれない。わたしの車はどこ?」

「ええと。二ブロック先の角を曲がったところです」

それなら、とイヴはポケットから雪の結晶模様の帽子を取りだして、かぶった。

「そういえば」ピーボディがさりげなく言った。「ロークが防犯用の装置や、金庫の設計や製造を手掛けているのは、ほんとうに強みですよね。他の捜査官たちとも話していたんですけど、そうじゃなかったら専門家を呼ばなければならないし、きっとまだ待たされていましたよ。でも、うちにはちゃんと専門家がいるんですから」

イヴはピーボディの無邪気な笑顔をちらりと見た。「あなたもほかの捜査官たちもそう思ってるの?」

「ええ。みんなそう言っています。殺人課にとってほんとうに有利だし、わたしたちのチームのスローガンにもぴったりです。われわれは守り、奉仕する。たとえ、なんとかかんとかでも、っていうやつです。たとえ民間コンサルタントでも、死んだのがろくでなしでも、って感じですかね。彼女は救いようのないろくでなしでしたね」

「そうね、それは間違いない」イヴは感動しながら歩き続けた。まさにそのとおりに――スローガンとろくでなしの件は省いて――報告書に書こうと思っていたのだ。

ラボに着くと、ドゥインターのいるエリアにまっすぐ向かい、必要なら巧みに、そしてちょっと強めに圧力をかけようと準備していた。実際、はっぱをかけるのが待ち遠しかった。

しかし、ドゥインターのエリアにはマーズ――あるいは彼女の遺骸――しかいなかった。頭蓋骨を見ると、あちこちに――おそらくドゥインターによって――印がつけられている。壁のスクリーンは印のついた頭蓋骨と、おびただしい数の方程式で埋め尽くされていた。

イヴは踵《きびす》を返して、次のエリアへ向かった。

派手なグリーンのワンピースに派手なブルーのラボコートをはおったドゥインターがタブ

レットを操作していた。ぴったりした黒いパンツを穿いて、ヒップすれすれの長さの白いチュニックの背中に三つ編みを垂らした復顔師のエルシーが、タブレットにデータを打ち込んでいる。

「顔が見たいの」イヴが言うと、ふたりが振り向いた。

「いま復元中よ。それには少なからぬ測定と計算が必要なの」

「作業ははかどっているわよ」エルシーがイヴに言った。

「見せて」

ドゥインターはむっとしているようだ。エルシーは少し困っているように見えた。「あと二、三時間すれば、なんとか――」

「いまわかってるところまで見せて」

ドゥインターがうなずき、エルシーはタブレットを操作してスクリーンに画像を映した。

「顔の幅が広くなってる」イヴがつぶやいた。「鼻もそう。額も広くなってるわね？　目はより丸くて、唇が薄い」

「ドクター・モリスの計測結果――こちらは肉と筋肉――と、ドクター・ドゥインターが骨を計測した結果を利用して、いまの時点では九十五パーセントの確率で、この人物の構造を予測できているわ。

投射……」そう指示しただけで、立体ホロが出現した。「DNA鑑定の結果と、ハーヴォの成果によって導かれたこの肌の質感と色には、かなり自信があるの。髪は中くらいの長さにしているけれど、髪形については知るすべがないからとりあえずの処置よ」

「スケッチは？　ないの？」

「いますぐに？　当て推量になるわ。推量なんて言うべきじゃないけれど」エルシーは言い添え、ドゥインターを見てにこっと笑った。「科学的な事実よりも、見積もりと、予測と、個人の感覚に基づいた推量よ」

「科学なんてどうでもいいから、スケッチを見せて」

「いまのわれわれは科学で生かされ、科学で死んでいくのよ」ドゥインターがイヴに思い出させた。

「科学のおかげでここまでできたわ」イヴはスクリーンに手を向けた。「いいスタートだけど、これではまだ不充分で顔認識にはかけられない。だから、推量して、いまあるものを見せて」

「見せてあげて」ドゥインターはひらりと手を振った。「分析対象にはならないし、もちろん、法廷で証拠としても使えないわよ」

「ここは法廷じゃないわ」

　イヴは差し出されたスケッチパッドをじっと見た。表情がより生き生きしている。スケッチのマーズは巻き毛で、眉は濃く、ほぼまっすぐだ。あごは丸いというよりもっと角張っていて、幅の広い顔になじんでいる。

「これなら調べられるかもしれないけど……さらに、何年かさかのぼれる？　十歳か十二歳の頃の彼女はどんな顔だった？　彼女は自分がたどってきた道を隠してるのよ。そんなに昔までさかのぼって、自分を消したり変えたりするのはなぜ？」

「ちょっと待っていて。コンピュータのプログラムを使えば、その年齢の姿は得られるわ」

「もう一日くれたら」エルシーが作業を始めると、ドゥインターが言いかけた。

「これで試すわ。うまくいかなかったら、一日待つ。彼女のカモとその候補者のリストを手に入れたの。彼女が誰だったのか、どうしても知りたい」

「このスケッチが実物に近ければ」エルシーが言った。「十歳のときはこんな感じだったと思うわ」

　顔が丸くなっている――それが若いということだ。表情も穏やかであどけない。

「年代を計算して、合致するものがあるかどうか調べて」

「何か飲みたい」ドゥインターが言った。

「買ってくるわ。わたしも飲みたいから。皆さんは？」

「わたしも行きます。ここの自販機のコーヒーはどうですか？」ピーボディが訊いた。

「問題外」ドゥインターが言った。

「ペプシはどうです？」

イヴはうなずき、スクリーンに次々と画像が現れるのを見つめた。

「わたしたちもあなたたちと変わらず一生懸命に仕事をしているのよ」エルシーとピーボディが自販機へ向かうと、ドゥインターが言った。

「そうじゃないと思ったり言ったりしたことはないわ。仕事のやり方が違うだけ」

「わたしはギャンブルはしないけれど、するとしたら、さっきの顔に該当する誰かにヒットする確率は二、三十万倍の一よ」

スクリーンの信号音が鳴り、スケッチの隣にID写真が現れると、イヴはにっこりほほえんだ。「全額払ってよ」

「まさか、それが――」

「ラリ・ジェーン・マーキュリー《金星》――ラリンダ・マーズ《火星》。ほんとうに惑星好きなんだから。カンザス州ローレンス――まさに中西部よ。両親と妹か姉がいる」

「これはまだ推測よ」

イヴは自分のＰＰＣを取りだして、名前で検索した。「何もない。いまは存在しない」十年前で検索する。「十年前も何もない。十歳の彼女をもう一度出して、その後を調べてくわ。はい、また出てきた。十八歳まで、ＩＤ写真は一年おきに新しくするのが普通だけど……。彼女は十二歳まで。それで……おしまい。フッと消えてる」

ドゥインターは眉をしかめた。「子どものうちに死んだのかもしれない」

「勘弁してよ、頑固者。こうと決めて曲げないのは、わたしの専売特許のはずだけど。彼女は十二歳以降の自分を消したのよ。ＩＤを消すにはかなりお金がかかるわ」イヴは指摘した。「十二歳まででなんとかなると、なるはずだと思ったんでしょう。外見をがらっと変えて、生い立ちも変えた人間の過去を振り返る人がどこにいる？　誰が見ようとする？　どんな理由で？」

「わたしたちが見ようとしてるわね」

「それは彼女が死んだから。彼女が顔も体も変えたとモリスが気づかなければ、捜査官は誰も見ようとしなかったはず。モリスが見つけたからこそよ。

ラリンダ・マーズの本名はラリ・ジェーン・マーキュリー」イヴはスクリーンを身振りで示した。「あなたは間違ってた。間違ってたら、そう認めるべきよ」

「間違うのは嫌いなの。それに、間違っていなかったわ。今回は、あなたがより正しかっただけ」

イヴは笑い声をあげた。「そう言えないこともないわ」

ピーボディとエルシーがジュースとソフトドリンクを持って戻ってきた。エルシーは口をぽかんと開け、そして、短く踊った。「ヒットしたのね」

「あなたがヒットさせたのよ」イヴは訂正した。「あなたの感性には感心するわ」

「結果にかかわらず、顔の分析と再建は続けるわ」ドゥインターが強く言った。

「頑張って」イヴは肩をすくめた。

「捜査のためにも――家族のためにも――徹底的に、正確にやる必要があるのよ」

今度はイヴもうなずいた。「いまのあなたは間違ってるというより正しいわ。あなたが作業を終えて満足したら、わたしも最新の情報をもらうことにする。ぬかりのない仕事ね」スクリーンの写真をじっと見ながらイヴはつぶやいた。「最高で、ぬかりのない仕事」

「科学よ」ドゥインターは訂正して、ほほえんだ。「最高で、ぬかりのない科学」そして、エルシーを見てにやりと笑い、イヴを驚かせた。「そして、最高の感性」

「たしかに。その画像をプリントアウトしたものとコピーしたディスクをもらえる？」

エルシーはもみ手をした。「もちろん」

イヴはペプシを開けて、少女の顔をじっと見た。「オーケイ、ラリ・ジェーン、いったいどういうことなのかちゃんと調べて、それでラリンダを殺した犯人がわかるかどうかたしかめる。ありがとう」画像のプリントアウトとディスクを受け取る。「行くわよ、ピーボディ。家族には、すごく異例のお知らせをすることになりそう」

イヴは足早に部屋を出て、階段を降り、ラボの迷宮を抜けていった。「彼女の両親が今どうしてるのか、ざっと調べて」

「いま調べています。貧しい育ちだとか、路上生活をしていたとかいう仮説はすべて崩壊ですね。ジェームズ・マーキュリー」一緒に建物を出ながら、ピーボディはPPCを読み上げた。「ドクター・マーキュリー――小児科の個人開業医で、開業して五十年以上になり、現在も現役です。マリリー・マーキュリーは養樹園と造園業を営む〈カンザス・ガーデンズ〉を妹と共同で所有し、三十八年になります」

車のシートに落ち着くと、ピーボディはごくりとチェリー・フィジー――ノンカロリー――を飲み、さらに続けた。「住まいは持ち家で――支払いは終わっています――住みはじめて四十五年。もうひとりの娘、クララは三十九歳で、結婚して十一年になる夫とともに二十二エーカーの農園のオーナーです。男女ひとりずつ子どもがいます。しっかりしたアッパーミドルクラスの一家で、経済的にも恵まれ、地域活動にも積極的に参加し、近所ともなじんでいるようです」

「誹謗《ひぼう》中傷を探して。美しいものにかぎって腹黒いことも多いから」

「ほじくっているところですが、まだ見つかりません。父親も母親もそれぞれ仕事の面で称賛され、賞も受けています。ふたりとも地元の子どもたちのキャンプにボランティアとして参加して世話をしています」

「ラリ・ジェーン・マーキュリーについて、死亡広告や捜索願いは？」

イヴはセントラルの駐車場に車を入れた。

「調べました。何もありません」

「オーケイ。わたしが両親と話をする。マイラから少し意見が聞きたいから、会えるように手配して」イヴは駐車場に車を停めてもすぐには動かなかった。「死んだときの彼女が誰で何をしてたかはわかってる。その前の彼女が誰だったかを、これから突き止める。そのふたつを組み合わせたら、容疑者リストがかなり短くなりそう」

20

マーズの近親者たちとリンクで長時間話し合いをしたイヴは、考えをまとめながらマイラのオフィスへ向かった。

いずれにしても、マイラの業務管理役ことドラゴンは、そのまままっすぐ入るようにと身振りで示してくれた。

マイラはデスクに向かって何かの報告書をまとめていたらしく、人差し指を立てて、あと少しだけ待ってと告げた。

マイラの豊かなブラウンの髪が美しい顔をふんわりと囲んでいる。小さな金ボタンが首元までずらりと並んだスーツは均整の取れた体つきを目立たせ、そのはっきりしたブルーが淡いブルーの目をいっそう目立たせている。細いヒールにはブルーの水彩絵の具で渦を描いたような模様があって、これも見事な脚を引き立てている。

マンハッタンの最新流行のビストロでランチを食べている女性たちに劣らずファッショナブルで女性らしい。それでいて、イヴが知っているなかでもっとも鋭い頭と、揺るぎない根性の持ち主だ。

「ごめんなさい」マイラが椅子をくるりと回転させてイヴと向き合った。「今日は忙しくて」

「時間を作っていただき、ありがとうございます」

「いいのよ、何でもないわ。お茶はいかが?」そう勧めて立ち上がりかける。

「いいえ、ほんとうにやっと手ごたえを得たところなんです。すぐにおいとまします」

マイラは立ち上がり、ふたつあるブルーのスクープチェアのひとつに近づいた。「ラリンダ・マーズね」そう言って座り、もうひとつに座るようにと、イヴを身振りで誘った。

「あるいは、ラリ・ジェーン・マーキュリーです。彼女の本名と、家族と、背景を突き止めました」

「それは大きな手がかりね」

「そう思います」イヴも座った。「ドゥインターと彼女のチームがスケッチを作って、それを顔認識にかけたらヒットしました。彼女は十二歳以降のID記録を消してたんです。金のかかる作業なので、それだけ使えば充分だと思ったんでしょう。それから、ロークの力を借りて、彼女がアンジェラ・テラという名で所有してた建物を特定できました」

「惑星の名前ばかりね」

「そうです。建物は二軒一棟のメゾネットで、高級住宅地にあります。マーズはその建物の一軒を、短期契約テナント専門の代理店を通して貸していました。一晩から最長一年までの契約です。利用するのは、観光客やビジネス旅行者など。彼女が使っていたほうは、物であふれてました。家具や、いかにも埃のたまりそうなこまごましたものや、まだ開けていない段ボール箱も大量に。リストを作るだけで何週間もかかりそうです。彼女のオフィスには、彼女がまとめたバインダーが何冊もありました。内容は、強請りの候補や、実際に強請っていた人たちの写真や、データです——彼女のメモも記されてました。家にはろくに考えもせず家具や物が詰め込まれてますが、バインダーやコンピュータに収めたデータは、綿密に系統立ててまとめられてます」

「仕事と所有物にたいする態度が対照的ね」

「ええ。マーズの仕事はほとんど人生のすべてで、しかも、物をため込む手段でもあったと思います。所有してしまうと、それは物でしかない。バインダーにはメイヴィスとレオナルドのデータもありました。ナディーンも。ロークとわたしも」

マイラはうなずき、脚を組んだ。「なかったら驚いていたわ。あなたたちはみんな、成功を収めた人か、有名人か、その両方だもの。そして、ナディーン？　ふたりは同じ業界の違うジャンルで働いていたけれど、ライバルと見られたはず。しかも、ナディーンはあなたやロークや、メイヴィス、レオナルドともつながりがあるでしょう？　うらやましいライバルよ」

「マーズはランク付けをしてました。わたしたちはみんな評価は低いんですが、データにはごく最近のものもあって、彼女はあきらめてなかったとわかります」

「生い立ちから、何か彼女の病的逸脱に関連することがあったかしら？」

「父親と母親、妹とも話をしました。彼女はアッパーミドルクラスで生まれ育ちました。父親は小児科の開業医で、母親は共同で会社を所有しビジネスもうまくいってます。妹も同じです。実際に知ったことと話を聞いた印象から、地域に根を下ろし、経済的にも恵まれた健全ないい一家だと思いました」

座っているのが落ち着かなくなって、イヴは立ち上がり、部屋のなかを歩きはじめた。

「ほかにわかったことですか？　母方の祖母はラリをとくにかわいがってたそうです。彼女は初孫だったので、祖母にちなんで名づけられました——部分的にですが。祖母の名はラリンダです。祖母は裕福でした——未亡人で、社交界でもまあまあ名前が知られてた。そして、さまざまなゴシップをラリに聞かせました」

マイラは賛同するような声を漏らし、さらに聞き続けた。

「祖母もバインダーを作ってました——わたしたちがマーズのオフィスで見つけたようなものです。写真や切り抜き、メモ、見解がまとめられてました。祖母はしょっちゅうラリを連れて、パーティーやイベントに出かけてました」

「そうやって彼女は高級品や、ある程度より上のレベルの付き合いや、ゴシップを楽しむようになったのね。もちろん、とくに変わった道楽でも習慣でもないわ」

「ええ。結局のところ、両親はそれをたんなる甘やかしだと考えてて、マーズの成績も下がることがなかったので、いろいろ経験できていいと思ってたそうです。妹とはたまに喧嘩をしてたようですが、妹はパーティーや華やかな世界には興味がなかった。運動が好きで、母親と同じように園芸や自然に関わることが好きだったそうです」

「そして、変化が訪れる。決定的な何かがあったのかしら？」

「ラリが十九歳のとき、祖母が自宅の裏庭にあるプールで溺死しました。犯罪に関する証拠は見つかりませんでした。彼女は夜中に泳ぐ習慣があり、泳ぐのはたいてい一杯やったあとだったそうです。

　祖母は財産のほとんどをラリに残しました」

「ラリだけに？」マイラが訊いた。

「娘と、もうひとりの孫娘にもわずかばかりの遺産を残しましたが、あとはすべてラリ・ジエーンのもとへ。邸と備品、宝石も——祖母はキャンディーのように集めてたそうです——現金《キャッシュ》も。全部で五百万ドル相当で、邸と備品を売るとその三倍の遺産になったということです」

「若いわね」マイラが言った。「指導者も補佐役もいないまま、そんな多額な遺産を引き継ぐには、十九歳はあまりに若すぎる」

「彼女は邸を売り、備品も売ったり送ったりさせたそうですが、家族は詳しいことを何も知りません」

「すでに人生から家族を締め出していたのね」

「そのようです。すでに別の家があって、手元に置いておきたい大きなものを送ってたように——わたしには——思えます。邸の処分が決まって落ち着くと、彼女は出ていきました。さよならも何も言わず、移転先の住所も告げないまま。自分がほしいものだけを荷造りして、金を持って出ていった。それ以来、なんの音沙汰《おとさた》もないそうです」

「家庭内で虐待があった証拠はないのね?」

「ゼロです。妹が言ってましたが、ラリは自分を演じてたそうです。そう表現してました。学校でも同じように演じて、まずまずの成績を保ってたけど、直接自分の得になるものをのぞいて、あとは誰にも、何に対しても、いっさい興味を示さなかったそうです。家でも同じでした。厄介事にはほとんど関わらず、期待されてることをするだけ――ほかは何もやらない。しかし、祖母のご機嫌は取っていた。金と影響力のあるところでは、そういう態度だったそうです」

「感情がなくて、家族への思いもなく、結びつきも感じていなかった」マイラが言った。「社会病質人格のひとつの傾向であることは間違いないわ。理由もなく、説明もなく、家族とのつながりをすべて絶ってしまうのよ」

「その頃、ラリは二十一歳になってました」イヴはさらに続けた。「家族にできることは何もありませんでした。彼らは愕然として深く傷つきましたが、どうしようもありません。通信手段はすべて――リンクもeメールもvメールも――解約されてたので、家族は彼女に連絡するすべもなかった」

「彼女には、家族や故郷、友達、付き合いのあった人たちとのつながりをすべて切るだけの力量があったわ。遺産を得て、お金に余裕があったからできたことかもしれない」

「ラリには恋人がいて、彼女もかなり真剣に考えてるとばかり家族は思ってたそうです。家族も彼を気に入ってて、彼女が落ち着いたように感じたのを、彼の影響だと考えてたとか。でも、わたしに言わせると、それも彼女の浅はかさや、自分勝手さや、計算高さの表れです。ラリは家を出る前に、彼に別れを告げる手間さえ省きました。その直前に、週末を一緒に過ごしてたのに。川沿いにある彼の両親の家を訪ねてたんです。週末のにぎやかな大パーティーでした。日曜日の朝、彼が目覚めると、すでに彼女は出ていったあとでした。彼女は朝早く出かける支度をして、使用人のひとりに、自分の車を正面にまわして、週末旅行用のバッグを積むように言ったそうです。その使用人の証言では――一応、知り合いの警察に調べてもらったそうです――車にはほかにも荷物が積んであったということです。ほかにふたりの使用人が、彼女が車に乗って走り去るのを目撃してます。その彼も、彼の家族も、ほかの客も、邸のスタッフも口をそろえて、彼女はとても幸せそうだったと言ってます。愛想もよくて、誰かが参加するつもりでいたパーティーやイベントについて、一緒に話してたそうです。それが、急に寝返りを打ってベッドから出て、着替え、車で走り去った」

マイラはしばらく黙って座ったまま、反芻《はんすう》していた。「彼女は、甘やかしてくれる祖母にたいして何か感じていたかもしれないけれど、それすら表面的なものね。とにかく、感情面でほんとうのつながりを築くことができなかったのよ。気前よく物をくれたり、楽しいところへ連れていってくれたりする祖母がいなければ、家にとどまる理由はなかった。それでも、賢くて計算高い彼女はしばらくとどまり、その間にほしいものをすべて手に入れ、ある種の幻影も保ったのね」

「その二年間を利用して、自分が誰になるか、どういう手段でやるかを考えてたと思うんです。どんな顔と体になろうか、と」イヴは説明した。「カンザスにいた彼女がどんな道筋をたどって最高の専門医とつながって手術したのか、調べるのはおそらく可能ですが、いまの捜査に関係するとは思えません」

「そのことなら、もちろんわたしも力になれるけれど、あなたの言うとおりね。彼女の肉体を変えたドクター、あるいはドクターたちは最後に至るまでのひとつのステップにすぎない。彼女が選んだ名前は、少しばかり過去と関わっていて、彼女の個人的なジョークみたいなもの。象徴的なのは、変身した彼女が妹の存在をすっかり消し去り、孤児になっていることよ。もちろん、彼女にとって妹は何の意味もなかった。絆も感じていなかった。彼女の場合、感情も忠誠心もすべて自分に向かっているの。社会病質人格で感情が欠如しているナルシスト中のナルシストよ。それでも、彼女なりのやり方で、自分の仕事には打ち込んでいた。身を捧げていた」

「それが強請りにつながりました」

「そうね、それでも仕事には打ち込み、身を捧げ続けたわ」マイラはきっぱりと言った。「大胆にもなった。仕事が生きがいだったのよ。秘密を暴いて——彼女が広く視聴者に伝えたものもあれば、自分の利益のために隠し持っていたものもあった」

「彼女は十億ドル近い個人財産があっても、稼ぐのをやめなかった。やめられなかったんです。オーケイ」イヴは認めた。「仕事に打ち込み、身を捧げてたんです」「そして、依存するようになった」マイラは言い添えた。「自分がやっていることだけではなく、その報酬にも」

イヴはまた椅子に座った。「調べれば調べるほど、情報を得れば得るほど、彼女の全体像や、彼女そのもの……変遷が見えてきて、わたしはますます彼女が標的にしてた人物たちから離れてしまいます。彼女は慎重に選んでました。計算し、評価してて、これが抜群にうまかった。そう、たとえば、彼女はロークのデータも集めてて、これはいわば情報の宝庫です。でも、彼に情報をせがんだのは一度だけ。ロークらしいやり方ではねつけられたからです」

マイラの唇がカーブを描き、やわらかなブルーの目が躍った。「もちろん、そうでしょうね」

「それでも、彼女はデータを集め続けましたが、彼が誰にも知られたくないような情報はなかった。そこまで掘り下げられなかったんです。彼の評価が低いのはそういうわけです。彼女は強請りのためというより主に本業のためにデータを集めてた、とわたしは見てます。彼女が食い物にした人たちを見ると――思ってたよりはるかに多いです――ひとつのパターンがあります」

マイラはうなずいた。「人に知れたら恥ずかしい秘密があって、楽にお金を払える財力のある人」

「そう、肥えた土地みたいなものです。お金ではなく便宜を求められた人にもパターンがあります。威圧されると簡単に恐れをなす。脅されないかぎり、恐ろしくて探ったりできないような人。人を殺すタイプじゃありません。それなりの状況になれば誰だって人を殺せますが、彼女が選んだのは委縮して協力するタイプです。彼女は人の本質を見抜くのがうまかったんです」

「そういう特殊能力のようなものがあったのかもしれないわね」

同じように考えていたイヴは、肩をすくめて同意した。「だったら、どこで読み間違ったんでしょう？　人を殺すことができて、実際に殺人を犯すような誰を選んでしまったんでしょう？　あるいは選んだのではなく、その人と何らかのつながりがある人物だった。彼女を始末することを自分の務めにした誰か」

イヴは落ち着かない様子でまた立ち上がった。「誰ひとりとして警察には行かないんです。ひとりとして。ロークさえ。彼女に情報をねだられても、わたしには何も言いませんでした」

「容疑者に脅されるたびに、あなたはロークに伝えるかしら？」

イヴはシューッと息を吐きだして、両手をポケットに突っ込んだ。「絶対に結果は違ってました。彼女に触手を伸ばされ、うまく情報を引き出された誰かが警察に行ってたら、彼女は生きてました。そうであってほしいですが、服役中だとしても、生きてました」

イヴはマイラのオフィスのなかをうろうろしていた。「わたしがこれまでに話をした強請りの被害者は犯人ではありません。たぶん、被害者とつながりのある何者かです。ほかに何十人も調べるべき人がいるとわかってはいますが、パターンがあてはまるとすれば……」

イヴは振り返ってマイラを見た。「パターンについて、どう思われますか?」

「プレッシャーをかけられると、誰でもキレる可能性はあるわ。苦痛を与えられている人が反撃して、犠牲になるのをやめさせるということ」

「キレたら、顔を殴るでしょう」いらいらして、イヴは拳を突きだした。「窓から放り投げます。重そうなものをつかんで投げつけます。今回の殺しは計画されてます。しかも、綿密に。でも、そうですね。キレてから計画し始める、ということもあります。少なくとも普段の動きを把握するまで、犯人は彼女につきまとってたでしょう。彼女にあの店で強請られた人物は、彼女があそこを利用すると知ってるし、店の構造もわかってるはずです。でも、彼女の普段の動きや決まってやることを観察し続けないかぎり、彼女があの特定の時間にあそこにいることはわからないでしょう」

イヴは事件の初めに戻った。

「犯人は下調べをして、防犯カメラがどこにあるか探せるくらいはバーにいたはずです。彼女が階下《した》の化粧室に行かなかったら？　外へ連れ出したかもしれません」イヴはマイラだけではなく自分にも言い聞かせるように話し続けた。「おそらくそちらのほうが好ましいプランだった。彼女を外へ連れ出す。一瞬のうちに切りつけ、そのまま歩き続ける」

イヴはまた椅子に座った。「化粧室はそのときの思いつき。そう考えるほうが辻褄が合う。彼女が階下へ行き、いまだ、と犯人は思うかもしれない。犯人はずっとそこに座ってた。座ってるうちに、いろいろ鬱積するはず――あるいは、気持ちが萎えるか。不安にかられはじめる。すると、彼女が階下へ行き、犯人は勇気を奮い起こしてあとを追う」

「犯人には計画するだけの自制心が働いていたのね。衝動的な殺人ではない」マイラは言った。「犯人と被害者がたまたま同じ時刻に同じ場所にいたということもたしかにありうるけれど、犯人は凶器を持っていたわ。メス、というのがモリスの考え。医者なら診察鞄《かばん》や診察キットにメスを入れて持ち歩くだろうけれど、鞄について何か言っている目撃者はいないわ。防犯カメラに映っていた怪しい人物も、それらしい鞄は持っていない。つまり、犯人は殺す目的で凶器を持っていたということよ。

的確な場所をうまく切って死に至らしめているから、医学的知識があったとは言えるわね。でも」マイラはさらに続けた。「この程度の殺傷なら、ちょっと調べればやり方がわかるし、さほど練習しなくてもうまくやれるわ。もともと医学的知識がなくて、訓練も受けていないとしたら、犯人は研究して練習をするだけの知性と自制心があるということね」

「彼女は恐れてなかった。犯人は男性が立ち入るべきではないところまで入っていったんです。でも、彼女は怖がらなかった。護身グッズをバッグ——彼女が化粧直しをしてたすぐ手元にありました——から取りだそうともしない。顔見知りだったんです。そうなると、強請ってた相手か、その関係者で彼女が知ってた人、という線が濃くなります。彼女には別れた恋人がいますが、彼はまったくそういう感じではないんです。いずれにしても、新たな目でもっとよく調べる必要があります」

「彼女は自信があったのよ」マイラがさえぎるようにして言った。「優位に立つことに慣れていた。優位に立たなければならなかったの。ロークやあなたやナディーンのような人に出くわしたら、後ずさりをした。優位に立てなかったから、引き下がったの。彼女は犯人にたいして優位に立っていると感じていたはずよ」

「そうだと思います。だから、犯人はバインダーにデータがある誰かか、チャンネル75のスタッフか、この業界の人でしょう。ほかに恋人がいたかもしれないし、奥のガス台《バックバーナー》に置いて忘れた鍋みたいに、二の次に考えてた誰かかもしれません。彼女は犯人を見誤り、見くびっていた。キレたわけじゃない。キレて爆発した、というのではないと思います」

「じゃ、あなたが言ったバックバーナーの鍋ね。ゆっくり加熱され続け、そのうち沸点に達した」

「それは料理のことでしょうけど、わかります」イヴは気に入ったのでうなずいた。「このくらいの火加減でいいだろうと思って放っておいたら、いつのまにか火が強くなってる。犯人はその間に計画して、調べて、練習してた。そのうちさらに熱くなった。彼が化粧室に入ってくる。彼女は思う。わたしのほうが上よ。そして、犯人の反応を見ながら侮辱したり挑発したりする。すると、何かがぽきっと折れ、沸き上がり、沸騰する。けれども、犯人はあくまでも冷静に歩いて化粧室から出て、なんと、このわたしの脇を通り過ぎて、扉の外に出ていく」

「あなたはどんなにかいらついたでしょうね」

「激怒してます」これからもずっと腹の虫はおさまらないだろう。「わたしには犯人が見えません。事件が起こる前、あのバーにいた客のうち、少なくとも十数人の特徴は言えますが、現場を保存したときには、その全員が残ってました。でも、犯人の姿は見えません」

「そのうち見えるわ。ラリンダ・マーズへの敬意がないのはもっともだけれど、あなたは犯人が見えるまで追い続けるわ。犯人がバーのお客に溶け込んでいたなら――」

「そう、そうなんです」イヴは人差し指を立てた。「溶け込んでました。唯一、分厚いジャケットを脱がなかったのが目立ったくらいで、ホールスタッフはまともに犯人を見てないんです。目を引くような感じじゃない。有名人ではありません」

それを心に刻みつけながら、イヴはオフィスのなかをまた円を描いて歩きだした。「顔が知られてる人は、あそこみたいな人目につく場所は選びません。バーにあんなふうに座ってたら、誰かに見られたり気づかれたりするかもしれない。店を出るとき、犯人が紛れた人たちがそうでした。グループのひとりはちらっと犯人のことを見てたけど、とくに印象は残ってない。広く知られた顔じゃないんです。有名人の可能性は捨てます」イヴはその場で決めた。「関係者の可能性はあるでしょう。マーズは、どこにでもある顔でとくに目立たないタイプの犯人を脅した。それはありえます。彼女が読み間違えることもありうる。誰だってたまには当てそこなうでしょう？　関係者か、彼女が読み違えた誰かがゆっくりと怒りを募らせ、沸点に達した。プツン。その線ですね」

イヴはふたたびマイラを見つめた。「すみません。お時間はとらせないと言っておきながら長々と。いまは考えてることを口に出してただけだし」

「とても興味深いプロセスよ。気がついたら、あなたが考えていることや、その理由がはっきり目に見えていたわ。そして、そのとおりだと思っている自分に気づいた。ふたりとも間違っているかもしれないけれど、ぴったり合っていたわ。犯人は衝動をコントロールできる大人で、あれだけの医学的知識を持つくらい教養があるか、その知識を得る技術や知性がある人物。そして、彼女の普段の動きを把握するだけの辛抱強さも備えている。それから、そうね、最新流行の高級バーのお客に難なく溶け込める可能性がとても高いわ。ひとつ加えるなら、犯人がこれだけの医学的知識を持っていたか、手に入れたかしたなら、もっと素早く彼女を殺す知識も得られていたかもしれない」

「マーズは失血死しました。そして、人の生き血を吸うように金を搾り取ってた。犯人にはそんな象徴的行為が好ましかったんだと思います」

「そのとおりね。これは行きあたりばったりの殺人じゃない。そんな要素はひとつもないわ」

「ええ。さて、捜査に戻ります。お時間を割いていただき、ありがとうございます」

「何かわかったら知らせてちょうだい。プロファイリングにもっと肉付けしてみるわ」

「知らせます。ありがとうございます」イヴはドアに向かいかけて立ち止まった。「バインダーにあなたとミスター・マイラのデータはありませんでした」

「どうしてわたしたちのがあると思うの？」

「わたしやナディーン、メイヴィスとつながりがあるほかに、精神分析医としてトップの座にいるし、地域とつながりが深くて、人付き合いも活発だし、経済的にも恵まれてます」

「彼女がわたしの職業に興味を持つとはあまり思えないけれど」

「興味はあると思います、あり過ぎるほど。あなたは人の秘密を知ってるし、彼女は秘密を暴くことに——あなたの言葉を借りれば——打ち込み、身を捧げてましたから。あなたはわたしの秘密もたくさん知ってます」

「イヴ。あなたの秘密は決して明かさないわ」

「わかってます。微塵も疑ってません。彼女がそれを知らなかったにせよ、おふたりのデータはありませんでした。理由はわかります。あなたとミスター・マイラを見て、落とすのは不可能だと感じたんです。時間や手間をかけても無駄だと。だからこそ、あなたは精神分析医としてトップの座にいるんです。それだけじゃありません。その姿勢がいまのおふたりを築き上げたのだと思います」

強く心を揺さぶられ、マイラは立ち上がった。「知っていてほしいわ。もし彼女がわたしやデニスに——あなたが言ったように——触手を伸ばしていたら、あなたに相談したわ。一瞬もためらうことなく」

「それもわかってます。よかったです。重ねてありがとうございます」

イヴが出ていくと、マイラは椅子に腰かけてひとりでほほえんだ。なかなか信頼を築けなくても、いったん築けば鋼鉄のように固くなる者もいる。

イヴはまっすぐ殺人課へ戻り、自分のオフィスに顔を向けたとたん、サンチャゴがゆっくり出てくるのが見えた。

「そこで何をしてたの?」

イヴに声をかけられ、サンチャゴはぴたりと立ち止まった。「あの、ピーボディを手伝っていました。証拠品の箱です。あなたのデスクに」

イヴの目は細められたままだ。「そうなの?」

「ええ、そうです。ふたつ、かなり重いのを運びました」

「ほかにやることはないの?」

「いまひとつ、解決したばかりです。カーマイケルが報告書を書いています」

ふたりとも立ったままで、イヴがあいかわらず鋭い目で見つめてくるので、サンチャゴは手短に説明した。

「男がソーホーのロフトに侵入しました。住人の女性は、普段、その時刻は仕事に出ているのですが、病気で休みを取って家にいました。泥棒が電子機器を取り外そうとするガタガタいう音で目を覚ました女性は、同棲相手が帰ってきたと思い、二階の寝室から廊下に出ました。彼女は半裸状態で、だぼっとしたTシャツ一枚しか着ていませんでした。泥棒は階段を上って彼女に襲いかかり、薬を飲んで弱っていた彼女を殴ったそうです。ところが、彼女はすぐに反撃し、男をさんざんに叩きのめしました」

ほんの少し賞賛をこめて、サンチャゴがきらりと目を光らせた。「彼女は試合にも出ているボクサーで、地元のジムでインストラクターも務めているそうです。強烈なパンチを見舞ったところ、男は階段から真っ逆さまに落ちて首の骨を折りました。通報したのは彼女です」

「いつ？」イヴは尋ねたが、ほとんど形式的だった。

「九一一に連絡が入ったのは死亡時刻《TOD》後、二分以内です。制服警官が急行して、現場を保存しました。彼女の供述は信用できるし、警部補《LT》、正当防衛と推察できます。死亡した男の前科は数えきれないほどです。おもに押し込み強盗罪――女性宅ばかりです――と暴行罪で、今回も女性宅を狙っています。鍵も防犯装置も壊され、男は簡単に運べる電子機器と金目のものをすべて、一階の部屋の床に積み上げていました。何も入っていない麻袋を持って二階に上がり、彼女に襲いかかったときに落としたようです。彼女の反撃に遭ったとき、その袋に足を取られたと思われます。

彼女は最初、男からそこそこきついパンチを受けています」サンチャゴはまた賞賛の光を目にたたえ、続けた。「でも、逆襲に転じました。彼女の話によると、男は背中を向けて逃げ出そうとしたところ、袋に足を取られて階段から落ちたそうです。実際もそのように推察されます」

イヴは腕組みをした。「男をノックアウトしただけ、ということ」

「そのとおりです」

「オーケイ。あの娘は？ レイプされて刺したという」

「あなたの指示どおりにして、うまくいきました、LT。父親と直接話ができたので、レオを呼び、彼女とカーマイケル――父親もまた来てくれました――で母親を説得したところ、真実を話してくれました。レオは母親のために辞職も覚悟で頑張ってくれたので、結局、うまくいって、事件は解決しました」

「娘はどうしてる？」

「すぐによくなるだろうと医者は言っています。レイプ・カウンセラーが彼女と母親の相談にのっています。父親も母親もいい人です。彼女も乗り越えるでしょう」

「オーケイ。下がってよし」

イヴは体の向きを変えて自分のオフィスに入ると、デスクの上の箱を観察した。サンチャゴが言っていたとおりのようだ。が、しかし。

ドアを閉めて鍵をかける。オートシェフに近づいて両肩をぐるぐるとまわしてから、底が見えるまで持ち上げて、黒いテープで張り付けた秘密のチョコバーがあるかどうか確認する。健康的で魅力に欠ける食品としてオートシェフにプログラムして隠したこともあったが、悪名高きチョコレート泥棒はだまされなかった。

しかし、いまのところ隠したばかりのチョコレートは無事だ。ほっとしてオートシェフを床に下ろし、また肩をまわす。古すぎるオートシェフは冗談かと思うほど重いのだ。ひょっとしたらそれが理由で、チョコレート泥棒は最新の隠し場所を見つけられないのかもしれない。

ダラスに一点、と思いながらコーヒーをプログラムする。

イヴはコーヒーマグを片手にドアに近づき、誰にも気づかれないうちに鍵を開けた。椅子に座って、マーズのバインダーについて考える。これが出発点で、強請られた人物の怒りは少しずつ募る——仮説が正しければ——ものの、評価は上がり続け、さらにコンピュータ内の入金リストに金額が記されることになる。

犯人が強請られていた人物ではなく、その関係者なら話は違ってくる。イヴはバインダーを数冊、床に置き、いちばん上の封印を破って、コンピュータの入金リストを呼び出した。

そのとき、きびきびしたハイヒールの足音がオフィスに近づいてきた。

ナディーンがオフィスに入ってきた。

「ブルペンをどうやって買収したの？」

「昔ながらのやり方で」

「ドーナツの種類は？」

「いろいろ取りまぜて」

イヴが座ったまま首を傾けると、ナディーンは巨大なハンドバッグに手を入れて、テイクアウト用の小袋を取りだした。「あなたの分を取っておいたわ」

「気がきくわね」イヴはなかをのぞき込み、匂いをかいだ。イーストと砂糖の香りが、一日中忘れていた食欲をかきたてた。ふっくらした金色のドーナツを引き出してかぶりつく。クリームが入っていた。

すてき。

「座らせてあげる」

ナディーンは疑わしげに来客用の椅子を見た。「もっとましなのに座らせてもらっていいはずよ」

イヴは肩をすくめて立ち上がり、デスク用の椅子をナディーンに譲った。

「先に言わせてもらうわ」ナディーンが言った。「ラリンダにたいして密かに敵意と恐怖を感じていた人物は、わたしが知っていたよりかなり多い。彼女とは関わらないようにおとなしくしていた人がほとんどよ。わたしは警官じゃないけれど、彼らについて報告するわ。言っておくけれど、彼女を殺すほどの敵意や恐怖を感じていた人物とは出くわさなかった」

「人って、警官やレポーターの前では猫をかぶるものよ」

「たしかに。でも、有能な警官や有能なレポーターは本質を見抜く。わたしは彼らの多くと個人的な知り合いだから、悩んでしまう。でも、彼女が強請っていたかもしれない人物をふたり教えるわ」

「オーケイ」

「それと、局内のわたしの情報提供者のひとりが〈ナイト・アット・ナイト〉のスタッフと恋愛してるの。その情報提供者によると、ラリンダはあっちのスタジオで我が物顔に振る舞ってみんなをあきれさせていたそうよ。不意にやってきたり出ていったりして、それもアニーがAランクのセレブにインタビューしたりミーティングをしたりするときを見計らって来ることが多かったみたい。そうやってちょっとしたゴシップやスクープをものにしていたのよ。アニーのことは知っているし、好きよ。とくに彼女のパートナーのビックが好きなの。アニーがラリンダみたいな人を近づけるなんて、圧力をかけられていたとしか思えない」

「オーケイ」イヴは繰り返した。

まるで猫のようにナディーンの目つきが鋭くなった。「もうすべて知っていたか、ある程度は知っていたのね。ラリンダがミッチ・L・デイと大人の関係だったのは、業界では知らない者はいないけれど、ミッチが奥さんに離婚を突きつけられ、ラリンダにも捨てられたこともすでに知っているんでしょうね。そして、うまくふたりと付き合えなかったミッチに殺人なんてできるわけがないって結論に達しているんでしょうね。じゃ、調査について話すわ」

ナディーンがオートシェフを指さし、イヴは肩をすくめた。

「うちのチームは熱心に調べているし、わたしも個人的に調べたのよ。でも、掘り進んでいくと、ラリンダのデータは消えてしまうの。生い立ちも、親族も、教育に関しても、表面よりちょっと下のほうを探るとあいまいになり、消えてしまう。ほかにやるべき仕事があっても、このニュースは、一日か二日のうちに、ほかの誰かに先を越される前にわたしから発表しなければならないわ」

ナディーンはコーヒーを手に戻ってきて、座った。「ほかのレポーターがそんなに深く調べる理由はあまりないから、さほど心配はしていないけれど、鼻が利く有能なレポーターが嗅ぎつけるかもしれない。ラリンダの件が暴露されるなら、75がやらなければ。そうじゃないと、間抜けもいいところだもの、わたしたち」

もっともだ、とイヴは思った。筋の通ったこと――そして、ナディーンと彼女のチームが独自に見いだしたこと――に反論するのはむずかしい。「お偉いさんたちにはもう話したの?」

「話さないわけにはいかなかった。こんなことをひとりで抱えていられないわ。局を挙げて公式にその死を悼んでいる人物であり、プライム帯で看板番組を持っていた人物が食わせ物だったなんて。いいえ、もっと悪い。もっと悪いことも明るみになろうとしているのよ。発表させて。あなたのゴーサインが必要よ」

「それはできない。まだよ」ナディーンが爆発する前にイヴは言い添えた。「こんなふうに考えて。わたしからゴーサインが出すとき、あなたはもっと大きなニュースを報道できる。警察はマーズを殺した容疑者を逮捕してるか、少なくとも拘留していて、捜査が容疑者に結びついたのは、あなたとあなたのチームの独自の調査が一因なんだから」

ナディーンは目を細めた。「それは正確な話?」

「不正確じゃないわ。あなたはいまここで、われわれが捜査で見い出し、現在も追跡中の情報とデータを裏付けてるのよ。可能になれば、NYPSDのさまざまな部門が総力を結集した捜査によって明るみになった被害者に関する真実と、犯人をどう特定できたか詳しく教えてあげる」

ナディーンは人差し指を立てた。「『ナウ』のひとつのコーナー丸ごと、一対一のインタビュー」

「了解」ドゥインターも一緒に、とイヴは思った。あるいはエルシー・ケンドリックと。でも、それはまだ言わないでおこう。

「話は簡単だったわね」

「たぶんドーナッツのせい。あるいは、この件はほかとは違うから。オフレコよ、ナディーン」

どうしたらいいのかわからないように、ナディーンは両手の拳でこめかみを挟みつけた。

「あなたがドーナッツをおごるべきよ。はい、オフレコね、まったくもう」

「マーズは別に家を持ってて、そこに記録やリストやバインダーを保管してた。強請ってた相手や、その取引の記録よ。彼らについて調べたデータや、会ったときの状況も。強請りの標的にしてる相手のデータもあった。写真や——本人が知らない間に隠し撮りされたようなものもあった——記事、インタビュー記事、ほかの人とのつながりも記されてた。ひとりひとりがランク付け——判断基準は可能性——されてたわ。あなたのデータもあった」

「何て？」ナディーンは椅子からいきなり立ち上がった。「何ですって？」

「マーズはあなたを詳しく調べてた。細かいところまで、徹底的に。あなたのお気に入りの店やレストランをリストにして、トレーニングするジムも、警官を買収するためのドーナッツを買う場所も調べてた。そして、それぞれの場所で、彼女があなたについて話をした人や、あなたについて情報を得られそうな人の名前をリストにしてた」

「やり過ぎよ。あのろくでもない性悪女《ビッチ》め」

「あなたはわたしのよ」

「何?」歩き回っていたナディーンが足を止めた。

「マーズによると、あなたはダラスのビッチだから。それって、きわどい3Pの話じゃないみたいだけど」

ナディーンはびっくりするほどかかとの高い赤いハイヒールを履いた足で、来客用の椅子を蹴った。「彼女がまだ生きていたら、めちゃくちゃに引っぱたいてやるのに」

「それじゃ、しょぼいビッチにしかなれないわよ。正しくてしたたかなビッチは拳で殴るの。引っぱたくのは小さい女の子のやること」

「引っぱたくのは引っぱたかれる者に屈辱を与えるため——それと、引っぱたく者の拳にあざを作らないため」驚きと怒りのあまり、来客用の椅子がどうしようもなく座り心地が悪いのも忘れて、ナディーンは勢いよく腰を下ろした。「ラリンダは前に話した一件以来、一度もわたしに近づいてこなかったわ。ほんとうに。近づいてきたら、あなたに話していたし。あのときは、要するに、彼女にとっとと失せてと言ったし、証拠の録音もあるし、それでおしまいだと思っていたのよ」

「わかったわ。ランク付けをしてなくても、あなたに近づかなかったのはわかる。ちなみに、あなたの評価はIばかり。でも、彼女はあなたに怒鳴られてからも、あきらめなかった。あなたが大学生のときにデートした男とも話をしてたわ。スコッティよ。自分をスコッティなんて呼んで、ポキプシーのモールで中古のスポーツ用品を売るようなつまんない男とよくデートできたわね?」

「それは彼がゴージャスだったから。デートしたのは、ただ……」ナディーンはまた両手の拳でこめかみを挟みつけた。「からかってるの?」

「彼もあなたをビッチだと言ってたそうよ。上昇志向が高くて、おせっかいだって」

「言うでしょうね」ナディーンは小声で言った。

「レポーターとしてのあなたに迫られ、追い込められ、熱弁を振るわれ、無作法なことを言われたっていう人も二、三人見つけてたわ」

ナディーンは満足げにほほえんだ。「それはわたしがちゃんと仕事をしていたってことよ」

「でも、あなたに関してはおいしいゴシップは得られなかった。マーズは大きな網を張ってたから、運に恵まれることも多かったけど」

「そういうバインダーは何冊あるの?」

イヴはデスクのそばの床に置かれた箱を指さした。ナディーンがさっと立ち上がる。

「わたしに見せなきゃだめよ」

「無理」

「クソッ。せめて、わたしについて調べてるところだけ見せて」

「無理だってわかってるくせに。いまは友人同士として話してるだけ。メイヴィスのことも調べてた。レオナルドも。ベラのデータさえ集めてた――どこで遊び、どこでベビークラスを受けてるか」

ナディーンは脇に下ろしていた両手を握りしめた。「生きていたら、拳にあざができるほどあのビッチ顔をぶん殴っていたかもしれない。そんなことまでしていたなら、やっていたわ、きっと」

「わたしも同じ気持ちだけど、このバインダーに情報が記されてる誰か、彼女が強請った相手や、狙っていた人物や、彼らとつながりのある誰かが彼女を殺したのよ。その犯人をつかまえること、彼女のために闘うこと、そして犯人に正義の裁きを受けさせること、それがわたしの仕事よ。彼女は顔を何発か拳で殴られ、何年か刑務所で過ごすには値する。でも、バーの床で失血死するには値しない」

ナディーンは二度深呼吸をして落ち着こうとした。「あなたの情報もバインダーにあったんでしょう?」

「ええ」

「ロークも。もちろん、ロークもよね」もう一度深呼吸をして、ナディーンは握っていた拳をほどいた。「ほかに探ってほしい方面があれば、やるわよ。わたしにできること、チームにやらせられることがあったらなんでも言って。記事のためだけじゃないし、ラリンダのためでもない。あなたは彼女のために闘わなければならないけれど、わたしはそうじゃない。でも、正真正銘、百パーセント、あなたと、あのバインダーのなかに記されている人たちの味方だから」

わたしたちが友達でいる一番の理由はこれだ、とイヴは思った。

「チャンネル75の情報源をせっついて。〈ナイト・プロダクション〉を違う観点から見るのも面白いかも。わたしは、集めたデータを検討する。マーズがほかに狙ってた人が見つかるかもしれないわ。局内にもね。それから、ミッシー・リー・デュランテについて調べてみて」

「女優の？」

「彼女はシロだけど、たくさんの人に支えられてる。家族、マネージャー、取り巻き連中。おおぜいの人が彼女の番組や仕事に関わってるから、彼女が強請られてたのをよく思ってない人もいたかもしれない」

「すぐに調べるわ」

「いますぐ駐車場へ降りる?」

「そんな感じだけど」

「いいわね」イヴはコートを翻してから着て、ファイルを入れたバッグをつかみ、箱のひとつを持ち上げた。「わたしはうちで静かに仕事をするわ。そっちの箱を持って」

ナディーンは前かがみになり、五センチだけ持ち上げた。「重い!」

「しっかり力を入れなさい、ビッチ」

ナディーンは箱を引き上げ、少しよろめいた。「わたしがお手本を見せてあげる」

苦労しながら、やっとの思いでイヴと一緒にオフィスを出ると、ナディーンはバクスターのデスクのほうへ体をねじった。まつ毛をぱたぱたさせなかった、とイヴは気づいたが、やったのも同然の目つきをしている。

バクスターは仕事の手を止めて椅子をくるりと回転させ、立ち上がった。「俺がやろう」

「ありがとう。ダラスを手伝って、これを全部車まで運ぶところだったの」

「あんたには重すぎるだろう」

イヴは目玉を回しはしなかったが、そういう顔をした。そして、自分には重すぎるとは思えない箱をピーボディのデスクまで運んだ。「これを持って帰って、家で仕事をするわ。コンピュータのデータチェックを続けて、何かわかったら連絡して。シフトの時間が終わったら、退出時間を記録して帰るのよ」

「それまでに大した結果が得られるとは思えません」

「だったら、退出時間を記録して帰りなさい。家でもできる仕事があるでしょう」イヴは箱をいったん下ろして持ち替えた。やっぱりこれはクソ重い。「行くわよ」

21

痛いほどの寒さに耐えて、イヴは最初の箱を邸のなかに運んだ。サマーセットとやり合えるものだとばかり思っていたので、ホワイエに誰もいないとわかると拍子抜けした。

それでも、サマーセットがいなければ、クソ重い箱をわざわざ階段で運ぶ義務はない。エレベーターまで歩いていって、箱をストッパーにしてドアを開けたまま、ふたつ目を取りに行った。

戻ってくるとふたつともエレベーターに押し込んで自分も乗り込み、オフィスまでと命じた。サマーセットは荷造りをしているのだろう。少なくとも黒いスーツが一ダースは必要じゃない？　たぶんビーチに座っているときも黒いスーツ姿で、きちんとネクタイを結んでいる。

それ以外を着ている姿は想像したくなかった。薄着もだめだ。

考えただけでぞくっとする。

エレベーターの扉が開き、箱を外へ押し出した。身をかがめてひとつ目を持ち上げようとすると、続き部屋のオフィスからロークの声がした。

箱をそのままにして、そちらへ向かう。

「いま見ているよ、ああ」スクリーンに映った何かの構造図に目をこらしながら、ロークがリンクで話している。「ちょっと待って」リンクをポーズにした。「思っていたより早かったね」

「あなたも」

「僕はちょっと前に戻ったところだ」

ちょっとじゃないでしょう、とイヴは思った。ジャケットを脱いでネクタイをはずし、腕まくりをして、後ろで髪をまとめる時間はあったはず。

ロークのコマンドセンターの上で体を伸ばして横たわっていた猫が、あくびをした。

「静かなところで片付けたい小さな仕事があってね」

「同じよ」

「二十分くらいで終わるはずだ」

「オーケイ」イヴは後ろ向きに歩きはじめた。「サマーセットは荷造り中?」

「もう荷物をほどいているといいんだが。今日の夜遅くから朝にかけて暴風雨になるらしい。だから、早く行くように急かした」

イヴは後ずさりするのをやめた。「つまり、もう出てったということ？　邸にいないの？」

「暴風雨のなかを飛んでいくかと思うと不安で、今日のうちに出発するように勧めた」

イヴはストップと言うように片手を上げた。「つまり――はっきりと、明確にさせて――この邸はサマーセット抜きなのね？」

「彼とイヴァンナは青い空とさわやかな浜風を楽しんでいるはずだから、答えはイエスだ」

「オーケイ。オーケイ」イヴは繰り返した。「どうぞ、続けて」

イヴはロークの視界から少しはずれ、リンクの会話が再開されるのを確認した。浮かれて踊りながら、小走りについてくる猫と一緒にエレベーターに戻る。箱を持ち上げようと前かがみになり、また体を起こす。

そして、衝動にまかせてやってみようと決めた。

しばらくして、ロークはミーティングを終えた。予想より長くかかったが、エンジニアとともにおこなった小さな変更は、時間と手間をかけただけの価値が間違いなくあると信じていた。

しかも、かかりきりにならなければならない用事が二、三、あったのだが、それがまったく必要なくなり、妻がやろうとしていることを手伝えそうだ。

ロークはイヴのオフィスに入っていって、事件ボードを見て新たな情報を確認し、コマンドセンターに視線を移した。

イヴが座っていた。レースの小さなブラとパンティだけを身につけて、紫色のブーツを履いた足をデスクにのせている。ロークが視線を上へ上へと移動させ、むき出しの長い脚から、引き締まった胴、レースに包まれた弾力のある胸、そして最後に目を見つめると、イヴはにこりとした。

「とにかくブーツを持ってるんだから、履いてみるべきだと思って」

僕の妻、僕のおまわりさん、とロークは思った。決まった行動パターンと直線でできていると思われることばかりの女性だが、こんなたまらなく魅力的な曲線の持ち主で、それをこうして見せてくれるのだ。

「似合っているよ……完璧だ」

イヴはブーツの片方をひょいひょいと動かした。「履き心地もいいわ。そっちはもう終わったの？」

「おやおや、始まったばかりだと思うよ」

ロークは近づいていって、イヴの脚を指先でたどった。「きみはどう？」

「ここに何時間も釘付けになりそうな仕事があるわ。その前に少し、個人的な時間を過ごしてもいいと思うの」

「いいね、すごく個人的な時間になるはずだよ」

イヴはまたほほえんだ。「わたしの膝に座りたい？」

ロークは笑い声をあげ、イヴを椅子から持ち上げた。それに応えて、イヴはロークの腰を両脚で挟みつけた。

「ドーナツを食べたのよ」イヴは警告した。「そして、帰ってきたら、うちからサマーセットがいなくなってた。天にも昇る気分」

「そのままでいさせられるかどうか試してみよう」

ロークは襲いかかるように、イヴの唇に唇を重ねた。イヴは両脚できつくロークを挟みつけたまま、革紐をつまんでほどき、広がった彼の髪を両手でつかんだ。さらに両手をふたりの間に差し入れて、ボタンをはずし、肌に触れる。

そして、たっぷり味わう。口と口、熱い肌と肌を押し付け合う。ロークの長くて力強い指が、レースの上や下を滑っていく。

まわりを取り囲む広い邸はふたりのほかに誰もいない。それ以外の世界はすべてないのも同然だ。

ロークにコマンドセンターに座らされると、イヴはなおも挟みつけている両脚で彼を引き寄せた。両手を伸ばしてシャツの前を開き、喉元に軽く歯を立てる。

「ドーナツよりおいしい」イヴはつぶやいた。

ロークの両手がイヴを撫でまわす。曲線を描き、鋭角にさする。荒々しく、またなめらかに。今度はそっと唇と唇を重ね、彼女の味で自分を満たし、もっと深いところの渇望をかきたてられると、さらに満たしていく。

ロークはイヴが帰ってくるまでにロマンチックな夕食を準備するつもりでいた。蠟燭《ろうそく》を灯して、ワインを傾ける。聞こえるのは低く流れる音楽と、暖炉の火がぱちぱちとはじける音。イヴとダンスをして誘惑し、ゆっくりと時間をかけて情熱を燃え立たせるつもりだった。

ふたりが死と義務に引き戻される前に、静かで親密なひとときを持とうとしていた。ところが、誘惑されたのはロークのほうだった。ユーモアとセックスが一瞬のうちに結びついて、かぎりなく親密なふたりだけの世界に沈んでいった。

ロークのなかにはこのままでいられたらどんなにいいか、という思いがある。ただ果てしなく、このひとときにしがみついていたい。けれども、これからいくらでもそんなひとときがあるのだと思い出すときの満足感はたとえようがない。

　ふたりだけの親密な世界。

　ロークの指先がレースや弾力のある胸の上をたどり、両方のふくらみを刺激してから小さなフロントホックをはずして解放し、手のひらで包み込んだ。

　さらに口に含むと、イヴの鼓動が早まった。

　そして、息が途切れる。いつもそうなのだ。あの高ぶり、沸き起こる感覚の一撃。その感覚のえも言われぬ一群が、イヴを抱くたびにもつれて絡み合い、激しく渦を巻く。他の誰もやったことがない。できたことがない。

　ロークだけだ。彼だけがイヴを知っている。その気持ちを、体を、危なっかしいことの多い心を知っている。そして、愛している。ただ愛している。

　それだけだ。それだけ？　イヴの人生の奇跡だ。

　イヴはロークに身をまかせる。彼と自分自身の渇望に溺れ、いまこのとき、求めるものはひとつになる。彼の両手と口に支配されて身を震わせ、さらにもっとと求める。

　両手と口がイヴの体を這いのぼり、また下りていく。

　ロークの親指は白いレースが盛り上がっている敏感な部分をなめらかに移動し、同時に、舌がその下へと滑り込み、かすかな震えが激しいわななきに変わる。それが身もだえに変わると、ロークはゆっくりゆっくりとレースを下げていく。

快感に浸るイヴをロークはさらに深く、もっと深いところへ導く。濃厚で熱く、輝かしい喜びへといざなう。柔らかく、ゆっくりとした、夢のなかのような愛撫が、イヴを完全に無力にする。

もうどうにもならないという幸福感。

ロークはイヴのあげる声がたまらなく好きだ。与えられるものにわれを忘れ、虜《とりこ》になっているときのうめき声ともため息ともつかない声。指や舌、あるいはその両方が熱く湿った部分に滑り込んだときの、驚きとショックの混じった叫び。

イヴは体を弓なりにして、激しい解放の予感に震えた。両手がゆらゆらと揺れてからカウンターの縁をつかむ。さらに押し上げるようにして刺激を与えられ、イヴは叫び声をあげた。さらにもう一度。

世界がぐらついて回転し、ロークのほかに何も見えなくなった。彼にしがみついて荒い息をする。体はすっかり汗ばんでいる。さらにしがみつき、喉元に唇を押しつけられるのを感じながら、気持ちを立て直す。

そして、両手で彼のベルトをつかんで、引っ張った。「ほしい」あごを突き出して、野性的なブルーの目と目を合わせる。「ほしいの」

今度は荒々しく、ロークはイヴにキスをした。「ほしい」

ふたりの気持ちが重なった。

必死の思いで、まるで奪い取ろうとするかのように、イヴは彼のジッパーを下ろした。両手で彼の胸や背中、腰を撫でまわしている間に、ロークが服を脱いでいく。

イヴに劣らず必死になり、まるで襲いかかるように、ロークはイヴを押し倒して体を重ねた。深く強く、何度も何度も突く。イヴは鎖を巻きつけるように長い脚でロークをとらえ、夢中にさせる。その皮膚のすぐ下を血液が勢いよくめぐるのを感じながらイヴは両手で彼の髪をつかみ、目を見つめ、彼が陶酔の渦に巻き込まれていくのを見届ける。

そして、ふたりで至福の高みへと昇りつめた。

イヴの体から力が抜けると、ロークはほかにどうしようもなくぐったりと彼女に体重をかけた。筋肉も骨もなくなってしまったような気がした。

イヴの満足げな声はかすれていた。

「コマンドセンターでセックス。やりたかったけど、とっておいたの」

「とっておいた？」頭がうまく働いていないようだ、とロークは思った。

「サマーセットがいない初めての晩まで。待ってたかいがあったわ」

ロークはなんとか笑い声をあげた。「異議を唱えられる体勢じゃないんだ」

「このままずるずる床に滑り降りて、二、三日したらまた起き上がろうとすればいいのよ」

イヴは両腕をロークの体にまわして、ぎゅっと強く抱きしめた。「それから」

「それから」ロークは少しだけ体を起こして、イヴを見下ろした。「ええと、こうなったら、サマーセットが休暇の旅行に出かけるたび、コマンドセンター・セックスを期待してしまいそうだ」

「何かを取り違えてて、それに気づいてない気がする」イヴは長々とため息をつき、ロークの胸を人差し指で突いた。「服を着なくちゃ。仕事が残ってる」

ロークは腕を伸ばし、放ってあった小さなレースの塊を拾って、差し出した。

「しゃんとして、相棒。こんなの穿いて仕事はできないわ。この紫のブーツを履いてても無理」

「改めて、そのブーツがたまらなく好きになったよ。一緒にシャワーを浴びて、ゆったりした服に着替えないか？　食事をしながら、捜査の進展状況を聞かせてもらおう」

「スパゲティと、大きなミートボールが食べたい」

「同感」

ロークはまたイヴを抱き上げて肩に担ぎ、部屋を出た。イヴが笑い声をあげる。

「今度はシャワー・セックスを狙ってるわね」

「どこへ行けばできるか、知っているからね」

少しワインを飲みながら食事をする間、イヴはロークにこれまでの捜査の状況を話し、今後、データをどう利用するつもりか説明した。

「バインダーの記録から、どんなものでもマークが五ついてる人を抜き出して、入金が記録されてる台帳と突き合わせる。最初の支払いがまだ済んでない人もいるはずだから、全員を確認する必要があるわ。全員がニューヨークやニュージャージーや、楽に行けるところに住んでるわけじゃない。見たところでは、かなり遠くの人や、外国にいる人さえいたわ。この人たちは近くの人とは分けて、交通機関の利用状況を調べる」

ふたりは一緒にテーブルを片付けた。「それなら手伝えるよ」

「そうしてほしいと思ってたの。とにかく時間のかかる厄介な作業になりそう。わたしはラリ・ジェーン・マーキュリーとつながりのありそうな人を探したい。見つかる見込みはほとんどないわ。でも、彼女がこの仕事を始めたのはかなり前に違いない。そうじゃなければ、どうして顔を変えたの？　彼女は成人だったから、誰もカンザスに引き戻したりできなかったはず」

「それに、彼女のような人にとっては、自分を改造して、過去をすべて捨て――見た目をよくできれば充分だっただろう」

「彼女は以前も十人並みだったけど、そうね、そう、虚栄心よね。死んだとき、彼女は美人だった。このへんも探る必要がありそう」

食洗機に皿をセットして、イヴがオフィスに戻ると、猫がこちらに背中を向けて暖炉の前に寝そべっていた。

「わたしは、ギャラハッドのボディランゲージを読み取る達人よ。ちょっとわたしたちに腹を立ててるわね」

ロークは思いやりをこめてギャラハッドを観察した。「そう、僕たちはおたがいに夢中で、彼をないがしろにしていた」

「わたしがここへ来たとき、彼はあなたと仕事をしてた」

「そうだったね。お礼もろくにしなかった。僕たちはコマンドセンターとシャワールームでセックスをして、パスタとミートボールを食べたのに、彼は低カロリーのキャットフードだけだ」そう口にすると、ひどいことをしたように思えた。

「ちょっとならツナをあげてもいいと思う。チョロい飼い主って言われそうだけど」イヴは認めた。「でも……」

「僕たちはチョロい飼い主だろう？　僕が取ってこよう。きみは仕事の準備をして、それから、ポットにコーヒーも必要だな」

「了解」イヴは近づいていって猫を見下ろしたが、無視された。わざとのようだ。「ツナがほしいのいらないの、ぽっちゃりくん？」

猫は寝返りを打ち、イヴを見て、ロークを見た。そして、ロークのあとについてキッチンへ向かった。しょうがないから行ってやるか、と言わんばかりに。

「チョロい飼い主」イヴはつぶやき、コーヒーをプログラムしてから作業の準備にとりかかった。

ふたりで作業を続けるうちに、ある一定のリズムが生まれていた。警官の初歩的で単調な仕事にロークが難なくなじんだことを思うと、イヴはいまも驚かずにいられない。ほとんどが、読んで、分析して、確認し、また確認する、ということの繰り返しだ。

ロークがイヴの補助的な仕事をしている間、ツナを食べて満足した猫はイヴの寝椅子でうとうとしていた。ふたりは一時間近く口を閉ざしたまま、マーズが狙っていた人物の名前や暮らしぶりを調べ、検討していた。

「二グループ送るよ」ロークが告げた。「通勤に一時間以上かかる市外に住んでいる人たち。次は、こっちのほうが人数は少ないが、評価がVにもかかわらず入金台帳に名前がない人たち」

イヴは椅子の背に体をあずけ、ふたりのマグにそれぞれコーヒーを注いだ。「これから調べる分に加えるわ。ビジネス頭脳への質問」

「たまたまだが、僕の頭はそれなんだ」

「彼女の集金スケジュールを見ると、四、五年前から受け取ってる人が数人。六年前からもちらほらいる。名前が消えてしまった人もいる。そのうちふたりは死亡してるけど、それ以外は生きてる。最後の集金には赤いチェックマークがつけてあるわ。計算すると、毎月の支払い金額が人によって違うように、累計金額もさまざま。だけど、彼女が指定したかもしれない最後の集金は省かれてると思う」

「ところが、省かれていない」ロークはコーヒーのマグを手にした。「最後の集金は、彼女がひとりひとりに指定したものだから。彼女は、見きわめていたんだ。それぞれがどのくらい払ったら渋りはじめるか、腹を立てるか、絶望して、きみが最初にやっていたらよかったのにと思うことをやるか。つまり、警察に行くか」

「オーケイ。ちょっとあなたを試したの。彼女はそれぞれが、支払いをためらい出すまでにいくらくらい搾り取れるか、どのくらいの間搾り取れるか推定した。あるいは、もう限界に達しつつあると感じたら、強請るのをやめて解放した」

「そう」ロークは同意した。「ビジネスセンスがよくないとできないことだ。いつ立ち止まり、いつ動きだすか。僕の見たところ、彼女にはそれを読む頭があった。強請っている相手が月にどのくらい払うか、どのくらいの期間払うか、そして、いつ頃限界に達するかを読めたんだ」

「そして、マーズが読み違えたその人物は限界に達したのよ、きっと」

「そうなると、理論的には、赤いチェックマークがつけられた人物はきみの容疑者リストから消える」

「ただし」イヴは考えながらコーヒーを飲んだ。「限界に達したか、達しつつあるのを察して彼女が解放した相手が、たまたま彼女が強請ってる別の人物とつながりがあった場合は、消せない。強請りの対象者Aはもう解放されてる――けれども、まだしばらく怒りは消えないでしょう？　五十万ドル以上も何食わぬ顔をした性悪女に搾り取られたんだから。むかつくわよ。そのうち、対象者Bも――たぶん、友達か、仕事仲間か、親戚――金を巻き上げられてると知り、たまっていた怒りは一気に沸点に達する。終わらない、絶対に終わらない、あの女を止めるまでは終わらない。そう思ったのよ」

「興味深いし、筋も通っている」ロークはイヴのほうへ体を傾け、彼女の側頭部をとんとんと軽く叩いた。「警官の頭脳だ」

「そう、警官の頭に言わせると、強請られてる間に死亡した人も捜査からはずしてはならないのよ。つながりのある誰かがそれを知って、復讐を果たしたかもしれないから。マーズは犯人を知ってた。それは間違いないけど、彼女が知ってる人は数えきれないほどいる。ちょっと休憩」

イヴは立ち上がり、オフィスをうろうろしてから、事件ボードのまわりをぐるりと歩いた。ロークも一息ついて、コーヒーを飲んだ。

「データじゃないわね」イヴが言った。「犯人は、マーズが情報を得るために利用した人物じゃない」

「理由は?」

「もし限界に達したら、彼女のもとを去ると思う。仕事をやめるとか転勤するとかして、彼女にとって使えない者になる道を見つけるはず。終わらせるために彼女を殺すこともありうるけど、彼女が情報を求めたのは下っ端の従業員だった。簡単に怖気づく、あまり注目されない一般従業員。それに、これは賭けてもいいけど、彼女に使われてるのを楽しんでた者もいるはずよ。スパイごっこみたいな感じで——それはどうでもいいこと。彼女がたまに情報源に餌を与えてたと知っても、わたしは驚かない。励ます意味もこめて、小遣いを渡してたとか」

イヴはまた事件ボードのまわりを歩きだした。「マーズはたまにやってたのよ——それを経費で落としてた。通りで客を取る公認《L》コンパニオン《C》に頼んでベラミとセックスさせたときの料金も、経費にしてた。ふたりは彼が薬をやってたと知ってたみたい。別に気にしなかっただろうし、彼はそういうのが好きなんだと思ったかもしれない」

「ふたりには話を聞くんだろう」

「ええ、マーズが名前を残しているし。彼女に脅されて、ベラミの飲み物に薬を混入させた男もね。彼の場合、ただの聴取じゃ済まないけど」

「いいニュースは、もう彼女に脅される心配はないこと」ロークが言った。「逮捕されるのが、悪いニュースだ」

「早くそう言ってやりたい」イヴは両手を腰にあて、事件ボードの顔写真を見つめた。首を振る。「わたしたち、マーズのことを読み間違えてるのよ、たぶん。でも、あなたが言ったように、彼女には才覚があった。ほんとうにうまくやったのよ。彼女が金を搾り取ってた人たち？　もちろん、気は動転するし、そう、むかつくだろうけど、一か月にだいたい八千ドルで、数年の間に五十万ドルちょっとでしょう？　たいした額じゃない。それで生活レベルが変わるわけでもない」

「屈辱だろう」

「そんなに屈辱だと思うなら、払うのをやめるか、最初から払わなければいい。彼女がなんだかんだ言ってきたとき、あなたははねつけた――すると、彼女は引き下がった。あなたの本質を正しく読んだから。屈辱だと思うなら、できるものならやってみろ、って彼女に言えばいい。少しは威勢のいいことを言うかもしれないけど、彼女はあなたにやったのと同じことをするわ。手を引くの」

イヴは戻ってきて、自分の椅子に座り、フーッと息をついた。「こんちくしょう」「彼女を殺した犯人は、この大量のバインダーにも入金リストにもいないと思っているんだね」

「どこかにいる」イヴはつぶやいた。「どこかにいるのよ。とにかく――ぴんとこないの。どうして彼女を殺すの？　ミッシー・リーはちゃんと理解してた。そんなことをすれば警察が関わってくる。マーズは偽名を使ってこっそり別に家を持ってた。そのうち警察が探しあてて、大量の記録が保管されてるのを見つけ、秘密は明るみになってしまう。彼女を殺せば、秘密が暴かれる危険もあるのよ」

「ストレスがかかり続けたときに戦ったり逃げたりするのは頭で考えることじゃなく、衝動だ。犯人はキレたんだ」

「キレてないわ」イヴは主張した。「その反応のことはマイラも口にして、充分に話し合った。犯人は計画し、計算して、タイミングを見はかり、準備した。これは衝動的じゃなく、冷静に計画された犯行よ。犯人は強請られてた人物じゃなかったと思う。とにかくそうとは思えない。でも、マーズの標的になった誰かとつながってる。その誰かを心配してる。そして、その誰かが餌食《カモ》にされてるのを知ってるくらい近くにいる人物に違いない。配偶者、親戚、友達、信頼している同僚。標的になった人物の秘密が暴露されて、たとえそれを切り抜けられたとしても、ストレスや侮辱に耐えさせるのは忍びない、と思ったのよ。標的になった誰かのために心を決めたの」

イヴは開かれていたバインダーのページをとんとんと指で叩いた。「犯人が指揮して、処理し、片付ける」

「それは犯人が普段やっていることだから？」ロークが先を促した。「その人物のために何かを処理している？　その人物の面倒をみている？」

「みてるか、みたいと思ってる。犯人は男よ——これは間違いない。強請られてたのは十中八九、女性。あるいは、傷つきやすいとか、弱くて自分の面倒をみられないと犯人に思われてる男性。わたしは、標的になってたのは女性で、犯人は光り輝く騎士だと思う」

「それを言うなら、光り輝く鎧《よろい》に身を包んだ白馬の騎士だ」

「騎士が鎧を着てたら光り輝いてるわ。着てなくても、たぶん、心に槍は持ってる」

ロークは一瞬ためらったものの、すぐに言った。「たしかに」

「じゃ、こうするわよ。強請りの標的にされてた女性を抜き出して、関係のある男性を探す。配偶者、父親、兄弟、パートナー、マネージャー。ミッシー・リーの場合は、父親――わたしには気弱な姉みたいに思えるけど――とマネージャーとエージェントがいる。彼女は違うと思ったのは、秘密を守るすべを知ってるから――誰にも話さない、ということよ」

「なるほど。ちょっと待って」ロークはキーボードの上で両手の指を踊らせた。「できた」イヴに言う。「両方のマシンで見られる」

「自分のコンピュータでできたのに」

「もうやらなくて大丈夫」

そう言われて一瞬、イヴは眉をひそめたが、すぐに体の向きを変えて作業を始めた。

「つながる人たちね」と声に出して言う。「バインダーには山ほど記されてる――取り巻きに囲まれてるセレブたち、スタッフをおおぜい抱えた企業役員。あなたとわたしはふたりだけで一冊になるくらいたくさんデータがあって、関係者もたくさんいる。ナディーン、メイヴィス、サマーセット、ホイットニー、カーロ。赤いドレスにも二、三ページ割かれてたのよ」

ほとんど聞き流していたロークが顔を上げた。「赤いドレス」

「あ……ただの独り言よ」

ロークはイヴの顔を見て気づいた。「マグデラーナ?」

「たいしたことじゃないの。持ち出すつもりじゃなかった」

ロークは腕を伸ばし、イヴの手に手を重ねた。「申し訳ない」ずっとその気持ちは変わらない。

「たいしたことじゃないわ。ほんとうに、思い浮かんだことをつい口にしてしまっただけ」けれども、ロークはゆっくりとイヴの手を裏返し、指と指とを組み合わせてしっかり握った。

「オーケイ」言ってしまったほうがいい、とイヴは思った。握り合った手と同じように、彼のブルーの目がわたしの目をとらえて離さないから。わだかまりが生まれるとも思えなかった。でも……。「あなたとのつながりで、マーズが彼女のことを調べてた。そっち方面に道筋をつけて、何かスキャンダルが見つけられたらと思ってたみたい。でも、マグデラーナは街を離れてしまってた。ただそれだけのこと。

それだけのこと」イヴは繰り返した。

「騒ぎを起こそうとするマーズが近づいても、マグデラーナは逆に彼女を利用して楽しんでいただろう。それはきみも僕もよくわかっている。マーズが騒ぎを起こす可能性があっただけでも残念だが」

「何も起こらなかったわ。マーズがぐずぐずしているうちにマグデラーナはいなくなったから」

「いなくなった。これからもずっとそうだ」ロークがほんの一瞬ためらうと、ロークが握っていたイヴの手がこわばった。

「何かわたしに話してないことがあるわね」

「たとえわずかでも、僕たちの生活に彼女のことを持ち出すのは気に入らないが、伝えておいたほうがいいだろう。二、三日前、彼女はハイチのポルトープランスに到着した」

「いまも彼女の動きを追ってるの？」イヴは恐る恐る訊いた。

「そうじゃない、違うよ。彼女がどこにいようと何をしていようと、全然、まったく、知ったことじゃない」怒りの混じった、驚くほど冷ややかな声だ。「でも、所有する会社の情報は常に入るようにしているし、指示したことが実行されたかどうかも確認している。おそらく探りを入れに来たのか、僕の影響力を調べに来たのか、彼女は現地の僕のホテルに別の客と一緒に泊まろうとしたんだ。僕の指示どおり、彼女は宿泊を断られ、追い払われた」

ロークはふーっと息をついた。「警備員が毅然として扉を指さして追い出したと知って、きみがいくらかでも満足してくれるといいんだが」

「いくらかどころじゃないわ。防犯カメラの映像はないの？　見たら面白いかも」

ロークはほほえんだが、その美しい目は真剣なままだ。「約束する。彼女がきみや、何であれ僕たちのものにも関わることは、もう二度とない」

「どうでもいいの。彼女のことはどうでもいい」イヴはそう言いながら、ほんとうにそう思っている自分に気づいた。「バインダーのページをめくってて彼女の写真を見たら、三十秒くらいいやな気持ちになったわ。一分半かも」そう訂正するイヴをロークはただ見つめていた。「わたしたちはうまくいってる」

「彼女のことはどうでもいい」ロークはそのまま繰り返した。「僕にとって大切なものはすべてここにある」

マグデラーナが落とすかすかな影には、わたしより彼のほうが傷ついてるかもしれない。イヴは肩をすくめて言った。「だから、あんなふうにわたしのクローゼットをブーツでいっぱいにするのね」

ロークは何事かアイルランド語でイヴにつぶやき、つないでいた彼女の手にキスをした。イヴにその意味がわかったのは、普段から絶えず、愛していると心をこめて言われているからだ。

彼がその言葉を口にするときの言い方にも、そのときの見つめ方にも、イヴは何かを感じて喉が痛くなる。だから、ロークのほうへ身を乗り出してキスをすると、感傷的になる前に体を引いた。

「オーケイ、もうおしまい。仕事中よ。つながってる人たちを調べないと」イヴはふたたび言った。

持ってきていたコミュニケーターが鳴りだした。

「クソッ。クソッ」コミュニケーターをつかみ、眉をひそめる。「バクスターから」とつぶやいてから、応じた。「ダラス」

「警部補《LT》、殺人だ。そっちの事件に関連していると思って」

「被害者は？」

「女性で、身元はケリー・ラウリーと確認された。〈ナイト・プロダクション〉の従業員だ。われわれはいま、サーティー・ロック（ロックフェラー30番地の略でNBC本部を示す）の外にいる。現場は保存されている」

「わたし――ふたりで」ロークが眉を上げたのを見て、言い直した。「そちらへ向かうわ。現場で見たかぎりで、死因《COD》はわかる？」

「ああ。たぶん、右腿の切り傷だな。大量に出血していた。偶然の一致？　ありえないね」

「現場をしっかり保存して」イヴはバクスターに言い、コミュニケーターを切った。

「彼女の名前はリストにない」イヴが自分のコンピュータで探す前に、ロークが告げた。

「バインダーに記述があるかどうか探せるが、きみは早く現場に行きたいだろうね」

「行くわ」

イヴが警察バッジと武器を持ってきて、室内用スキッドからブーツに履き替え、急いで階下へ行くと、ロークがすでに正面に車をまわして待っていた。「あなたが運転して」イヴは言った。「被害者の情報をもっと調べたいから」

ロークが運転している間、イヴはPPCを取りだして、すでにわかっているデータを入力した。「ラウリー、ケリー、二十四歳、独身、子どもはいない。〈ナイト・プロダクション〉に勤めて二年半。アシスタントプロデューサーのアシスタント。現住所は西九十丁目、クイーンズ生まれ、NYUで放送学を学ぶ。前科なし」

イヴはPPCを下げた。「どうして彼女を殺すの？　情報提供者で、共犯者として排除しなければならなかった？　何か見たり、聞いたりしたから？　ナイトはマーズに強請られて、マーズは——ナディーンの情報提供者によると——気まぐれにナイトのスタジオに出入りしてた。それも番組に呼んだりゴシップを取り上げたりしたら視聴率が取れそうな人がいるときが多かったらしい。誰かがマーズにそういう情報を流してたのよ。ナイト本人かもしれないけど、彼女はそういうことはまったく口にせず、自分にとってもっと不利な話を聞かせてくれた。マーズはラウリーの弱みを握ってたのかもしれない。犯人がナイトを守るためにふたりとも殺したのかも」

「ナイトの長年のパートナーか？」

「彼はナイトが心配でしょうがなくて、献身的よ。彼女を愛してる。でも……彼女を尊敬もしてる。少なくともわたしの感覚ではそう。光り輝く騎士は——なんだっけ？——乙女を尊敬する？」

「献身的に愛しながら、尊敬するのは可能だ」

「そう、でも、ある殺人カップルには可能じゃなかった。少なくともわたしの見たところでは」

ロークは四十七丁目のロックフェラー・センターを封鎖している警察のバリケードの前まで行き、車を止めた。

人が集まり、塊になっていた。観光客がほとんどだ。イヴは警察バッジを掲げて人込みをかき分けていった。犯行現場の立ち入り禁止テープが引かれ、目隠し用のシールドが立てられているほうへ向かう。観光客は寒い夜に外に出て、スケーターを眺めたり、屋台のホットプレッツェルを食べたり、庭園や店舗に繰り出したりしていたのだろう。

それがいまや、家に帰って友達に殺人事件の話ができるというボーナスを得た。

イヴは頭を下げてテープをくぐり、シールドを押し開けて進んでいった。

ラウリーのウェーブのかかった黒髪が翼のように歩道に広がっていた。遺体は仰向けに横たわり、茶色い目が虚空を見つめ、美しかった顔は命を失ってたるんでいる。額の右横と右の頬に赤むけになったすり傷がある。明るい花柄のパンツが血に染まっていた。足跡でひどく乱されてしまった血痕は東に延びている。

「TODは十九時十八分だ、LT」バクスターがイヴに告げた。「ロビーに目撃者がいる。ふたり連れの男で、被害者が倒れるのを見て助けようとしたそうだ。うつ伏せだった被害者を仰向けにしたと言っている」

「ええ、舗道に倒れ込んだときの傷がある」イヴはその場にしゃがみ、両手にシールド加工をした。血に染まったパンツの切れている部分を慎重に開いて、傷を調べる。「かなり深く切られたようね。ちゃんと狙ってる」

顔を上げて血痕を見た。「彼女は、どのくらい移動してきたの?」

「血痕は、正面玄関から四・七メートルのところから始まっています」トゥルーハートが背後を身振りで示して言った。「セキュリティによると、十九時〇八分に〈ナイト・プロダクション〉を退出した記録が残っているそうです」

「ひとりで?」

「警備員はまだなかのデスクにいます。彼女が誰かと一緒にビルを出た記録はないそうです。自分は〈ナイト・プロダクション〉まで行って話を聞きました。あっちのカード読み取り機《リーダー》の記録でも、彼女はひとりで出ています。彼女の同僚――友人です――に一緒に降りてきてもらいました、警部補。被害者のルームメイトのひとりです。いまは制服警官が付き添っています。被害者がオフィスを出る前に話をしたそうです。ひどく動転しています」

「防犯カメラには映ってなかった？」

「ロビーのカメラに――彼女がひとりで出ていく姿が映っていた」バクスターが言った。建物の外――こっちは映っていない。出入り口に防犯カメラが設置されていたが、撮影範囲の、一メートルほど外を通ったようだ」

「犯人は知ってたのよ」イヴは顔を上げて、思い描いた。「彼女がいつ出てくるか、そして――少なくとも普段は――ひとりで出てくることを。たぶん、凶器を脇に下げて、彼女に向かって歩いていったんだと思う。それで、彼女にぶつかる？　ただ切りつける？　どちらにしても、犯人はそのまま歩き続ければいい。

目撃者から何か聞いてる？」

「ボストンから来てるふたり連れの男だ。友人が結婚するので来たらしい。彼女がふらついているのに気づいて、酔っぱらってると思ったそうだ。彼女は次々と通行人にぶつかりながら、さらによろよろ歩いたあと、倒れた。倒れ込んだとき、ふたりはすぐ後ろにいたらしい。そのときもまだ酔っぱらいだと思っていて、助けようと仰向けにして、そうじゃないと気づいた。血を見て、警官と医者を求めて叫んだ。どちらも間に合わず、彼女はすでに死亡していたそうだ」

手際よく、素早くやり遂げている、とイヴは思った。

「ハンドバッグや鞄を確認した？」

「ジム用のバッグを持っていました――ヨガウェアの上下が入っていて、彼女のものだとオフィスの友人が確認しました。彼女は七時半からのヨガクラスに参加する予定だったそうです。場所は二、三ブロック先です」トゥルーハートはさらに言った。「ほかに彼女の財布とリンク、ミニタブレット、職場用のＩＤカードと、彼女のアパートメントのものと思われる鍵も入っていました。友人が確認してくれるはずです。それ以外に、化粧道具やヘア用品などこまごましたものも」

イヴはうなずき、リスト・ユニットを確認した。ピーボディが来たら、ルームメイトを送らせるつもりだった。

「あなたの言うとおり」イヴは立ち上がった。「これはわたしの事件と関連してるわ、間違いない。悪いけど、あとはわたしにやらせて、バクスター」

バクスターは両肩を上げて、すとんと下ろした。「そうだと思っていた。手伝いはいるかい？」

「お願い。ピーボディがまだ着いてないし。トゥルーハート、彼女のルームメイトはさっきあなたと話をしてたから、わたしと引き続き話を聞いて。あなたはこっちをお願い、バクスター。彼女を遺体バッグに収容してタグを付けたら、あとは遺留物採取班がやるべきことをやってくれる」

「手配しよう」

イヴはあたりを見回し、背後にロークがいないのがわかって驚いた。

「いつだかわからないけど、どこだかわからないところからロークが戻ったら――」ロークがテイクアウト用トレーにコーヒーをいくつものせてシールドの内側に入ってきて、イヴは口をつぐんだ。

「寒い夜だからね」ロークが言った。

「あんたは最高だね」バクスターがコーヒーに手を伸ばした。

「バクスターといると最高になれるわよ」イヴはロークに言った。「なかで聴取をしないと。一緒に来て、トゥルーハート」

ロビーの前方が閉鎖されているので、仕事で建物に出入りする者はすべて迂回《うかい》しなければならなかった。

男性目撃者ふたりが制服警官と座っていて、その数十センチ離れたところに、別の制服警官と一緒に女性が座って、声を殺して泣いていた。

「彼女の名前は？」

「テレン・アルタです」

イヴは彼女に近づいていった。「ミズ・アルタ、ダラス警部補です。お友達を亡くされてお気の毒です」

「ええ」また涙があふれてこぼれ落ちる。「彼女のお母さんに連絡してはだめだって言われました。すごくいい人なんです。ときどきおうちに行って、一緒に食事もしています」

トゥルーハートは制服警官に、ここはもういいからと合図をして、彼女に近づいた。「心配はいりません、テレン。われわれが彼女のお母さんに話します」

「ケリーがあんな……まだ本当のこととは思えないのに、涙が止まらなくて」

「今夜、彼女がオフィスを出る前に話をしたのね」イヴは腰かけた。

「ええ。彼女がヨガに行くって言ったから、じゃ、家でねって言いました。わたし、『ザ・グローリー・アワー』で仕事をしてるんです。そうじゃなければ、出勤も退社も一緒だったんですが、わたしがあの番組の担当になってしまったので。この冬からの新番組で、わたしは出社時間が遅くなって、帰りも九時半頃になってしまったんです。たまに十時というときもあります。

彼女はルームメイトです。ケンドラが出ていって恋人と暮らしはじめたから、ヘイリーとわたしはほかにルームメイトを見つけなければならなくなって。ケリーとは職場で友達になったんだけど、彼女、ひとり暮らしをするのは経済的に無理だからクイーンズのお母さんのところから通勤していたんです。だから、わたしとヘイリーが住んでるアパートメントで一緒に住まないかって誘って、それで……これってどうでもいいことですよね？」

「友達がこんなことになって、つらいでしょうね。彼女には恋人がいた？」

「特別な人はいませんでした。たまにデートもしていたけれど、たいていは仕事が忙しくてその暇もないし、それにわたしたちはみんな、真剣な付き合いにはあんまり興味がなくて。ヘイリーはしばらく女の子と付き合っていたけれど、結局うまくいかなかったわ。これもどうでもいいことですよね。すみません」

「いいのよ。彼女は職場の誰かとデートしたり、特定の人と出かけたりしてた？」

「職場の人とデートするのは賢くなくて、彼女は賢いんです。そういうのって面倒なことになるから。もちろん、友達はいましたけど、一緒に住むようになって以来、そう、六か月前からですけど——しょっちゅう一緒にいるようになりました。わたしたち三人で」

「さっき彼女がオフィスを出たのは、いつもと同じ時刻？」

「仕事によって違うけれど、ヨガに行く日は七時頃に退社します。普段より遅くまでオフィスに残っているのは、ジムがオフィスの近くだからです。ほかの日は、五時半か六時には退社してます。六時半のこともあるかも」

「でも木曜日の夜は、七時頃だった」

「火曜日と木曜日です。彼女はほんとうにヨガが好きなんです。今の担当になる前は、わたしも二、三回、一緒に行ったことがあります」

「火曜日」マーズが殺されたのは火曜日の夜だ。「この間の火曜日も、彼女は七時頃オフィスを出た？」

「ええと」テレンは目を閉じ、ため息をついた。「思い出した。ええ、そう、七時ちょっと過ぎでした。おぼえているのは、わたしは七時半からミーティングがあって、彼女が、あとで〈ラッシュ〉でね、って言いに来たときに、時間を確認したからです。わたしがミーティングを終えて、彼女もヨガのクラスを終えたら、〈ラッシュ〉というクラブへ行く予定だったんです。ヘイリーも来る予定でした。三人でたくさん楽しいことをしたのに」

「七時ちょっと過ぎ」イヴはつぶやいた。「ちょっと待って」立ち上がって、トゥルーハートに近づく。「火曜日の夜、被害者が何時に局を出たかたしかめて——正確な時刻を」

ピーボディがロビーに入ってきたので、イヴは待つように合図を送った。「セキュリティでＩＤカードをリーダーに通さないと、局には出入りできないのよね」

「ええ」テレンは涙をぬぐい、鼻をすすった。「二、三年前、ファンが入り込んだとかいうちょっとしたトラブルがあったんです。だから、いまではロビーから入場を承認してもらうか、ＩＤカードをリーダーに通さなければ入れません」

「彼女はＩＤカードをどこに保管してた？」

「ええと、ハンドバッグのなかに」

「いつも？」

「ええと、みんな、デスクの上に置いたり、ポケットに差したりしています。あとはハンドバッグにしまうか」

「彼女もカードをデスクに置きっぱなしにしてた？」

「たぶん、ええ」

「カードはすべて同じに見えるわ。どれが誰のか、どうやってわかるの？」

「ＩＤカードに直接、名前やイニシャルを書いているんです。簡単な絵を描く人もいます。わたしもトンボの絵を描いています」

「帰り際にカードを手にするとき、自分のかどうかしっかり見たりはしないでしょうね」

テレンは肩をすくめた。「自分のデスクの上か、ポケットにあれば」

「そうね。ＩＤカードには持ち主のデータがプログラムされてる」

「そうです。名前や、部署や、ＩＤ番号が」

「間違って他人のカードを手にしてしまったことがある？」

「わたしはないですけど、ワリーとミシャはたがいのカードを取り違えました。ほんの二週間ほど前のことなのでおぼえています」

トゥルーハートが戻ってきて、イヴに耳打ちをした。

イヴはただうなずいた。

「テレン、わたしたちからヘイリーに連絡して、家にいるか、もうすぐ家に着くところか確認しましょうか？　あなたの帰りの足は手配するわ」

またどっと涙があふれ出す。「ヘイリーに会いたい」

「トゥルーハート捜査官がすべて手配してくれるわ」

「ケリーのお母さんには？」

「わたしたちが直接会いに行くわ。協力してくれてありがとう。お友達を亡くして気の毒だったわね」

イヴは足早にピーボディに近づいた。「男性の目撃者ふたりの証言を聞いて、手っ取り早く。犯人がわかった」

「誰です？　どうやって？」

「あのハイヤットのクソ野郎――ナイトの個人秘書よ。あなたが証言を聞いたら、説明してあげる。ぐずぐずしないで、しっかり証言を聞いてきて」

イヴは建物の外に出て、冷たい空気を胸いっぱい吸い込んだ。ララリンダ・マーズのために正義をもたらそう。それは義務だ。

だが、なんとしてでも正義をもたらしたいのは、ケリー・ラウリーのためだ。

22

イヴはバクスターのもとへ向かった。

「トゥルーハートは女性目撃者の足を手配して、彼女のルームメイトが家にいるのを確認してるわ。彼がそれを終えて、あなたもここの仕事が終わったら、ふたりで遺族に知らせに行ってほしい」

バクスターはうなずいたものの、イヴを指さして言った。「見つけたな」

「代わりに近親者への通知をまかせて申し訳ないけれど、こっちを進めないといけないから」

「褒美の骨を投げてくれ」

「ナイトの個人秘書、ビル・ハイヤットよ。あのいやらしいネズミ野郎は最初から気に食わなかったんだけど、アリバイがあった——記録を見るかぎり、マーズが襲われたとき、彼はこの建物内にいたことになってた。ところが、それがインチキだった。彼はケリー・ラウリーと自分のIDカードをすり替えてた。十九時九分まで建物内にいたのは彼女よ。ハイヤットは十七時十五分――彼女の退出時刻として記録に残ってた――に退社してた。彼が〈デュ・ヴァン〉に入った時間はこれから調べるけど、ダウンタウンのバーへ行く時間はたっぷりあった」

「やつがあの娘を殺したのは、歩道で失血死させたのは、彼女のIDのためか?」

「そうよ」

「いやらしいネズミ野郎をとっつかまえてくれ、警部補《LT》」

「まかせて」

イヴが振り返ると、ロークが持ち帰り用のコーヒーを差し出した。「ありがとう」

「ナイトを守る騎士《ナイト》か。思いもよらず詩的じゃないか」

「ハイヤットをマーズに結び付けられなかった――バインダーにもリストにも名前がなかったし。それで、調べたの。すると、今日、マーズがスタジオで我が物顔に振る舞ってたってことを聞いた。彼はマーズと何らかの取引をしてたかもしれない。何がおこなわれてるか知ってて、面白く思ってなかった。いつとはわからないけど、彼がマーズに立ち向かって、ナイトに近づくなと警告し、わたしにやったみたいに怒鳴り散らしてたとしても、わたしは驚かない。当然、彼女は面と向かって笑い飛ばしたはず。アシスタントのくせに、とか、下僕じゃないの、とか。彼女は彼を恐れてなかった」

「雇われている者が殺人を犯すとは、よっぽどのことだろう」ロークが言った。

「仕事についてまじめに考えすぎる人もいるのよ。あなたはもう帰っていいわよ。わたしはやつを仕留めに行く」

「どんな人間だったかはともかく、マーズは僕の店の床で失血死したんだ」ロークはイヴに思い出させた。「最後まで見届けるよ」

「わかった。バクスター、あなたとトゥルーハートはスタジオへ行って、もっと証言を集めて。ハイヤットのオフィスと彼の電子機器を捜査できるように令状を取るわ」

「正規の手続きは知っているよ、ダラス。まかせてくれ」

もちろんそうだろう。イヴはPPCを取り出してハイヤットのデータを呼び出した。「よかった。ここから五ブロックくらいのところに住んでる」

明るい気持ちでレオに連絡する。「いくつか令状が必要なの」

ピーボディが戻ってきたときにはもう、令状は用意されていた。

「とにかく話を聞かせてください」ピーボディが強く迫った。

「歩きながら話すわ」

イヴは大股で歩きはじめ、車に向かう間、ピーボディに詳しい話をした。

「退出時間の記録のために」後部座席に座りながらピーボディはつぶやいた。「IDカードの記録のために、殺人を？　でも……どうして？　使ったあと、IDカードは元に戻したはずです。誰にもバレないじゃないですか」

それはイヴも気になっていた。「わたしはアリバイをしつこく訊いて、わざと彼を怒らせた。さらにセキュリティにもしつこく確認したわ。ナディーンも、ナイトのスタジオにいる情報源をせっついてくれた。たぶん、ハイヤットはわたしたちがセキュリティに二度も確認したことを耳にして、心配になったんだと思う」

ろくでなし野郎、とイヴは思った。ろくでなしの最低野郎。

血に染まった花柄のパンツ、黒い翼のように歩道に広がっていた髪。やさしい母親に愛されたクイーンズ出身の若い娘。

「彼はアリバイ工作のためにラウリーを殺した」イヴはなおも続けた。「マーズを殺したらナイトの秘密があらわになり、次にラウリーの命を奪ったらどうなった？　自分をさらす結果になった。ズボンをずり下げて、悲しいほどみじめな白いディックをむき出しにしたのよ」

「みじめなディック？」ロークが繰り返した。

「頭にきてるのよ。腹なんか立ててる場合じゃないんだけど。マーズは平気で他人の人生を利用して儲けてた。そうやって騒ぎを起こしてきた。でも、人は殺さなかった。彼がマーズを殺したのは、おそらくアニー・ナイトを守ることに病的な執着みたいなものがあったからだと思う——そして、あの腰抜けネズミ野郎はどうしようもなくビックフォードを嫌ってたはず。自分にはないナイトとの関わりを持ってたし、自分には手が届かない関係を築いてたからよ。

やつがラウリーを殺したのは、たぶん、これは想像だけど、退出時刻についてわたしたちがさらに調べたせいだと思う」

「あなたは最初から彼を嫌っていました」ピーボディが言った。

「そう、会った瞬間から毛嫌いしてた。でも、わたしが嫌ってても、殺人を犯さない人はいくらでもいる。床や歩道に倒れて失血死するように、誰かの動脈を切らない人だっておおぜいいる。それから、いい?」

なんと、イヴは激怒している！

「また誰かが殺されるのは時間の問題だった。ナイトにたいして失礼な態度を取ってると彼がみなした誰か。自分にとって邪魔だと彼が判断した誰か。今回また殺したのは、いまやそれが彼の解決法だから」

ロークは二階式の路上駐車スペースの空きを探すのではなく、駐車場へ向かった。そこから歩いて現場へ向かえば、完全に頭にきている僕のおまわりさんは、少しでも頭が冷やせるかもしれないと思った。

「殺したのは利益や愛や憎悪のためじゃない。彼が常軌を逸してるから。熱い怒りにかられたんじゃなく、冷酷にやったのよ。ただ冷静にやった」

イヴは鳴りはじめたリンクを手にした。「オーケイ、レオがやってくれたわ。捜査令状も逮捕状も発効された。少し応援を頼んで、ピーボディ」さらに言いながら車を降りる。「家宅捜索と同時に、彼を逮捕する。まだ凶器は捨ててないだろうし、電子機器に被害者ふたりの殺害方法に関するデータが残ってるのは間違いないわ」

「マクナブに連絡します」

「EDDのオタクたちがこっちへ向かってるわ。マクナブには、今夜出発するから荷造りをするようにと伝えなさい」

「荷──なんですって?」ピーボディは危うくリンクを落としそうになった。「今夜? 今夜も? でも──」

「やつは腰抜けで、素人で、クズのネズミ野郎よ」イヴは歯ぎしりをしながら言った。「そんなやつを逮捕できないと思ってるの?」

「ええ、いいえ、思っていません。でも――」

「いまの話をフィーニーに伝えて、承認を得るようにマクナブに言って。今夜、ふたりを乗せるシャトルを用意できるわよね？」イヴはロークに訊いた。

「いつでも大丈夫だ」

ピーボディが目をうるませるのを見て、イヴは人差し指を突きつけた。「これ以上、怒らせるんじゃないわよ。わたしは話を通しただけ」

「オーケイ、でも、わたしはとにかく……」ピーボディは握った両手を上げてリズミカルに振り、腰をくねらせて短く踊った。それから、ロークにしがみついた。「ダラスに抱きついたら、ぶっ飛ばされます。だから、これでふたり分です。ほんとうにありがとうございます」

「ふたり分、受け取るよ」ロークはおまけとして、ピーボディの頭のてっぺんにキスをした。「きみたちならいつでも大歓迎だ」

「さあ、そっちが終わったら」イヴが冷ややかに言った。「応援の手配をお願いしたいんだけど。ほら、人殺しのクソ野郎を逮捕できるように」

「応援史上、最高の応援を来させます」

ピーボディが連絡しはじめたので、イヴはハイヤットの住まいがある建物をじっと見た。

なかなかいいところだ、と思った。人工ブラウンストーンを使った十二階建てで、古めかしく見えるように作られ、防犯設備もかなり充実している。

マスターを使ってなかに入った。

静かなロビーに人の姿はなく、ふたつ目の防犯装置があって、訪問客は身分の登録が必要だった。居住者はカードをリーダーに通さなければエレベーターも階段も使えない。

クソリーダーめ、とイヴは思った。

「通れるようにできる?」イヴはロークを見て、セキュリティデスクのほうを示した。そばでピーボディがマクナブに連絡している。

「解決しつつあるのよ。そう。あとで話すわ。フィーニーに連絡してね、いい? 今夜、出発できるってダラスは言うの。そう、今夜。ワオ! わかってる、わかってるってば」

警官らしからぬ忍び笑いを聞いて、イヴは目玉を回したが、少しだけほほえんだ。

「だから、もう、おしゃべりはやめて、荷造りを始めて。全部よ、全部。もう最高!」最後に、キスの音を無遠慮に長々と響かせる。

「失礼」ピーボディはイヴに言った。

「もうその話は二度としないから」

ロークがにっこりほほえみ、イヴはマスターをリーダーに通してエレベーターを呼んだ。

「八階」と、命じる。「録音スタート。わたしだと気づいたら、彼はドアを開けないはず。ドアを開けなかったら、あなたが対処して」イヴはロークに言った。

「喜んでお手伝いするよ」

「八一一号室よ」エレベーターのドアが開いて三人で廊下に出ると、イヴは女性の姿に気づいた。くしゃくしゃっとした金髪で、鮮やかな赤いコートを着た三十代半ばくらいの女性が、八〇六号室から出てきた。

「すみません」イヴは警察バッジを掲げた。

「あら!」女性の魅力的な顔に、思いがけず警官と顔を合わせた者にありがちな不安がよぎった。

「ビル・ハイヤット——八一一号室の——をご存じですか?」

「あ……ええ。少しなら。よく知っているわけじゃないけれど——」

「ちょっとお願いしてよろしいですか?　ベルを押すだけでいいんです」

「ええと……わかったわ」

「僕の楽しみが奪われた」廊下を歩きながらロークがつぶやいた。

金髪の女性がベルを鳴らした。

「ただそこに立って、しばらくほほえんでいてください。ありがとう」

金髪女性はなんとか、どこか不安げな笑みを浮かべた。

ドアが開いた。シャワーから出てきたばかりらしいハイヤットが現れた。髪はまだ少し濡れていて、男性用化粧品のマツの香りを漂わせてほほえんでいる。「どうも、シンシア。どうかしました――」

「ありがとう」イヴは言い、金髪女性を脇へそっと押しやり、一方の肩で開いているドアを押さえた。「ウィリアム・ハイヤット、われわれは正式に認められた令状により、この住居に入り、捜索を開始する」まだ手にしていた警察バッジを見せる。「わたしをおぼえてる？　ダラス、警部補イヴ。NYPSD」

話している間にハイヤットがドアを閉めようとしたが、イヴは強引になかに分け入った。あとにロークとピーボディが続く。

「ひどすぎるぞ！」

「ええ、そうね、だんだんよくなるわ。ウィリアム・ハイヤット、殺人――二件の第一級殺人――容疑で逮捕する。マーズを殺して逃げられると思ったら大間違いよ、ビル。でもケリー・ラウリーを殺すまではなかなかうまくやってたじゃない」

廊下にいた金髪女性がショックを受けて小さく悲鳴をあげ、ピーボディはドアを閉めた。イヴはまっすぐ近づいていって拘束するのではなく、時間をかけるつもりだったらしい。

その結果、ハイヤットはくるりと背中を見せて走りだした。

「本気？」イヴが小さく（どこかうれしそうな）ため息をついたとたん、部屋のドアがばたんとしまった。「わたしがやるから」

「ここは彼女だけにまかせて」ロークはピーボディの腕をぽんぽんと叩いた。「まだ怒りが収まらないようだから」

イヴは奥のドアに近づき、首をかしげた。しょせん部屋と部屋の間のドアだ、と思う。すぐに破れるだろう。

そして、ドアを蹴り破ってなかに入った。

ハイヤットは寝室の奥にいて、窓を開けようと必死になっていた。

「そこから動かないで」イヴは穏やかに言い、ゆっくり部屋を横切っていった。「もう一度言うわ。あなたを逮捕する」

ハイヤットは振り向き、ぎこちなく振りかぶってイヴに殴りかかった。よろよろと拳が近づいてくる間に、イヴは受けようかよけようかと考える余裕があった。そして、へなちょこ野郎のパンチを受けるわけにはいかないと思った。レコーダーにはぎこちなく振りかぶる様子も映っているだろう。

イヴは左に傾くだけでよかった。ハイヤットははずみでくるりと一回転した。拳にあざができるかもしれないというナディーンの話はもっともだと思い、尻を蹴るだけにすると、ハイヤットが床に突っ伏した。

「オーケイ、逃亡未遂罪と、警官にたいする抵抗および暴行未遂罪を追加する」

イヴはハイヤットの両手をつかんで背中にまわしたが、その間もハイヤットはイヴを蹴ろうとしたり、シャクトリムシのように逃げようとしたりした。

「弁護士、弁護士を！」

「わかったわ、ビル、ほかのいろいろに加えて、あなたにはその権利がある。いまから言うわ」

イヴは改訂版ミランダ準則を暗唱した。「あなたの権利と義務を理解した？」

「弁護士、弁護士だよ、ビッチめ。このクソ女」

「イエスだと理解します」

ハイヤットを引き上げて立たせ、みごとなほど塵《ちり》ひとつなくきちんと整えられ、異常に流行を追っている部屋の椅子に向かって押した。「座りなさい！」噛みつくように言う。「立ち上がろうとしたり、わたしへの暴行、あるいはまた逃亡を試みたら、あなたの好まない措置を講じざるを得なくなる。ねえ、ビル、あなたはもうここから出られないのよ。そして、さあ、慎重に部屋を探らないと。あなたは殺害に使った凶器をここに隠してるに違いないから」

ハイヤットの目が、抽斗が三段の低い化粧ダンス——黒くて光沢があり、縁と取っ手がシルバーだ——のほうへちらりと動いた。

「ほんとうに？　なんてわかりやすいの。ピーボディ、シールド加工するわ。捜査キットを持ってきて」

ロークがポケットから小さい缶を取りだした。「きみの車のコンソールボックスにあった」

「気が利く人ね」

「キットを取ってきます。走ればそれだけカロリーが燃焼しますから」ロークが引き止める前に、ピーボディが言った。「小さいビキニを買っちゃったんです」

そして、イヴが歯をむいてうなる隙もなく、駆け出していった。ロークはただドアの縁に寄りかかり、イヴは両手をシールド加工した。

「じゃ、わたしに当てさせて」イヴはハイヤットの無表情な顔を見ながら、化粧ダンスに近づいた。「この抽斗？」真ん中の引き出しの前で人差し指をくるくる回す。ハイヤットはなんとかまっすぐ抽斗を見つめている。

「じゃなかったら……」

ハイヤットが一瞬、視線を下げた。

「見ちゃったわね」イヴは一番下の抽斗を開けた。「トレーニングをしてるのね。ケリー・ラウリーと同じジムだと聞いても驚かないわ。コーディネートしたトレーニングシャツとパンツ。おしゃれね」トレーニングウエアを押しやりながら、言い添える。

「汚い手で私のものに触るな」

「わたしの手はきれいだし、ちゃーんと捜査令状があるのよ。あら、きちんとたたんで重ねたトレーニング用ソックスの下。ビニールの鞘に何か入ってる」イヴはメスを掲げた。「とてもきれいね——というか、あなたはそう思ってる。血はきれいに洗い流したと思ってるんでしょ。それはすごくむずかしいのよ。たとえきれいに流したとしても、可もなく不可もないトークショーのホストの下働きが、医療用のメスをソックスの下に隠して何してるの？ってことよ」

「可もなく不可もないだと！　アニー・ナイトは放送業界の象徴《アイコン》だぞ！　おまえなど、彼女の名前を口にする資格もない」

希望どおりの反応を得て、イヴはまたほほえんだ。「あら、恋をしてるの？」おどけて言った。

ハイヤットがイヴに突進しかけた。すると、ロークが蛇のように素早く動いた。ハイヤットの肩に手を置いて、押し戻す。「そこから動くんじゃない」

った。


「制服組が来たみたい」ベルが鳴り、イヴが言った。「悪いけど、お願いしていい？」

「かまわないとも。動くんじゃないぞ」ロークはハイヤットに言い、制服組を招き入れに行った。

「万事休すね、ビル」イヴはわざとらしくメスに目をこらした。

「そんなもの、何の証拠にもならない」

「いいえ、重要な証拠になる。それに、IDカードがある。入退出の記録が残るあれ。それから、あなたが〈デュ・ヴァン〉から一緒に出てきた目撃者たちに、面通しもしてもらう。もっといいのもある。あなたのコンピュータに保管されてるものよ。あなたみたいな人間、つまり、系統立ててものを考え、計画を立て、細かなことやスケジュールを扱う人間はどうすると思う？　すべて書き留める。殺し方を調べ、どのくらい時間がかかるかも調べたはず。時間も計算して、すべて記録してるわ」

「私の電子機器に侵入できるわけがない」

「わたしの捜査令状と警察バッジがあれば、そうじゃないかも。巡査」イヴは制服組ふたりを見てうなずいた。「この最低野郎をセントラルへ連れていって。弁護士を呼ぶ権利を主張したから、弁護士に連絡させてから拘留するように。ローク、電子機器をよろしく。あなたを自慢に思わせて」

「僕はそのために生きている」

「私を逮捕するのか？　私を？　あの女が何者か知っているのか？　何をやったか？　どうしてあの女を逮捕しなかった？」

彼を興奮させるのよ、とイヴは思った。とにかく挑発し続ける。「ビル、あなたは弁護士に相談する権利を求めたのに、ぺらぺらしゃべり続けてる。黙ってなさい」

「私に黙れと言うな！　しゃべりたいことはしゃべる」

イヴは脇に下ろした手で合図をして、制服組を後退させた。「いまになって相談する権利を引っ込めるの？　弁護士が必要なの、そうじゃないの？　さっさと心を決めなさいよ、ビル」

「弁護士を呼ぶ準備ができたら弁護士を呼ぶ。その前に私の話を聞け」

「いまになって、相談する権利を引っ込めるの？」イヴは繰り返した。

「そうだ。いいから、私の話を聞け！」

イヴは近づいていって、ベッドの端に座った。「喜んで。どちらにせよ、給料はもらえるし。この会話は記録されてるわよ、ビル」

「あの女は人を罠にかける蜘蛛《くも》だった。そして、搾取するヒルだ」

「誰の話？」

「わかっているだろう、こんちくしょう。ラリンダ・マーズだ。あの女はアニーを強請っていた。まだティーンエイジャーだった彼女がどうやって強姦魔《ごうかんま》から身を守ったか、そのときの話をばらすと言って脅したんだ。毎月毎月、彼女から金を巻き上げた。そして、実の母親と同じようにアニーは売春をするジャンキーだと思わせるような話を作り上げてもいいんだと、としつこく彼女に言っていた。そのたびにアニーはオフィスに閉じこもっていつまでも泣いていたんだ。それでビックは何をした？　なにもしない。ゼロだ！　彼女の苦しみを取り除きもせず、守りもしなかった」

「だから、あなたがやった」

「そのとおりだ」

「それはすべて彼女から聞いたの？　アニーから？　彼女が助けてほしいと言ってきたの？」

ハイヤットは顎を突き出した。「彼女はそんなふうに悩みを打ち明ける人間じゃない。決して人に頼ったり助けを求めたりしない。でも、私にはわかった。数か月前、彼女はひどく落ち込んでいた。痩せて、夜もよく眠れていなかった。彼女とビックはオフィスに閉じこもって、その話をしていたんだ」

「彼女の個人オフィスで？」イヴは訊いた。「個人オフィスでふたりの会話を聞いたの？ああ、ビル、盗聴してたのね」

　ハイヤットは歯を食いしばった。「私はアニーの個人秘書だから、彼女が何を必要としているか、彼女が気づく前に知っていなければならない。どんな気分でいるか、どんなことに困っているか、知る必要がある。彼女を守るためにやるべきことをやっただけだ。彼女の面倒をみているのは私で、ビックじゃない。あの性悪女を問い詰めたのはこの私で、ビックじゃない」

「いつマーズを問い詰めたの？」

「数か月前だ。あの女はふらっとスタジオに入ってきては、ちょこちょこ情報を盗み、ときにはアニーのために番組に出てくれた人たちに長々とインタビューもしていた。アイリーン・リフのせいだ。彼女はあのビッチに出演者の情報を流していたんだ。逮捕しろ」

　ハイヤットは恨み言をぶちまけ続け、イヴはリフの運のよさを思った。いずれ、ハイヤットは彼女を殺していたかもしれない。

　けれども、イヴはただ言った。「おぼえておくわ。あなたは彼女を問い詰めた」

「そうだ、当たり前だ。彼女を苦しめるのをやめろ、このままでは済まないぞ、とはっきり言ってやった。すると、あの女は私を嘲笑い、侮辱した。警察に行けるものなら行ってみろとけしかけ、そんなことをすればアニーはおしまいだし、すべてはあんたのせいだと言いやがった」

「それで、言葉だけでは彼女を止められないと気づいた」

自分の武勇伝に夢中になって、ハイヤットは身を乗り出した。

「あの女には話しても無駄だとわかるだろう？　あのビッチは生き血をすするようにアニーを苦しめていた。金のことを言っているんじゃない。ストレスだ。まだあまりに若く、自分を守るすべもなかったころの出来事を、絶え間なく思い出させられたんだ」

「だから、マーズにも血を流させてやろうと決めた。文字どおりに」

「当然の報いだ。あんたたちは正義のために闘わなければならないのに、アニーの力にならなかった。そうだろう？　私は蜘蛛を駆除した。やらなければならないことをやった」

イヴは認めているとも認めていないともとれる声で応じた。「もちろん、計画したんでしょうね。計画して、そのとおりに実行した——しかも、少しばかり詩心をこめた。彼女に嘲笑われてから数か月間、しっかり計画を立てて、彼女の日々の動きを追った」

「よくない噂を掘り返されたり、秘密をほじくりだされたりしていたのはアニーだけじゃなかった。あの女は同じことをほかのおおぜいの人にもやっているとわかった。口止め料を払わせていたんだ。そうされるに値する人間もいる」ハイヤットはそっけなく言った。「しかし、あの女は軽蔑に値する」

「またまた詩的な表現。それで、やり方はどうやって思いついたの？」

「あの女の血を流させたかった——当然の報いだ。どうやったら血を流せるか、調べた」

「抜け目ないわ。そして、彼女が金を受け取る場所を調べ、日々の決まった動きを追った」

「あの女は、強請っている相手をあそこに座らせ、自分の飲み物代も払わせるのが好きだった。心から好きなんだと、見ていてわかった」

「ケリー・ラウリーと自分のIDカードをすり替えることは、どうやって思いついたの？」

「彼女も決まった動きをしていた。マーズは金を搾り取っている相手と火曜日に〈デュ・ヴァン〉で会って、七時か遅くても七時半には話を切り上げた。週のうち二日、七時から七時半までオフィスに残っていた。必ずだ。マーズは金を搾り取っている相手と火曜日に〈デュ・ヴァン〉で会って、七時か遅くても七時半には話を切り上げた。ケリーのIDカードで記録を残してオフィスを出れば、誰かに尋ねられたときに必要なアリバイができた。マーズは店を出る前に必ず化粧室に寄った。次にどこへ行くのか知らないが、めかしこむんだ。私は待つだけでよかった」

「あなたは、彼女を追って階下《した》の化粧室へ行った」イヴはすかさず言った。

「一分ほど待って、それから降りていった。手早くやらなければならなかった。時間は計っていた。必要なら一分間、ドアを押さえる余裕はあったが、とにかく、急いでことをすませて、店を出る。失血死するまでに四分か五分かかるとしても、だ」

ハイヤットはいったん言葉を切って息をついた。一瞬、沈痛な表情を浮かべる。「やらなければならなかったんだ」と、つぶやく。「止めなければならなかった」

「女性用の化粧室に入っていったのね」

「入ってきた私を見て、あの女はにやにや笑いやがった。笑って、ディックがないのは知っていたけど女性用でいいのかしら、とか言って侮辱した。私はすぐにあの女に近づいていった――耳の奥でブーンと音がしていた。ブーン、ブーンとうるさくてしょうがなかったが、すぐそばまで近づいた。そして、腕の、練習したとおりの場所を切った。やつはもう笑っていなかった」

ハイヤットの目に涙が浮かんだ。「『アニーのためだ』と言うと、あいつは自分の腕をつかんでよろよろと後ずさりをした。アニーのためなんだ。そして、そのままあいつを切り刻んでやりたかったが、化粧室を出た。万が一のために、十秒だけドアを押さえた。脚が少し震えて、息がうまくできなかった。それから階段を上って、グループ客のすぐあとについて店を出た。これで終わりだ。アニーは自由になった」

「そうね。うまくやったわ」

ピーボディが捜査キットを片手に戻ってきて、またそっと出ていくのが見えた。しかし、イヴの心はハイヤットに集中したままだ。

「次の日、わたしとパートナーがアニーと話をするのを阻止しようと、弁護士と連絡を取り、何が何でも追い返そうとしたのはうまくなかったわね」

　はっとしたようにハイヤットの目が見開かれ、その顔を少し傷ついたような表情がよぎった。「一瞬、動揺した。警察があんなに早く、マーズのやっていたことに気づくとは思っていなかった。あんなに早く突き止められるなら、なんでもっと前にやつを止めなかった？」

「彼女がやってることに気づいたとき、なんでこけおどしなんか気にせず警察に行かなかったのよ？」

「そして、アニーを裏切るのか？」ハイヤットは心からショックを受けたように見えた。

「私は決して彼女を裏切らない。彼女の幸せを危険にさらしたりしない」

「そうね。その代わり、彼女のために人を殺した」

「苦しみを終わらせたんだ。誰かを守るために殺した。だから、これは犯罪ではなく、勇気ある行動だ！」

「オーケイ、あなたにはそう見えるかもしれない」最低野郎のあなたには、とイヴは思った。「でも、ケリーの件がある。彼女は何もしてない。アニーを脅かしてもない」

「ケリーのことは申し訳ないと思っている。巻き添え被害だ。そういうこともある」ハイヤットが肩をすくめるのを見て、イヴの〝怒りのレベル〟が跳ね上がりかけた。「それに、あれはあんたのせいだ。悪いのは私じゃなく、あんただ」

「わたしのせい？」

「あんなふうに私を見るからだ。あんな話し方をされたらたまらない。せせら笑いながら高飛車に話しかけてきた。あの夜、何時にオフィスを出たかと、私がもう話したことをまた訊いてきただろう？　私についてあれこれ訊いてから、火曜日は何時にオフィスを出たか訊いてきた。ジャニーがナディーン・ファーストの手下のひとりにマーズのことを話し、そこからアニー、さらに私につながったのは百も承知だ。私がオフィスを出るのを誰か見たかと尋ねてまわったり、私についていろいろ探りを入れられたりしたらわかる」

「あなたはケリーがサーティー・ロックから出てくるのを待ってた」

「彼女は遅れていたらしく走っていて、ぶつかるまで私を見てもいなかった」

「そして、腕ではなく脚を狙った」

「彼女はジャケットを着ていたし、腿のほうが出血死するまで時間がかからない。苦しめたくなかったんだ。私は無慈悲な人間ではない」

「あなたはアニーを守るためにマーズを殺した。ケリーを殺したのは自分を守るためよ」

「それはアニーを守ることでもある――自分を守ってアニーを守った。それで終わるべきだった。あんたはここにいるべきじゃないんだ」

「わたしはここにいるわ、ビル。あなたに何も悪いことをしてない若い女性に対面してから、ここへ来た。いまわたしが知っているかぎりでは、誰も傷つけていない女性よ。わたしは、凍えるほど寒い冬の夜、歩道に倒れ、出血多量で命を失った彼女の遺体に対面してきた。彼女が死んだのは、あなたが別の女性を殺害したのを隠すのに彼女を利用しようと決めたから。悪事が暴かれる危険を犯すより、彼女の命を終わらせようとあなたが決めたから。いずれにしても、あなたの悪事は暴かれるけど、ケリー・ラウリーはあなたに命を奪われたままよ」

「アニーのことはどうなんだ？　彼女が苦しんだことはどうなんだ？　薄情なビッチめ！」

アニーのことはどうなんだ？」

「こんなことをされて、彼女が感謝すると思ってるの？　正確に二度、彼女と話をしたわたしには、あなたは感謝されないとわかる——わかるのよ。あなたが彼女から得るのは嫌悪と悲嘆。人殺しの理由にされて、彼女はいままで以上に苦しむわ」

「あんたは彼女を知らない。理解していない。私は彼女を守ったんだ！」

「哀れな人」イヴは立ち上がった。「ウィリアム・ハイヤット、記録されたとおり、あなたはラリンダ・マーズとケリー・ラウリーの謀殺を自白した。あなたを二件の第一級殺人容疑、および、すでに記録された軽犯罪容疑で逮捕する。ほかの罪が加わる可能性もある。彼をここから出して。わたしの見えないところへ連れていって。この最低のろくでなし野郎の逮捕手続きを」

「アニーを守ったんだ！」暴れるハイヤットを制服警官が両側からつかんで椅子から引き立てた。「彼女を守ったんだ。私は英雄だ！　弁護士を呼べ」

「わかった、わかった。弁護士を呼んでやって。それでいま、べらべらしゃべって記録されたことを、弁護士がどうやって引っくり返すか見せてもらうわ。さっさと連れていって」

イヴは一瞬立ち尽くしてからドアを閉め、制服警官に引きずられていくハイヤットの怒鳴り声を遮断した。そして、メスをじっと見た。こんなに小さいのに、と思う。命を救うために作られたものだというのに。よきものを醜いものにねじ曲げる者はかならずいる。

イヴが寝室から出ると、ピーボディがリビングエリアで捜索を指揮していた。

「邪魔したくなかったので」ピーボディが言った。「聞こえていました。あなたが逮捕したのはわかっていました」

「ええ。あとは検察官にまかせる。たぶん、マイラにも」イヴは凶器を保管しようと、捜査キットから証拠品袋を取りだした。「ロークは？」

「狭い予備の寝室がホームオフィスに改装されていました。彼はそっちにいます。オフィスはアニー・ナイトを祭る小さな聖堂でもあって、彼女の写真やポスター、彼が彼女と一緒に撮った写真も飾ってあります。何も知らなければ普通に見えます。知ってしまうと、ちょっと気味が悪いですね。それはそうと、ロークはすべて見つけましたよ」

「きっとそうだと思った。帰りなさい、ピーボディ。メキシコへ行くのよ」

「マクナブからメールが来て、わたしの分も荷造りしてくれたそうです。ちょっと不安だけど、どうにでもなれって感じです。これからメールして、交通センター《トランスポート》で彼と落ち合います。もうおかしくなっちゃいそうなくらい感謝しています、ダラス。彼にはほんとうにこの休暇が必要なんです」

「じゃ、早く行って、一緒に休みなさい」

「では、行ってきます」ピーボディはコートと帽子とマフラーをつかんだ。そして、素早く身を翻してイヴに突進し、力いっぱい抱きしめてから駆けだした。「さよなら《アディオス》、友よ《アミーガ》！」

「わかった、わかった。どうでもいいけど、またね《アスタ・ラ》」

予備の寝室を改装したオフィスへ行くと、ロークがきちんと片付いたデスクに向かって、ハイヤットのコンピュータを満足げに操作していた。「捨ててしまえ」ロークが言った。

「捨てるって、何を？」

「もっと早く彼を逮捕していたら、あるいは、あんなふうに彼を問い詰めなければ、ケリー・ラウリーは殺されずに済んだはずだ、という考えを捨てろ、ということだ。同じように間違っている――じつに自己中心的《エゴイスティック》でもある――のはマーズが死んだとき、仕事仲間と飲んでいた自分を責めることだ」

「よくわかってるから、捨てようと努力してるところ。自己中心的と言えば、あの胸クソ悪い常軌を逸した男もそうよね」

「現実は不快なことも多い。すべてこのなかにある」ロークは続けた。「彼が調べていたのは、人を出血多量で死なせるにはどうやるか、時間は平均どのくらいかかるか、切られたあと、肉体はどうなって動かなくなるかなどなど。メスは、二か月前にネットの医療器具を扱うサイトから買っている」

「それ以降が計画と練習の期間ね」イヴはロークに近づき、彼の肩越しにスクリーンを見た。

「そうだ。彼はこと細かに――細かいことにこだわるのはマーズと共通している――マーズの動きや、行きつけの店について記し、彼女に付きまとっている間に目撃した強請りの相手の名前も残している。練習相手はドロイドだった。あそこのクローゼットのなかにある」

イヴは歩いていってクローゼットを開けて、腕や腿におびただしい傷のついた低価格ドロイドに目をこらした。

「ケリー・ラウリーについても調べている。きみが思っていたとおり、ふたりは同じジムに通っていた。彼女と同じヨガクラスに何度か参加してさえいる。アニー・ナイトだけに関するファイルも数個ある」

「彼女のファイルがなかったら驚くわ」

「度を越した傾倒ぶりが読み取れる」ロークは言った。「彼にとって彼女は完璧で、もちろん、自分は彼女の――きみに言わせると――光り輝く騎士《ナイト》だと決めつけている。ビックへの尊敬の念は、この数か月で崩れ去っている。いまはもう嫌悪感しかない。その思いはいずれ、もっと極端なものになっていたかもしれない」

野性的なブルーの目が一瞬、上目遣いでイヴの目を見た。「これはドクター・マイラの領域だが、彼がまた誰か殺すとしたら、彼の女神が苦しむのを放っておいた男を消すのは当然だと考えたかもしれない」

ロークはイヴの手に手を重ねた。「だから、きみはひとりの命を救ったのも同然だ。それから、この手の妄念は膨らんで、やがて裏返しになることがある――きみも知ってのとおりだ。そうなれば、そのうちアニーを殺し、自殺していた可能性もある」

「マイラの領域だけど、そうね、想像できるわ」イヴはすでにそこまで思い描いていた。

「最後の仕上げはバクスターとトゥルーハートにやらせるわ。捜索を終わらせて、電子機器を押収する。ふたりとも最後まで付き合うべきよね。わたしは報告書を書かないと。家で」

イヴはロークの手をぎゅっと握った。「家に帰りましょう」

「帰ろう」ロークが同意した。

イヴは袋に入れて封印した凶器をバクスターとトゥルーハートのためにデスクに残し、リビングエリアに戻って捜査キットを手にした。「ドゥインターに連絡しないと――するって彼女に言ったから。ナディーンにも。ナディーンの電話のほうが長くなりそう」

「家からかけるといい」

「そうね、家から」イヴは廊下に出てドアを封印し、リンクを取り出した。エレベーターまで歩きながらバクスターに連絡する。

車に向かっている間に雪が降りだした。光り輝く夜景の上に広がる黒い空から、薄い雪片が舞い落ちる。

わが家、とイヴは思った。影が消えてしまう場所。大切なものがすべてあるところ。

「連絡を済ませて報告書を書き終えたら、ワインを開けてビデオを見たいわ。面白いやつ。バカみたいに面白いやつ。とんでもないやつ」

「そういうのなら心当たりがある」

「あなたには絶対にがっかりさせられないから」イヴは捜査キットをしまい、振り向いてロークと向き合った。

とりあえずいまだけは、事件のことは脇へ押しやれる。痛いほど冷たい夜、白い雪が舞い落ちるなか、彼にもたれかかって抱きすくめられ、キスをしているこのときだけは。

訳者あとがき

イヴ&ローク・シリーズ第四十六作『邪悪な死者の誤算（*Secrets in Death*）』をお届けします。

二〇六一年二月。ニューヨーク市警殺人課のイヴが法人類学者ドゥインターと待ち合わせたバーで、事件は起こった。ゴシップレポーターのラリンダ・マーズが化粧室で何者かに腕を切られ、失血死したのだ。マーズが亡くなるところを目の当たりにしたイヴは、すぐに捜査に取りかかる。犯人がアプリで注文をしてホールスタッフとの接触がなく、防犯カメラに後ろ姿しか映っていなかったせいもあり、犯人像はなかなか絞り込めない。犯人はマーズがその店にいるのを知っていて、待ち構え、化粧室まで追っていき、ほんの数分で犯行を終えて何食わぬ顔で立ち去ったと思われる。

調べが進むうち、被害者のマーズがスキャンダラスな秘密をネタにセレブたちを強請《ゆす》り、大金を得ていたことがわかる。犯人は強請られていた者なのか、それとも……。

冒頭のシーンは思い当たる読者もいらっしゃると思いますが、イカレたカップルによる連続殺人事件で、自らのコネをフルに使いイヴの捜査に協力したドゥインターに、「お酒」と「会話」を約束したイヴ（『紅血の逃避行　イヴ&ローク42』）。優秀さは認めているものの、なんとなく彼女が好きになれないイヴは、約束を先延ばしにしていたようです。そして、ついに会うことになったバーへ渋々向かったところ、殺人事件に出くわします。殺されたゴシップレポーターのラリンダ・マーズは、過去の秘密を掘り返し、それをネタにさまざまな人たちを強請って大金を得ては高価な買い物をしてため込んでいました。本書にもあるように、物をため込む人は「ホーダー（*hoarder*）」と呼ばれます。日本でニュースや情報番組で取り上げられる、いわゆる「ゴミ屋敷」に住む人もこのホーダーに含まれると言っていいでしょう。

地道な聞き込み調査や関係者への事情聴取が進むにつれ、強請られていた餌食《カモ》たちの秘密が浮かび上がり、イヴやロークの過去とも絡んで複雑な思いにかられます。カモたちは大事な家族につらい思いをさせまいと、おとなしく金を払いつづけました。誰ひとりとして警察に相談に来なかったのが、イヴは不満でなりません。警察に相談しづらい気持ちは、アイルランドの不良少年だったロークのほうがよくわかるようです。

今回の事件現場となった、ロークがオーナーの高級バーで、犯人はアプリを使って注文をしています。さすが近未来、と思いましたが、すでに日本でも行われていると知り、驚きました。ファミリーレストランチェーン「デニーズ」が、試験的に新宿の一店舗にかぎり「デジタル注文決済」を導入しているそうです。テーブルについた客はスマホで注文から決済まで済ませ、ホールスタッフを呼ぶ必要はありません。レジに並んで支払いをする手間もはぶけます。キャッシュレス化も進んでいるし、世の中はこれまでになかったようなスピードでどんどん変化して、イヴとロークの世界に近づいていくのでしょうか？

近未来のニューヨークでもJ・D・ロブの描く人たちはあくまでも人間臭く、熱くて、どこか哀しく、それが読者の皆さんに愛されつづける理由だと思います。

ところで、九章の最後の会話にいきなり「ブルーノ」という名が出てきますが、おぼえていらっしゃいますか？　ナディーンがネイビス島のビーチで見つけた若いハンサムくんです（『孤独な崇拝者　イヴ&ローク40』）。過去のちょっとしたキャラクターを登場させるのも、何度も読み返したい気持ちにさせる作者の小技ですね。

作者J・D・ロブの近況報告によると、息子ジェイソンとお嫁さんの間に十月に男の子が生まれたそうです。ロブにとっては何人目の孫になるのでしょう？　四三〇〇グラムの大きな赤ちゃんで、かなりの難産だったようす。陣痛が始まったと聞いてすぐに駆けつけ、息子とお嫁さんの力になろうと奮闘するロブの姿は、彼女が描く小説の登場人物そのものです。クリスマスを前に、暖炉のマントルピースに吊る赤ちゃん用の靴下ももう用意したといいます。ホリデーシーズンは大好きで、新しい家族に伝統的な行事を紹介することになればなおのこと楽しい、と喜びにあふれています。

そして、ゆりかごで眠るグリフィン（と名付けられました）のそばで、アメリカでは二〇一九年秋に出版されるイヴ＆ローク・シリーズを書き上げ、すでに、二〇二〇年初めに出版予定の作品も半分まで書き進んだと報告しています。家族に囲まれ、充実した仕事を続けるロブは、まだしばらくこのシリーズで楽しませてくれそうですね。

二〇一八年十二月

邪悪な死者の誤算

イヴ&ローク 46

著者　J・D・ロブ

訳者　中谷《なかたに》ハルナ

2018年12月27日　初版第1刷発行

発行人　板垣耕三

発行所　ヴィレッジブックス
〒150-0031 東京都渋谷区桜丘町18-6 日本会館5階
電話 03-6452-5479
https://villagebooks.net

印刷所　中央精版印刷株式会社

ブックデザイン　鈴木成一デザイン室

 ISBN978-4-86491-410-9 Printed in Japan

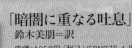

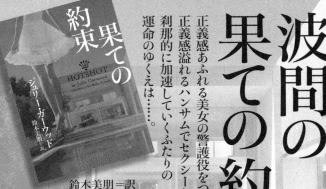